长篇小说

战国争鸣记

墨守之城

李亮 著

重庆出版集团 重庆出版社

图书在版编目（CIP）数据

战国争鸣记：墨守之城 / 李亮著. — 重庆：重庆出版社, 2020.9
ISBN 978-7-229-15185-0

Ⅰ.①战… Ⅱ.①李… Ⅲ.①长篇小说—中国—当代 Ⅳ.①I247.5

中国版本图书馆 CIP 数据核字（2020）第 129133 号

战国争鸣记：墨守之城

李亮 著

策　　划：	华章同人
特约策划：	上海紫焰文化传媒有限公司
出版监制：	徐宪江
责任编辑：	王昌凤
特约编辑：	王菁菁　计双羽
责任印制：	杨　宁
营销编辑：	史青苗　刘晓艳
封面设计：	张碧君
封面插画：	Ana Babii

重庆出版集团
重庆出版社 出版
（重庆市南岸区南滨路 162 号 1 幢）
投稿邮箱：bjhztr@vip.163.com
北京温林源印刷有限公司　印刷
重庆出版集团图书发行有限公司　发行
邮购电话：010-85869375/76/77 转 810

重庆出版社天猫旗舰店
cqcbs.tmall.com
全国新华书店经销

开本：880mm×1230mm　1/32　印张：11.875　字数：287 千
2020 年 11 月第 1 版　2020 年 11 月第 1 次印刷
定价：45.00 元

如有印装质量问题，请致电 023-61520678

版权所有，侵权必究

目 录

第一章　　大取桥 / 1

第二章　　小取城 / 39

第三章　　百家阵 / 75

第四章　　不义地 / 113

第五章　　辞过楼 / 155

第六章　　青云路 / 187

第七章　　摇钱树 / 225

第八章　　韩王宫 / 261

第九章　　伤心地 / 301

第十章　　生死场 / 339

后　　记　　给痛苦者的赞歌 / 369

第一章
大取桥

桥。

一座奇怪的桥。

在一道狭长的山谷里，黄河水奔腾而过，涛声如雷。

河上一桥飞架南北，桥身分成了四段：

北岸、南岸各有一段坚实宽厚的石筑桥身，但在河心正中，却留下了九丈多宽的一个缺口。

缺口里矗立着两座巨大的水车，垂直于石筑的桥身。

木质的水车，"嘎吱嘎吱"地旋转着，又用机关连接，在顶部托起两片木板。

每片木板都是四丈余长，两尺来宽，上面用漆料画满了花纹。

河北边的那片，画的是白茫茫的雪山，连绵不绝；

河南边的那片，画的是红彤彤的太阳，赤焰万里。

画雪山的由左至右地旋转，好像雪山崩塌，碎玉飞琼，要把一切都吞没了；

画太阳的则由右至左地旋转，好像天上同时升起了十个太阳，火红一片，只消看一眼，就让人浑身燥热，简直要燃烧起来。

两片木板相对旋转，此起彼伏，只偶尔才在与石筑桥身平齐的最高处，有一瞬间交错而过。

那一瞬间，艳阳高照，冰雪消融——

那一瞬间，这座桥才作为完整的"一座桥"，而存在着！

桥头一块石碑，刻着这座桥的名字：大取桥。

在大取桥的北岸，半山腰的地方，有一座青色的城池，巍然坐落。

那城池不算大，但城墙高耸，外郭浑圆，既雄浑万分，又精巧别致，如一枚古拙的青印，端端正正地盖在远山与碧空之间，气象万千。

城门上悬挂匾额，上书三个大字：小取城。

"小取""大取"，都出自墨家《墨子》一书，而此地便是墨家根基。

每三个月，墨家会开放一次小取城。

传说中，只要你能在这一天进城，受到墨家钜子的接见，那么你的任何一个愿望，报仇雪恨、一夜暴富、破军复国、起死回生……便都会由墨家弟子帮你一一实现。

无论多么艰难、荒诞，只要不违背墨家兼爱、非攻的大义，都可以。

而唯一的要求，就是求助之人必须由大取桥进城。

今日，来到大取桥上的，共有二十四人。

此时，站在断桥最前面的，是一个肩荷长锄的少女。

那少女穿一身粗布衣裳，丰胸细腰，身材挺拔，皮肤微黑，一双杏核眼目光坚定。又黑又长的头发，用一枚荆环束着，沉甸甸地垂在腰间。

她手中拄着一柄长锄，锄柄粗如鸡卵，长足七尺，泛着紫红色的光泽。木质的锄头上，尖端包着一圈铁刃，雪亮、锋利，是农具，又像是奇门的兵器。

这少女盯着不断旋转的大取桥，嘴唇不住翕动，似在计数。

"姑娘是在数这桥的转速吗？"忽然有人问道。

问话的，是一个少年书生。他站在那少女身后半步处，斜倚在桥栏上，十七八岁年纪，衣带当风，长眉俊目，一双眼望向别人时，清澈平和，直如一泓春泉，令人备感温柔。

他的肩上斜背着一口扁平的黑色木箱，垂在腰侧。

"它们转得我眼都花了，"那荷锄少女抱怨道，"我老是数了这边，忘了那边。"

她的声音清脆响亮，元气十足，虽带着些乡下口音，却颇见娇憨。

那少年书生哑然失笑，道："你追着它们数是不行的，需得分开来看。先数红色木板，从两块木板平齐的一瞬间开始数，它转四圈之后，两块木板再一次平齐；随后数白色木板，平齐之后，转三圈，两块木板就会再一次平齐。"

"真的啊？你可别骗我！"那荷锄少女惊喜道。

按他的算法一数，居然顿时清楚了，那荷锄少女不由欢喜，叫道："真的有用！你可真聪明！"

"设计这桥的人，才是真聪明。"那少年书生摇了摇头，微笑道。

时间紧迫，令人无暇思考；河水湍急，令人胆战心惊；板上花纹，令人眼花缭乱；木板交错，令人难以计数……这么一座水上怪桥，借助天时、地利、人心、物用，将他们困在这里，正是墨家名动天下的机关术！

"唉，聪明可不用在正地方呢！"荷锄少女怒道，"就知道为难我们！"

"话也不是这么说的。"那少年书生笑道，"我相信，墨家留下的怎么也不会是一个无解的难题。"

那荷锄少女被困在此地,其实已有两个时辰。

迟迟不能过桥,她的心中难免忐忑不安,眼见这少年书生如此自信,不由也踏实了。

正想再和他商量过桥办法,身后忽然有人击掌叫道:"各位朋友,我乃'均家'弟子郑为零,大家要是想过桥的话,请听我一言。"

那叫郑为零的人,是个约莫四十岁的中年男子。

他身材胖大,穿一身绛色袍服,文饰精美,内衬罗绮。腰间悬着一柄长剑,头上横插一根长长的发簪,簪子的两头各垂下一枚猫眼大小的铜铃,一左一右,沉甸甸地在他耳边摇晃着。

春秋以来,诸子论道,百家争鸣。

百家之中,又有一支小小的流派,名为"均家"。

均家的"均",是均衡、均摊之意,"以大化小,将有化无",乃是他们的八字大道。

据说均家的创始人,出身卑贱,本是卫国一位公子豢养的伴读书童。这书童在为主人研磨的时候发现,一滴墨汁滴入一杯水中,便能染黑这杯水,但若滴到一缸水里,就只能把水变得稍微浑浊一点。而真要滴入湖泊江河,则墨汁之色,立时就化为无形。

那一瞬间,他大彻大悟,感受到了"均"的力量。

郑为零道:"大,即是空;多,即是无。无论面对什么困难,我们首先要做的就是团结更多的人。只要解决困难的人足够多,困难均摊到每个人的头上就足够少。人数越多,均摊越少,均摊越少,难度越小,到最后,所谓的困难便不能称其为困难。"

他摇头晃脑,侃侃而谈,头上的两枚铜铃,叮咚作响,宛如伴乐。

他双目炯炯,容光焕发,隐隐然竟有君临天下之势。

这正是百家弟子在谈及自己学派的学说时,最为常见的神情。

——那些他们研究而出,并坚信着的"道",是关乎天地、生命、家国的秘密和准则。

——而经由他们之口说出的一瞬间,他们也已不再是血肉之躯,而是"道"在人间的具体化身。

那荷锄少女看着他,已是满面仰慕之色。

"如果我们所有人一起结盟,均摊这过桥之'难',则这座桥就一点都不难过了!"郑为零宣布道。

他这么一说,桥上众人登时惊喜起来,纷纷问道:"怎么结盟?怎么均摊?如何过桥?"

"我们所有人,只需提前将自己要向墨家求助的事说出来,"郑为零肯定地道,"再加以汇总——那么只要有一个人过了桥,我们就可以让墨家知道我们所有的请求!"

"但据说小取城的规矩,一个人进城,只许求助一件事。"那少年书生皱眉道。

"那么,就请墨家的人代为选择,"郑为零早有准备,道,"由他们选出我们之中最需要帮助、最令人同情的一件事来完成。那并不违背小取城的原则。"

"可是这样一来,过桥的人岂不是有可能白忙了?"

郑为零摇了摇头,头上铜铃作响,仿佛赌徒正摇着的骰盅。

"但你反过来想想,加入我们的人,即使最后没能过桥,也仍然有二十四分之一的机会得到墨家的帮助,了却心愿。每个人都在别人的身上得到了二十四分之一的机会,最后加起来,岂非有了几乎十成十的把握?"

这种算法,似乎哪里不对。但大家听说可以平白增加自己获利的可能,早都已经又惊又喜,顾不上细想了。

不过又有人问道:"若是有人过了桥,却反悔不帮别人了呢?"

"墨家使者在此,谁敢背信弃义?"郑为零大喝着,向北岸的凉亭一指。

在对岸的石桥下,有一座孤零零的凉亭。

凉亭小巧,只有一根立柱支撑,青檐翘起,如同飞鸟小憩。亭下设有一方石案,案上堆积着数卷竹简。石案旁又斜倚着一卷长长的、细细的席筒。

那席筒漆黑,上部露出一截九寸长的竹节手柄,看那制式,应是长剑剑柄。

剑柄修长笔直,以兽骨磨制而成,刚好合一握粗细;竹节浮凸,上面又箍了五枚闪闪发亮的铜环,精美好看之余,更有防滑助力的效果,显然不是寻常之物。

木案后端坐一人,正自展阅竹简。

远远望去,只见那人二十三四岁的年纪,窄窄的一张长脸上,额角开阔,鹰鼻高耸,深深的眼窝里,一双细长的眼睛,自带睥睨一切的傲气。

但他在读着竹简时,冷酷的脸上,唇角不觉翘起,竟露出极其风雅的笑容。

他正是墨家派来,在此迎接过桥之人的使者。

"请墨家使者见证!"郑为零大叫道,"我们南岸众人自愿结盟。结盟之后,再有过桥者,即是为所有入盟之人请愿。请墨家钜子代为挑选其一,加以实现!"

凉亭下那墨家使者听见郑为零的话,稍一抬头,那双细长的眼睛向南岸一瞥,眼中寒光一闪,道:"很公平,可以!"

那声音尖锐刺耳,如同枭号。

第一章 大取桥　7

郑为零扯着脖子大喊，才将声音传过去，而他却只是这么随口一答，便已压过了黄河水声，如在众人耳边说话，令人起了一阵寒栗。

桥上众人再无顾虑，已有几人大叫道："那我加入了！"

于是郑为零从自己的包袱中取出笔墨竹简，取水化墨，笔走龙蛇，将结盟之人的姓名、家乡、来此所求之事，一一记下。

最开始时，有四五个人踊跃加入；后面的人见郑为零如此郑重，也不由多信了几分，一个带动一个，最后共有十六人加入；余下八人中，郑为零再去稍一游说，便又有四人加入。

只剩四人，却无论如何，也不肯入伙。

四人中，除那荷锄少女和少年书生之外，还有一个黑甲武士，一个白发老翁。

"墨家用这怪桥为难大家，单打独斗，根本毫无胜算。"郑为零苦口婆心地劝道，"你们固执己见，到时候见我们过了桥，可别后悔。"

那少年书生斜倚在桥栏上，笑吟吟地摇了摇头。

黑甲武士仰天发出一声冷笑，转身走开；白发老翁嗫嚅着，看看这边，看看那边，终于两手乱摆，逃也似的退开了。

只有那荷锄少女皱眉，道："先生心眼怎好，可我不能入伙！"

"姑娘啊！"见总算有个人理他，郑为零连忙道，"什么时候啦，你还单打独斗？怪桥拦路，时间无多，你一个乡下女子，又没有父兄跟着，能干什么？快加入我们的结盟，你帮大家，大家帮你，所有人一起分担，一起实现愿望，这是多好的事！"

"要不说先生心眼好呢！真是个大善人！"那荷锄少女只是摇头，道，"可是咱远道而来，要求的事实在太大！真不想千辛万苦地过了桥，却把机会给了别人。"

"你要这样想才对：只要你的遭遇果真令人同情，你的苦难确实值得墨家相帮，那么你加入我们以后，你过去了，墨家也是选你；你没过去，墨家也会从别人那儿选你——除非，你对自己的苦难并无信心。"

"信心咱倒是有。"那荷锄少女被他纠缠，吐了吐舌头，笑道，"只是我娘一直教我，做人得本分：不是咱的，咱不能要；是咱的，咱谁也不能给！"

她说得如此直白，结盟的人不由发出一阵窃窃私语。

这乡下姑娘模样虽然尚可，但算盘竟打得如此精明，不由令人不喜。郑为零屡劝无效，沉下脸来，道："你这姑娘，原来是怕别人占了你的便宜，未免也太自私了。"

他不再劝解，转身将晒干的竹简仔细包好，才对其他入伙的人道："我们不必管他们。只要我们的结盟中，有一个人能够过桥，我们就可将竹简送到对岸。到时候墨家选择了哪些愿望去实现，大家各安天命，不必后悔。"

入伙的人登时又欢欣鼓舞，仿佛已经看到实现己愿的情形。

那不入伙的四个人，索性退到了一边。

"你为什么不加入这位郑先生的结盟？"那少年书生似笑非笑地问道。

退到一边，他自然而然地又与那荷锄少女站到了一起。那荷锄少女虽然拒绝了郑为零的邀请，却也忍不住眼巴巴地望着那边，想看那结盟是否真能过桥。

那少年书生看在眼中，故而有此一问。

"我在老家种地，却也知道叔伯兄弟们农闲时尽可以互帮互助，相亲相爱；但真到麦子抢收的时候，家家户户玩了命干，亲爹都不认了，哪还会帮别人的忙？"那荷锄少女听他问话，连忙回过头来，皱眉道，"越是艰难的时候，人越是要靠自己。这位郑先生说得太好听了，白给人占便宜似的，我可信不过他——你咋也不入他的伙呢？"

那少年书生懒洋洋地倚在桥栏上，压低声音道："他的算法其实是错的。他的那个结盟……成不了。"

"他咋算错了？"那荷锄少女大吃一惊。

"一会儿你就知道了。"那少年书生望着她的眼睛笑意盈盈地道，"你要向墨家求什么呢？"

那荷锄少女犹豫一下，看看他，摇了摇头，道："我不能说。"

她原来并没有对这少年书生十分信任。

在她的身上，乡下人的热情与谨慎、笨拙与精明，巧妙地并存着。

那少年书生越看她越有趣，问道："那姑娘怎么称呼呢？"

他这样询问一个女子的名字已近失礼，但那荷锄少女对此倒毫不在意，咧开嘴来笑道："我叫麦离。公子你叫啥呢？"

"我叫姜明鬼。"那少年书生笑道。

"接下来，便请各位奋勇过桥了！"

另一边，均家的结盟既成，郑为零立刻安排起来。

群情激昂，那二十个人个个期待地看着身旁的同伴，然而片刻之后，大家大眼瞪小眼，仍然没有一个人走上转桥。

——大家都想着别人过桥，帮自己传达愿望，去实现自己的"二十分之一"。

——可根本没有谁想着是由自己过桥，去帮别人实现"二十分之一"！

"大家不要害怕，"郑为零见势不好，连忙道，"墨家兼爱，天下闻名，造了这桥又怎么会害人呢？只是为了考验一下求助人的诚意罢了！因此这桥一定是可以过去的，我们现在只需勇敢尝试，一定是可以过去的！"

可是他说得再好听，那十九个人仍然沉默着，没人上前。

风吹动郑为零头上的铃铛，发出"叮当叮当"的脆响，绵绵不绝。

虽然大家多半不知道他的算法有错，但其实每个人心里隐隐约约都觉得哪里不对劲。

终于有人问道："那你怎么不先走？"

"我得在此以均家的思想主持大局啊！"郑为零痛心疾首道，"要是没人自愿先行，那我们只好再抽签来决定顺序了！"

"那就抽签吧！"结盟的人马上道。

于是有人到岸边的灌木中采了二十片树叶来。

郑为零在树叶上做好标记，众人逐一上前抽签，确定了过桥的顺序。

"均家虽是百家中的小支，但他们的思想颇有可取之处。"姜明鬼叹道，"可惜这位郑先生，不知是学艺不精，还是心术不正，一个好端端的'均'字，被他当成了拖延和敷衍手段来使用。这么一来，虽然能鼓舞一群人，但真的落实到每一个人身上的时候，却足以败露，无法继续。"

麦离瞪大了眼睛，虽然仍不知他所谓的"败露"是什么，却也不由对他有些刮目相看。

同为不愿入盟之人，那黑甲武士面色阴沉，转过身去；白发老翁垂头丧气，扁着嘴，不住地擦着眼睛，已快要哭出来了。

抽签的结果，第一个要过桥的，是一个齐国人。

这齐国人个子不高，愁眉苦脸，穿着一身皱皱巴巴的衣裤，一双眼大而无神，好像只挨了打的狗儿，受了天大的委屈，却又说不出来。

之前统计各人的所求之事，他说是他爹死后，家产一夜之间被族人欺占，而他却毫无办法。妻子气不过，拿根磨盘杠子给他头上打了个大包，将其赶出家门。他这才来小取城求助。

——结果抽签抽到第一，他登时脸色惨白。

越怕事，越来事，他捏着那片树叶，哆嗦得连步都迈不开了。

郑为零亲亲热热地抓着他的胳膊，一边把他往断桥处推，一边安慰他。

"你年轻力壮，正可以为大家开个好头！也许你第一个就过去了！即便你过不去，将来你的妻儿，我们也会好好照顾的。"

那齐国人给他推着，身不由己，踉踉跄跄地来到断桥处。

不断旋转的红色木板近在眼前，一颗一颗滚烫的太阳，像从黄河里跳起又落下。

河水咆哮如雷，更像是已被太阳烧得滚开了。

"叮当叮当"，郑为零的铃铛在他耳边响个不停。

那齐国人身子猛地一低，整个人已烂泥一般瘫在地上，大哭出来："我……我不上桥！你们合起伙来，净坑我！"

郑为零大怒，喝道："你已入盟，又抽了签！轮到自己，就说话不算话，你不知耻吗？"

"反正我不上桥……凭什么让我上桥？"那齐国人整个人往后缩，叫道，"你们都欺负我！你们想让我送死，你们都是坏人！这桥谁爱上谁上，我不干了……"

他连滚带爬，拼命想要退回桥头。

郑为零脸色铁青，叫道："抓住他！别让他坏了结盟的规矩！"

结盟的人纷纷过来抓那齐国人。齐国人屁滚尿流，挣脱了探到他身上的几只手，拼命向前一扑，反抓住了另外一个人的脚，死命抱住，叫道："救命！杀人啦！杀人啦！"

这齐国人的双脚、腰带，被他的盟友七手八脚地向后拉着，他自己却死死抱住了眼前的那只脚，结果两相角力，忽地一下，身子已给拖得离地而起，悬在空中。

"嗯？"只听有人冷哼一声。

虽然只是轻轻的一声，但是杀气腾腾。

就像是一把在冰水里浸过的快刀，迎面剁来一般，让人从心里打了个寒战。

郑为零等人吓了一跳，不由自主放开了手。

齐国人"啪"的一声，摔回地面，惊魂未定，正想要看看是谁救了自己，怀中抱着的那只脚轻轻一抬，已将他踢了个跟头。

原来他刚才所抱的大腿，正是那不愿结盟的黑甲武士的。

那武士三十五六岁的年纪，豹头环眼，虎背熊腰，穿着一件黑漆的牛皮短甲。

他蓬头垢面，一身血污，腰佩短刀，身背长弓，腿边悬着箭壶。短甲上的漆皮斑驳，甲片脱落，更有刀砍火烧的痕迹。

一脚踢开了齐国人，他一手按刀，环顾四方，怒气勃发，直欲伤人。

那一瞬间，众人都直觉杀气扑面而来，如斧钺加身。

黑甲武士一眼看去，只见郑为零等一个个露出那又恨又怕的神情，顿觉意兴索然，一声长叹，道："想我王某人一世英雄，如今竟沦落到和这般混账蠢人为伍，去向墨家摇尾乞怜，真是可悲可笑！"

一语既毕，他一把推开郑为零，撞开人群，仰天大笑着下桥而去。然后他解下一匹黑马，翻身而上，泼剌剌地径直往山谷外去了。

翠谷青山，那马越跑越远，木石遮蔽，转眼已看不见那一人一马的身影。

远远地却有歌声传来："终南何有？有条有梅。颜如渥丹，其君也哉！终南何有？有纪有堂。佩玉将将，寿考不亡！"声遏行云，久久回荡不息。

"他唱了个啥？"麦离问道。

那黑甲武士所唱，乃是《诗·秦风》中的《终南》一首，是说昔日秦襄公取周地，周遗民见他仪表堂堂，且惊且喜，最终痛下决心效忠于他，并劝诫他不要忘本的故事。

那黑甲武士此时唱来，显然是报国无门，满心愤懑。

姜明鬼本来一直斜倚在桥栏上，这时却不由直了直身子，肃然道："真是位壮士啊！"

这一声他并未刻意压低声音，麦离连忙想阻止他，却已被郑为零听见。

郑为零被那黑甲武士推得跌了一个趔趄，本已老羞成怒，再听姜明鬼的一声赞叹，更是怒不可遏，狠狠地瞪了一眼姜明鬼，"唰"的一声抽出了腰间长剑，大步抢到那齐人身边，喝道："过桥！你不遵守约定？我杀了你！"

见要弄出人命，结盟的人发出一阵惊叫，纷纷让开。

那齐人魂飞魄散，想要逃跑，却被郑为零一剑压在肩膀上，登时脚都软了。

郑为零双目赤红，喝道："你过不过桥！"

那齐人瘫成了一摊泥，既不敢说"过"，又不敢说"不过"，张大了嘴，只道："我……我……"

一片混乱中，只听一人叹道："他过不去的。还是我来吧。"

那声音虽然不大，却登时令大家都安静下来。

麦离更是大吃一惊，那说话的人居然又是她身边的姜明鬼。

"你不是不入他的盟？"麦离连忙道。

"虽然不加入他们的结盟，但过桥还是可以试的。"姜明鬼仍微笑着道，"再说，我也不能看着他们逼出人命来啊！"

他站起身，随随便便地将斜背的黑箱向腰后一推，便向石桥的断口处走去。

那边结盟的众人都是喜出望外，"呼啦"一声，把他围住了，七嘴八舌地夸他"英雄少年"，又像是怕他后悔跑了。

郑为零也是大喜，连忙收了长剑，迎了过来。

"其实你不应该骗人的。"姜明鬼待他走近，突然道。

郑为零正欢天喜地地赶过来，登时一愣。

"你的算法是有错的。你说每个人每次都有二十四分之一的机会被墨家挑中，重复二十四次，便有十成的把握，让每个人如愿以偿。但实际上，你故意少算了过桥人的概率。大部分人根本过不了桥，也许能过去的也不过是二十四分之一而已。所以最后大家实现愿望的概率，不是你所说的十成，而是二十四分之一中的二十四分之一——你的那个'均'字，其实根本毫无意义。"

他仍是笑吟吟的，郑为零的脸色却已在一瞬间红如喷血，叫道："你胡说！"

"你说胡说就算是胡说吧。"姜明鬼轻笑道，"反正这位老兄已经怕成这样，上桥也只是白白摔下去而已。还不如我来上桥，成与不成，至少给大家打个样子。"

这样说着，他终于从郑为零的身边走过，来到石桥的断口边缘。

越靠近断口，河水的声音越是震耳欲聋。

河风凶猛，自桥下翻起，带来一阵阵浓浓的泥土腥气。

红色木板日升日落,白色木板气吞山河。两片木板发疯似的转个不停,令人多看几眼,便已站立不稳。

"我乃燕人姜明鬼!"

姜明鬼看了一会儿河水,又转过身来,向桥上众人道:"我与邻人蔡魁的女儿蔡女自幼青梅竹马,可是蔡魁贪图富贵,将蔡女献与宫中,我因此来求墨家,好帮我夺回蔡女。谁知走过千山万水,我在中途却已经释怀了。其实我喜欢蔡女,却也未必非得和她在一起。燕王宫中锦衣玉食,我该为蔡女高兴才是。"

他说着自己的遭遇,衣衫猎猎,长发飞扬,在那高山大河的天地间,走投无路的断桥上,竟有说不出的潇洒。

郑为零叫道:"话说得好听,还不是害怕得不敢过桥了?"

姜明鬼看了他一眼,微笑道:"桥自然是要过的。只是我过桥的理由,已不再是为了蔡女,而是为了我自己。一会儿我若是侥幸成功,便算给大家做了个示范;若是不幸坠桥身死,也请大家做个见证:我先前所争,不过是蝇头小事,姜明鬼上桥,早与人无尤!"

"你不怨她就更得回来啊!"麦离心软,大叫道,"你都不恨她了,可别干傻事!"

姜明鬼看了她一眼,一双黑白分明的温柔眸子中,忽然露出些俏皮,道:"可是,我却恨我自己。"

说完这一句,他蓦然一个转身,已真的迈步上桥。

——一大步,踏上红色木板!

那画满太阳的木板,正升到最高处。

最高处,正与断桥相平。

姜明鬼踏上之后,木板便向左下方沉去。

他立足未稳，身子一轻，不由一个趔趄，猛地张开两臂，这才站稳了身形。

"木板下落时，人的身子发轻，好像踩不结实一样！须得小心！"背对众人，姜明鬼大声道。

他屈膝站在那里，站在灿烂、炽热的烈日中间，站在翻腾、咆哮的河水之上。

他双臂大张，一脚在前，一脚在后，有好长时间，一动也不能动。原本推到身后的黑箱，也一下子又甩到了他的身前，不住地晃来晃去。

断桥边众人的一双双眼睛死死盯着他，一点声音也不敢发出。

却只听姜明鬼大声道："伸开两条胳膊，人便能站得更稳一些！河风强劲，别穿太肥大的衣服上来！"

"你可别逞强了，快抓住我的锄头！"

麦离眼见情势危急，连忙伸出长锄，要将他拉回来。

锄头从后面伸到姜明鬼的身侧，他才一抬手，身子就是一晃。

"不要让我分神！"姜明鬼连忙重新平衡了双臂，叫道，"记住我的话！看清楚我的动作！我要是中途掉下去了，别让我白死！"

木板向下沉去，带着他沉到断桥桥面之下，沉到机关的最低处。

像是要直接没入那满是漩涡的河水里一样——但是并没有！烈日沉到尽头之后，终于复又向右上方升起。

姜明鬼大张着双臂，左右摆动，小心翼翼地找回平衡。

麦离在后面看着，一手紧紧地捂着嘴，一时间直如自己死里逃生了一回一般。

"沉到最低处，水声大得像是在耳边打雷！"姜明鬼又叫道，"还有水沫溅到脸上，腥气逼人！但是没关系，只是吓人而已，不会真的沉到水里去！"

第一章 大取桥

他说个没完，郑为零大怒，道："你别废话了，快走啊！"

姜明鬼果然慢慢向前走去。

他张臂、弯腰、屈膝，迈出左脚，一步只出三寸。

然后右脚慢慢跟上。

两脚移动时，几乎没有离开木板，就那么"蹭"了过去。

就这样一点一点地向前蹭，木板起落数次，终于给他蹭到了与白色木板交接的地方。

前一步玉龙翻滚，后一步万里骄阳。

后面的人心都提到了嗓子眼，七嘴八舌地叫道："小心啊！"

姜明鬼在那冰火交接的地方停了一下，然后犯了他登桥以来最大的错误——他低下头来，似是想要看清脚下两块木板之间的距离。

一瞬间，他像是被施了定身法一样，再次被定在那里。

河底的漩涡，一下子吸走了他的魂魄。

他的背影一动不动，众人却清清楚楚地看出，他那原本已经恢复了一些灵性的身体，一点一点地又僵硬起来。

麦离又惊又怒，问道："他怎么了？"

这时候，她就是想用长锄救人，却也已经够不着了。

此时也有人看明白了，叹道："不能看脚下啊！人在高处，往下一看，胆就寒了。"

可是已经太晚了，姜明鬼只看了一眼，便已经胆寒，心丧，失魂，落魄。

整个人，变成了转桥上一动也不能动的一尊石像。

在众人的注视下，他僵直地站在那里。

垂在他身前的黑箱被河风吹动，摇摆得更加厉害。

——眼睛乱了，心就乱了；

——心乱了，脚就僵了。

木板又旋转两周，他像是突然梦醒了似的，毫无征兆地向前迈了一步。

那一步，却根本就踏偏了。

在众人的惊呼声中，姜明鬼一头栽下桥去。

人在半空，还保持着张臂、弓腰、耳聋、目瞎的僵硬姿势。

河水滔滔，那少年书生转眼便消失在浊流之中。

就连他激起的水花都只是一闪，便已被两旁的漩涡撕裂、吞没。桥上的人发出一阵惊呼，便是想要救人，却也已经来不及了。

麦离仓促间伸出长锄，也毫无意义。

——那样一个看起来温和、善良、聪慧、勇敢的少年，一瞬间已是葬身河底。

二人虽只是初识，但麦离一瞬间便已怅然有失，以至于喉头哽咽，几乎要落下泪来。

而河北凉亭中，那墨家使者却只是摇了摇头，便又低头看书。

——那可是一条活生生的性命啊！

于他而言，却好像连书简上的一个字，都比那来得重要。

那不愿结盟的白发老翁脚下一软，瘫坐在地。

"我……我不去了！"他已经没剩几颗牙的嘴巴开合着，喃喃道，"我……我去告官便好了，儿子不孝顺而已，起码还留着我这条老命……"

原来他是因为家中儿子不孝，才来向墨家求助的。

他有三个儿子，分家后谁也不愿养他。他每个月在每个儿子家住十天，可是在这十天里，三个儿子家都天天只喝稀饭，一锅清水里，根本没有几粒米。

谁也没明着把他赶出来，可是他每天都觉得自己快要饿死了。

他终于忍无可忍，跑出来到小取城求助，谁知却被拦在大取桥上。

——过桥，或者死在河里。

这样悬殊的代价，终于吓坏了他。

白发老翁退出人群，一骨碌爬起身，没命地逃走了。

姜明鬼落水，已令人胆战心惊。

那白发老翁的退缩，更令桥上众人士气大跌。

回想姜明鬼逞强上桥，更多的人不由开始犹豫，心中暗道："那傻小子连夺妻之恨都能放下，我这点小事，和他相比，又算得上什么？那我这般赌命过桥，还值得吗？"

又有人不由进一步去想："若是我连死都不怕了，那我眼下的困难，还不能解决吗？"

一时间，人人心里都有了一点感慨。

而河水滚滚东逝，片刻不停。山风冰冷，日光昏黄，树木的影子越来越长。这一天的时效将过，看起来注定没有任何一人能够过去。

终于有人问郑为零，道："郑先生，那少年书生先前说你骗人，是真的吗？"

"反正大家过不去，我骗了你什么？"郑为零反问道。

问话的人支吾着，说不出来。

郑为零摇着头，头上的两只铜铃，为他正名似的响个不停。

但郑为零确实骗了他们。

他昔日追随均家的老师学习，老师告诉他，均家真正的力量，不在祸，而在福；不在君，而在民；不在个人，而在家国。

但所有的这些，他却根本无法理解。

怂恿结盟的人过桥，如果有人过了桥，他就平白收获了被墨家实现愿望的机会；如果没有人过桥，那就从那些失败者的身上吸取经验；若是经验足够，找到了过桥之法，他就亲自过桥；若是不够，还是过不去，就干脆放弃。

如果他能过桥，他当然不会管别人的愿望。

在他的计划中，他未必真的能实现自己的愿望，但一定不会对自己有任何损害。

——用别人的"失败"，来分担自己"失败"的可能性。

——在一片混乱的均衡中，趁机抓住自己的利益。

这，便是以郑为零的悟性，至多所能理解到的均家之"道"了。

可惜现在，他的计划无疑已经落空。

有人还抱着最后一点希望，小心翼翼地问道："那……现在是没办法了吗？"

郑为零再次长叹，道："其实我们都被墨家骗了。墨家主张'兼爱天下'，可是天下这么大，墨家哪有那么大的本事？所以他们建造了此桥，将我们拦在小取城外，我们无法过桥，也就无法向他们求助。其实不过是告诉天下之人，不是墨家不爱世人，而是世人无能，不能将求助之事传递给墨家知道。"

他狠狠地往桥上吐了口口水，道："这座桥，根本就是一座过不去的桥！墨家？呸！"

事已至此，众人终于绝望，纷纷骂骂咧咧下桥回家，临行之前，都免不了朝着半山上的小取城啐上几口，出口恶气。

那北岸凉亭中的墨家弟子，见他们吵闹，也放下了书简，将一双冷眼向南岸望来。

南岸之人一时都有些畏惧，可想到自己注定无法过桥，索性便没了顾忌，一个个尽显无赖之相，啐得更加厉害。

那墨家弟子冷笑着看众人作态，并不制止，只是站起身，将案上书简都收入身后的一口书箱中去，又将石案旁那黑色席筒裹着的长剑也插在书箱旁。

然后，他将书箱整个地单肩背起，来到了亭外，抬头望天，心不在焉。

看起来，等南岸众人走完，他就要回小取城复命去了。

那么，终于是到了过桥的最后机会了。

麦离站在断桥边，紧紧握着长锄，心跳得飞快。

她本是一个极其聪明的女子，更兼身逢奇遇，得拜名师，因此虽然出身乡下，但意志坚定，眼界不凡。刚才姜明鬼落水，她有一瞬间惊怒交集，但在那之后，却突然看到了大取桥上的一条通路！

那道路从南岸的石桥出发，经过画满太阳的红板、画着雪山的白板，直达北岸的石桥……灿烂光明，耀眼夺目，像是融化的金水，在桥上浇出的一条康庄大道！虽然纤细曲折，却让人一眼就可以看出，那才是唯一、正确的路线。

郑为零正打算下桥，忽见麦离举止怪异，不由停下脚步，问道："这位姑娘，你还不死心吗？"

"我还没见到墨家钜子，"麦离回过神来，强笑道，"当然不能死心！"

"别白费力气了，墨家根本没打算让咱们过桥！"

"可是，我已经找着过桥的办法了！"

这消息无异于一声惊雷，桥上还剩下的四五个人闻听此言，登时又都聚了过来。

郑为零又惊又怒，道："那你倒说说看，如何过得去？"

"走……"麦离犹豫了一下，道，"就走过去呗！"

"哈哈哈哈！"郑为零一愣，已笑得弯下了腰。

她多次折损自己的面子，郑为零早就怀恨在心，这时见她犯蠢，登时不加掩饰，笑道："我还以为你能有什么办法，原来只是'走过去'？是啊，只要走过去就好，可是怎么才能走过去？"

"我是'农家'弟子麦离。"麦离虽然老实，却也看出他是在嘲笑自己，不由生起气来，道，"我的老师，是农家在韩国的长老黎铧子。我家种着二十亩地，半尺宽的田垄，我走上几百遍都不会踩到一棵苗！"

自东周以来，礼崩乐坏，但民智开放。各种学说或雅或俗、或简或繁，或显或隐、或正或奇，莫不各成一家，自成体系，用自己对世间万物的独到看法，强大自己，改造世界。推陈出新，群星闪耀，是为百花齐放、百家争鸣。

儒、墨、道、法鼎盛繁华，自不必多说，郑为零的"均家"也算其中一支。

而农人每天土里刨食，看天吃饭，有智者为了能使收成更好，自然不断钻研春秋稼穑之法、四季耕种之道，久而久之，也卓然成家，对这世界有了自己的理解。

可务农之人终日辛劳，到底是动手多于动脑，耕种多于著述。因此虽然天下农人最多，农家的弟子却始终有限。

这女子麦离手持长锄，乡音难改，即使不说，别人自也知道她出身田亩，以至于郑为零听她说起"农家"，好一会儿才反应过来，原来她说的不是自己的出身，而是师承。

"不踩苗又怎样？"郑为零一时忍俊不禁，道，"不踩苗，你就能肋生双翅，飞过这断桥？你们农家大字都不识几个，研究怎样种地就行了，也学人家说什么道理？怕要笑掉谁的大牙！"

剩下的几人，果然都笑起来。

——他们虽然不能过桥，却也不曾失败。

第一章 大取桥

——因此看到有人不断努力，却又不断失败，便不由生出扬扬自得的心来。

麦离受他们嘲笑，又羞又气，一跺脚，已来到了断桥边上。

桥心的两片木板此起彼伏，如同一条红白相间的斑斓巨蟒，扭动翻滚，令人眼花缭乱。但在姜明鬼给她讲解之后，她才发现，原来它们的旋转其实很有规律。

——而那其实并不是最重要的。

她之前一直在计算那两片木板的旋转速度，反复估量，想要算好每一步，好能过桥。但现在却已知道依照那样的算法，她永远都过不去。

在石桥尽头的中轴线上，她忽地将长锄举起。

怪桥如同巨蟒，而她却像一只叼着草棍的田鼠，不知死活地站在那天敌面前，似乎随时会被一口咬住、吞下，连骨头渣都不吐出来。

但她已镇定下来。

"所有的太阳、雪山、河水、缺口……全都是给我们捣乱的。会怕的话，不看也就是了！反正我们农家弟子，这样径直走个八九丈的距离，就是闭着眼睛，也不在话下！"

她放下长锄，反手在衣襟上撕下一条长长的布条，将自己的双眼用力蒙住，又在脑后打了一个死结。然后她重新提起长锄，双手持中，平举于胸前，就那么蒙着眼，抬起头。

"红色木板快，白色木板慢。红色木板每转四圈，就会在顶上和白色的木板平齐一次。从上一次平齐开始，数到红色木板第三次升起，就立刻上桥。"

一语既罢，在她脚下，红色的木板刚好升起。

别人不知道，她却早已在心里数得清清楚楚，那正是这一轮的"第三次"！

"姜明鬼，你最好别骗我！"

她大声叫道，一步，就迈了出去！

——一步踏错，万劫不复。

断桥上所有人都已发出一声惊呼。

郑为零惊叫道："你活腻了！"

就连北岸的那墨家使者，都不由向前抢出半步。

姜明鬼的前车之鉴还历历在目，可这疯女子居然就这么冒冒失失地上了桥！

——而且她还蒙上了双眼！

可是刚好，麦离右脚落下，那红色木板就将将升起、将它托住了。

——简直像是算计好了，配合了千百次一般。

木板转动着，而麦离便已笔直、坚定地向前走去。

木板上画着太阳，火红，滚烫。

她走在太阳里仿佛浴火而生，身形挺拔，脚下毫不犹豫。

她虽目不能视，却凭着身体的感应，稳稳地走出一步又一步。每一步踏出，都像是有看不见的根系，在她的脚下舒卷伸缩，帮着她牢牢地抱住了脚下的木板。

一步，两步，三步，四步，五步……

红色木板微微震颤着，十个太阳沉到了机关的最低处。

麦离已经走到了红色木板的尽头，再向前一步，就可能落水丧命，她却忽地停了下来。

那汹涌的河水，就在她的脚下奔腾咆哮，飞沫几乎打湿她的裤脚。

麦离双手托着长锄，站得笔直。

河风吹动，她一动不动，发丝激飞，蒙眼的布条高高扬起。

然后红色木板上升，一路上升到最高处，与白色木板交错而过——那只有一个瞬间,所有人的心都提到了嗓子眼。

而麦离蒙着眼,却又在这千钧一发之际,向前跨出!

——就好像她其实看得清清楚楚一样。

一步,她从红色木板踏上白色木板。

一步,她从烈日炎炎,走进冰天雪地。

身子向左,而脚下向右,她身子稍一摇晃。她横托在胸前的长锄,猛地一摆,便已找回了平衡。

她真的像是走在田垄上,小心翼翼地不踩坏一棵苗、一道畦,间或还停下来,掐个尖儿、摘片叶什么的。

可是在后边观望的那几人,这时已是紧张得连大气都不敢出了。

——因为刚才那个趔趄,麦离的脚下其实已经偏了,偏出那块白色木板的中线,她走在了木板右侧的最边缘。

她的左脚边尚有一尺半的富余,而右脚,连小趾都已经露在了木板之外。

只要再向右偏出一寸……不,一分,她便会摔下桥去。

但她什么都不知道。

她蒙着眼,就那么继续向前走去,仍然保持着自己的步幅、速度,一直走……

——仿佛走在一条细细的金线上。

——仿佛走在一条平坦宽阔的大道上。

一直走到白色木板的尽头,冰雪的边界,才再一次停下。

只待白色木板升至与北岸齐平,她才又跨一步,上了北岸石桥!

郑为零等人目瞪口呆。

麦离在石桥上站定,稍稍一顿之后,才一把拉下了蒙眼布。

"俺过来了!"

她转过头来,激动得连自称都更土气了一些,叫道:"大家只要数清楚,自己几步能走到木板尽处,然后直走就成!算着走到尽头时停一下,等到木板升到最高的地方,你的身子会突然轻一下子,你一下子站不稳,这时候再跨一步,就正好上了下一截的桥!"

平地上走这么一段路,当然是谁都不会走偏的。

郑为零等人又惊又喜,纷纷跃跃欲试,可是来到断桥边,登时又冷静下来。

——两色木板转动如风,滔滔河水奔腾不息……

等到有人把眼睛闭上,更立刻觉得一片黑暗中,天旋地转,水流声震耳欲聋,整个人如同落叶,似乎已不受控制地向河中坠落。

郑为零浑身战栗,只一瞬间,便已是两股战战,汗出如浆。头上的两枚铜铃,更是响个不停。

麦离的这一走,虽然看上去简单,但其中的大智慧、大勇气,又岂是一般人能轻易学得的?

郑为零在断桥边呆立良久,终是跨不出那一步。

——平衡、均分?

可是这个世上,有些事情,终究是别人无法分担,只能自己去承受和面对的。

一直停在山尖上的太阳终于西沉,红霞满天,如同烈火。

郑为零面如死灰,深深一揖。

"恭喜姑娘顺利过桥,祝姑娘得遂心愿!"

言毕,他长叹一声,再无余虑,领着剩下的数人黯然而去。

麦离顺利过桥,反倒更令郑为零等人绝望。

她站在河北的石桥上,招呼几声,南岸的人却走得更快了。一转眼,已是人去桥空。

麦离吐了吐舌头,这才握紧长锄,转过身来。却见那凉亭下的墨家使者,已不知什么时候走上石桥,在她身后站定。

离近看的时候,越发觉得这人气势迫人:他身量极高,肩膀极宽,麦离在女子中本已算是高挑,站在他面前的时候,竟然也自觉渺小了起来。他的五官轮廓如同刀削斧剁,坚毅威严,而那一双细长的眼睛,这般居高临下地望来,更如一只觅食的苍鹰,冷冷的没有一点感情。

麦离心头扑通乱跳,连忙行礼,道:"我是农家弟子麦离,见过墨家师兄!"

那墨家使者稍一回礼,道:"墨家助人,有三个原则:其一,正邪相争,墨家救助正者;其二,强弱相争,墨家救助弱者;其三,内外相争,墨家救助与墨家无关者。"他的声音冷冷的,"过桥之人,你是否是正者、弱者、无关者?"

麦离被他问得豪情激荡,抬起头来,大声道:"我是。"

那墨家使者这才将嘴角提起,算是笑了一笑:"那么,墨家小取城,恭喜姑娘过桥。在下墨家弟子秦雄,奉钜子之命,带领姑娘入城。"

于是二人下了桥,沿山路往小取城而去。

秦雄大步走在前面,昂首阔步,虽背着一口书箱,也走得极快。麦离不敢怠慢,将长锄当了手杖,快步疾行,才跟得上他。

岩石崔巍,草木丰茂,二人沿蜿蜒的山路不时绕行,走了数里,反倒像是离那半山处的城池更远了。

天色已全然暗了下来,远处山尖上,一弯青白的月亮惨淡淡地升起。冷风习习,阴影幢幢,虎啸猿啼远远近近地响起。

头顶上的一群乌鸦,伴着他们走了许久,这时再盘旋数遭,终于"嘎嘎"叫着,飞远不见。

秦雄忽然抬起头来，冷笑一声。

"秦师兄，"麦离忍不住问道，"我今日还能见到墨家钜子不？"

秦雄并不回头，只冷冷地道："当然见得到。你过了大取桥，钜子就会见你。"

"那我们还要走多久？你可别骗我！"

"经此路上山，还要一个半时辰。"

这人虽冷冷的并不多言，但总还算有问必答，麦离"哦"了一声，稍稍放下心来。又走几步，麦离按捺不住好奇，道："那我们……就这么走上山？"

秦雄反问道："不然怎么上？"

麦离吐了吐舌头，小心道："我听说，墨家的机关术天下无双，小取城铜墙铁壁！城里木头做的马车遍地跑，竹片编的家雀儿满天飞，墨家的弟子都是神仙转世，想要去哪儿都有机关伺候，根本不用走路。"

"小取城的人又不是没长腿，"秦雄冷笑道，"为何什么都用机关代替？"

话不投机，他又如此严厉，麦离虽然还憋了好多话想说，但终究没再多开口。

说话间，他们已来到一个岔路口。

路心上一块巨石，将山路分成左右两条，秦雄在石边停下脚步，示意稍作休整。

其时月色如洗，四下里一片明亮，树木影子格外清晰。麦离无意间低头，目光落在地上，忽然惊觉自己的影子有异。

——在她的影子旁边，不知何时，又多了一条人影。

那人影颜色暗淡，肥大臃肿，就"站"在她身后一尺半的地方，一双僵硬的手臂向前伸出，不知何时，已"搭"在麦离影子的肩膀上。

麦离大吃一惊,一瞬间汗毛倒竖。

可是猛一回头,却见自己身后空荡荡的,并无旁人,只有一条细细的山路如同绸带,延展下山,在月色下闪闪发光。

而她的左手匆匆在右肩上一扫,也没有扫到那搭着的"手"。

麦离惊叫道:"谁呀?"

秦雄听见她的声音,回头问道:"怎么了?"

麦离不及回答,又低头环顾了一圈,却见脚下的土地一片空旷,那凭空多出来的影子,仍清清楚楚地站在她身后——头部延伸到了草丛中,看不真切,但两脚的尽头,绝没有一个人站着!

"不要动!"秦雄忽然道。

他声音严厉,麦离心头一震,不敢稍动,只抬起头来。

只见那墨家使者脸色阴沉,一双如同鹰隼的眼睛,正从她的肩膀上越过,死死地盯在她的身后。

——她的身后,那影子的主人?

"嘶、嘶……"忽然有一阵细细的呼吸声响起。

像是有一个"人"就站在她的身后,低下头,将冰冷、恶毒的气息,喷在她的后颈上。

秦雄双目一眨不眨,冷冷地道:"不要回头。你不会想看到'他'的。"

麦离更是惶恐,颤声道:"'他'……是谁呀?"

"一个死人。"秦雄慢慢地道,一双细长的眼睛在月色下反着浅绿色的光,道,"一个湿淋淋的、被水泡得肿胀起来的溺死鬼。是了,他正是之前在大取桥上掉下去的那个少年书生,他回来了,来找你了。"

麦离有些僵硬地站在那里,不能回头,却能想象到那溺死鬼的样子。

——那有着温和眼神的少年书生,溺死至今,已有一个多时辰了吧?

她在家乡也见过溺死者的惨状,一想到那些被泡得惨白浮肿的人,更觉阴风阵阵,毛骨悚然。

"原来你是知道过桥的诀窍的……可是你却不告诉我……"

她的身后传来怨毒的声音,嘶嘶作响,带着奇怪的鸣音,道:"你眼睁睁地看着我掉下桥去……看着我死……我死得好惨……我死得太不甘心……"

虽然扭曲,但那无疑正是姜明鬼的声音。

"我那么信任你……你却骗了我……你赔我命来……赔我命来……"

麦离站在那里,瞪大了眼睛,浑身僵硬,握着长锄的手,指节都有些发白。

秦雄冷冷地站在她的对面,忽然轻轻一个侧步,身子压低,右手向脑后探出,已握住书箱旁插着的长剑剑柄。

——看起来,他竟似是要"斩鬼"了。

"等一下!"麦离突然叫道,"秦师兄,你让我先说两句话。"

秦雄皱了皱眉,没有说话,却也没有继续拔剑。

麦离深深地吸了口气,用力将长锄在地上顿了顿,终于冷静下来,道:"姜明鬼,我现在已过了大取桥了,我的愿望就要实现啦,你一定很为我高兴吧。"

身后的"嘶嘶"声骤然顿止,像是那水鬼也在专心听她说话。

"你是个那么好的人,你死了,变成了鬼,应该也是个好鬼才对。我没骗你、没瞒你,真是你掉下了桥,我才想到了过桥的办法——你现在要是能做个法啥的,就看看我的心,我心里一直记着你,谢着你呢。"

那"嘶嘶"的声音又慢慢响起来,像在叹息,又像在切齿磨牙:"你还在骗我。"

"我没骗你。"麦离摇了摇头,道,"我骗你干吗呢?我还挺喜欢你的呢。你那时要能从桥上下来,我都想代替那个蔡女,伺候你一辈子。"她原本有些苍白的脸色恢复如常,对秦雄道,"秦师兄,我们继续上山吧。"

那"鬼"陷入沉默。

秦雄看着她身后,却露出促狭的神情,道:"你连鬼都敢喜欢啊?"

"他又不是一开始就是鬼!"麦离叹了口气。

"你这么想得开,"秦雄冷笑道,"不如你再试试和他阴婚一场?"

"姓秦的……"麦离身后那"嘶嘶"作响的声音连忙道,"你不说话没人把你当哑巴!"

声音虽还阴森可怖,话的内容却已活泼起来。

人影一晃,那看不见的"水鬼"已从路心的大石上一跃而下。只见他长身玉立,斜背一口黑箱,面带微笑,果然便是先前在大取桥上落水的姜明鬼。

"你……你不是鬼?"麦离只看了一眼,已是又惊又喜,叫道,"你没死啊!"

姜明鬼笑道:"掉下桥是掉下桥,死是死——可不能混为一谈。"

原来大取桥下的河道,早就经过了墨家改造。河面下引入一条暗流,表面上看好像水流更急,漩涡更多,但其实掉下去的人,一定会在两里地外的浅石滩被冲上岸。只不过一般人都是被冲到南岸,还是没能过了大取桥。

姜明鬼却更加不同。他落水之后在水中潜行,顺流而下,游到北岸,才在浅滩上岸。

岸边的巨石下，自然早就藏好了换用的衣物。

之后他从小路上山，在高处借着草木掩蔽，看桥上的热闹。

远远地看见麦离蒙眼过桥，他也是大吃一惊。一时玩心大盛，这才在这必经之路的大石上，将身影分离，又吓了她一回。谁知麦离不经诈，竟说出倾慕之语，而那不苟言笑的秦雄，也顺势开起他的玩笑，登时令他装不下去了。

"你这姑娘，胆子也忒大了，"姜明鬼笑道，"连鬼都……都吓不住你。"

他犹豫的那一下十分突兀，显然差点也说成"连鬼都要喜欢"。麦离面孔发烧，叫道："你这人咋会在石头上？你人在石头上，影子咋会孤零零地在这儿？"

"墨家精研万物之理，你看到的，便是光影的趣味了！"姜明鬼也乐得转开了话题。

原来刚才姜明鬼躲在大石之上，和麦离之间虽然隔着很远的距离，但影子铺在地上，只需调整角度，便能令他的影子和麦离的一正一反地挨在一起；同时，他又用墨家道具在头顶上做出双脚的影子，一下子便让麦离以为有一个看不见的人，是"站"在她的身后了。

"可是我明明听见你在我身后说话。"麦离奇道。

"那却要依靠这个机关了。"

姜明鬼不慌不忙，从麦离身后的草丛中拿出一只海螺，和自己手中的另一只海螺一起，捧在掌心给麦离看。

那两只海螺约莫巴掌大小，灰白色的壳体，螺口处，各绷着一层皮膜。

"光影之用以外，墨家也在研究声音的奥秘。海螺乃是造化神物，天生便能将海浪声保留在螺壳里。而墨家经过研究，能令它们拢音、传音的功效变得更为神奇。这种东海神螺，用蝰蛇蛇皮绷口，

第一章 大取桥　33

单独的一个，可以储存鹰唳、虎啸、犬吠、风嘶之声；而两个一组的话，则又会彼此影响，对着一个说话，五十步内的另一个便会几乎原封不动地复述出来，因此被称作'同音螺'——我刚才便是如此，在大石上小声说话，却在你的身后清楚发声。"

这两枚灰白色的海螺竟如此神奇，麦离不由伸出手来，轻轻一摸，螺刺扎手。

"所以，你就是墨家的人啊！"麦离怒道，"你是故意落水的？你骗了我！我没骗你，反倒是你骗了我！"

姜明鬼深深一揖，正色道："这确实是我的不对，向姑娘赔礼了。"

"那你为啥要骗我？"

姜明鬼直起身，笑容一片诚恳："那实在是为了你们好。"

——最开始的时候，每逢小取城开放的日子，前来求助的人，都不下数百。

——人们从山外赶来，争先恐后，络绎不绝。

——鸡丢了也来，鸭丢了也来，儿子不孝也来，媳妇偷人也来，就连赌钱没了本儿，都有人来。

——许多事明明是自己就能解决的，偏要寄望于墨家弟子。

——小取城无奈，才建了大取桥，增加世人求助的难度。

麦离怒道："用那怪桥为难我们不算，你还故意落水吓人，就是不让人过桥啊！"

"不是吓人，而是爱人。"姜明鬼耐心解释，"大取桥固然危险，但我奉了钜子之命，在对岸策应，就是为了在暗中帮助大家的。"

麦离更气，叫道："你帮我们啥了？"

"其实帮了很多！"姜明鬼笑道。

——若没有人敢过桥，他就在木板上走得远些，给大家鼓励；

——若是有人冒冒失失地要过桥，他就在木板上跌得早些，让大家更小心；

——一旦有人真有难处，他就多给些经验，方便借鉴；

——万一有人只是求利，那他就会跌得惨些，令众人知道过桥的难处，重新考虑代价；

——遇见男子，他就多显示些勇气；

——遇见女子，他就试试是不是索性帮她传信……

眼观六路，耳听八方，随机应变，因材施教，他奉了墨家钜子的命令，在桥上的那一跌，实在是深思熟虑。

麦离本就是一时气话，自是知道他对自己的帮助，听他解释，兀自噘着嘴，道："那咋就不能让大家都过桥，大家都得救呢？"

"因为我们要兼爱天下啊。"

姜明鬼叹道，眼中笑意更盛，道："钜子早就发现，救人一时易，救人一世却难。墨家救人终究有限，唯有人人自救，方能天下大同。"

所谓兼爱世人，不是令所有人都受墨家照顾。

总是躲在墨家羽翼之下，只会让人们越来越软弱，越来越无能。

让更多的人，有能力照顾自己，甚至有余力照顾他人……求助之人在大取桥前被激发出来的勇气、智慧，于生死之际想通的道理——这些，才是将来属于每个人的自救法宝。

"所以，过了桥，从墨家得到救助，是为'小取'；过不了桥，从自己身上得到救助，方为'大取'。"姜明鬼道。

小取城、大取桥，原来是这个意思。麦离念叨着这两个词，忽然想起自己的心事，面上已飞起一阵红云。

"不过，如果有像你这样胆又大、心又坚的人也解决不了的问题，"姜明鬼说着说着，声音渐渐坚定，道，"那便不妨由我们墨家出手解决！"

第一章 大取桥 35

于是他们继续上山，秦雄依旧在前面带路，麦离与姜明鬼走在后面。

姜明鬼一边走着，一边随手拿出几枚野果，递给麦离。

麦离接过野果，只见都是拇指盖大小，青白圆润，望之可喜。咬一口，果肉酥脆，酸中带甜，登时令人口舌生津，精神大振。

"你之前是骗我的，那你到底叫啥呀？"她吃着果子，口中问道。

"我的确是叫姜明鬼。"姜明鬼笑吟吟地道，"行不更名，坐不改姓，不曾骗你。"

"那你真被悔婚啦？你那没过门的媳妇也是真的呗？"

"那却是我借来用的。"姜明鬼笑道，"世人万千，我兼爱不暇，哪还会有什么未婚妻？反正在大取桥上来来去去，我听多了向墨家求助的故事，随便借用了一两个而已，在桥上说出来，就是为了提醒各位'夺妻之恨'也不过如此——你莫不是当真了？"

月色下，他笑眯眯的，果然是毫无伤心之色。

麦离想到自己还对他有过同情，不由耳热，啐道："你这人说话没一句是真的，小心以后也讨不着老婆！"

"没关系啊。"姜明鬼哈哈大笑，"那我便以天下女子为妻，岂不是更好？"

前面带路的秦雄冷笑一声，似是听到他说的话，状甚不屑。

"秦师弟，请你尊重你的师兄！"姜明鬼笑骂。

秦雄走在前面，虽不回头，却腾出一只手来，在自己臀部一拍，"啪"的一声，越发不"尊重"了。

他们二人，一热一冷，一个活泼，一个倨傲，麦离看得有趣，问道："你还是人家的师兄呢？你看起来可比秦师兄岁数要小。"

"师门之序，又不是看谁岁数大小来论。秦师弟进小取城，学习破字诀才不到一年,我可是从小就在小取城长大的。承字诀里,我的辈分最高。"

麦离奇怪道:"啥破字诀、承字诀?你们不都是墨家弟子?"

"姑娘听说过'墨子援宋'的故事吗?"姜明鬼笑道。

"我当然听过啦!"麦离欢喜道,"我就是听了那个故事,才下了决心来的小取城!"

"墨子援宋"乃是墨家名扬天下的一战:

昔日楚国伐宋,巧匠公输班为楚王献上奇器攻城车,自信必胜。而墨子听说之后,孤身前往楚国,九日九夜,来到王都,再三劝阻楚王出兵,见楚王心有不甘,遂在楚王面前以牒为车,解带为城,与公输班演练攻宋战况。

其间,公输班攻势九变,而墨子守城九拒,尽破公输班之奇器。

公输班技穷之时,对墨子生出了杀心。然而墨子弟子禽滑釐等三百人,却已在宋国殊死以待,终令楚王不敢造次,不仅送走了墨子,更停止了战争。

"那就好了。"姜明鬼笑道,"我接下来要说的,就是小取城中从这个故事里分流出来的承、解、造、破这四字字诀,以及由此形成的墨家四个流派。"

山路漫长,他竖起手指,慢条斯理地为麦离一一讲解:

所谓"承",练的是承担、承受,引雷霆于己身,接灾厄于一肩,身历万劫,而令受保护的对象安然无恙。

修习承字诀的弟子,练的是"身担天下"的本领,最擅长防守、抵御。他们擅长将一切灾难、不幸、痛苦、不公,都吸引到自己的身上,即便是天塌地陷,也尽可以一肩承之,并从容化解,从而令这世间再无苦难。

所谓"解",练的则是拆解、破解,令强敌不攻自破。

修习解字诀的弟子，多练的是"百解无忧"的技术，小可拆解一人的兵器、工具，大可破解一国之国体、军队，举手投足之间，便可令一人再无寸铁可用，一国再无可战之兵，而终成"非攻"之事。

所谓"造"，研究的则是制造、发明，以增强墨家弟子本身的实力。

修习造字诀的弟子，每日钻研机关、器械，以"神工鬼斧"的本领，不断推进墨家天下无双的机关术，并于背后支持其他三派弟子的行动，终令墨家弟子在世间行走时，奇技百出，以一当千。

所谓"破"，讲的则是击破、消灭，是"非攻"的最后保障。

小取城中，破字诀的弟子数量最少，却是墨家最为强横的一群人，他们追求"非攻"之道，信奉"杀破即止"，修习的是最直接、最有效的杀敌制胜的武技，一剑出鞘，不血无归。

麦离眼珠一转，道："那你刚才说，你是'承'字这一派的？"

姜明鬼这回没有答话，只微笑着点了点头。

"那承、解、造、破，哪一支的弟子最厉害呢？"麦离又问。

"每一支、每一个弟子都各有所长，各有侧重，并没有绝对的强弱。"姜明鬼笑道，"麦姑娘，欢迎你来到小取城！"

说话间，峰回路转，他们的眼前豁然开朗。

原来不知不觉间麦离已来到小取城下！

第二章
小取城

夜色中，只见那城池黑沉沉的，走近了看，更见巍峨雄壮。城墙厚重而平坦，如一个有着光滑皮肤的巨人，枕着长河，蜷在山腰，酣然入梦，安卧于天地之间。

三人走近，秦雄上前叫门，未几，城下一扇角门已霍然洞开。

正对着角门的麦离猝不及防，被从门洞中射出的光芒晃得头晕目眩！

只见角门后，小取城内灯火辉煌，那些白亮的光芒，从每一扇窗、每一道门中射出，令那些远远近近、高高低低的房舍楼阁，都如被烈火烧穿一般。而那些数不清的光芒汇聚，最终连成一片，将小取城整个笼罩起来，直令上空的夜幕一片灰白，星月无光。

——那灯火之密集、明亮，竟是连各国的都城都有所不及。

"老天爷，"麦离脱口而出道，"这么晚了，小取城的人点灯熬油的，都不睡觉吗？"

她来自乡下，自是没有见过这等世面。

"一天只有十二个时辰，"姜明鬼笑道，见怪不怪，"读书、习武、造器、辩理……本来就已经不够用了，实在不用睡那么早。

须知人生百年，忽忽而过，人死之后，能睡的时候可长着呢。"

麦离犹豫道："可是这得糟蹋多少灯油！"

"松油虽贵，却可采买，用之不尽；不比时间，一去不返，再难追回。人生苦短，若能将夜晚善加使用，岂不是等于将人的生命延续了一倍？"

墨家的道理，总是别出心裁，却令人越想越对。

麦离望着那满城灯火，一时间竟被那辉煌灿烂所感动了。

而在那些明亮的灯火映照下，角门内有两个人正在等着他们。那两个人背光而立，五官样貌全都隐在阴影之中。等到麦离三人进城，他们稍稍侧身相迎，麦离才看到，原来他们二人容貌几乎一模一样。

——都是矮矮胖胖，腆胸叠肚，圆头圆脑，笑容可掬，显然必是兄弟。

只不过在大笑时，其中一个牙齿齐整，另一个却少了两颗门牙，齿间露出一个大洞。

那缺齿的笑着拱手道："麦姑娘一路辛苦！姜师兄、秦师弟，接人一路辛苦！先喝碗水，解解渴吧！"

那全齿的适时上前一步，手中还端着一个黑漆托盘。

托盘上，稳稳当当地放着三碗水。

"麦姑娘冒险过桥，最是耗费胆力。这碗水我们以甘草、红枣熬成，正可以解渴壮胆。"

那缺齿的先将一碗端起，双手捧给麦离。

——这是小取城专为入城之人接风的？

麦离看看水碗，有点不确定地望向姜明鬼。

姜明鬼笑道："金家兄弟是咱们小取城中造字诀的高手，研究药物，于食补、药膳一道最有心得。难得他们在这等你，你若渴了，

第二章 小取城 41

就放心喝吧。"

——听来却不像是小取城安排的"接风"。

麦离接过那碗水,轻轻抿了一口,只觉入口微温,甜甜的十分好喝,这才放下心来,几大口喝完,登时精神大振。

那缺齿的笑嘻嘻地看她喝了,又端起第二碗,递给姜明鬼,道:"姜师兄落水遇寒,虽然身体强健,不至于生病,也难免有损元气。这一碗生姜水,帮姜师兄活血驱寒。"

姜明鬼哈哈大笑,接过水碗一饮而尽,道:"为什么又有梨子味?"

"姜师兄这一路行来,想必话是说了不少的。"那缺齿的笑道,"姜水晾凉后,我们又用梨片泡过,专为姜师兄生津化痰而用。"

"你是说我话多么?"姜明鬼笑道。

那缺齿的大笑道:"总不会和秦师弟在一起,还能是秦师弟为麦姑娘解说小取城的规矩吧?"一面说,一面将第三碗端给秦雄,道,"秦师弟是铁骨铮铮的壮士,不喜欢那些花哨,你的这碗水,便只是咱们后山的山泉,请秦师兄放心饮用。"

秦雄站在一旁,两眼望天,似是对他们的话听都没听见。

——虽然也以师兄弟相称,但他们之间似乎并不多么友好。

"没关系,他不喝,我喝。"姜明鬼在旁笑着,顺手接过了第三碗水,也是一饮而尽,道,"我可也是'铁骨铮铮的壮士'。"

那缺齿的笑道:"那么,不耽误三位去见钜子了。赵流师兄也在兼爱堂等麦姑娘呢——祝麦姑娘此去,慧眼识英,得遂心愿!"

"嗤"的一声,姜明鬼发出轻笑,旋即正色道:"那我就不谢你们了,谢赵流!"

三人离了城门,继续向城内走去。

小取城中的街道又平又宽,全以麻石铺就,可容四车并驾。而两侧房屋林立,多以石块、巨木建成,古拙恢宏,高低错落,相互掩映,隐隐然有步步为营之势。

走了几步,秦雄从大道上拐下来,几步来到路旁一所房屋前。

却见那屋墙外,紧贴墙壁,横着一根根碗口粗细的竹筒,前后连缀,绵延不知起止,十分显眼却又不知用处。秦雄来到竹筒前,在竹节上找着一个塞子,拔出之后,竹筒中立时有清水流出。

他以手捧水,先洗了手、净了面,又痛饮数回。

麦离奇道:"竹筒里哪儿来的水?"

"小取城里的日常用水,早已不用露天的井渠。"姜明鬼笑道,"而是用封闭的竹筒布成一张笼罩全城的大网,送到城中各处,取用方便,也免去了风尘鸟兽的污染。"

"那刚才那两位胖师兄,为啥还要给我们送水喝?"他这么一说,麦离越发觉得奇怪,问道,"他们又是啥人?"

"他们是一对孪生兄弟,那个全齿的是哥哥,叫作金喜,那个缺齿的是弟弟,叫作金悲。他们送来的水,都经过了他们秘方炮制,生津止渴,可恢复体力,当然要比竹筒中的泉水好喝。"却听秦雄森然道。

他饮水已毕,正从路边回来,这时头面湿漉漉的,须眉皆张,如同猛兽:"但更重要的是,他们要让你承情。"

"让我承他们的情?我又不认识他们!"麦离大感意外。

"不是他们,是他们背后,那个叫赵流的人。金家兄弟希望你喝了他们的水,能记住赵流的情,在接下来的兼爱堂论战中,选择赵流帮你实现愿望。"

"我选啥?"麦离吃了一惊,道,"不是我进城救助,然后钜子就派遣墨家弟子出山,帮我完成心愿吗?咋还有我的事呢?论战又是个啥?"

第二章 小取城 43

"报名同一个任务的备选弟子较多的话,他们是要现场论战,一决胜负的。而最后选择谁,钜子会征询你的意见。"姜明鬼笑道。

麦离越发疑惑,道:"那、那个'笊篱'咋那么好心,非得要帮我实现心愿?"

"……是赵流。"姜明鬼笑道,"不过,也许只是我们以小人之心度君子之腹。可能赵流师弟也只是想为麦姑娘接风而已。"

"你这么说,你自己信吗?"秦雄冷笑道。

姜明鬼被他噎了一下,垂下眼皮,叹了口气,没有说话。

"咋还有个备选这一说?"麦离见他们争执,不由忧心忡忡,道,"我们外面进来的人,在小取城谁都不认得,那还不是瞎选?还不如钜子知根知底的,帮我们指定一个合适的人呢!"

"这其实是源于墨家的公平原则。"姜明鬼叹道,"公平是墨家一切'兼爱''非攻'的前提,也是我们行事的第一标准!因为之前曾经出现过有人过桥求助,而弟子中却无人报名相助的窘况,因此,小取城便有了在每次开城之前,诸位弟子需提前报名的规则。"

"我们好不容易过桥了,咋还会没人报名帮忙呢?"

"因为有些过桥人所求之事,实在太无趣了!"秦雄冷笑道,"他们好不容易过了大取桥,所求之事,却不过是鸡毛蒜皮、家长里短的小事而已……墨家弟子不想为此出手,岂非人之常情?"

麦离奇道:"那墨家弟子希望过桥的人,都求什么事呢?"

"当然是惊天动地的大事。"秦雄傲然道。

"当然是'爱人'之事。"姜明鬼笑道,"我们希望世人都能够相亲相爱,宽容平等地生活,并最终消弭一切私欲与战争,而不是仅仅帮过桥人实现他们的欲望。"

他们都说得极有道理,麦离一时竟无言以对。

"你该不会也是来求利益小事的吧?"姜明鬼笑道。

"不、不！"麦离连连摇头，忽然露齿一笑，道，"我来求的……正是'爱人'之事！"

他们这样边说边走，前面忽有一人，端端正正地拦在他们的去路上。

——与其说是一个人，不如说是一群乌鸦。

上百只乌鸦，密密匝匝地落在地上，聚在一起，如同一块不断蠕动的黑毯。

一粒粒金色的眼睛，反射月光，像是洒在黑毯上的金屑。

有一个人站在乌鸦中间，戴着一顶插满鸟羽的高冠，穿着一件缀满亮片的黑色长袍，在月色下闪闪发亮。

见他们走来，那人发出一阵鸟鸣似的怪笑。

他拱手施礼，双袖长垂，如同鸟儿抱起双翼，道："麦姑娘！姜师兄、秦师弟。"

麦离慌忙回了一礼，奇怪道："咋他们都知道我的名字？"

"知道你的名字，办法可以有很多。"姜明鬼一面回礼，一面小声道，"如果是他的话，那些乌鸦会告诉他的。"

麦离想起她刚上山时那群一直跟着他们的乌鸦，不由"啊"了一声。

那羽冠之人怪笑道："麦姑娘，在下墨家弟子公冶良，祖传懂些鸟语。听这些扁毛畜生先前禀报，知道了麦姑娘过桥的英姿，不胜钦佩，因此为迎接姑娘进城，特来表演些小玩意儿。"

"废话少说。"秦雄却冷笑道，"你就直说，你又是为谁来做说客的！"

公冶良脸色变了变，笑道："秦师弟说笑了，我在此恭候麦姑娘，只是想让姑娘知道，小取城墨家弟子的手段不俗，无论她所求何事，我们都必会助她完成心愿。"

"那便最好了。"姜明鬼抚掌笑道,"公冶师弟的乌鸦军,金睛铜喙、铁翅银爪,铺天盖地、呼啸来去,正是小取城中的一绝。"

"你也报了我这次的任务?"麦离看着一地乌鸦,颇觉为难,问道,"你想让我一会儿选你和这些鸟儿?"

"小取城的规矩,所有备选弟子,在过桥之人到达前均需在兼爱堂等候。"秦雄冷笑道,"他能出现在这里,其实就说明他根本未曾报名,未入备选之列。所以无论他说什么、做什么,都与你无关,你都可以当没看见。"

他每一开口,必刺人面皮,毫不留情。

公冶良的脸色一变再变,终于大笑一声,嘬唇而啸。那啸声尖锐连绵,简直不知如何经由人口而发出,中间又夹杂着乌鸦叫般的"嘎嘎"声。

随着他的啸声,那些原本还有些纷乱的乌鸦忽然阵容一肃,挤挤擦擦,转眼间已站成一个方阵。

一个个昂首挺胸,圆瞪双目,十足像是精神抖擞的战士。

"我的乌鸦军,最厉害的其实是令行禁止!"公冶良冷笑着,啸声一转。

乌鸦军的方阵立刻分开左右,一只只乌鸦跳跃着,各入阵列,旋即一队向前,一队紧随,两队转眼间又合成一个巨大的圆,围着公冶良转动不已。

公冶良森然望着秦雄,道:"这些扁毛畜生虽然蠢笨,却绝不会和人一样,自作聪明,多嘴多舌。我让它们飞,它们便飞;我让它们落,它们便落;我让它们攻敌,它们便是死,也会啄下敌人的眼珠子。"

他的冷笑变为大笑,而大笑声中,他的啸声再变,乌鸦泼剌剌振翅飞起。

鸦群飞起,但那圆形的阵形未变,仍是旋转着,悬停在公冶良的头顶上,形成一个巨大的黑环。黑环摆动、起伏、收缩、扩张,如有灵性,其蓄势待发,显是随时准备攻击任何公冶良下令攻击的目标。

如此神技,麦离不由看得目瞪口呆。

而就在这时,那原本有条不紊的鸦群却忽地一乱。

——鸦群骤乱,是因为公冶良的啸声颤抖。

——而公冶良啸声颤抖,却是因为秦雄已经走到了他身前三步的地方。

乌鸦飞起时,翼翅扇动,遮天蔽月。鸦群形成的圆环,在地上投下巨大的影子。而在上一次鸦环收缩时,影子刚好在公冶良的眼前掠过,令他在那一瞬间也不由眼前一花。

虽只一瞬,但远远站着的秦雄,却已闪电般地欺到了他身前三步之处。

那一双如鹰的利眼,居高临下地盯着他,冰冷、残酷、毫无感情,宛如苍鹰,看着爪下鲜血淋漓、呻吟濒死的猎物。

公冶良不由心头大震,口中气息一乱,人也不由退了一步。

秦雄立刻跟上,也跨前一步。

他们之间保持着三步的距离,秦雄一言未发,一根手指都没碰到他,可是对公冶良而言,却觉呼吸困难,像是有一口利刃已经抵上了他的胸膛,令他连呼吸都快要停顿了,更难于维持啸叫。

——而他的乌鸦军,却远在头顶一丈开外。

明知小取城内严禁弟子私斗,秦雄绝不会向自己出手,可是公冶良只觉在这个距离下,自己随时会死在对方的手上。

"秦雄,你想干什么!"公冶良厉喝道,啸声中断,声音都嘶哑了。

秦雄听他喝问，仍不发一言，只冷笑着向前一步——一大步。

——于是抵在他胸膛上的那一口利刃，入肉三分！

公冶良胆寒气沮，再也无以为继，"腾腾腾"连退数步。

姜明鬼面上的笑意一敛，低喝道："秦师弟！"

秦雄置若罔闻，仍是死死地逼住公冶良，直到公冶良脸色都变了，才道："你爱在哪里表演你的鸟戏，都随便。只不过我们奉钜子之命，带麦姑娘去兼爱堂，你可别挡了我们的路，耽搁了她的事情。"

"是了，是了。"姜明鬼快步赶过来，伸臂将秦雄拦住，道，"天色这么晚了，我们就不耽搁了。公冶师弟的操控飞鸟之术，麦姑娘已经知道厉害了。"

有他一拦，秦雄的威压才稍稍一轻。

公冶良连忙后退，又勉强发出一两下啸声，匆匆解散了鸦群。

乌鸦四散，却又不飞远，就在街边房顶、树顶落下，一副要看热闹的模样。

公冶良脸色惨白，大口喘息，目中满是怨毒之色。

秦雄冷笑一声，从他面前傲然走过。

"没关系。"姜明鬼安慰公冶良道，"你的意思，你们的本事，麦姑娘已经知道了。"

"是是是，真的厉害，厉害！"麦离也连忙附和道。

"我……我的乌鸦军虽然厉害，"公冶良喘息道，"但在小取城中，我却最服我们的大师兄辛天志！他的本事比我还大！他……麦姑娘一会儿就会见到他！"

他这番话，原本是打算在用乌鸦军震慑了麦离之后说的。

可这时乌鸦军已被秦雄破掉，那他所谓的"厉害"和"本事大"，便是前言不搭后语。虽然勉强说出了那个名字,却毫无说服力。

公冶良神色越发难堪,一双眼中几乎喷出火来,姜明鬼哪敢停留,连忙拉着麦离便走。

"秦雄!"公冶良老羞成怒,低喝道,"早晚有一天,我要和你有个了断!"

他声音很大,秦雄听在耳中,冷笑一声,却连头也不回。

"那个辛天志又是谁呀?"走出老远,麦离低声问道。

"辛师兄,是我们墨家弟子这一代的大师兄,四字诀里所有人的大师兄。"姜明鬼道,"他也报名了你这次的任务,也想实现你的愿望。"

这本应是个令人惊喜的消息,可是被人这样"胁迫"着要帮忙,却只令人越来越忐忑。

"到底有几个人报名了我这次的任务?"麦离皱眉道,"你和秦师兄也报名了吗?"

"我和秦师弟两个能去大取桥迎接你,就说明我们没有报名此次任务——而事实上,这次报名的人,其实只有两个。"姜明鬼笑道。

麦离一愣,旋即又惊又怒,道:"只有两个?辛师兄和'笊篱'?咋才两个?"

"虽只二人,但你大可以放心。"姜明鬼正色道,"辛师兄和赵师弟,同属解字诀弟子,也是解字诀中最厉害的两个人:辛师兄自不必多说,一身'拆解'的本领,冠绝小取城,你的愿望交给他,必是'迎刃而解';而赵师弟的'和解'本领,别出心裁,你若选了他,也必可'妙语解烦'。"

他说得轻巧,麦离却终是不甘,问道:"你……你和秦师兄为什么没有报名?"

"秦师弟本就是个嫌麻烦的人,一向不参与下山助人之事。"

姜明鬼移开视线，叹道，"而我，唉，只是这次一时偷懒，巧合而已。"

听他这样说来，麦离不由满心失落。

在处处都建造得高大、坚固的小取城正中央，有一片圆形空地。

空地上，建有一座低矮的茅屋。

茅屋用薄薄的木板筑墙，又以茅草覆顶。屋中昏黄的灯光，从板壁缝隙里隐约泄出，更显出它的简陋和单薄。

那名扬天下、令无数人畏惧向往的墨家中枢，原来便是这样一座一阵风就能吹倒的茅屋。

麦离站在门外，只觉心跳如鼓，竟比之前孤身踏上大取桥还要紧张，长锄拄在地上，依然簌簌发抖，长柄摩地，沙沙有声。

"别怕。"姜明鬼低声道。

当此之时，他那温和的声音中，似乎有令人不得不信的魔力。麦离心下稍定，道："我来都来了，才不怕呢！"

姜明鬼这才向屋内行礼道："钜子，本月过桥之人，弟子与秦师弟已领她过来了。"

只听屋内有人道："请麦姑娘进来。"

姜明鬼推门将麦离引入，自己和秦雄却候在了外面。

麦离走进草屋，不及看清屋中景象，便已纳头拜倒，口中叫道："农家弟子麦离，特请墨家相救！"

只听一个女声道："爱他人如爱己身，爱他国如爱己国，天下之人，皆为手足，一人有难，墨家必当捐躯以赴。麦姑娘蒙眼走过大取桥，大智大勇，令人钦佩。既来到此处，还请不必多礼，起来说话吧。"

那声音温柔，却又充满威仪，像是一位严厉的母亲，安慰自己在外面受了欺负的孩子。

麦离于是抬起头来，只见草屋中摆设简单，只有三张草席，一扇屏风，一盏油灯。

油灯的光晕中，一个女子正慈祥地望着她。

那女子年约三十，一身灰布衣裙，腰系黑绦，正襟而坐。她不佩首饰，未着脂粉，只用一根乌木长钗将头发在脑后紧紧地挽成一个髻，一丝不乱。

她的面庞光洁，双颊如削，一双细细的眉毛斜飞入鬓，丰姿不凡，更隐隐然有男子气概。

在她的膝头，横放一柄五尺余长、弯曲如蛇的桃木棍。

而在她的身后，那扇屏风上笔走龙蛇，绘有一幅图画：天升红日，赤霞万里，一个巨人披发赤足，跨山越泽，逐日而行。

在她两侧，又各有一位黑衣青年正襟危坐，想来便是那辛天志、赵流。

麦离向那女子颤声道："见过逐日夫人。"

那一手掌管小取城的奇人，墨家当世的钜子，天下皆知，乃是一位女子。

传说中，她十岁入小取城，成为墨家弟子；十六岁时大婚，却没有夫君，只说自己是"嫁与天下"；二十七岁时，便成为小取城墨家的钜子。

因为她的兼爱堂中有这么一座"夸父逐日"的屏风，而渐渐获得了"逐日夫人"的称号。

逐日夫人微笑道："麦姑娘在危难之时信得过墨家，便是我们的荣幸。我与尊师黎铧子先生曾于十年前匆匆一晤，他如今可安好？"

麦离连忙道："我那个老师一向闲不住脚，到处跑来跑去地教人种地。一年前，他离开韩国啦，从那之后，我就再也没见过他了。

不过听说他是去了楚国,在那琢磨啥'间耘'之术,应该挺好的吧!"

农家使一亩之地产十亩之粮,一穗之苗产十穗之实,令天下人温饱而无忧,自足而不争,正是最令墨家钦佩的一点。

逐日夫人微微颔首,面上笑容更盛,道:"不知麦姑娘在这农忙时节前来小取城,所为何事?"

麦离又深深地叩了一个头。

面前这位墨家钜子与她同为女子,却执掌墨家权柄,运筹帷幄,几可决定天下的气数。

那样的差距,直令麦离的心中五味杂陈。

哽咽一声,麦离道:"夫人,你觉着,这天底下,最最重要的是啥?"

"天下之根本,不同学派有不同的说法。"逐日夫人道,"以墨家而言……当在'公平'。偷盗邻居的人,一定会被判罪;侵略邻国的国家,反过来一定会受到正义之师的征伐;勤劳耕作的人,一定不愁温饱,颐养天年;而用心治国的人,也会受到百姓爱戴,万民来投。如此一来,无论大小、强弱、贵贱、贤愚,都有奋斗的目标,而断绝了投机取巧的恶念。"

"那我来小取城,正是要请墨家制止一件不公平的事!"麦离狠狠地抹了一把脸上的眼泪,道,"我所在的韩国水丰城,地方不大,百姓不多,却是我们祖祖辈辈活命的地方。五年前,黎铧子老师教了我们'变土'之法,水丰城的土地也因此越来越肥,收成一年好过一年。可是就在不久前,韩王却突然下了道命令,说是要在水丰城修建自己的陵寝,要让我们全部迁离。"

麦离哽咽着,终于将自己的遭遇和盘托出。

之前她小心翼翼,不敢对任何人提及——因为那实在是大逆不道、诛灭九族的重罪。

"他还活着呢，就要给自己修坟造墓！"麦离哽咽道，"可是水丰城招谁惹谁了，我们辛辛苦苦种的地，全让他占了！好不容易盖的房，也让他扒了，我们不甘心啊！"

逐日夫人听她哭诉，长眉挑起，脸上笑容消失不见，更显威严，道："久丧厚葬，根本就是浪费物力，害人害己。韩王此举，顿失民心，实在是大错特错。"

"不光这样啊！我们在水丰城住得好好的，根本没想过要搬家不是？"麦离大哭道，"谁能想到，突然就没家没业了呢？这才四月，青黄不接的，谁家也没有多少余粮啊！这时候搬家，今年的收成也就别指望了，到了冬天，那还不得一个个等着饿死？这就是要我们的命啊，我们活不下去了！"

——韩王暴虐，对迁离百姓又岂会予以补偿？

——那些被赶出家园的人，既没有片瓦遮身，又没有余粮果腹，凛冬将至，等待他们的又会是什么样的命运？

麦离狠狠地擦了一把脸，叫道："所以，我代表大家来求小取城，帮帮我们。要是能保住水丰城，让韩王不修陵寝了，那肯定是最好；要是实在不行，至少也得让我们在七月秋收之后，再去搬家。让我们冬天时，不至于饿死。"

她直起身来，从怀里掏出一样东西，双手捧了，膝行数步，向逐日夫人献上。

"这是我们水丰城的叔叔伯伯们，专门给墨家钜子准备的礼物。"

那礼物放在逐日夫人面前的几案上，小小的，绿莹莹的。

逐日夫人轻轻拈起，原来是一枚麦穗。

麦穗的断口用一小团湿布缠着，因此虽已摘下许久，仍是鲜嫩无比，两排穗粒胀鼓鼓的，像是塞入了石丸一般，而麦芒上的绒刺，尖锐得直扎手。

麦离哽咽道："今年风调雨顺，水丰城定有个好收成！不能就这么糟蹋了！"

——人不可以辜负粮食，也不能轻视了粮食。

——种下的种子，一定要收成，长好的秧苗，一定要照顾，只有这样，才能将自己的汗水和幸运，一点一点地收集起来，在未来活得更加富足。

这，便是农家的信仰，也是天下百姓，在这乱世中的一个共同念想。

"正义便如烈日，我们逐日而行，便是死在途中，也绝不止步。"

逐日夫人轻轻击掌，对座下那两名黑衣青年道："要救一城，便要对抗一国——这是麦姑娘给我们出的一道难题。你们二人，之前报名执行此次任务，任重而道远。如今，不妨说出自己心中的解决之法，也好供麦姑娘参考。"

只见那二人齐声答道："墨家救人，九死不辞，弟子出山，必不辱小取城之名。"

兼爱堂外，姜明鬼和秦雄一左一右，分立门侧。

——虽已将麦离接入小取城，然而逐日夫人之前却有命令，他们还不能离开。

姜明鬼低眉敛目，恭立门旁；而秦雄身如标枪，站得笔直，一双鹰眼却挑衅似的盯着他看。

"你为什么不制止金家兄弟和公冶良？"秦雄忽然开口道。

"因为我觉得，并没有到需要我制止的地步。"姜明鬼皱眉道。

"小取城的规矩：报名备选的弟子，不得提前接触进城的委托人。为的是让委托人届时能够公平地作出选择。可是辛天志、赵流委派手下向麦姑娘示好、示威，你作为师兄，不该制止吗？"

"辛师兄他们只是急于求成，忄于小节有亏，其实真不算什么。"姜明鬼叹道，"兼爱，爱的是世上所有的人：男人、女人、老人、稚子、智者、愚徒、好人、坏人……我们若是连同门兄弟的一点小错都不愿包容，那还谈什么兼爱呢？"

"那么，如果他们因此得寸进尺，变本加厉，你又怎么办呢？"秦雄冷笑道。

"我只需令自己变得更为强大，也就是了。"姜明鬼笑了一下，道，"等到他们终于做了错事，悔之莫及，我再帮他们弥补就好了。"

秦雄双目如刀，冷冷地盯着他，道："亡羊补牢？你每一次都补得上吗？"

"我是承字诀弟子，一定补得上。"姜明鬼还是微笑着。

昏黄的灯光，从门板缝里漏出，照出这个年轻人天真而坚毅的轮廓。

兼爱堂里，麦离向钜子陈情的声音时高时低。

"我真是受够了你的伪善。"良久，秦雄终于冷哼一声道。

"好端端的，你骂我做什么？"姜明鬼哭笑不得。

"楚国有一种鸟，和别的鸟在一起，它的鸣叫声，一定会比其他的鸟响亮、悦耳；秦国有一种树，和别的树长在一起，它的树干，一定比其他的树更高、更直。而我，就是这种鸟，这种树。"秦雄冷冷地道，"我在三年前心中产生疑惑，日思夜想，寝食难安，于是游历天下，四处学习。每入一家学派，少则数日，多则三个月，我便会将他们的学说完全掌握，成为学派最出色的弟子，于是我立刻离开，毫不留恋。"

"兼学百家，取舍辨析，其实也不是一件容易事。"姜明鬼叹道。

"那些对我，毫不困难。"秦雄傲然道，"来到小取城之后，墨家藏书浩如烟海，我不得不多停留些日子。但半年时间，也已是我在此学习的极限。我原本已打算离开，可是，却又遇上了你。"

"遇上我又怎么了？"姜明鬼叫屈道。

"因为遇到你，我便不能确定，我是不是已是墨家最出色的弟子。"秦雄目光如针，道，"辛天志、公冶良，不过是好勇斗狠的一介匹夫；欧鸿野、黄车风，不过是敝帚自珍的小气村氓；罗蚕、韩节用，不过是奇技淫巧的市井工匠……只有你，年纪虽小，却实在是我的大敌。"

"能被秦兄看重，"姜明鬼微笑道，"姜明鬼殊感荣幸。"

他忽然不以"师弟"相称，显见已是动怒，心生罅隙。秦雄看着他，一瞬间，竟忽然发现那少年满含笑意的眼睛深不见底，杀气森然，一个激灵，冷汗浸湿了后背。

就在这时，兼爱堂内忽然传来声音："姜明鬼、秦雄，你们两个进来。"

兼爱堂中，跪坐在逐日夫人下座的两名黑衣弟子，一人古拙，一人飞扬。

逐日夫人命他们提出水丰城的解决之道，古拙那人立刻向前膝行半步。

他的肤色暗淡，灰扑扑的一张脸，脸颊宽大，双目分得很开，眼珠又努出眶外，一眼看去竟令人怀疑那两只眼睛其实是看往不同方向的。

偏偏他的脸上又木木然，毫无表情，像是罩了一层硬壳，让他看上去更像是一只昆虫。

他肩膀宽阔，双臂奇长，坐在那里时，两手放在膝上，肘弯几乎垂在了腰下。身上斜背着两口小小的黑色箱子，箱带十字交叉，勒在胸前，小箱便都垂在臀侧。

"钜子，弟子愿去水丰城，为麦姑娘'解'开此次危机。"

他先对逐日夫人行礼，之后才转向了麦离，道："麦姑娘，我乃墨家弟子辛天志，是我们这一代弟子中的大师兄。"

原来他就是派出了公冶良的辛天志，麦离连忙应道："见过辛师兄。"

辛天志的声音平稳得毫无起伏，令人不安："墨家的学说、技艺，我练的是解字诀。麦姑娘若是选择让我去解决水丰城的事，那么我会在一夜之间，拆掉水丰城所有的建筑工具、运输工具。"

工欲善其事，必先利其器。

建造韩王陵墓，工程浩大，自然需要各式各样的工具：锹、锄、镐、铲、筐、箩、斗、箕、锯、斧、刨、锛、车、担、架、台……

而辛天志，却能将这所有的工具，全部破坏！

辛天志继续道："他们的工地上，将没有一把镐头可使，一只箩筐可用，一座支架可立，一辆马车可行。整个陵寝的工程，将难以寸进！只要有我在，水丰城就绝不会成为韩王的陵寝。他是一国之君，他可以在韩国的任何地方修建他的陵寝，但唯有水丰城，永远不行。"

——在那繁忙的工地上，工人如同蚁群，挑担推车，川流不息。

——巨大的脚手架，鳞次栉比，高耸入云。

——凶恶的工头站在土坡上，挥舞长鞭，大声呼喝。

——可是忽然间，一切绳结全部散开，一切榫卯全部滑脱，一切钉楔全部断裂！

——挑土的箩筐，跌在地上，砸伤了挑夫的脚；推石的小车一歪，孤零零的车轮已远远滚走。

——高大的脚手架，发出毕毕剥剥的断裂之声，遮天蔽日地坍塌下来。

——工头的手上一轻,长鞭的鞭身忽然自鞭柄上脱落。那乌黑的鞭身,如同长蛇,在空中扭动。然后那细长的鞭身又猛地散开,散成了一缕缕、一条条牛皮细条,分崩离析。

——他们惊愕、恐惧、愤怒、无助……

麦离只消想到这样的情景,便已不由热血沸腾。

"可是辛师兄,你只是令水丰城工地无法施工,恐怕仍是治标而不治本。"

麦离正自沉浸,那张扬的墨家弟子,却已向辛天志发难。

"韩王一怒,若是发兵攻打水丰城,你又如何?便是你能将韩国大军也全都'解'掉,那在这过程中,你又如何保证水丰城百姓的安危?便是你能保证击退韩国大军,保住水丰城不伤一人、不死一人,可是韩王要是换了别的地方修建陵寝,祸害别的地方的百姓,你又如何?难道你救了水丰城,就不管别人的死活?难道你还能追着他去,永远不让他修建陵寝?"

仔细看时,这个人的年纪其实较大,也有二十七八岁了,只不过保养得极好,因此显得年轻。

他穿着一身黑缎的锦袍,隐隐反衬华光,这在简朴而厚重的小取城中,已是另类。

锦袍的肩头、膝上,打着几块小小的杂色补丁,却崭新熨帖,配色用心,显然只是为了显示"简朴"而已。

这人皮肤白皙,相貌英俊,唇上留着两撇精心打理的短髭,顾盼之间,神采飞扬。他身侧放着一只黑色的竹篮,篮高二尺,细腰大肚,编造精美。

——自然便是指使金家兄弟的赵流。

听着他这一连串的追问，辛天志也不由一时无言，良久方道："我会以最终能否修建陵寝为要挟，令韩王做出让步。他是一国之君，我是一介布衣，他着急，我不着急，和我耗下去，他并没有好处。"说这话时，他那两只分得很开的眼睛"分别"望向麦离和赵流，显得格外古怪。

赵流摇头道："但要挟这种事，毕竟风险还是太大。况且一国之君若是被你要挟，那让他以后如何统领国事？一旦撕破面皮，恐怕会招来他无休无止的报复，于水丰城，于墨家，都是无穷后患。所以水丰城的事，固然要解决，但这个解决，必须要由韩王心服口服地下达命令才行。"

麦离听了，不由茅塞顿开。

——只觉这人考虑周详，对水丰城似乎更有好处。

只见赵流向着麦离微微一笑，道："在下赵国赵流，也是墨家弟子。我练的也是解字诀，不过是冰释前嫌的'和解'之术，最擅长和和气气地解决一切难题。如果是我去水丰城的话，我会首先和主管修建韩王陵寝的将军见面，说服他暂时停止工程，也好让水丰城百姓尽快恢复安稳的生活。然后我会请他带我面见韩王，并帮助他找到比水丰城风水更好而并不扰民的墓葬之地。如此一来，建陵的将军得到了功劳，韩王得到了更好的陵寝，水丰城得到了想要的太平，而别处的百姓，也不会遭到殃及。"

"示好"，令所有人都有利可图，这就是他的解决之道。

麦离想象未来，韩王在别处安葬，而水丰城百姓也再不用担心顶撞王命，招致报复。

——麦穗灌浆，菽豆花开，所有的庄稼都在阳光下闪闪发光。

——老幼妇孺，男男女女，人人都在自己的家中安居乐业，脸上洋溢笑容。

第二章 小取城

那本该理所当然的情形,如今已成难得。

她不由鼻尖一酸,几乎为此落泪。

"赵师弟以更好的墓址为交换,虽然解除了水丰城的危机,却助长了厚葬之风。"辛天志却忽然道,"韩王修建陵寝,残民以乐,本就是不对的,我们还顺从他的意思,给他'更好的'墓葬,满足他的欲望,那人间的公理,又何在呢?"

春秋以来,百家争鸣的风气早已蔚然成风。

辛天志神情木讷,可是一旦辩论开来,言辞犀利,直指赵流计划的死穴。

赵流微微沉吟,道:"'兼爱'的大同世界,并非一朝一夕可成。韩王虽然昏聩,但我们也应当一点一点地将他改变。首先令他不至于祸国殃民,然后再令他由奢入俭……"

"怕的是,你这国中弟子,本身也是贵族出身,所以根本把厚葬之事当成了理所当然吧?"辛天志打断他道。

赵流脸色变了变,道:"辛师兄对国中弟子的偏见,也有些理所当然了。"

二人词锋渐渐尖锐,逐日夫人轻嗽一声,神色不悦。

辛天志、赵流登时闭嘴,可是低下头时,望向对方的眼神仍然不善。

逐日夫人对麦离道:"麦姑娘,辛天志、赵流都已提出自己的计划,虽然难免有所疏漏,但都是诚心诚意的主意。你对想让谁帮你拯救水丰城是否有了一个答案呢?"

——果如姜明鬼所说,是要在这两个备选弟子中选择。

——可是这两人,一个看起来古怪丑陋,一个怎么看也不似未曾婚配。

麦离深深叩首，心中却已飞快地转过几个念头，道："两位师兄的计划，都太厉害了，智慧勇气，都比我强得太多……可是我还想多听几个墨家弟子的计划，行不？"

她似乎还不知道，她能选择的救星只有眼前这两个人。

辛天志、赵流虽在竞争之中，却也忍不住对视一眼，露出几分嘲弄的神情。

逐日夫人笑道："你来的路上，姜明鬼没和你说墨家助人的规矩吗？只有提前报名的备选弟子，才能参与此事。而你这次入城之前，报名的人刚好便只有辛天志和赵流而已。"

麦离再次叩首，道："钜子，我们农家在耕种时，也有各种规矩，比如'秋分谷子割不得，寒露谷子养不得'，但真正下了地，谁还不得根据当季的雨水、虫害、冷热、忙闲这些事再琢磨琢磨？那要是偏偏就赶上了，你能怎么办？秋分割、寒露养，也比颗粒无收好得多不是？就连我们种地的都知道，规矩虽然重要，但归根到底，它也只是帮着我们增加收成而已。墨家那么聪明，又咋会被规矩给绑死了呢？"

她口音虽土，但道理清楚，迎着辛天志、赵流愤怒的眼神，也一口气说了下去。

"墨家定下规矩，还不是为了更好地助人、爱人么？水丰城上千人的脑袋，悬在刀口上，我真不能只听了解字诀两位师兄的计划，就拍了胸脯、定了结果！钜子、两位师兄，你们行行好，再让我多见几位师兄，多听听别的救人之法呗。"

这乡下来的姑娘，和墨家钜子争论，连声音都在颤抖，然而心志坚定，咬死了对水丰城有利之事，撒娇耍赖，却没有半点退缩。

逐日夫人冷冷地道："小取城弟子数百，你让他们一一给出计划，只怕你还没听完，水丰城已被夷为平地。"

"我不需要全听！"麦离连忙道，"但至少，我想知道若是姜明鬼、秦雄两位师兄出马，他们又会用啥法子解决水丰城的事呢？"

她忽然说出那两人的名字，辛天志、赵流眼中怒火更盛，直欲立起攫人。

"你为什么要将他们二人列入备选？"逐日夫人面带寒霜，道，"他们在路上是否煽动了你，让你选择他们？"

麦离大急，两手乱摆，道："没有，没有！钜子可别瞎想，姜师兄他们说啦，他们这次没报名，帮不了我了。可我就是觉得姜师兄人好，秦师兄威风，他们俩练的啥字诀好像又与辛师兄、赵师兄的完全不同，所以我想，他们也许能想出不一样的法子。"

逐日夫人冷冷地看着她，忽然间，眼中也是笑意一盛。那笑意如春风破冰，只听她道："好，那我就让他们进来。"

她竟如此轻易地答应了，麦离几乎不敢相信自己的耳朵。

辛天志、赵流又惊又怒。赵流道："钜子，姜师弟他们并未报名此次任务，钜子岂可为他们坏了小取城的规矩？"

"小取城助人，尚有补充的规矩，"逐日夫人微笑道，"特殊情况，钜子可以指定一名备选；急需考核，老师们可以联合推举一名备选。"她自袖中掏出两枚令符，一一排在身前，道，"姜明鬼，依特殊情况之例；秦雄，依急需考核之例。"

辛天志、赵流一愣，面面相觑。

良久，赵流方道："原来，钜子早已将他们列入备选了。"

逐日夫人微微一笑，不去理他，朗声道："姜明鬼、秦雄，你们两个进来。"

姜明鬼、秦雄进入兼爱堂，一时还不知道发生了什么。

麦离回头望着他们，满心期待。逐日夫人三言两语，将水丰城之难，辛、赵二人的计划，以及麦离力主将姜、秦也列入备选的经过说了。

辛天志、赵流坐在一旁，一个恢复了冷漠，一个恢复了自信。

逐日夫人笑道："麦姑娘胆识过人，实为小取城前所未见。我因此为她破例。但不知你们二人，是否愿意竞争此次任务？"

姜明鬼心中也不由惊异于钜子的安排。可钜子有命，他岂能推搪？稍一沉吟，道："既然钜子信任，麦姑娘错爱，那么弟子愿意献丑。"

秦雄视线扫过辛天志、赵流，面上也露出一丝笑容，道："不妨一试。"

于是二人稍作准备。姜明鬼想了片刻，道："说服韩王，令他心服口服，固然是必须要做的事。但如果是我来解决此事，我也不同意通过改换厚葬的墓址，而向他妥协。我希望韩王最终能够明白，自己的一己私欲，会给水丰城百姓造成多么大的伤害，并且最终明白厚葬不可用，伤民不可取。"

"那你打算咋弄？"麦离喜道。

"要做到这一点，我便也要让韩王感受到水丰城百姓的痛苦。我相信，只要能让他感同身受于百姓的苦难，他便再也不会让百姓为他死后之事受苦了。"

逐日夫人微笑道："可是你打算怎么让他感受百姓的苦难？"

姜明鬼微微一笑，道："麦姑娘，我在墨家练习的是承字诀，承受、承担的本事。为了解决水丰城的事，我会潜入韩王宫殿中，将他挟持起来，令他也无衣可穿、无食下咽。直到他终于知道温饱的可贵、百姓的痛苦，并收回水丰城的墓葬成命，我才会释放他。"

"若是韩王因此怀恨在心，而来报复水丰城、报复墨家呢？"赵流诘问道。

第二章 小取城

"他为什么要怀恨在心？"姜明鬼笑道，"我又不是伤害他、威胁他，而是在帮助他、提醒他。我不是高高在上的惩罚者，而是与他同甘苦的朋友——在他绝食期间，我也会陪着他。"

麦离吃了一惊，道："为什么你也要陪着他？"

"兼爱之道，爱人如同爱己。"姜明鬼道，"韩王需要感受水丰城的痛苦，我们当然也要'承受'韩王的痛苦。"

——富丽堂皇的韩王宫殿里，不可一世的韩王瑟缩在墙角，被姜明鬼长剑所指，动弹不得。

——他又冷又饿，痛哭流涕，后悔莫及。

——姜明鬼手持长剑，虽然也因饥饿而虚弱，但仍然微笑着。

那是墨家最独特的地方。

一方面，他们疾恶如仇，一切恃强凌弱的人，都将遭受他们的惩罚。而另一方面，他们又如此善良，看到别人受苦，自己也要陪伴。所以那些行走在人间的墨家弟子，他们虽然衣衫褴褛，但双目灼灼，从来都没有迷失过自我。

他们的精神，超越于肉体，永远熠熠生辉。

麦离看着姜明鬼，已是哭了出来。

"可是，如果你挟持了韩王，而他仍死不悔改怎么办？"秦雄忽然道。

"精诚所至，金石为开。"姜明鬼笑道，"韩王虽然昏聩，我们也别把他当成傻瓜，要真正尊重他、信任他，我相信我一定可以说服他。"

他仍是如此天真，秦雄冷笑道："这世上多得是难雕朽木、涂墙粪土。你去和韩王一起绝食，你觉得是在爱他、帮他，但他也许仍然只是气恨你折磨他、羞辱他，又如何？"

"那秦师弟，你觉得应该怎么办？"姜明鬼摇了摇头，不以为然道。

"很简单,"秦雄哼了一声,冷笑道,"你不想做高高在上的惩罚者,我做。我学的是破字诀的本事,韩王不是在给他死后修建陵墓吗,那我现在就去把他杀了——我倒要看看,这么一来,他能把自己埋在哪里?"

水丰城的陵寝根本没建好,那韩王的尸体到底埋不埋?

——不埋,等到陵寝建好,恐怕他早已化为白骨;

——埋,那便只能简葬他处。

秦雄的话,如同一柄巨剑,一下子将眼前错综复杂的难题,彻底斩开。

秦雄道:"蛇无头不走,鸟无头不飞。一国之兴衰,万民之荣辱,其实全都寄托在国君一人身上。那么,如果国君不贤,该当如何?自然,便是废去他,换成新王。而要废去他,最简单的办法,就是杀了他!"

韩王不顾百姓死活,修建陵寝。

那么,他便已失去了做韩国国君的资格。

秦雄杀了他,问心无愧。

而韩国朝中自然也会产生新的韩王继位。

新任的韩王,很有可能比上任的韩王更为贤明,更为体恤民情。

"如果新王仍然昏聩无用,那么我并不介意再杀一回。"秦雄冷冷地补充道。

——不够贤明就杀;

——不比上一任好就杀。

杀一个人,就可以改变一国之国运、万民的祸福,那么秦雄将绝不会手软地杀下去。

而这样多杀几次,还能继位、敢于继位的人,自然是在情操、

第二章 小取城

学识、治国之道上进步得多，足以让人信服的人。

——如此，才会让秦雄不再杀之。

麦离颤声问道："你……能杀死国君？还一杀再杀？"

秦雄眼中寒光一闪，沉声道："可以。"

辛天志喝道："可是你这样做，岂不是将墨家置于险地？"

秦雄冷笑道："墨家若是连这么一点风险都不愿承担，还配称'侠'吗？"

逐日夫人居中而坐，微笑道："不错。墨家弟子行事，但问正义，怕过什么？"

"况且，我也不会连累墨家。"秦雄冷笑道，"我不过是个国中弟子而已。杀了韩王后，我自会一力承当，从此以后，与墨家再无关系。"

四个人，先后提出了四种不同的解决方案。

每个方案在被提出时，都令麦离惊喜万分，觉得可行。但随即又被别人质疑，指出的问题也都鞭辟入里。

——辛天志的"拆解"，最简单、最快捷，但效果可能最差；

——赵流的"和解"最稳妥、最有效，却要让他们向韩王奴颜示好；

——姜明鬼的"承受"，最可贵、最独特，可也最难预料结果，最没有退路；

——秦雄的"杀破"，最直接、最勇敢，可是也最危险。

"麦姑娘，"逐日夫人道，"现在，如你所愿，姜明鬼、秦雄也已经提出了自己的计划。那么，在四个备选弟子中，你是否已经有了理想的人选？"

辛天志、赵流、姜明鬼、秦雄，或是紧张、或是坦然，都向麦离望来。

"钜子啊，为啥非得选一人啊？"麦离眉毛拧成个疙瘩，叫苦道，"就不能四位师兄，都跟我下山去，到时候该承的承，该破的破，该解的解，该啥的啥，那水丰城可不是万无一失了么！"

逐日夫人笑道："那可不行，我是万万不能让他们四人同去的。"

"为啥呢？人命关天的！"

"因为墨家行侠助人，永远都要留下一点可能。"

"啥'可能'？"

"'墨家失败，助人未果'的可能。"

麦离愣了一下，明白了逐日夫人说的是什么，着实吃了一惊。

逐日夫人微笑道："墨家兼爱世人，可这世界五光十色，千奇百怪，又岂能事事分出正义与邪恶？苍鹰搏兔，饿虎扑羊，乃是天性。我们若将羊和兔全都保护起来，令虎和鹰完全不能残杀弱小，那么它们岂不是又会被活活饿死？"

——则于虎、鹰而言，又何其可怜？

所以"兼爱"二字，说来简单，实际任重而道远。

爱弱者固然容易，而真正的墨家弟子，不仅要爱弱者，也要爱强者。

——不仅要爱朋友，更要爱敌人。

——不仅要爱好人，还要爱坏人。

"因此，从墨子援宋开始，墨家行侠，便始终留下了一点余地。我们对这世上诸多本该发生的'不公'，永远都只加了一点墨家弟子的力量去对抗和改变：相助一城以下，永远只派出一人。便如在原有平衡的秤上，多加了一片羽毛的分量。则无论成败，都可问心无愧，不管生死，皆能与人无尤。"

这墨家钜子言之有理，麦离登时无言以对。

她再次望向那四位墨家弟子，他们一个古拙，一个飞扬，一个清秀，一个桀骜；一个稳重，一个圆滑，一个和善，一个勇猛……每个人都是百里挑一、千里挑一的英雄。

——谁，才是她的"片羽之重"呢？

麦离面颊滚烫，心潮澎湃，深吸一口气，终于下定了决心，道："夫人，我选……"

"等一下！"辛天志忽然低喝道。

这第一个提出救城计划的墨家大师兄霍然起身，道："钜子，姜师弟说他想绑架韩王，秦师弟说他想刺杀韩王……可是那便需要他们闯入韩国王宫，与千百人为敌！我不放心他们的本事，我想在麦姑娘选择之前，与他们再切磋一下。"

他忽然发出挑衅，姜明鬼微微皱眉，而秦雄两眼一翻，已是狂态毕露。

"这倒是个不错的主意。"逐日夫人却笑道，"墨家山中弟子中的大师兄辛天志，和被多位老师评为'墨心第一'的姜明鬼，国中弟子里朋友最多的赵流，和敌人最多的秦雄，你们四个人或是自己报名，或是被麦姑娘指定，一同成为这次委托的备选，那我们还真的应该做一个这样的比试。"

姜明鬼等人隐隐已知道她的意思，一个个不由都惊呆了。

"辛天志，你传令下去。"果然逐日夫人道，"明日午时，开放百家迷阵，由你们四个闯阵进行比试。"

辛天志、秦雄大喜，姜明鬼哭笑不得，却都施礼道："是。"

"钜子！"赵流却道，"水丰城之事，确实非同小可。若是要开放百家迷阵，何不就此扩大考核的人选？今日我们四人的报名索性就不要作数了，明日谁还想接水丰城的任务，干脆都进阵一试好了！"

"好！那便当作一次诸弟子的切磋，所有人皆可自愿入阵。"

逐日夫人大笑着，视线却在他们脸上一一扫过，道："只望你们四个争些气，不要反倒输了。否则麦姑娘挑花了眼，水丰城可越发等不了了。"

时间已近子夜，兼爱堂中的见面终于结束。四名墨家弟子与麦离同时告退，逐日夫人安排姜明鬼带麦离去客房住下。

待到五人都离去后，兼爱堂中人影一闪，却有人从夸父逐日的屏风后，转了出来。他稀疏的白发，在脑后梳成一个短短的发髻，身材既高且瘦，一件雪白的长袍穿在身上，显得空空荡荡，道骨仙风。

他从屏风后走出，微微弓着腰，手中拿着一块布帕，捂着头面。

他步子甚急，却没发出一点声音，而当他真的在逐日夫人对面坐下时，一瞬间，整个人便彻底静止下来。

逐日夫人面前的油灯，灯焰纹丝不动，仿佛那个人根本不曾出现。

逐日夫人笑道："胡先生今夜所见，以为如何？"

那老者放下捂头的布帕，抬起头来。只见他的额上密密麻麻，布满横贯的疤痕，这时更有一道新鲜的伤口，皮肉翻开，鲜血淋漓。鲜血糊住他的半张脸，更显得那老者的一双四面露白的眼睛，诡异非常。

那老者慢慢道："辛天志顶上之气，为跃涧青猿；赵流顶上之气，为林中网罟；姜明鬼顶上之气，为矫矫古松；而秦雄的顶上之气，则为潭底蛟龙。"

他是百家之中的"望气家"，观望人头顶云气，可以断富贵、决死生。而此次受逐日夫人委托，在屏风后望气，他更使用了本派的绝技"卷帘"，用匕首划破额头，以额血浸眼，更望得真切。

第二章 小取城 69

"那么，我没选错他们。"逐日夫人笑道。

"不过，过桥之人麦离的顶上之气，极为特殊，乃是燎原烈火，专可由此及彼，穿人过身，影响别人的云气。在兼爱堂里与四人相见之后，现在跃涧青猿的长尾已焦，矫矫古松的枝叶欲燃，林中网罟将破，潭底蛟龙乍醒——钜子，小取城这次，接到了了不起的任务啊。"

"那正是我所期待的，"逐日夫人笑道，"烈火方能见真金，小取城未来之存续，当然是要在艰难的任务中，才能决出。"

"钜子，何必这么急于让贤？"

"七雄并峙，终归一处；百家争鸣，谁可长存？墨家正到了生死存亡的时候，小取城何去何从，我作为这一任的钜子，必须提早打算了。"

逐日夫人神情沉重，那胡姓老者看她一眼，重又捂上额头伤口，道："呵呵，如此说来，我们望气家便好得多。无论什么时候，无论是谁当权执政，只要还有高低贵贱，我们望气家便总有用处……可是，你就那么确定答案是在辛、赵、姜、秦，这四人身上？"

"墨家绵延百年，实力于百家之中独树一帜，靠的正是不断地尝试、推演、归纳、计算。这四位弟子，在小取城中并称'四杰'：辛天志占墨家之势力，赵流有墨家之交游，姜明鬼怀墨家之兼爱，秦雄得墨家之决绝，已是这一代中最为出色的人物，也代表着墨家弟子不同的选择。我将他们放在一起，正是希望他们可为我做一次最重大的推演。"

"那么，钜子以为，推演的结果会是如何？"

"我们不应在推演前便预设结果。"逐日夫人微笑道，"不过，上天似乎也在助我。水丰城之难，难度极大，实在已是单人任务的极限，对他们每个人的勇气、能力，都是一次严峻挑战。而麦离本人,也堪称有胆有识,助了我一臂之力,终于令不愿报名的姜、秦二人也进入备选,可与辛、赵二人正面一战。"

"但钜子直接开放了百家迷阵,不怕弟子们起疑吗?"

"无妨,仍在我的控制之中。"逐日夫人顿了顿,忽道,"不知胡先生所见,我的顶上云气如何?"

那胡姓老者一僵,他们中间的那盏油灯灯焰蓦然一抖,似被疾风吹过,几乎熄灭。

他低着头,仍用布帕捂着额头,慢慢地道:"我,不忍说。"

姜明鬼等人出得兼爱堂,辛天志与赵流一言不发,只向麦离稍一施礼,便一左一右快步离去。长街尽头,影影绰绰,他们各有同伴相候,眼光闪烁,如同兽群。

"刚才在钜子面前,你的话没说完。"眼见那二人离去,秦雄忽然对麦离道,"那时你想选的人,到底是谁?"

他当面问起,麦离不由有些不好意思,道:"我选的……"

"你这人好没眼色!"姜明鬼笑道,"麦姑娘反正也没说出口,作不得数,何必再问?"

麦离听他一说,果然闭上了嘴。

秦雄横了姜明鬼一眼,却冷笑道:"反正,如果刚才你想选的是眼前这位姜明鬼,我建议你趁着这个机会,好好激励激励他。否则,明天的百家迷阵,你这位姜师兄恐怕不会认真。"

"麦姑娘,你莫要信他!"姜明鬼笑道。

"这个人号称'墨心第一',乃是山中弟子的佼佼者。可是你知道'墨心'是什么?其实便是伪善而已。你面前的这位姜明鬼,相信自己能兼爱天下的每一个人,连一个都不会漏下,而对每个人的爱又都是一样多,一样真,一点都不偏心。所以,你别看他对你好像很好，但实际上，他爱你和爱辛天志、爱赵流、爱钜子、爱我、爱罗蚕、爱韩王、爱远在天边的一个什么人……都是一样的。为了不让辛天志和赵流失望，他明天很可能会让你失望。"

秦雄冷笑着，麦离猝不及防，给他说得满面羞红。

"秦师弟净爱胡说！"姜明鬼苦笑道，"你说的那种做法，明明是爱辛天志等人甚过麦姑娘，所以其实已经违背了兼爱之道。真正的兼爱，是我一旦参与，便会全力以赴，努力破阵，同时也希望守关的师兄弟们能严肃迎战。我们分别全力以赴，最后如愿选出最强的弟子，帮麦姑娘解除水丰城之难——如此才是兼爱的真谛。"

"但愿你说到做到吧。"秦雄冷笑道，"你应该明白，赵流提议让更多的人闯阵是什么意思。"

"这又是啥意思？"麦离连忙问道。

"意思是，明日闯阵，会有许多赵流和辛天志的手下混入闯阵者之中，暗中对我们下手。"

"你会认真吗？"姜明鬼道，"辛师兄和赵师弟，值得你认真吗？"

"本来是不值得的。"秦雄傲然道，"但是看到他们这么千方百计地想要得到这个机会，不由让人觉得，抢过来之后看看他们气急败坏的样子倒也不错。"

他说完这话，拱了拱手，便也转身离去。

姜明鬼摇头苦笑，这才带着麦离转向小取城的客房。

方才兼爱堂中唇枪舌剑，胜负一线，其惊心动魄，犹自令人心神荡漾。姜明鬼带着麦离行路，一时竟也十分沉默。麦离跟他走着，好一会儿，才问道："刚才在钜子面前，你们说的'国中弟子''山中弟子'，又是个啥？小取城里的弟子，还有不一样的？"

"你这姑娘，真是什么都瞒不过去。"姜明鬼回过神来，笑道，

"小取城中的弟子,按照其出身可以分为两种:一种,正式拜入墨家,长时间在小取城学习,将来任何时候,都不能丢弃墨家弟子的身份、不得违抗钜子命令,是为'山中弟子';另一种,则临时在墨家学习,短则三五个月,长则两三年,学习期间,一切与山中弟子无异,但离开之后,便与墨家再无关联,被称作'国中弟子'。"

墨家内部居然还有如此分别,麦离道:"咋这么讲究呢?"

"辛师兄和我,都是山中弟子,出身平民;秦雄和赵流,则是国中弟子,刚巧都是赵国贵族。山中弟子和国中弟子出身不同,处事迥异,所以你要实现你的愿望,最好也仔细比较两者的优劣。"

"这也太乱了。"麦离哭丧着脸道,"四个字诀的流派,山中国中的区别,备选不备选的差别……我记都记不住了,还选啥呀?我就是来小取城求个救,你们随便派个人不就好了?"

"分得越细,你才选得越准。"姜明鬼笑道,"墨家早先的门徒里,有许多都是匠人。精雕细琢、反复打磨的行事方式,其实已根植于墨家精神。"

他将麦离带到了小取城的客房处,安顿她住下,又帮她找了些吃食,这才告辞。

"姜师兄,明天你真的会尽力吧?"麦离终是忍不住问道。

"好好休息。"姜明鬼笑道,"明天,包你大开眼界。"

那时他们还不知道,有许多事,在这一夜,已经悄然发生了。

第三章

百家阵

在小取城的东北方向，有一片奇怪的空地。

坦荡如砥的山石地面上，嵌着一条条七寸余宽的青铜条板。这些青铜条板短的只有几尺，长的足有数丈，一条条嵌入石中，竟有千条之多，与地面平齐，磨得闪闪发亮。

它们看起来，每一条都横平竖直，可是整体看来，却又纵横交错，似乎毫无规律。

空地方方正正，以最外侧勾边的青铜条板为界限，边长整整是一百丈。

而在空地的中央，又建有一座高达九丈的高台。

第二日辰时，麦离被逐日夫人领着，走上这座高台之前，都并不知道自己将看到什么。

其时旭日高升，长风浩荡，碧空如洗，天地间一片清明。

从高台上向下望去，那空地上散布着几十个墨家弟子，个个身穿白衣，一尘不染，三三两两地聚在一起，有的在手舞足蹈地讨论着什么，有的则席地而坐，闭目养神。

但只消一眼望去，便已知个个器宇不凡。

高台的顶台，四方平整，宽不过数步，正中设有一张高桌。

桌上放有一座香炉，一卷兵书，一只内置令箭数支的竹筒，以及一个直径足有三尺的巨大铜球。桌旁有一名穿白衣的墨家弟子，手捧一面托盘，盘中放着三面令旗，一见逐日夫人上来，立刻躬身见礼。

逐日夫人带着麦离登台，在那弟子身前站定。

"黄车风，今日为麦离姑娘讲解阵法之事，便着落在你的身上了。"逐日夫人看了他一眼道。

"是！"那名叫黄车风的弟子道，声音发抖，脸涨得通红。

这人约莫二十出头的年纪，个子不高，人却极胖，一张圆团团的胖脸，如同面饼，才说了一句话，便已面红耳赤，鬓角见汗。

"这名弟子叫黄车风。"见麦离紧紧盯着黄车风，面露疑色，逐日夫人道，"虽然本事不差，但生性最是腼腆，近来更是见个女子，便连话也不太敢说，以致数月以来，文韬武略，都不进反退，几成师兄弟间的笑柄。一会儿百阵开，我须得分心数用，恐怕难免怠慢，就让他为你讲解百家迷阵的变化，一者，可以令姑娘更好观战；二者，也算对他的一个磨炼。"

"多谢钜子！"麦离道。

"麦姑娘，"逐日夫人正色道，"小取城为完成水丰城的委托，今日大开百家迷阵。墨家弟子奋勇闯关，人人争先，请麦姑娘在此观阵，莫要辜负他们的心意！"

麦离深深施礼，道："我一定好好看，我连眼睛都不眨的！"

交代已毕，逐日夫人便点燃炉中高香，又从黄车风手中的托盘上，拿起一面红色的令旗。青烟袅袅，她手持红旗，向上一举，空地上那些白衣的墨家弟子，马上行动起来。

第三章 百家阵　77

本就分散的他们,这时散得更开,一个个独自占据某一位置之后,立刻停下不动。

待到他们就位,逐日夫人立时又将红旗摇动。

——忽然间,大地为之震撼!

隆隆轰鸣自地下传来,仿佛有什么巨兽,在地底深处苏醒。

麦离大吃一惊,几乎跌倒。

高台上有石子簌簌滚落,掉到空地上,如同热锅上的炒豆,弹起三尺余高,跳动不已。

震动中,空地上的那些青铜条板,有许多突然向上升起。

它们逐渐突出地面,越长越高,耀日生辉。

——骤然看去,不像是青铜条板升起,倒像是整个空地,正在向地下沉去似的。

麦离好不容易站稳脚跟,以手搭檐,这才看清,原来那些青铜条板不过是它们的上缘而已。

现在从地下升起的,根本是一堵堵巨大的高墙——

以青铜做成框架,中间又用粗大的竹子填满的青色巨墙。

巨墙升到二丈二尺,猛地一震,停了下来。

高台下的空地已经消失不见,取而代之的,是一座高耸的青铜与巨竹的森林。

一堵堵巨墙中间,如棋盘般遍布着许多三丈见方的小空地,形成一间间有墙而无盖的小室。那些先前时已分散站好的白衣弟子,这时便刚好全都站到了小室之中。

小室与小室之间,又有许多四尺宽的通道。

通道分叉繁复,蜿蜒曲折,仅容两人错身而过,时常突兀地被青铜与粗竹的巨墙堵死,又时常毫无征兆地在一旁开出一个岔道,导向意外的方向。

——那，竟是一座巨大的迷宫。

"我的老天爷，这是啥呀？"麦离目瞪口呆道。

这巨大得几近豪迈、繁复得令人眩晕的迷宫，忽然之间，已屹立于大地之上，直似沧海桑田于一瞬，岂是人力所能为？

可逐日夫人就在她的眼前，只是将手中红旗一展，便做到了。

逐日夫人笑道："这便是我们昨天所说的百家迷阵了。"

"那这些墙又是咋冒出来的……"

逐日夫人收了红旗，道："不过是一些机关借力之术罢了，不值一哂。山下黄河日夜奔流，其蕴含的天地伟力，何其雄浑。我们只是利用水车、杠杆，将它们引到城中，再推动地下的机关，将墙壁升起而已。"

虽然她说得简单，但其中所花费的智慧、心血，岂是常人所能想象？

麦离心中震撼，无以复加，哽咽道："我们水丰城肯定有救了！这世上没啥能难住小取城的！我代表水丰城乡亲父老，给钜子磕头！"

她一面说，一面真的屈膝欲跪，可是两臂一紧，却已被逐日夫人拦住。

"墨家接了你的任务，就一定会尽力完成的。"逐日夫人道。

不知不觉间，她神色凛然，慈祥之色退去，尽显杀伐果决。

而当她们说话的时候，迷宫中的那些白衣弟子，已在各自的小室之中，进一步准备起来。

他们多数都带着或大或小的黑色箱具，这时一一打开，有的拿出了刀枪，有的生起了炉火，有的摆好了笔墨，有的调好了琴弦，有的倒满了一盆清水，有的拿出了两架鸟笼，有的斟好了杯杯美酒，有的点燃了七盏油灯……

最奇怪的，有一个人拿了一口破缸，钻入其中，和衣而卧，瞧来像是睡去了。

还有一个人什么都没干，却已把自己脱得赤条条的，光着脚走来走去，直看得麦离连忙遮了自己的眼睛，叫道："他们这又是干啥呀？"

逐日夫人傲然道："百家百态，在不同学说的指导之下，表现出来的行为，自然也各不相同。"

"这些白衣的师兄，就代表了百家？这迷宫里，能有一百个人？"

"百家之数，不过是虚指。乱世之中，不断有新的学说问世，又不断有旧的流派失传。以墨家的统计而言，现存当是一百七十一家。但我们的弟子出谷，总不是专门去与他们一一交手的，我们建成这'百家迷阵'，正是要模拟'命运'，令他们可以选择不同的道路，然后在不同的道路上，遭遇不同的对手。"

——命运，无情而莫测的安排，遥远而又清晰的变化。

——千百年来，无数人被玩弄、被摧毁、被抛弃、被眷顾……

人们为它哀号祷告、感激涕零，然而今天，墨家竟试图经由自己之手，将它简单直白地呈现在每个人的面前，并加以练习！

逐日夫人说着，将高桌上的兵书展开，道："'百家迷阵'共有四十九间小室，每间小室，都有通往其他通道的小门。每次开阵之前，弟子们会集中抽签，抽中的弟子白衣入阵，代表他所学过的百家流派守阵。"

说到这里，她稍稍一顿，问道："黄车风，今日守阵的，是哪些学派？"

"昨……昨夜辛师兄连夜组织，让师兄弟们……抽签！"黄车风站在一旁，虽被委以解说之任，却一直不曾插话，这时忽被钜子提问，直吓得浑身一抖，连忙回道，"如今在这迷宫中的，乃是儒、道、名、兵、工、商、飨、博、乐、夺、驭、炼、师、学、算、戏、苦行、支离、天行、长生……共计四十九家学派。"

他声音发颤，两股战战，一段话说得面如猪肝，鼻尖见汗，但历数四十九家学派，一一报来，却毫无含混、绝不迟疑，显见其口才、头脑，皆是不凡。

逐日夫人冷笑道："你若不那么腼腆，本是足可以和姜明鬼他们一争高下的少年才俊。"

黄车风望了麦离一眼，慌得几乎快要哭出来，道："弟子……弟子不敢。"

"我已说过，接下来由你向麦姑娘解说此阵变化。"逐日夫人冷冷道，"黄车风，莫要再令我失望。"

"是……是！"黄车风连连答应，可是答应之后，眼望麦离，嘴巴开合几下，却又不知如何开口。

"这位师兄真的好厉害！"麦离眼见他窘迫，连忙率先开口，赞道，"这么多的学派，竟一口气便报了出来。这要是换了我，便是给我写下来让我读一回，舌头也要打结了。"

"这……呵呵，还好吧。"黄车风手足无措，道，"毕竟……你又不是墨家弟子……"

这人好生不会说话，麦离哭笑不得。

"呃……你……当然也不必记它们……"黄车风反应过来，总算还知道弥补，"这大阵中的很多学派，可能由始至终，都白等一场，遇不到闯关的人……记了也是白记！"

这时，在迷宫之外，又有上百名闯关者陆续现身、就位。

与守关者不同，那些闯关的墨家弟子全都着黑色外衣，从四面汇聚而来。

逐日夫人放下红旗,又拿起一面绿旗举在手中,沿高台边缘缓缓行走,双目雪亮,居高临下,做最后的巡视。

麦离顺着她的视线,也向下望去。

却见阵里阵外,那些墨家弟子个个精神抖擞、跃跃欲试。而他们每个人,又都背着数量不一、形式不同、大小各异的黑色箱具。

"那些箱子罐子的,可是墨家弟子的记号?"麦离灵光一闪,脱口问道,"我看姜师兄他们昨天就背了,可那模样又都不一样!"

姜明鬼的黑箱,秦雄的黑筒,辛天志的双盒,赵流的黑篮……先前时,在大取桥上,姜明鬼的那口黑箱晃来晃去,已是非常显眼;而在桥对面秦雄背起的那一卷黑色席筒,又长又重,也令人印象深刻。

只不过,黑箱与黑筒差异实在太大,麦离和郑为零他们才始终未发觉其中的共性。

否则,他们早该发现这二人的关系,以及姜明鬼的身份了。

这时百家阵中,无论是守关、闯关,白衣、黑衣的墨家弟子,人人都带着或大或小的黑色箱具,交相映衬,麦离终于发现了他们的这个特征。

"嗯。"黄车风道。

一声之后,这人便再无声息,麦离看他时,却见这人两眼空洞,魂游天外,已不知想什么去了。

"黄师兄!"麦离担心逐日夫人生气,连忙推他一把。

"啊"的一声,黄车风却像被蛇咬了一口,一个胖大的身子,瞬间跳出三尺开外,几乎从高台上摔了下去。

他如此反应,倒把麦离也吓住了,道:"我……我手上又没长刺!"

"扑通"一声，黄车风已然向逐日夫人跪下，哭丧着脸叫道："钜子，弟子无能，实在难担解说大任，您就让我退下吧！"

"你不必再解说了。"逐日夫人沿高台巡视一周，刚刚准备开启大阵，又被他打断，不由气结，道，"虽然不用解说，但你也不能走。就在这高台之上，你陪同麦离姑娘观战，不得离开她身边二尺，我倒要看看，你能怕到什么地步！"

"钜子，您就饶了我吧！"黄车风听她所说之事，却好像要他命一般，直叫了起来。

"你若连这一点都无法做到，不如便离开小取城吧，以后也不要对别人说你是墨家弟子。"逐日夫人冷冷道。

黄车风哭丧着脸，总算是爬起身来，往麦离身边走了两步，勉强站在了她的身旁。

麦离哭笑不得，实在不明白这师徒二人葫芦里卖的什么药。

眼看黄车风站定，逐日夫人深吸一口气，才将手中绿旗用力一挥，连摇数下。

迷宫的外墙上一声响动，四面墙已同时打开一个入口。

闯关者发出一声欢呼，立刻进入迷宫之中。

一入迷宫，道路狭窄，那些黑衣弟子，自然排成了长长的一队，鱼贯前进，远远望去，如同黑蛇一般，碰到岔路，便分成两支。

如此一分二、二分四，转眼之间，上百名闯关者便已分布在迷宫各处，几乎没有三人以上同路。

不久，他们便陆续遭遇了小室中守关的白衣弟子。

第一组相遇的小室中，那白衣弟子早已在地上摆了一排五个陶罐。

他先前背着一个三尺来高的大陶罐，放下之后，又从里边掏出一个形状相同，但个头较小的陶罐；而后又从较小的陶罐中，掏出一个更小一些的陶罐。

如此反复数次，那五个陶罐便由大到小排好，整整齐齐，煞是好看。

——看起来，不像是守关，倒像卖罐子的……或者变戏法的。

第一个黑衣弟子闯入小室，与白衣弟子相隔数步，说了几句话，伸手指了一个陶罐。那白衣弟子摇了摇头，黑衣弟子登时垂头丧气。

白衣弟子得意扬扬，拿起一根在棒梢处包了石灰的木棒，在黑衣弟子胸前一点，留下一个鸡蛋大小的白点。

那黑衣弟子便怏怏退出门去。

"他咋就退了？"麦离看得糊涂，问道。

"闯关失败的弟子，便需在身上留下一个白记，退出去另寻他路。"逐日夫人道，"有了三个白点，这人便失去闯关资格，应原路返回或就地等待闯关结束。又或者，他也可以一次被点两个白点，以此来换取在这一关直接通过。"

这中间，居然还有这么多规则和变化。麦离越想越觉有趣，问道："那要是有人不老实，爬墙头翻过去了呢？"

青铜与巨竹的围墙虽然高大，但终究是可以翻越的。

"不得翻墙，不得破坏迷宫，不得伤人。"逐日夫人笑道，"这是百家迷阵的三个规矩，否则便要接受惩罚。"

模拟他们日后出山遭遇的敌手，百家迷阵本就是为墨家弟子安危着想，而进行的考验。

守关的白衣弟子固然不如各学派本身的精英，对相应的学说、技能掌握精湛；而迷宫的竹墙，也不足以真的困住墨家弟子。但他们日后遇到的敌人，却是不会点到即止的；而狭路相逢的命运，也不是简简单单地翻墙、钻洞，就能逃开的。

所以，阵中的黑白弟子，都必须遵守规则，在双方都不能发挥自己全部本领的情况下，公平决斗。

麦离赞叹不已，再看下去，那摆罐子的白衣弟子处，又有黑衣弟子闯入，仍是三言两语便败下阵来，被点了个白点，退了出去。

麦离不由好奇道："这一关到底是在比啥呀？"

逐日夫人对阵中变化，显然早就谙熟于心，只远远地看了一眼，便已知端倪，道："这位白衣弟子所代表学派，乃是百家之中的'商家'。"

昔者武王伐纣，商朝灭亡，商朝王族失去供奉，为求生计，唯有买卖有无，交易货物，从中渔利，才开始了"做生意"。

而他们，也就成为最早的"商人"。

商人本就是忘记亡国之恨，而苟活残存的人，后来形成商家，更是抛却了礼义廉耻，为了逐利而不择手段，将天下万物，都视作买卖：衣食住行，全不离交易；便连生儿育女，也总有利益纠葛。

施恩，是为市恩；报恩，乃是还恩。

世间一切，因此都不离"低买贵卖"这四字原则。

逐日夫人指着那几个陶罐道："看出一件物品的价格，便是商家弟子做一切交易的基础。那白衣弟子守关，便只有一个问题：五个陶罐，哪个最贵。可惜连续两个黑衣弟子，都选错了。"

那五个陶罐，大小不一、颜色各异，麦离仔细看了半晌，却还是无法分辨。

她迷惑道："那到底是哪个罐子最贵、最值钱呢？"

逐日夫人尚未回答，那小室中却已走入了第三个闯关的人。

只见那黑衣弟子头戴羽冠，一身黑袍上缀满亮片，在阳光下闪闪发光，竟然便是统领乌鸦军的公冶良。

麦离看到熟人，不由精神一振，越发认真地看了起来。

只见公冶良走入小室，与那白衣弟子也是相距有数步，站定了交谈。

离得太远，只能看到景象，却无法听到远处的声音。麦离眼见公冶良嘴巴开合，正不知他猜了哪个陶罐，视野里却忽地一暗。

有一大片乌鸦，如乌云一般，自西北方飞来，降入百家迷阵的这间小室之中。

天降鸦群，那守关的白衣弟子吃了一惊，不由向后退了一步。

却见那一群乌鸦，密密匝匝地落下来，几乎铺满了整间小室。它们探头缩脑，蹦蹦跳跳，有的围着陶罐，啄来啄去；有的跳上罐口，东张西望；更有的，便索性钻入罐内，飞进飞出。

忽然，有一只乌鸦飞起，扑棱棱落在公冶良横起的手臂上。

公冶良振臂一挥，将那乌鸦赶走，旋即伸手一指左手第二个陶罐，那白衣弟子哈哈大笑，施礼让步，请他过关。

公冶良大大咧咧地还了一礼，昂然而去。

那一群乌鸦又黑压压地飞起，高高地悬在他头顶上，像是紧跟着他的一片雨云，往迷阵更深处而去。

麦离满心好奇，问道："那位公冶良师兄就是选对了？为啥偏偏是那个陶罐啊？它做得特别细吗？它也不是最大的呀！难道是老鸹跟他说啥啦？咋那只老鸹就知道了呢？"

逐日夫人笑道："它做得好不好，我也并不知道。不过一件物品的价格，其实会有很多因素影响：做得好、名人用过、功能独特，都可令它更贵一点。而这个罐子贵得比较特别，倒不是因为这些原因——麦姑娘是否注意到，刚才那只乌鸦，落在公冶良手臂上的时候，口中其实是叼了一枚钱币的。"

"钱……钱币？"

逐日夫人笑道:"那守关的弟子,提前在左边第二个陶罐里放了钱。"

——因为罐子里藏了钱,所以变得比较贵。

麦离又好气又好笑,道:"这可不是在骗人吗?"

"无商不奸,许多买卖本就像是'骗人'。只要有人能拿起那些罐子,仔细看一下,马上就能看出其中的奥妙。可是我们的许多弟子,却摆脱不了当世之人轻鄙商人的成见,耻于言利,不屑于与人谈价、考量,只是上来就凭自己的眼光乱猜。总是抱着这样的傲慢之心,真遇到商家的人物,他们如何应付得来?这一关,那守关弟子做得很好。"

"那公冶良师兄,就是让老鸹去检查了陶罐?"

"他虽然也鄙薄商人,不愿亲自动手,然而祖传地能懂鸟语,能让乌鸦为他代劳,公冶良比先前的弟子,已有心得多了。"

这其中的奥妙果然有趣,一经说出,更令人豁然开朗。

麦离咂巴咂巴嘴,一面虽然还是有些不服气,却也不得不承认逐日夫人所说有理;一面极目四顾,寻找姜明鬼、秦雄、辛天志、赵流四人。

——毕竟,他们才是真正申请了此次任务并被寄予厚望的人。

所以他们的表现,无疑更令人好奇,也更为重要。

日光强烈,百家阵中黑白弟子的动向格外清楚。

其中姜明鬼在北,秦雄在西北,两人都走得不快,且因为运气缘故,都几次走入死路,一直未能进入闯关的小室。

不过即使这样,麦离却也看出了他们的非凡之处:

迷宫中通道只容得两人并行,黑衣弟子经常因狭路相逢而撞在一起,挤作一团;

但每逢这种时候,姜、秦二人却丝毫不受影响。

第三章 百家阵

姜明鬼一步一步，走得不慌不忙，可也不知怎的，每次当他走到拥挤的人群处时，都刚好是人群散开的瞬间，他可以丝毫不受影响地穿过。

因此，他虽然走得不快，却丝毫不停，速度也着实不慢。

另一边，秦雄则不然。他身材高大，一个人便几乎将通道塞满了，遇到前面有人群拥堵时，那些人在他身前丈许之处，却都纷纷避让，紧贴在两侧高墙之上，让他顺利过去。

"承字诀的姜明鬼，"逐日夫人笑道，"擅长等待与避让，擅长观察局面，因此总能调整自己的速度，做到'刚好通过'；而破字诀的秦雄，他放出的气势，便可令人避让莫及，所过之处，势如破竹。"

而在姜、秦二人转来转去的时候，解字诀的辛天志、赵流却已先后进了各自闯关的小室。

辛天志所进的小室里，守关的白衣弟子席地而坐，状甚悠闲。

看见辛天志进来，他微微一笑，已伸出一只右手——手掌平摊，掌心放着一片光滑扁平的青色骨片。

辛天志便也在他面前坐下，面无表情。

那白衣弟子待他坐好，乃将拇指、食指相扣，轻轻一弹，便将那片骨片弹起。

骨片画出一道青光，在半天翻滚，足飞起四尺多高，落下时，被这白衣弟子以左手手背一接，又用右手盖住了。

逐日夫人解释道："辛天志所遇到的，是百家之中的'博家'。"

博家认为，人生在世，一切全是赌博。

小赌金钱，大赌天下。

胜败命定，人力渺茫。

所以对博家的人来说，人生便是一场豪赌，筹码便是一切。只不过，有的人生来幸运，一辈子赢多输少，于是荣华富贵，衣食无忧；而有的人则天生晦气，诸事输多赢少，于是日渐窘迫。

"那辛天志师兄要在这关，比试啥呢？"麦离问道。

"博家的人，永远不乏孤注一掷的勇气。这一关最简单又最困难，那骨片分为阴、阳两面，闯关之人完全不需动手、多言，只需赌对了骨片的哪一面朝上，便可以过关。"

麦离大惊道："那不就是撞大运？要么是阴面朝上，要么是阳面朝上，闯关的人啥也干不了，就这么干坐着？"

"不错，博家正是这样认为的。人的一生，冥冥天定，愿赌服输，与人无尤。博对了，便过关；博错了，便点了白点退出——可是对辛天志来说，却不是这样的。"逐日夫人笑道，"辛天志，能够看到那骨片到底是哪一面向上的。"

——骨片弹起、落下。

——翻滚、旋转。

——虽然很快，辛天志却全都看得清清楚楚！

逐日夫人道："在这世上，除了运气，实力也可以决定许多事情。辛天志是我们墨家这一代的大弟子，练习解字诀，尤其擅长拆解，能够雁过拔毛、迎门折箭，眼力最好、指力最强。在墨家十余年里，他练功从无懈怠，一双眼睛早就练得敏锐无比。那片弹起的骨片，于他而言，大概和停着不动没什么区别。"

果然，下面辛天志随口说个什么，那白衣弟子张手一看，便大笑着让辛天志通过了这一关。

辛天志一语不发，起身而去。

麦离笑道："原来博家弟子，这么没用的啊！"

逐日夫人却道："这话却也不尽然。百家之说，最为难得的一点，

第三章 百家阵

便是每家学说无论宏大、微小，都能自圆其说。而他们的弟子，也是穷尽几代人一生的智力与精力，将这种学说推到了常人根本无法想象和相信的高度。"

——那，便是"道"。

——各家的"道"，虽然千奇百怪，水火不容，但由此而形成的看待这个世界的角度和改变这个世界的本领，却独树一帜，各有千秋。

便如麦离所身处的农家，仅以稼穑之术，便可上观宇宙，下视治国。

麦离回想自己所学、所求，不由默默点头。

"所以我们的白衣弟子，再怎么模拟，也只是学到一点皮毛而已。"逐日夫人叹道，"辛天志现在固然可以单凭眼力过关，却未免取巧，将来要是真遇上博家的高手，他又该如何取胜呢？"

另一边，赵流走进的那个小室中，守关的白衣弟子却已在一个木架上，立起三根钓竿。

麦离远远望去，只见那三根钓竿，一根乌黑扭曲，像烧焦的树枝；一根碧绿晶莹，乃是笔直修长的翠竹；还有一根粗如鹅卵，长约二丈，沉甸甸的不下百斤之重，乃是青铜铸造。

"赵流所遇的这一关，乃是'机会家'。机会家认为，人生在世，大部分时间只是蛰伏苟活，而只有少数时候，有所谓的机会降临。"逐日夫人道。

机会一到，人若是能抓住，便可乘风而起，扶摇万里，一鸣惊人；若是抓不住，便是就此蹉跎，渐渐沉沦，泯然众人。

所以，对机会家的人来说，不顾一切地抓住机会，是他们必须学会的东西。

而要抓住机会，首先要学会的，是辨别机会。

逐日夫人遥指那三根钓竿，道："那白衣弟子的问题是，三根钓竿，哪一根能钓起的鱼更大？麦姑娘不妨也猜上一猜。"

——那听起来不像是"机会家"，倒像是"渔家"。

麦离倒吸了一口冷气，仔细打量那三根钓竿。她斟酌良久，方道："这三根竿子，看起来好像是青铜的那根最结实，能拉住最大的鱼，但是它这么沉，一般人怕是抡不动了，而要是连用都没人用，那不是连条小鱼都钓不起来了？剩下黑色竿子与绿色的竿子，依常理看，应是绿的更好看，更好用……但小取城出的问题，只怕不那么简单！差距这么明显，也许那黑色的竿子还有别的说道，还是比绿色的好——但说起来，这是机会家出的题，大概又得再绕一道弯子……所以最后实际上，可能还真就是绿色的竿子，钓的鱼最大。"

逐日夫人哈哈大笑，道："麦姑娘思虑周详，着实令人佩服，却也被这个题目骗了。"

麦离大吃一惊，道："咋还是让骗啦？"

"三根钓竿，虽然材质各异，但最终决定它们优劣的，却是钓钩。"逐日夫人遥指阵内道，"其中一根钓竿，所装的应该是直钩。这一题取自姜太公钓鱼，直钩所钓，乃是帝王天下。"

昔者姜子牙因命守时，垂钓于渭水之畔，直钩无饵，且离水三尺，并喝令"负命者上钩来"。最终钓上的，却是周文王与周朝八百年的江山。

——那当然是没有比他们更大的鱼了。

麦离一时无话可说，只见赵流若无其事，已与那守关弟子说起话来。

说了两句，两人已是勾肩搭背，神态亲昵。又一会儿，赵流才伏低着身子，检查了三根钓竿的钓钩，最后选定了装有直钩的青铜钓竿。

"那赵师兄又是咋知道要看鱼钩的呢?"麦离问道。

"赵流练的也是解字诀。"逐日夫人笑道,"他最精通的是'和解',最擅长与人一见如故,化干戈为玉帛。只要给他开口说话的机会,他便很有可能将对方变成自己的朋友。那白衣弟子,只怕已将他当成知己好友,而将自己守关的秘密告诉他了吧。"

辛天志、赵流先后过关,继续在迷宫中向下一关挺进。

与此同时,也有许多黑衣弟子陆续过了第一关、第二关,斗智斗巧,各有精彩之处。

而姜明鬼和秦雄也终于先后遇到对手,唇枪舌剑,轻松过关。

"这会儿他们的运气倒挺好的。"麦离笑道。

在她们的眼皮底下,姜明鬼和秦雄飞快地突破一关又一关,不仅再也没有走到死路,出现只得调头重走的情形,甚至连所遇关卡似乎也格外简单。

"那已经不是运气了。"逐日夫人笑道,"以这二人的本领来说,恐怕他们已经推算出眼下这座迷阵的阵图了。"

"推算出迷阵的阵图?"麦离一愣。

"百家迷阵模拟人间命运,其实共有十二种变化,每一种变化对应一种阵图。我利用旗语,将我要的阵图传递给掌握阵形变化的护阵弟子,他们发动机关,使得迷阵升起。但对姜明鬼和秦雄而言,恐怕他们早已熟记这十二种阵图,是以只需走过一段迷宫,便能推算出当前这迷阵所使用的阵图,由此畅通无阻。"

回想他们之前屡屡碰壁,原来就是在辨识阵图。麦离人在高台,只见脚下迷阵百转千回,毫无标志可言,自己试了一下,根本连一条路都记不住,不由对姜、秦二人愈发刮目相看,道:"姜师兄和秦师兄……好生厉害！"

"辛天志、赵流，想必也各有掌握迷阵阵图的手段。"逐日夫人道，"百家迷阵闯关，真正的第一关，其实就是阵图——谁能尽快识破阵图，谁就能找到最快出阵的捷径，虽然从未明示，但这才是对闯关弟子的第一重筛选。黄车风——"她忽然点名，"若是你来，你需要多久才能识破阵图？"

黄车风自被逐日夫人下令不必解说之后，便一直默不作声地站在麦离身侧，无声无息，直如木石。这时突然被钜子提问，他登时又慌张起来，道："弟……弟子的话，第一个阵图，总要走三巷、二室才能识得。"

百家迷阵宏大壮观的挑战之下，竟还有这样的设计，麦离不由叹为观止。

而黄车风看似懦弱庸碌，却也有如此智慧与自信，果然也是小取城中的佼佼者，麦离不由对他越发好奇。

从下方黑衣弟子闯阵的速度来看，已知阵图详情、有明确前进方向的人，当有十人之数。

"可是……"麦离在高台上看到他们的表现，心中却忧虑起来，忍不住问道，"之后所有的闯关，不会都是这么玩着过的吧？"

逐日夫人一愣，冷笑道："那么麦姑娘的意思是？"

"他们知道了阵图，走的全是简单的路。可我觉着，要是所有的百家之争，都是说一说、选一选就可以了，那这天下也不用打这么多年仗不是？"

逐日夫人微笑道："麦姑娘觉得他们这样的比试没有意义？"

"不不不，可不敢那么说。"麦离连忙辩解道，"我就是觉着，这未免太轻省了！拿我们水丰城来说，当兵的那么多、韩王的脾气那么大，咋也不可能是三言两语，就能给说赢了的不是？所以我觉

第三章 百家阵

着……可能还真是要真刀真枪打几仗才成?"

逐日夫人大笑道:"说得有理!人生在世,本也确实没有那么多捷径可走。"

炉中高香,燃烧了五分之一。

黄车风上前一步,将手中托盘高举。逐日夫人放下绿旗,又拿起红、白两面令旗,迎风展开,连晃几晃。隆隆轰鸣又在地下响起,只见那百家阵中,忽然又起波澜!

青铜与巨竹的围墙,猛地开始变化——

有的巨墙沉入地下,而新的巨墙重又升起。

捷径变了绝境,死路变成通途。

斗转星移般壮丽,搬山填海般雄伟,那青铜与巨竹的迷宫起伏着、变化着。

它仿佛已经有了自己的生命,变成了一只金斑青兽,安卧在绵延的大地上,吞吐风云,一呼一吸间,已伸了个懒腰,改变了自己的形状。

曲折莫测的迷宫,在令人惊心动魄的震颤中,已与片刻之前截然不同!

——原来它竟然还能随时变化。

许多在下一瞬间便要相遇的黑白弟子,突然间已再无可能相见;而许多本来无论如何也遇不到的对手,冷不丁地已经是劈面相逢。

——那,便是命运。

——令人无从把握、猝不及防的命运!

麦离在台上看得心神激荡,汗出如浆。

在这伟大的变化面前,一瞬间,竟觉得自己如蝼蚁般渺小。

"墨家机关,如同鬼神!"麦离叫道,"我今天亲眼看见了,就是死了，也值得了！"

"百家阵有十二种阵图的变化。有本事的，他们再重新辨别吧！"逐日夫人大笑道。

天崩地裂，眼前和身左的巨墙沉入地下，身后的通道却在隆隆声中消失不见。

正不紧不慢赶路的姜明鬼，连忙站定了身形。

"果然不会让我们这么简单过关啊。"

他回头望向阵心的高台，逐日夫人与麦离的身影在湛蓝的天空下，清晰无比。

"可是这么快就变阵，"姜明鬼失笑道，"那接下来可还得再变几回？钜子啊钜子，今天小取城可要亏本啊。"

自语已毕，姜明鬼回过头来，便见到了自己新遇到的这一位敌人。

——不，在见到敌人之前，其实他先看到的是一道长长的裂痕。

在他面前，出现了一条全新的通道。而在那通道的正中，地面上却有一道丈许长的裂痕。那裂痕深达寸许，周遭石块粉碎，几乎将本来就狭窄的通道再次一分为二。

而在裂痕尽头，又站着一个白衣弟子。

但在他的白衣上，却又有一道一寸多宽的墨痕，从衣摆下方，一直延伸到会阴，延伸到他小腹、胸膛、咽喉……一直延伸到他的顶梁，没入发中。

……便好似地上那道裂痕，也已延伸到他的身上，将他一劈为二了一般。

与姜明鬼劈面相逢，那白衣弟子厉声道："此路不通。过往君子请另觅他道！"

被墨痕居中劈开的嘴唇,发出的声音像是刀斧相击,火星四溅。

姜明鬼稍加辨认,笑道:"殷畏虎?你这打扮,好生吓人!你身穿白衣,乃是守关弟子,为何却站在通道之中?"

殷畏虎乃是小取城中破字诀里的后起之秀。

姜明鬼与他虽算不得熟稔,也曾一起在多位老师的课上学习。

但此时相认,殷畏虎却不为所动,道:"我的兵刃长大,钜子一向准许我将这一关设在通道之中。"

一面说,他双手已握起一柄灰白色的巨剑。

那剑长达一丈,宽及一尺,脊厚五分,钝刃无锋,仔细看去,竟是由一整块巨大的石片打磨而成。

而剑身下,又镶以铸铁的三尺长柄。

铸铁乌黑,殷畏虎双手握着剑柄,手腕上筋骨凸出,将巨剑举至脑后。

他年轻、剽悍的身体因此张开,如同一张硬弓。

而那悬于脑后的巨剑,便如弦上之箭,随时可以翻滚射出。

——那么,他身前地面上,那骇人而深刻的裂痕,便是他先前时的某一剑所致。

殷畏虎那被墨痕贯穿的面容,如石像一般冷硬,道:"人生在世,如入鼠穴,其幽暗险狭,唯勇者可胜。我代表'勇家'弟子,在此守关。姜师兄不想死的话,便请离开吧。"

"你莫要吓我。"姜明鬼笑道,"快快道来,我如何才算过关?"

他的神情温和,但当此之时,却更似不把对手放在心上。

殷畏虎冷冷地道:"那便请姜师兄,从我的剑下走过。"

通道狭窄,避无可避,而殷畏虎那柄巨剑,重逾千斤,就这么当头劈下,怕不把人从头到脚,砸成肉泥。

姜明鬼眼珠一转,笑道:"好!我就从你的剑下过关。"

大笑声中，他已迈步前行。

狭窄的通道中，他走在道路正中，双眼眨也不眨地对着那长长的剑痕而去。

自然，也便正对着那殷畏虎身上的墨痕，以及他悬于脑后的巨剑的剑锋。

他们之间的距离，被一步步地缩短，姜明鬼走到第十一步时，终于一步踏上那长而深的剑痕。

——那便是踏入了巨剑的攻击范围。

——那便是交手的信号！

"你敢！"大喝一声，殷畏虎已猛地跨前一步，沉腰坠肩，挥出一剑。

那灰白色的巨剑，自他脑后而起，经天划出一道直欲高出两侧高墙的白色弧线，如同惨淡淡一轮冬日，东升西落，裹挟狂风，呼啸着向姜明鬼头顶砸落。

姜明鬼双眼眨也不眨，却向左前方又迈出一步！

"轰"的一声，那巨剑便已于间不容发之际，从姜明鬼身侧劈落！

巨大、绵长、灰白的剑光，如同一片从天而降的瀑布，有一瞬间，竟将姜明鬼的视线完全遮蔽。

然后"嗵"的一声巨响，那巨剑已劈中地面。

笔直的一道剑痕，几乎与先前时的旧痕完全重合，只令那地上沟痕更深，痕边裂纹更密。

碎石飞溅，打在墙上噼啪作响。带起的劲风，如刀割面，将姜明鬼的衣角、发梢吹得一阵狂舞。而激发的罡气，更令整条通道，都为之一胀。

姜明鬼赞叹道："好猛的剑法！"

殷畏虎却道:"好大的胆子。"

他那一剑劈下,惊天动地,之前曾有几人试图闯关,多数在见到他的巨剑之时,便已胆怯。有一人试图迎难而上,却也在他一剑挥出之际,吓得拼命后退,肝胆俱裂,再也没有挑战的勇气。

只有姜明鬼,不仅不退,还能上前,闯进巨剑覆盖的更深处。

姜明鬼笑道:"不是胆子大,而是看出你这一剑,其意并不在伤人。"

殷畏虎双手持剑,巨剑的剑尖远远地支在远处地上,侧过头来冷冷地望着他。

"你的巨剑,虽然声势惊人,然而正因为其长、阔,在通道中根本施展不灵。向左、向右的变化,稍有偏差,剑尖便会被巨墙阻碍、格挡,形成死角。所以你一剑挥落,看似威力无穷,但落点,其实只在正中这一条线上。

"这便是你作为勇家的代表弟子,所给予过关者的考验了。你这一剑,其实毫无杀伤力。只要不被你吓退,那么,便可以轻易躲过这一剑的锋芒,顺利过关。"

殷畏虎冷冷地听他说完,回过头来,盯着自己的剑尖。

"不错,这便是我作为勇家守关弟子,给你的考验。"他慢慢地道,被墨痕一分为二的一张脸上,一瞬间竟似有惊喜与悲愤、凶残与悔恨、决绝与犹豫、痛苦与狂欢……的表情,同时浮现出来。

"但你这么大意地闯入我的剑势之内,我若在勇家的考验之外又加以其他变化,你又如何?"

高台之上,麦离轻拍胸口,叫道:"吓死我了!"

刚才姜明鬼与殷畏虎相遇,没动手时,麦离便已被殷畏虎的巨剑吓了一跳;等到殷畏虎一剑劈出,她更是吓得惊呼出来。

之前她虽然抱怨百家阵中的争斗过于斯文，却也没想到，姜明鬼这边一动手，便如此凶险。

幸好姜明鬼躲开了那一剑之后，两人便只停下来说话。

——看起来，已是分出了胜负。

"那位殷师兄，他的剑好长、力气好大！"

她们在高台上观战，逐日夫人自然已向麦离介绍了殷畏虎的名字。

"墨家弟子兼修别家学说之时，并非随性所至，而往往会选择与自己的性格、专长相近的流派，以期事半功倍之效。"听她夸赞殷畏虎的力气，逐日夫人笑道，"殷畏虎天生神力，而勇家奉叔梁纥为尊，胆识与气力并重，正与他相配。"

叔梁纥乃是春秋时鲁国猛将，也是儒家大贤孔子之父。传说他身高十尺、武力绝伦，曾在交战时，力举城门，勇冠三军，被称作"有力如虎"之人。

后来百家争鸣，勇家创立，便将他尊为鼻祖。也因此，勇家的每个弟子，都必须力大过人，这也是学习的条件之一。

麦离掩口笑道："那可不是占了儒家的便宜？"

一派的创始人，却是另一派创始人的父亲，这其中渊源，旁人自然不便评说。逐日夫人微微一笑，只道："殷畏虎掌中石剑，由造字诀的弟子特制而成，连柄重三百七十五斤，在空地上挥舞开来，天地变色，无坚不摧。一般人只需看到他举起石剑，便已两股战战，不能近前，更别谈在这威压之下，发现他在通道中挥动不便的弱点。姜明鬼临危不乱，他的胆识一向是极好的。"

麦离听她夸奖姜明鬼，不由心中欢喜，又往阵中看去。

"可惜，他就是一剑的本事。"麦离叹道，"我还是看不到姜师兄打开他的'器盒'啊。"

之前麦离曾问过黄车风，墨家弟子所携的黑色箱具到底有何作用。当时黄车风虽未能回答，但之后逐日夫人特意为她说明：原来墨家弟子相信，人力有限而物力无穷，因此墨家在寻求治世之道的同时，也钻研万物之理，善于假用器械，以为已用。小取城的弟子，每个人在入门之后，都可得到一个由造字诀弟子提供的黑漆器盒。

器盒根据他们的需要，随时加以改进，以收藏他们习惯使用的道具、武器、机关、药物。如此，每逢作战，便可有猛虎添翼之效。

而姜明鬼的器盒，名为"黑渊"，更是其中极品，乃是造字诀高手罗蚕特制，妙用无穷。在姜明鬼的手中，更将威力全然发挥出来。他也因此在小取城中有个评价，叫作"未战先胜"。

"不急。"逐日夫人笑道，"我猜这一次，他总要打开器盒，露两手真本事的。"

殷畏虎忽然说到"额外的变化"，姜明鬼不由一愣。

却见殷畏虎双手握剑，蓦地将手中的长柄一抬，石剑的剑头支在地上，剑柄却已高至与肩平齐，剑身稍稍一转，已是用剑刃斜对姜明鬼。

旋即，殷畏虎将石剑向旁一推，那长长的剑刃立刻化为铡刀，向姜明鬼拦腰切至。

"砰"的一声，石剑将姜明鬼切个正着，将他重重压在通道的高墙上。

姜明鬼脸色一变，道："殷师弟，这已经不是勇家的本领了。我们点到即止，我既已破了你的守关之剑，你为什么还要动手？"

"勇家的守关之剑，你虽然已经破了，但将你留下来的命令，我却还是要执行的。"

殷畏虎望向姜明鬼，脸上那一道墨痕，黑得像是真的已将他一剖为二。

姜明鬼一愣，问道："将我留下来的命令？"

殷畏虎冷笑道："昨夜辛天志师兄连夜传令，百家阵中要不择手段将你、秦雄、赵流三个人留下。"

他竟然受了辛天志的指使。

姜明鬼叹道："辛师兄这么做是违反小取城规矩的，你难道不知道？"

"可辛师兄是大师兄。"殷畏虎冷冷地道，"所谓上下有序，不可错乱；长尊幼卑，永保太平。我是师弟，那么便应该听从师兄的吩咐。师兄让做什么，我便做什么，师兄让我留下谁，我就留下谁。至于师兄是对是错，轮不到我来多嘴，自然有钜子判断。"

姜明鬼摇头苦笑，道："你这么想，未免也太过偷懒。"

殷畏虎冷冷地望着他，黑沉沉的眼中，忽然泛起一阵讥诮。

"世人烦恼，往往便源于自以为是。实际上，将一切判断交给上级，而下级只需执行，才是最合理、最有效的成事之道。师弟顺从于师兄，弟子顺从于师父，孩子顺从于父母，乡民顺从于乡长，乡长顺从于城主，城主顺从于诸侯，诸侯顺从于国君，国君顺从于天子……居上位者之所以能够居于上位，本就在阅历、学识、天赋、眼界上强过下面的人。而能者居之，本就是这世界运转的规律。"

"可是上位者百密一疏，他们的判断，也未必永远都是对的啊。"

"上级的对错，自然有他的上级再加以判断，而不应由下级妄议。钜子一声令下，弟子赴汤蹈火，死不旋踵，我们墨家的强大，不正是源于这样的信念吗？"

姜明鬼一时默然，半晌方道："你说得有理。"

"既然知道我没错，那就不要再逼我做些不计后果的事了。"

"可是，"姜明鬼道，"钜子也曾教导我们，若上位者不辨是非，

第三章 百家阵 101

无人能管,则'侠'可以除之。我们墨家以平民之身,周旋于诸侯列国之间,锄强扶弱,问心无愧,也便是出于这个原因。"

他一面说,一面已将巨剑向外推去。

巨剑并未真的切中他,而是在关键时刻,被他的双手握住了。那石剑沉重,却没有什么锋刃,即使这么双手握住剑身,也并没有真的伤到他。

"那也要看,你有没有锄强扶弱的本事了。"殷畏虎冷笑道。

姜明鬼面色一变,双手握着石剑,猛地将它向外推去。

可是殷畏虎同时大喝一声,一手握着剑柄猛地向前一推,另一手张开,却已在剑柄上一抹。

石剑上的压力一瞬间骤增,将姜明鬼又压了回去。

"咚"的一声,姜明鬼再度撞上竹墙,这一回发出的声音,却与之前略有不同。

而与此同时,殷畏虎的手中却已多了一柄短剑,"叮"的一声,剑尖点在姜明鬼的右颈侧。

那柄剑只有半尺长短,剑尖闪烁寒光,淡金色的剑身宽如苇叶,细细的,扁扁的,与其说像剑,倒不如说像一根长长的针。

现在这柄锋利的针却与那柄粗笨的石剑一起,交叉着,剪在姜明鬼脖颈两侧。

——剑中藏剑,这才是殷畏虎真实的本领。

"原来你的石剑,便是你的器盒。"姜明鬼一惊之后,又恢复了微笑的神情。

那如针的细剑,一直藏在石剑的黑色剑柄中。

"如果我们不是在切磋的话,姜师兄这时就已经死了。"殷畏虎道。

"可是殷师弟,如果你这一剑真的刺向我,只怕我已经赢了。"

姜明鬼微笑道。

他望着殷畏虎，视线忽地向下示意，望向自己的腰侧；殷畏虎面色一变，也往姜明鬼的腰间一望，面色再变，犹豫一下，终于将石剑和短剑收回，道："师兄弟们传言，'当你向姜明鬼进攻时，你便已经输了'，我原本是不信的。"

姜明鬼整顿衣襟，笑道："承让。"

殷畏虎最后抬头望了望高台上的逐日夫人，又垂下头来，道："未战先胜，你果然将承字诀练到了登峰造极。但再往前走，还是请姜师兄倍加小心。"

"这是咋回事，他俩刚才是又交手了？"高台上，麦离一迭声地问道。

她刚一放下心，便见殷畏虎的巨剑剧烈地抬起、落下，似乎又攻击过姜明鬼。

但只是一瞬，两人又再度分开。

姜明鬼已从殷畏虎身旁走过，看起来确实过了这一关。

"黄车风，你来说明。"逐日夫人又望向那腼腆的弟子。

"他们……他们刚才交手两个回合。"黄车风愁眉苦脸地道，"姜师兄推开石剑，殷畏虎压回石剑，并拔出短剑；但姜师兄已打开了他的器盒，于是殷畏虎输了。"

他已站在麦离身旁许久，不再那么紧张，说话自然利落了很多，只是神情沮丧，仍旧没精打采。

可是麦离越发糊涂，问道："姜师兄啥时候打开的器盒？"

"殷畏虎的石剑，在那通道之中，虽然挥动不便，但其实还有一种用法，便是'锯'。"逐日夫人笑道，"只要被他的石剑压在墙上，再给他来回拖动石剑，便是身着重甲，也要受伤。而他剑中

第三章 百家阵　103

藏剑,更是令人防不胜防。"

"可不咋的!想不到这人不光是力气大,坏心眼也这么多!"

"但刚才姜明鬼将石剑推开的一瞬间,却已将自己的器盒,卡在了石剑与竹墙之间,令殷畏虎那一剑,未能压实。"

姜明鬼的器盒,方方正正,如同一只大号的石枕,立在身侧时,是比他的身体厚的。

而他当时虽然双手被占,但在那一瞬间,只是侧身耸肩,便已令腰间器盒的位置,刚好升起一点,卡住了石剑。

"器盒卡住石剑,于是一瞬间胜负便已分明,殷畏虎岂是死缠烂打之人,只好当场认输。"

"为啥器盒卡住石剑,姜师兄就赢了?"麦离奇道,"那个殷师兄不是有两把剑吗?"

逐日夫人笑道:"承字诀的要义,是将一切痛苦、不幸、争斗,都引向自己,再加以消弭。但姜明鬼目下所练的本领,却又有些特殊,乃是利用机关、陷阱、暗器、暗桩等物,令那些灾厄在接近自己的过程中,逐渐化为乌有。他的器盒设计巧妙,花样百出,要在两柄剑的压制下,一瞬间反败为胜,制服殷畏虎,也是有可能的。"

"那到底是怎么一下就赢了的?"麦离却还不明白。

逐日夫人摇头道:"刚才那一瞬间,他的器盒和手,都被殷畏虎的巨剑挡住了。他的器盒变化太过复杂、所藏之物千变万化,就是我也不能在没有看清的情况下,猜到它到底露出了什么样的锋芒。"

麦离回想起姜明鬼在大取桥上时那晃晃悠悠的黑箱,不由奇怪道:"那么大点的一个小箱儿,就算里面塞满了,又能装下多少东西?"

"姜明鬼的器盒,是由造字诀的罗蚕专门打造的。"逐日夫人感叹道,"那罗蚕天赋异禀,实在是造字诀百年一逢的奇才,将器盒的每一处空间,都利用到了无以复加的地步,因此那小小的一只黑箱,有了无穷的变化,也才有了'黑渊'之名。"

下面,姜明鬼已告辞了殷畏虎,从他身边经过,向下一间小室走去。

麦离"哦"了一声,按捺不住心中好奇,问道:"那造字诀的罗蚕又是谁?是个女的?"

这个名字,她已多次听说,不由在意。

逐日夫人看她一眼,却只笑道:"看看那一边吧,秦雄也已经开始战斗了。"

秦雄果然已走进了自己所遇到的第一个关卡。

他面前的白衣弟子,却是个小个子,身高不足五尺,穿一件白麻坎肩,露出极其宽厚的胸膛,短短的脖子几乎与头颅一般粗细,显得敦实至极。

那白衣弟子双腿微分,背负双手,站在那里虽然矮小,却颇有气势。

看见秦雄进来,他稍稍一侧身,高高地提起自己的左脚。

那动作特异,麦离不由多看一眼,却见他的左脚赤裸,未着鞋袜,连裤管都挽到了膝盖以上,露出古铜色的结实小腿。

麦离再往他右脚一扫,原来也是赤足。

那白衣弟子提起左脚,以腰为轴,画了半个圈,后撤半步,猛地蹬落。

"啪"的一声,踩在小室的地面上。

一瞬间,竟如石碑插入地下,给人一种极其"稳当"的感觉。

而在他身后,距离他整个身体中最靠后的左足小趾三寸之处,有一条红土洒成的直线，横贯整间小室，成为一道清晰的界线。

那白衣弟子左腿绷，右腿弓，负着一只手，另一只手伸出来，向秦雄勾了勾。

秦雄笑了笑，也迈步上前，伸出一只手。

他身高八尺，比那白衣弟子高出两头有余，这时蹲低了身子，两个人的手掌一翻，双掌相接，一瞬间都是身子一震。

一震之后，二人重又屹立不动。

与先前的轻松相比，此时像是有一块看不见的千钧巨石，压在了他们头顶上。

"这一关又是什么？"麦离好奇道。

"秦雄所遇的守关弟子，代表的是'地家'。"逐日夫人道，"说起来，地家与你们农家，还有一些相近之处。他们认为'地生万物'，一粒种子可以长成参天大树，土地是一切生命与力量的源泉。"

人之初生，是为呱呱坠地；

人之死亡，需要入土为安；

人活着，行走于大地之上，也需要从大地中汲取养分和力量。

昔日晋公子重耳，流亡于五鹿，饥渴难耐，而向路边农人乞食，农人却只给他一捧泥土。重耳受此激励，百折不挠，励精图治，终成一代霸主。后人受此故事启发，形成地家，那路边老农，便被当作了开创者。

逐日夫人遥遥指点那赤足的白衣弟子，道："所以，地家的弟子，是一年四季都不着鞋袜，以此来保证自己与大地接触的。我这小取城的弟子，本事没学到地家的三分，样子倒学了个十足。"

麦离笑道："我们农家，还是更看重耕种之道。"

逐日夫人笑道："不错，农家看重人力，地家则看重地力。农家希望种出更多的粮食，造福天下；而地家则更喜欢立足地上，感受力量，与人争斗、较量。他们有一句话，说是'地力无穷'，号称只要他们双足着地，便无人可以胜之。"

力由地起，地力无双！

大地诞生一切，哺育一切，包容一切，承载一切。

我们的力量，全都来源于大地，但一直以来，我们都犯了一个错误：野兽四足着地，而力大无穷；人类两足直立，因此孱弱不堪。更何况，人还用鞋子、袜子，将自己与大地进一步隔绝。所以，常常赤足干活的农人，力气也会大于袜不沾尘的达官贵人。

"所以，这一关里，守关的弟子是要和秦雄比试力气。"逐日夫人用手一指，"过关之路，就在他的身后。秦雄要过此关，便需将他推到那条红土线后，在力气上赢他。"

而在他们的注视下，正与那赤足的白衣弟子单掌相接、一直一动不动的秦雄，这时身子蓦然一震，猛地又推出一掌。

掌到中途，猛地止住，那赤足的白衣弟子也将另一掌推出，再度交接。

只见秦雄挺步屈身，双眉倒竖，显然已是用了全力。

可是那白衣弟子个子虽小，两臂斜斜向上伸出，却是凛然无惧。

他的一双赤足，一前、一后、一竖、一横，紧紧地"扎"在迷宫的地面上。

秦雄以上示下，几番发力，两臂上肌肉贲起，几乎要将挽起的衣袖撑裂，令人远远望来，便可知那力量非同小可。

然而那白衣弟子自下而上地迎击，却寸步不让！

——仿佛真的有无穷无尽的力量，从大地涌起，经由他的赤足，充满了他的全身。

"这一关对秦雄来说，其实极为不利。"逐日夫人忽然道。

第三章 百家阵

麦离吃了一惊，道："为什么？"

"秦雄在小取城中的评价，是'无坚不摧'。他的破字诀，强在'击破'。他的器盒，便是他身后那一卷席筒。"

"那席筒有啥特别的啊？"麦离也早就对那席筒感到好奇。

"并无什么特别之处。"逐日夫人摇头道，"那席筒虽然也是造字诀弟子制造，但如果非要说的话，大概就只有特别便宜吧。秦雄杀气之盛，背后的长剑一旦拔出，一瞬间便可将一切阻碍之物摧毁，甚至连剑鞘都不能幸免。因此他才用席筒代替剑鞘，便宜、便捷，也减少了杀气破鞘时的损耗，令他的剑法更为凛冽。"

"这也太吓人了！"麦离咂舌道。

"但地家的防守弟子，却要求他只能文斗，正是将他最大的优势限制住，将他的长剑强行留在了鞘中，只能以己之短，破敌之长。"

"那么，地家的人，真的拥有无穷无尽的大地之力吗？"麦离问道。

"是，可也不是。"逐日夫人笑道，却没有再解释。

"那……秦师兄肯定是不会用到他的器盒了呗？"

"秦雄虽然张扬霸道，却也是光明磊落的壮士。"逐日夫人微笑道，"地家要比力气，他一定不会用剑的。"

话音未落，却见下面已分出了胜负！

秦雄与那赤足的白衣弟子四手相抵，交互角力，相持不下。

四掌相交，秦雄再一催力，"剥"的一声，二人足下的石板，竟然同时裂开。

那赤足的弟子双目圆睁，脸上红光一闪。

一闪过后，又笼上了一层青气。

他赤裸的手臂、小腿上，青筋凸起，如同一根根粗大的树根，插地倚天，将秦雄的双掌架住，纹丝不动。

可是突然间，秦雄不再向前推掌，而是双手蓦然向上一提。

他的手极大，手指如同铁钩，在这一瞬间手指一合，便已将那赤足弟子的双手握住。再向上一提，登时将那赤足弟子提得离地而起。

——他毕竟是没有"扎根"在地上的。

"差点被你骗了。"秦雄冷笑道，"你可不是什么地家弟子，而是和姜明鬼一样，练承字诀的笨蛋。你并未向大地借力，而是用自己的身体作为渠道，将我的力量全都导入地下而已。因此我推出的力量有多大，你抗衡的力量就有多大。但我若不向大地用力，那你便将如草鸡土狗，任人宰割！"

他比那赤足弟子足足高出两头来。

这般向上提起，只需双臂平伸，那赤足弟子便已双足离地，吊在半空之中。

那赤足弟子又羞又气，还想要蜷身踢他。

秦雄不慌不忙，只把双手一甩，便"破"去了赤足弟子蜷起的力道。

那赤足弟子无计可施，如一条软骨蛇，被秦雄提着，轻轻送到了红土的界线之后。

"那么这一关，"秦雄道，"是我赢了！"

青烟袅袅，高香越烧越短。逐日夫人先后举旗三次，变阵三次。

闯关的黑衣弟子，逐渐分出了先后。

姜明鬼一马当先，已过了九关，分别是名、工、儒、勇、兵、商、梦、苦行、阴阳，其中与勇家弟子的巨剑之战，与苦行弟子屏息相斗，都是胜负一瞬，凶险万分。

第三章 百家阵 109

后面秦雄则过了兵、花、支离、地、道、傀儡、伤心七家,与其他四五人并列第二。

其他黑衣弟子,有只过两三关的,有已经被点了三个石灰白点,只得黯然退出的,有喜有乐,不一而足。

麦离看得目不暇接,忽然惊觉,自己似乎已经很久没有再见到辛天志与赵流了。

她愣了一下,回想起来,那两人自过了第三、四关后,似乎就已消失不见。这一想起来,她连忙四下搜寻,认真分辨。

这时天已正午,阳光笔直地从头顶上射下,将下方的迷宫照得纤毫毕现,白色的空地与投下短短阴影的巨墙,愈发整齐森严,如同棋盘。

而在这茫茫棋盘里,墨家的黑白弟子交错碰撞,却再也没有辛、赵二人。

"辛师兄和赵师兄在哪儿呢?"麦离脱口而出,"我后来咋没见过他们了?"

她一路关注姜、秦二人,直到这时才想起辛、赵。

逐日夫人望向迷宫深处,笑得意味深长:"他们?他们想必正藏身在百家迷阵的'不义地'里吧!"

"不义地?"麦离一愣,问道,"那又是啥?"

"公正合宜谓之'义',反之则为'不义'。麦姑娘你站在此处,且看看这迷宫的四角!"

麦离一愣,高台远高于迷宫巨墙,这般居高临下,她可以清清楚楚地看见迷宫中的情景。这时经逐日夫人提醒,她才发觉,原来所谓的"清清楚楚",其实只是大部分的迷宫而已。

离得越远、越往迷宫的外层,迷宫高墙对她视线的遮挡,就越严重。到倒数第二层的时候,她几乎看不到人,只偶尔扫到在通道中走过的人的头顶。而真正的最外层，更是什么也看不到。

之前她能看到黑衣弟子入阵前的情形，全靠他们在迷宫外站得松散、站得远，而入阵之后，四门又都先有一段正对高台的通道，将他们直接引到了近高台处。

"百家迷阵从中心开始，向任何一边，最远都是七层。"逐日夫人道，"但从第六层开始，我其实已经很难监督阵中的比试了。墨家虽然讲究令出如山，但终究不能完全控制弟子的行为。那些血气方刚的年轻人，在我看得到的地方，还能坚持攻守有度，一切比试，都是点到即止，但在第七层，尤其是迷宫四角，他们有时候就会玩得——有些过火了。"

迷宫东南西北四个角，因为离高台最远，更是什么都看不到了。

逐日夫人道："一切规则，在那里都会暂时失效。以闯关争斗为名，有些弟子宁愿在破阵之后被我惩罚，也要分出个高下。第六层、第七层的争斗，会突然升级。所以，那里被叫作小取城中的'不义地'。"

——一时兴起，热血上头。

——有时就算只是为了赌一口气，这世上也有数不清的年轻人，愿意不计代价地做出一些事来！

麦离心惊胆战，抬头看时，刚好看见姜明鬼与秦雄分别走进了第六层、第七层的迷宫。

麦离大急，连追了两步，可是即使她已踮起脚尖，走到了高台最边缘处，将眼睛瞪得生疼——她的视线却也穿不过高墙的遮挡，追不上姜明鬼的背影。

"可是……可是……"她还是嗫嚅着，心有不甘。

"不过，你若是还想看他们的表现的话，我也还有办法。"逐日夫人忽然笑道。

第三章　百家阵

第四章

不义地

在百家迷阵中，姜明鬼连过数关。

顺着通道，直行迂回，东转西走，他忽然心生警觉。

眼前那窄窄的通道，没有任何标志，而在迷宫中兜兜转转，他也早已模糊了方向。但他还是知道，自己即将走入的是百家迷阵的最外圈，第七层。

——亦即，小取城中的不义地。

不义地的比斗，注定更加肆无忌惮。攻守双方，多以武斗为主，为求一胜，常常见血伤人。

而今天的不义地，恐怕就更暗藏杀机。

姜明鬼向身后看了看，只见窄窄的通道中空空荡荡，不知是巧合还是别的缘故，前后都不见人影。

他笑了笑，轻声问道："这回我会先遇到谁呢？"

然后他脚步轻快，转过通道的一个拐弯，进入新的小室。

迎面而来的空地上，有一片黑压压的乌鸦，挤挤擦擦地蹲在地上。黑色的羽毛反射出幽蓝的暗光，鸦群一声不吭，只瞪着圆溜溜的眼睛，凶巴巴地向他望来。

而乌鸦军的尽头，小室的出口处，公冶良一身黑袍，亮片闪闪发光，头戴羽冠，长袖垂地，满脸晦气地站在那里，倒像是鸦群中最大的一只乌鸦。

姜明鬼哑然失笑，道："公冶师弟，你不是闯关的吗？怎么跑到这里守关来了？"

公冶良侧过头来，乌鸦似的打量着他，不悦道："居然是你。"

"你这失望未免也太明显了啊！"姜明鬼笑道。

公冶良哼了一声，道："姜明鬼，你虽然不识时务，但总算人品不错，也并未因钜子偏爱恃宠而骄，待人接物都不令人讨厌。我并不想真的与你为敌，你只需站在此处，直到闯关结束，我们便不必动手，伤了和气。"

"那可多谢你了。你守在这里，就是为了阻止别人闯关吗？"

"小取城三百弟子，可堪为敌之人，其实寥寥无几。"公冶良傲然道，"而这几人中，现在在这迷宫里的，更不过数人而已。对你，我还可以商量；对其他人，我只好给他们一点教训。"

"这是辛师兄的意思，"姜明鬼笑道，"还是你的意思？"

他的笑容原本一直很温和，这时却有了一些尖锐的味道："先是恫吓小取城诸弟子，不得报名此次行动；之后又派你中途拦截麦姑娘，与她提前接触；现在，你们索性在百家阵里一个接一个地违规私斗，排除异己，一个'钜子'的名号，值得你们这么做？"

麦离问他的时候，他佯作不知；秦雄问他的时候，他努力辩解。

他愿意以善意度人，但他其实一直知道，小取城里的争权夺势，辛天志、赵流等人的所作所为——

有传言说，逐日夫人即将卸任钜子之位，而谁能成为继任者，却还存在变数。

辛天志作为墨家的大师兄，决定抢占一切立功的机会，以丰富自己的功绩。为此，他不惜纠合了一批党羽，暗中威胁其他弟子，不得报名此次任务。

而另一边，赵流也极具野心。

他先前已曾代表墨家赴燕国办事，只不过他借"和解"之名，先与燕国郡守接洽，后更和燕国国君秘密相见。

他本是赵国的禄谷侯之子，因避嫌之故，难与他国君臣接触。如今墨家弟子的身份，却令他左右逢源，在诸侯间声名鹊起，更被赵国君臣寄予厚望。

他因此也开始争取一切下山的机会，并在小取城中笼络了一批手下。

他们两人各有所长，一个威逼，一个利诱，斗得不可开交。

小取城这一代弟子或者早已择一依附，或者明哲保身，不愿与他们正面冲突。因此麦离这次进城，提前报名的，才只有他们二人。

公冶良听姜明鬼质问，沉默半晌，突然笑道："看来我是高估了你，原来你的见识，如此浅薄。"

姜明鬼一愣，道："此话怎讲？"

"你是否发现，墨家正在背离最初创立的初衷？"公冶良道，"墨家出身草野，成员多是落魄的武士和失业的匠人，而钜子墨翟更是出身低微，不见于经传。我们守望相助，彼此依靠，号召兼爱、非攻，只是因为墨者本身，就是来自于民间，深知百姓疾苦，所以不想让弱肉强食的悲剧一再上演；而重诺、守信，则是因为墨者的力量单薄，必须团结一心，才能凝聚所有人的力量。"

姜明鬼默默点头，道："确是如此。"

"但现在，我们却吸纳了越来越多的贵族子弟，进入墨家。"公冶良道，"前人一时糊涂，开了这个先河，而今日钜子却变本加厉，令越来越多的贵族子弟，可以自由来小取城学习，身份不限、时日不限。什么山中弟子、国中弟子，那些王侯公子来，学的是什么？他们学的是小取城新奇的器具、攻守的技术、打斗的武艺，借的是墨家的名气、墨者的义气和墨家遍布天下的人脉。而兼爱、非攻之道，却有几人放在了心上？"

"钜子认为，广种薄收，国中弟子即使十个人中有一人能够受到墨家思想影响，百人中能有一人贯彻兼爱之道，便已是极好的。"姜明鬼辩解道。

"她便是贪图那些贵族子弟的权势，以为他们将来个个出将入相，统率一方，便能更好地推广墨家思想，于是就加倍讨好，连他们将来可以不认墨家弟子身份这样的条件，都答应了。这样舍本而逐末，却不知那些贵族，与我们根本是格格不入。"

他如此非议逐日夫人，姜明鬼心中不由不快。

"国中弟子，目下最出色的是秦雄和赵流。拿他们两人来说，秦雄高傲而城府深沉，墨家于他，不过是百家之一。他来墨家学习，固然专心致志，令人钦佩，但将来出山，一定会将墨家的兼爱之道尽数抛弃，而只留下杀敌破城的手段，与墨家背道而驰。

"而赵流，只不过看重了墨家是方今天下最大、最有战斗力的学派而已。进入小取城以来，他根本没有怎么学习，而只是对内结交、笼络墨家弟子，收为自己的客卿；对外则以墨家弟子的身份，交游各国，以图王侯之事。但就这两人，竟然便是今日小取城中最为出色的国中弟子。真让他们得势，墨家将来还是墨家吗？"

"那不知公冶师兄与辛师兄，又有什么打算？"姜明鬼肃容道。

辛天志和他手下的师兄弟，原来并非一味地争权夺势，不由令他刮目相看。

"辛师兄绝不会再让国中弟子的势力膨胀。"公冶良道，"他是墨家的大师兄，一定会捍卫墨家正统，保护小取城的安危。所以

第四章 不义地　　117

我绝不会让你过关，阻挠辛师兄的大事。"

"所以，我们在这不义地中，还是要打一场的。"姜明鬼苦笑道。

"你若听话，当然可以不打。"

"可惜我却不能听话。"姜明鬼道，"钜子思虑甚远，岂是你我可及？国中弟子与山中弟子之争，我不相信钜子不曾考虑。你们暗中非议钜子，已是大罪，我听到了，便不能当作不知。事已至此，除非你能将我击败，否则，我会向钜子禀明你们的违规之处。"

公冶良狞笑道："那你就试试吧！刚好让我见识见识你'身外之承'的本领。"

他大袖一挥，脚下的乌鸦登时同时飞起，如同腾起的一片黑云。

"看你承字诀的挨打本事，造字诀的黑渊器盒，如何能克制我解字诀无孔不入的乌鸦军！"

"啪啦啦"，乌鸦振翅，"嘎嘎"叫着，猛地冲向姜明鬼。

——乌鸦！

在这三丈小室之中，上百只乌鸦同时飞起！

"嗒嗒嘎嘎嘎嘎！"公冶良的口中发出一阵怪叫，如同鸦啼。

伴随他的叫声，乌鸦军"嘎嘎"大叫，张开的翅膀鼓动起一阵狂风，飞落的长羽如同漫天黑雪。

那狂风黑雪，猛地向姜明鬼冲来，姜明鬼还不及反应，便已被鸦群吞没。

公冶良天赋异禀，又肯下苦功夫，乃是小取城中实力一流的弟子。他的祖先公冶长，本是孔子门下，善解鸟语，传到他这里，他却转投墨家，以鸟语操控乌鸦，并与机关术结合，练成了极为强大的乌鸦军。

黑羽纷飞，仿佛一瞬间便已将姜明鬼切成了碎片——但当然没有，鸦群只是裹挟着他，推动着他，像是一个不断滚动、跳跃的巨大黑球，向后冲去。

身后十步，便是小室入口，通道的墙壁。

黑球冲出小室入口，鸦群忽然向上飞起，黑球中"吐出"姜明鬼，重重撞上通道的高墙。

"那个方向！"高台上，麦离叫道，"是姜师兄！"

姜明鬼才进入不久，那里便升起一大群乌鸦。

"公冶师兄也在！"她又叫道。

虽然还没反应过来，但她已本能地觉察到，那里的情形，有些不对劲。

"那个位置……"逐日夫人笑道，"黄车风，去请麦姑娘观战。"

黄车风答应一声，转身来到高台正中，桌案近前。仰面望天，他计算了太阳的方向，便伸手转动那桌上的巨大铜球。未几，铜球上光华一现，他方回过头来，道："请钜子和麦姑娘来此观战。"

麦离莫名其妙，跟随逐日夫人来到铜球前，黄车风则退到一边。只见逐日夫人转过身来，背对百家阵中姜明鬼的方向，却将视线落在那巨大的铜球上。

那铜球直径三尺，磨得光可鉴人。

仔细看去，上面纵横交织，刻着许多浅浅的细线，将铜球表面画出一个个格子。

逐日夫人抬手指点道："乾五、艮六的位置，麦姑娘请在此格中观看姜明鬼在不义地的表现。"

那铜球表面上，一左一右，映着逐日夫人和麦离的身影。

除了两人的镜像之外，又有些不明所以的花纹，一直在其上摇摆、流动。

麦离此前一直不知那些花纹到底是什么，但此刻经逐日夫人圈

第四章 不义地

定了一个格子之后，再仔细分辨，登时"啊"的一声惊叫出来，道："这是，姜师兄的影子？"

原来在那小格之中，竟然可以清清楚楚地看到姜明鬼所在小室的情形。

只不过因为铜球的表面凸起，小室中的人、物早都给拉成了奇怪的样子，加上姜明鬼和对手又不断动作，那影子变形得越发厉害。

若不是逐日夫人加以提醒，麦离即便瞪着铜球看，也是无论如何都辨识不出的。

"这是……姜师兄和……老鸹？这……这些影子是哪来的？"

认出姜明鬼之后，再辨认那些扭曲的影子，便容易得多。可是麦离回头张望，仍是看不透不义地处的迷宫高墙，想不通这些影子从何而来。

"不义地的墙头上，镶有特制的铜镜。铜镜的角度经过精确计算、数百次调整，能将小室中的景象，尽数摄入镜中，然后再经铜镜反射，投到这铜球的面上，放大成像。"逐日夫人笑道，"这铜球因此能够监察迷宫各处，被称作'百家之眼'。"

墨家果然在光影之学上独步天下。麦离回望百家阵中，果然隐约可见不义地处，有几处镜光反射，却无论如何也想不通，那几点亮光如何便成了铜球上的镜像。

"这格子中的另一个人，果然是公冶师兄？"麦离兀自难以置信，"公冶师兄不是闯阵的吗？如何和姜师兄打起来了？"

"因为那里是不义地啊。"

逐日夫人也望着铜球上的镜像，神色凝重，道："闯关的变成守关的，守法的变成违法的，光明的变成黑暗的，善良的变成凶残的……都不是什么稀奇的事。"

"那……姜师兄该打开器盒了？他和公冶师兄谁厉害呢？"麦

离问道。

想到昨夜公冶良操纵乌鸦的神技,她不由毛骨悚然,替姜明鬼担心起来。

"昨夜公冶良与秦雄、姜明鬼发生冲突,让麦姑娘见笑了。"逐日夫人突然道。

麦离吃了一惊。

昨夜冲突之事,她未向任何人提起。姜明鬼、秦雄自然都不是会告密的人;公冶良自己违反小取城的规矩,又在秦雄手上吃了亏,想来无论如何也是不会声张的。

"钜子,"麦离犹豫一下,"我刚来小取城,就觉得哪哪儿都新鲜,啥啥都意外。他们昨天是聊天还是打架,我真不好说。"

她如此搪塞,逐日夫人也不由意外了一下。

稍稍一顿,逐日夫人的视线落回铜球,冷笑道:"他们总有些事情想瞒着我,绕过我,可是在这小取城中,我又有什么是不知道的呢?"

"砰"的一声,那青铜与巨竹的高墙发出一阵巨响,几乎裂开。

姜明鬼双手护着头脸,从墙上五尺之处笔直滑落。转眼间,身上的长袍已是断线飞边,破了许多口子。

就在刚才被鸦群吞没的短短一瞬间,喙啄、爪抓,他已不知受了多少攻击。

公冶良大笑道:"有本事,你就用你的'黑渊'突破我乌鸦军的包围,来对付我吧!"

姜明鬼双手交叉,稍稍放下,护在眼前。

那名为"黑渊"、人人闻风丧胆的黑箱,就垂在他的身前。

"好!"深吸一口气,姜明鬼道。

第四章 不义地　　121

一言既毕，他猛地向前冲去。"砰"的一声，挡在二人之间的鸦群一乱，已被他撞入。

"嘎嘎嘎嗒嗒嘎嘎！"公冶良全神贯注，口中不停，又发出一串鸦语。

那鸦群形成的乌云，登时向后一卷，前阵变为后阵，再度将姜明鬼深深地卷入其中。

黑鸦回环往复，如同越滚越大的黑色雪球。

数不清的翅膀拍击、长喙啄叼，几乎无休无止地落在姜明鬼的身上。姜明鬼发力前冲，好不容易冲破了一层，鸦阵一滚，前方便又多出了两层、三层的乌鸦，在等着他。

他的器盒"黑渊"，就是再机关重重、法宝迭出，又怎能突破那密不透风的鸦群？

那些细碎但无处不在的力量，绵绵不绝地落在他的头上、肩上、背上、腿上，终于将他锐不可当的前冲之力，一点点地消磨了去。

"姜明鬼！"公冶良大笑道，"我的乌鸦军就是你翻不过去的刀山火海，有我在这儿，你过不去了！"

姜明鬼被乌鸦包围着，在鸦群最为密集的地方，隐隐约约可以看出一个狂舞的人影。

"公冶良，"他却兀自挣扎着喝道，"破你的乌鸦军不难，但我实在不愿伤着它们。鸟儿无辜，何必因人的争斗而死伤？"

"你有本事破就破！它们是我的手下，性命都是我的！"公冶良大笑道。

话虽如此，面对姜明鬼，他却也不敢大意。长笑声中，公冶良的一双大袖一扬，星星点点地从他两袖中飞出许多亮光。

——他的器盒，便藏在大袖之中。

亮光飞入鸦群，一瞬间，已被盘旋在姜明鬼头顶的乌鸦军衔在口中。

那些亮光，竟都是三寸余长的铜片。

乌鸦衔着铜片中间，铜片的两头从它们的长喙中露出，寒光闪闪，乃是一把把小刀子。

"我这乌鸦军的'风刀鸦阵'，看你如何破得！"

乌鸦军衔了这些刀片，鸦群已成一座飞翔滚动的刀山！

"钜子啊！"麦离努力分辨铜球上的影像，越看越为姜明鬼担心，叫道，"姜师兄危险了！有那些乌鸦拦着，他根本碰不着公冶师兄！"

逐日夫人不动声色，道："现在看来，确是如此。"

"那你也不管管？姜师兄快要被啄死了！"

"他们现在是在私斗，在他们自己停手之前，我是不会命令他们停下来的。"

"我在进入小取城之前，听说墨家钜子说一不二，夫人说的话，没有人敢不听的。"麦离气道，"可是现在，他们就在你的眼皮底下私斗，眼看要出人命了，你咋就放着不管？"

"如果我明知道那里发生的是私斗，如果每个踏入那里的人都知道即将发生的是私斗，如果那场私斗只要我想看便都可以在'百家之眼'上观看，如果每场私斗最后都会受到惩罚——"逐日夫人笑道，"那么，私斗还是私斗吗？"

麦离一愣，一时竟有些绕不过来。

逐日夫人道："大威难测。若想真的模拟命运，那何其困难？我们绝不可能指望一切都按部就班、点到即止，而必须引入更多的'意外'与'无序'才行。"

她的笑容不觉间已然消失，雪白的一张脸，凛然高贵，不近人情。

麦离叫道："那他们现在的私斗，也是'意外'？"

逐日夫人傲然道："正是，百家迷阵为诸位弟子提供了一个初步的切磋平台——那便像是我们在面对一件事时，提前制订的周详的计划。我们尽可能多地考虑所能遇到的一切困难，准备好了一切解决之道，但任何一个人都知道，真正开始行事的时候，计划永远充满漏洞。"

人心难测，看不见的欲望推动着不同的人，做出令别人匪夷所思的决定。

而命运无常，一枚脱落的马蹄铁，可能令一场战争发生天翻地覆的变化。

逐日夫人继续道："墨家最不同于百家的地方，其实就是善于实验和推演。机关，不过是我们在各种实验中，随手造出的玩具而已。为了在这乱世中找到更有效、更长久的行侠之道，为了能令兼爱之心大张其道，我们墨家做过的和要做的实验，其实数不胜数。

"私斗虽然不对，却能够真正地激发弟子的斗志，逼出他们的潜力，提升他们的应变能力。所以，只要他们的私斗还在我的掌控之下，只要他们能为自己私斗的结果负责，那么我当然乐于对此睁一眼，闭一眼。"

她的笑容，终于令麦离无从辩驳。

眼见麦离沮丧，逐日夫人却笑道："不过你大可放心，鸦群的'风刀鸦阵'已是公冶良压箱底的绝招，而姜明鬼的器盒，却还没有打开。"

"公冶长，公冶长，南山有只死山羊，你吃它的肉，我吃它的肠。"
一群顽童，追着公冶良唱着、笑着。

还是孩童的公冶良怒不可遏，回头去追打他们，反倒因对方人多势众,被打倒在地。

"公冶长,吃死羊,贪小便宜烂肚肠,娶了媳妇忘了娘!"

顽童们笑着、叫着,一窝蜂似的又跑了。

那是公冶良孩提时,最常遇到的羞辱——

他的先祖公冶长,原是孔了弟子,也算得饱读诗书,精通鸟语。

某日,有一只乌鸦向公冶长报说南山有山羊坠崖而死,让他帮忙拾回,人鸟一同分食。可是公冶长拾到羊后,却贪小便宜,出尔反尔,独吞了那整只死羊。

乌鸦因此怀恨在心,之后竟将一个死人谎报为死羊,又告诉公冶长。

公冶长赶到死人处时,已有人围观。为防止有人抢先,他远远地便疾呼"是我打死的",以致背上人命,成为千古笑谈。

那样的丑闻,令公冶良一家几代人一蹶不振,穷困潦倒。

公冶良更是被人从小嘲笑到大。

但是,公冶良从小竟也听得懂鸟语。那些乌鸦,那些落在他家的屋檐上,落在村口大树上,谈论着哪里的虫子肥美、哪里的腐肉丰盛的乌鸦,也总会在看到他的时候,歪过细小的脑袋,瞪着一双双凶狠的眼睛,交头接耳道:"这孩子虽没有羽毛,没有翅膀,却听得懂我们的话。"

"解鸟语"这样的本领,带给他的从不是荣耀,而是耻辱和恐惧!

乌鸦欺软怕硬,趋炎附势,每天喳喳呱呱,聒噪不休。公冶良因此不愿进入儒家学什么忠恕之道,而进入墨家,训练出这么一群乌鸦军,靠的就是对它们的仇恨与厌恶。

"嗒嗒嘎嘎嘎,听我号令,奋勇冲杀;

"嘎嘎嗒嘎嘎,谁若违抗,重重惩罚;

第四章 不义地

"嘎嗒嘎嗒嘎，眼睛刺瞎，尾翼全拔；

"嘎嘎嘎嘎嘎，鸦巢烧毁，踩死雏鸦！"

在他不断发出的鸦语詈骂声中，那些高高在上的乌鸦们个个吓得半死，乌鸦军这才令行禁止，成为他令人闻风丧胆的特技。

——反正兼爱，爱的是人，又不是畜生。

在百家阵、不义地，公冶良噘唇长啸，催动衔刀的乌鸦军，准备给姜明鬼最后一击。

可是突然间，鸦群一乱，姜明鬼跳出了包围。

他之前一直向前冲，鸦群和他正面相撞，不住将他后推，这才将他拦住。可这时他却是向后跳，鸦群登时反应不及，反令他轻松退开。

而且不唯如此，他这一脱困，立时一转身，却向通道来路逃走了。

他嘴上说得响亮，真打起来，却如此怯懦。

公冶良稍觉意外，却看得清楚，姜明鬼的器盒甩在身后，连打开的机会都没有。

公冶良放下心来，哈哈大笑，一面快步追上，一面噘唇长啸，发出一串鸦声怒骂，催动乌鸦军向通道深处追去。

才走了几步，他只觉脚下一硌。

"咔吧"一声，他竟是踩到了什么。

低头一看，却是右脚踩着了地上的一个铜盘。

那铜盘约有巴掌大小，一寸来厚。他一脚踩中，"啵"的一声，从铜盘两侧弹出两根钩爪，一下抱住了他的脚掌。

与此同时，那铜盘内部机簧蓦然弹开！

铜盘裂为上下两层。下层铜盘弹出尖齿，钩住地面；上层的铜盘抱着公冶良的脚，一股大力猛地向外一转！

公冶良猝不及防，右脚骤然向外旋了半圈，右膝已给扭得脱臼。

惨叫一声，公冶良已摔倒在地，啸声中断，乌鸦军没了他的操纵，登时一乱。"叮叮当当"，那些衔在口中的刀片纷纷从天而降，掉了一地。

刀落如雨之中，姜明鬼微笑着走了回来。

"公冶师弟，承让了！"

公冶良咬紧牙关，已疼得说不出话来。

姜明鬼蹲下身，小心地抬起公冶良的那条腿，先将铜盘摘下，纳入器盒收好，旋即托着他的脚，一扭一推，帮他接上了关节。

乌鸦们又站上了四面高墙，这时都歪着头，认真地看着下方二人。

关节接上，公冶良膝上疼痛虽然不停，却已立刻有所缓解。

他挣扎着坐起身来，心有不甘，问道："你是什么时候，放下的这机关？"

那铜盘名为"地转天旋"，正是姜明鬼令人闻风丧胆的盒中机关之一，公冶良一直暗中防备，不想还是伤在了他的手中。

"很早，"姜明鬼笑道，"在我们刚刚见面，你的鸦群还没飞起的时候。"

公冶良一愣，回顾自己与姜明鬼见面以来的每个细节，却仍是找不出姜明鬼动手的时机。

——他一直在提防姜明鬼的反击。

——可是万没想到，姜明鬼的机关竟不是直接攻击他，而只是扔在地上，直到他追击时才触发了机关。

长叹一声，公冶良勉强站起，推开姜明鬼，整顿衣冠，道："你赢了我，这一关你当然过了。"

"承让了。"姜明鬼见他已能站住，便拱了拱手，转身往出口走去。

第四章 不义地

"但辛师兄可不会像我这般无用！"公冶良又道。

姜明鬼微笑着回过身来，再向他深深一揖，倒退着进入小室出口后的通道中。

"钜子……"姜明鬼虽然顺利过关，但麦离已心乱如麻，"我还是觉得，你不能让姜师兄他们在不义地里打个你死我活。"

"哦？"逐日夫人微笑道，"天下间敢这么直面非议我这墨家钜子的人，可不多了。麦离姑娘的胆量，一次次地出人意料，着实令人佩服。"

"钜子，您可别生气！"麦离叫道。

"我自然不会生气。"逐日夫人笑着，轻轻拍了拍那铜球，忽然道，"不过你现在能否说出，你此来小取城的真正目的了？"

麦离一愣，黄车风在一旁忽听这般变故，也惊讶地抬起头来。

麦离道："我……我是为水丰城而来……"

"水丰城有难，你跋涉求援，只身闯过大取桥，果敢、忠勇不让须眉，固然令人敬佩。"逐日夫人道，"可是从进城以来，你却眼带桃花，身含春情，一双眼时时刻刻不离姜明鬼，哪像危城孤女，令人作呕。"

麦离此来，谈及水丰城存亡时，固然神色严峻，但其他时候，却常常眼波流转，含羞带喜，虽无过人之色，却也有动人之处，早为逐日夫人所察。

逐日夫人突然点破这一点，麦离登时又羞又怕，跪倒在地，叫道："钜子恕罪，我知错了。"

逐日夫人沉着脸，冷冷地道："你既是墨家贵客，我本不该说这些话。可是大难临头，你居然还沉迷于男女私情，不知轻重至此。须知你虽出身乡野，但有黎铧子先生教导，着实见识非凡，我实在不忍心见你如此堕落。"

"钜子,"麦离叩首道,"我这不是男女私情,而是为了水丰城的未来。"

她居然并不认错,逐日夫人皱眉道:"你还狡辩?"

麦离不敢抬头,问道:"不知钜子可知我农家的'变土'之法?"

"'变土'之法,是农家令土地增产的绝技之一。以养、调、肥、变等手法,对土地进行治理,令干涸的变得湿润,贫瘠的变得肥沃,荒野变成良田,良田再增亩产。尊师黎铧子,正是以此法造福四方,闻名天下。"

"正是如此。"麦离道,"我的老师黎铧子,当年在水丰城,用了三年的时间,将我们因为水源过于丰富而盐碱了的土地给治好,成为肥沃的农田;而在水丰城变土期间,我的老师其实还改造了另一块'土地'。"

"另一块'土地'?"逐日夫人一愣。

"天人合一,这是我们农家也认可的道理。养、调、肥、变等手法,能让一块土地变得肥沃,也能让一个人变得健康。黎铧子老师改造的另一块'土地',便是弟子。我生下来时,先天不足,四季常病,骨瘦如柴,长到十四五岁时,仍瘦小如幼童。黎铧子老师那时借住在我家附近,看我可怜,便以变土之法为我调理身体。一年之后,我终于能够正常饮食,渐少生病;两年之后,我头上枯发脱落,生出黑发;三年后,我的身量终于追上同龄少女,有了月事。如今五年过去,我已是水丰城中,最健康、最结实的女子。"

她直起身来,慌张之色渐去,道:"我是最健康的女子,也是最肥沃的土地。然而这块土地,目前却还没有一粒种子种下开花结果。水丰城的男人,一个比一个没种,面对韩王暴行,竟没有一个敢站出来反抗,如何不让人失望?我冒险脱逃,孤身求援,除了想

第四章 不义地　129

要小取城救我们一时,其实也想得到更长远的帮助。"

她的想法匪夷所思,逐日夫人这时虽然隐隐猜到,却也难以置信,皱眉道:"你待如何?"

麦离道:"正像'大取桥'的意思一样,求人不如求己。一有事就向外人求助,到底是不行的。水丰城得有自己的英雄,能随时保护我们的英雄。这个英雄,应该在水丰城出生、在水丰城长大,所以知道眷恋故土;这个英雄,应该在水丰城生儿育女,子又生孙,子孙无匮,于是永远保护水丰城,免受外人欺负。他得有强健的体魄和坚强的意志,健康的母亲和非凡的父亲。现在,我可以成为他的母亲,而在这世上,最非凡、最英勇的人,除了墨家弟子,还有谁呢?"

饶是逐日夫人见识过人,心机深沉,也不由惊呆了。

黄车风在一旁面红耳赤,更是连脚都软了。

下一间小室里,守关的白衣弟子早已准备许久。

他身材高瘦,两肩又平又宽,头上系着一条火红的头巾。

头巾很长,垂在他的肩上,如同烈焰。

那白衣弟子的手中拄着一柄巨大的长锤,锤头足有冬瓜大小,看起来分量极是不轻,锤头下方连着一根鹅蛋粗细的长柄,拄在地上比他的头还高出半尺。

锤头上绘有彩纹,一面是黑风,一面是红电。

姜明鬼微笑着拱手道:"欧师弟。"

"姜明鬼!"那头系红巾的弟子笑道,"真好啊,你真的走我这条路了。"

姜明鬼笑道:"欧师弟在等我吗?"

这人名叫欧鸿野,也是墨家的山中弟子,修炼的也是承字诀的本领，入门时间比姜明鬼略晚，一向与姜明鬼亦敌亦友，颇为相熟。

欧鸿野大笑道："辛师兄昨晚的命令，你、秦雄、赵流，见一个打一个！"

"怎么连你也接到他的命令了？"姜明鬼苦笑道。

辛天志虽是墨家这一代弟子中的大师兄，但暗中阻挠别人闯阵这种事，却也只有让自己的心腹来办。欧鸿野为人耿直，一向与辛天志并不十分亲近，这时居然听他调遣，不由令姜明鬼感到意外。

"听话自然不必，"欧鸿野笑道，"不过验验你的成色，称称你的斤两，这种机会，我总是不好错过的。"

"什么成色？什么斤两？"姜明鬼莫名其妙。

"你不觉得，这世上的学说门派，实在太多了吗？墨、儒、道、法、名、农、纵横……每个人都有自己的一套理论，因此各行其是，弄得天下大乱。而小取城内，区区数百人，也派系复杂：承、解、造、破已是四大流派；而每个流派中，又再细分身外之承、古木之力、百解无忧、妙语解烦、杀破即止、不破不立、鬼斧神工、天作之合……之类的技艺支系。好不容易从技艺上分清了，却还有身份上的山中弟子、国中弟子的差别——实在是太乱了，有必要进行一番检验，去芜存菁，去伪存真。"

"那又是什么意思？"

"意思就是，打不过我的学说、流派、支系，统统没有存在的必要了！"欧鸿野大笑道。

这人大言炎炎，果然是来捣乱的，姜明鬼不由头疼起来。

欧鸿野的脚边，立着一面木质的盾牌。

盾牌直径约有三尺，边缘箍着明晃晃的铜圈，中心又有一个双拳大小的朱漆红圆。

这时欧鸿野抬脚一踢，将那木盾踢得飞起，大喝道："不占你

第四章 不义地

的便宜，接住了！"

那盾牌慢腾腾地翻了个面，向姜明鬼飞去。

姜明鬼不及多想，伸手接住，"砰"的一声，赫然被撞得退了一步。

——那盾牌，竟然极为沉重！

欧鸿野大笑道："承字诀第一高手，遇到了我，小心被我打回原形啊！"

"嗵"的一声巨响，他手中的长锤几乎追着他的笑声，重重砸上那盾牌。

姜明鬼不及答话，双手抱着盾牌，硬接一记，只觉大力涌来，登时站立不稳，连退数步。

"人心如铁，天似洪炉，千锤百炼，锻造无情！"欧鸿野大笑道，"我如今代表'锻家'弟子在此守关。锻家学说认为，人的一生如同在洪炉中被锻造，必须经历足够多的苦难，方可成器。苦难，便是命运的重锤。真正的英雄好汉、大道贤言，会被千锤百炼，打磨出耀眼锋芒；但土鸡瓦狗，歪理邪说，则会给乱锤烈火打成一摊烂泥！"

"就凭刚才那一锤的力气吗？"姜明鬼人在盾后，微笑道。

他手中的木盾厚达三寸，木料浸透油脂，乌沉沉的，足有三四十斤的分量。姜明鬼先前单手接了第一下，险些脱手，连忙又用双手抱住。这时连退几步之后，终于看见木盾后有一个横握的把手，还有一条长长的挽带。

于是他左手持盾，右手挽住挽带，连绕几匝，将那面重盾提在身前，道："那就让我领教一下你锻家的本领吧！"

欧鸿野放声大笑，道："一锤要是不够，我可还有百锤千锤！"

长锤一抡，又挂定风声向姜明鬼砸来。

"我想请钜子赐我一名墨家弟子。"

高台之上,麦离深深叩首,道:"让他成为我孩子的爹。如此一来,二十年后,水丰城便可以有自己的英雄,保护我们的家乡!这,便是我的'大取'!"

她竟将自己当成了一块肥沃的土地;她又将男欢女爱,当成了家畜交配,育种培苗。

这一切所思所想,固然符合农家的理念,但在旁人听来,已是离经叛道,匪夷所思。

黄车风在一旁听着,忽然间一捂口鼻,却是心情激荡,血脉偾张,以致鼻中流出血来。

逐日夫人皱眉道:"你看中的,是姜明鬼?"

"我并不是只看姜师兄……我也在看秦师兄、公冶师兄、辛师兄、赵师兄。只不过他们渐渐不及姜师兄,才令我多看了他一些。"

"你想和姜明鬼成亲?"

麦离摇头道:"姜师兄人才俊秀,我不敢高攀。再说嫁夫随夫,我却也做不到——水丰城是我的根,我不能离开它。但又不敢因此耽误了姜师兄的前程。"

"那你到底想如何?"

"我……我只想'借种'而已。"

此言一出,麦离面如火烧,逐日夫人也不由有些窘迫。

黄车风更是连眼中都流出血来。

不义地中,一锤袭来!

姜明鬼大喝一声,猛地向前踏出一步,以硬碰硬,以盾牌一挡,"嗵"的一声,又硬挨了这一锤。

巨力传来,这一回姜明鬼有了准备,连半步都没有退。

第四章 不义地

长锤与盾牌相击，反弹而起。欧鸿野顺势退了一步，左手一拖，右手一推，将腰一转，那长柄锤在半空中稍稍一顿，又从相反方向，加速往姜明鬼砸来。

——那是第三锤！

这一锤来得好快，而较之先前的两锤，无疑更是势大力沉！

"嗵"的一声闷响，长锤第三次打横击中盾牌，正中盾牌上的红心。

姜明鬼全力以赴，仍是立身不稳，整个人被这一锤撞得硬生生浮空数寸，向旁飞出三尺，又踉跄出老远。

欧鸿野大笑道："还撑不撑得住？"

他纵身追击，小室长宽只有三丈，姜明鬼向旁边退却，一横身，已靠在墙壁上。

上下左右都有墙壁阻碍，长锤以弧形甩动时，本应施展不便，可是红影晃动，欧鸿野的头巾一甩，整个人忽然向斜刺里冲出！

斜跨一步，他蓦然旋身，长锤顺势打横抡出，以毫厘之差，从姜明鬼立在身前的木盾前掠过。

"呼！"

抡空的长锤发出一声呼啸。

——而这一瞬间，姜明鬼却已感觉到了危机！

长锤在他身前掠过，欧鸿野以右足为轴，身体旋转，长锤在他手中再次加速。转到最快之际，欧鸿野右手一伸，左手一缩，双手握住锤柄尽头，长锤登时又探出半尺。

在这一瞬间，他整个人斜探而出，如同一只古怪的蜥蜴——扬起的头巾，像是蜥蜴血红的眼睛；而探出的长锤，则是飞射而出的舌头。

舌头的尽头，长锤抡出的弧形的最远处，"嗵"的一声巨响，那巨大的锤头，终于又砸上姜明鬼手中的木盾。

姜明鬼如同一只小小的"飞蝇"，被那"长舌"击中，向后退去。

可是身后已无退路，于是他整个人被木盾死死压住，死死地贴在了墙上。

——那正是锻家独一无二的运锤之法！

锻家本是炼铜冶金、铸剑造犁的匠人，却在日复一日的锤炼中，产生了自己对人生、对世界的看法。那便是，苦难如同命运的重锤，必将无情地、连续地落在每一个人的身上，无可逃避，也不应逃避。

所以如果锻家的弟子要动手，就会把对手当成一块烧红的铁块，反复锻打、淬炼。

——这乱世之中，天地便如洪炉，命运便是锤砧。

——你我皆是铸件，注定将受到日复一日的锤打。

——熬不住的，便在锤下折断；

——熬得住的，最后便可以成为锋利的剑、有用的犁。

鼓风加炭，烈火熊熊，挥汗如雨，落锤无情。

一锤又一锤，打掉杂质，打出锋芒！

而在这一过程中，锻家找到了完美的运锤之法。就像是一个老练的铁匠打铁一样，锻家的人，运锤如神。锤，就是他们的眼；锤，就是他们的手。每一锤，都在丈量他们和铸件之间的距离，所以只要他们认定了目标，则每一锤，都不会打偏。

和他们为敌，最恐怖之处，不在于他们打落的第一锤。

——而是之后的每一锤的下一锤！

前一锤、后一锤绵绵不绝，每一锤的力量不断叠加。

就是最硬的顽铁，在那缠绵不休的锤打下，最后也会变成锻家想要的形状。

第四章 不义地　135

"男人是天，女人是地；男人是种，女人是田；撒什么种，田里便可以长什么苗。"

高台之上，麦离道："我想请钜子允许，能有个墨家弟子，在我身上播种。在那之后，我带孩子回水丰城，终此一生，绝不对孩子他爹再作纠缠。"

逐日夫人沉吟道："所以，你昨夜力荐姜明鬼、秦雄进入备选，乃是对他们有意？"

"姜师兄是很好的，秦师兄却也不错。"麦离点头道，"就是辛师兄、赵师兄，也各有长处。但是，我只想要最强的男人，最好的种子，便把这条命交给了老天爷，谁能在百家阵里赢了，谁就是我命里那个人。"

——这女子的头上云气，是燎原烈火。

逐日夫人看着她，越看越觉有趣：本以为她只是这次实验的一个引子，却没想到，竟还能引出如此变化。

想到姜明鬼，或辛天志，或秦雄，被她"借种"上门的样子，逐日夫人不由哑然失笑。

"好，你'借种'之事，我不加过问。"逐日夫人道，"只要你能说服那个执行水丰城任务的弟子，他娶你也罢，你们只是露水姻缘、一夜夫妻也罢，我都不管。"

"嗵！""嗵！""嗵！"

欧鸿野对姜明鬼的锤击，一直不停。

巨大的长锤在半空中飞翔着，风雷叱咤，沉闷的撞击一声连着一声，从不止歇。

长锤击打木盾，左右开弓，密不透风。姜明鬼用木盾苦苦支撑，却也被木盾死死地压在竹墙上。

不知不觉，他的身子缩在盾后，越缩越小、越蹲越低。

——真像是被摆上了砧铁的一块铸件一般，在毫不间断的锻打下，改变了形状。

欧鸿野大笑道："姜师兄，罗蚕给你的器盒，你还打得开吗？你的'身外之承'的本事，还使得出来吗？我这特制的盾牌，你还用得惯吗？"

大笑声中，他又是一锤，向下砸去。

原来他给姜明鬼的盾牌，根本就是一个诱饵。

木盾虽然坚固，保护姜明鬼不被长锤击倒，但沉重笨拙，一经入手，便形同"绑"住了姜明鬼的双手、双脚，不仅令他闪避不便，更令他无法使用器盒。

而这时姜明鬼虽然未被击倒，但给欧鸿野左一锤右一锤、上一锤下一锤，打得完全被困在木盾之后，身子佝偻，左支右绌，看起来摇摇欲坠，全无还手之力。

竹墙发出"嘎吱嘎吱"的响声，似乎已被那巨力挤压，向后弯曲。

姜明鬼被困在那碗形的凹陷中，更加难以移动分毫。

——长锤、重盾，之前欧鸿野就凭这一对兵器，已将五名闯关者一一打退。

——巨锤虽然无法击破木盾，但这么不间断地敲打下去，却足以令盾牌后的人骨软筋麻，铁打的意志也将崩溃如泥！

"姜师兄不会毫无还手之力吧？"欧鸿野笑道。

"欧师弟不会以为这样就能赢了我吧？"盾牌下，却清清楚楚地传来姜明鬼好整以暇的声音。

"好，既然你嘴硬，那我便真的锤扁了你！"

欧鸿野大怒，手上加力，猛地向前踏出一步，重重一锤，以上示下，又落了下去。

第四章 不义地　　137

"铿"的一声钝响，这一锤发出的声音却与之前大为不同。

"腾"的一声，火光冲天。

那一锤落下，姜明鬼手中的盾牌，竟已燃烧起来。

承字诀号称"一身承之"，是要将世间的矛盾、冲突、争端、灾祸……全都引到自己的身上，然后加以消弭。

但在不断的发展中，承字诀的弟子们，却又发展出了两种"承担"的本领。

一种，是三百年来的墨家正宗，名为"古木之力"，是一种能令使用者变得力大无穷、刀枪不入的硬功夫；而另外一种，则叫作"身外之承"，乃是修炼者依仗墨家机关，令诸般灾厄在向自己汇聚时，于身外先行遭到打击、消磨，最终在落到自己肩上之前，已消弭无形。

而"身外之承"，与其说属于承字诀，倒更偏向于造字诀，是这一代弟子姜明鬼和罗蚕的发明。

为姜明鬼制造器盒的罗蚕，乃是造字诀中的奇才。各种新奇发明层出不穷，许多小取城中的墨家弟子，都想得到她所制作的机关。然而那罗蚕，几年来却把她所有的智慧，全都用在了姜明鬼的器盒上。

姜明鬼的"黑渊"器盒因此越来越强大，"身外之承"也因此名气越来越响，引得不少承字诀弟子竞相效仿。

但今日，姜明鬼的"黑渊"器盒与"身外之承"却全都陷入困境。

百家阵中，不义地上，火光飞腾。

欧鸿野大笑道："造字诀不是只有她罗蚕一个，我这新要来的'火焰锤'味道如何？器盒都打不开，我看你如何破得了眼前死局！"

先前时，他一锤落下。

长锤即将与木盾相撞时，他的手一转，那硕大的锤头已经转了半个圈。

　　于是这一锤击中木盾时，"锵"的一声脆响，发出与之前大相径庭的声音。姜明鬼才察觉有异，"腾"的一下，火光骤亮，热浪袭人，他手中的盾牌已霎地燃烧起来。

　　那木盾原就浸满了油脂，这一烧起来，登时火光熊熊，声势惊人。

　　赤红色的烈焰，一瞬间便已将盾牌完全包裹。

　　烟火蒸腾，火焰蹿起一尺多高。盾牌整个变成了一个火球。姜明鬼人在火球后，半个身子都已陷入了火光之中。

　　原来欧鸿野这特质的长锤，锤头分有两面。风纹一面，纯是木质，而雷纹的一面，则在锤心处镶有一块燧石。

　　之前他一直用风纹的一面，锤打姜明鬼的盾牌，长锤与木盾相撞，并无异状；而这时他一锤落下，半空中锤身翻转，便已是用镶有燧石的那一面，砸中盾牌的红心。

　　而那盾牌的红心，却也正是另一块完整的燧石。

　　燧石大力相撞，迸出点点火星，落上盾牌，立时引燃油脂。

　　"姜明鬼，烈火焚身，我看你如何'身外承之'！"

　　盾牌熊熊燃烧，将那一间小室照得一片通红。姜明鬼人在火焰之中，面目难辨，却仍是一声不吭，也不投降，只提着木盾缩在竹墙之上。

　　欧鸿野长锤在手，胜券在握，越发狂放，喝道："若不想被活活烧死，就快快投降吧！"

　　——被逼到这种地步，姜明鬼无疑已失尽先机。

　　——不放盾牌，火势蔓延，他必受重伤。可是如果放开盾牌，在欧鸿野的长锤追击之下，他弃盾、挺身、闪避，又哪有时间？只怕到时候欧鸿野一锤下来，下场更惨。

第四章 不义地　139

——更遑论他已使用盾牌硬接长锤十数击,已习惯了躲在盾后的节奏!

那面盾牌,在他拿到手的时候就已经让他注定了失败!

可是姜明鬼却只是提着盾牌,一言不发。

一锤又一锤,砸在燃烧的盾牌上,将姜明鬼死死压在竹墙上。

"呼"的一声,又一锤呼啸而至。

突然,"砰"的一声大响,那木盾在长锤的重击下,猛地一沉,比之前陷入更深,硬生生撞上了竹墙。

火焰翻滚,那木盾在竹墙上撞开一大蓬火星。

而原本应该隔在木盾与竹墙间的姜明鬼却已消失不见!

——姜明鬼正跌坐在木盾正下方。

他突然撒手,人在盾后滑下,重重坐倒在地,虽然躲开了那长锤的一击,但两腿大开,一时间只怕已根本站不起来。

这般躲避,顾首不顾尾,无异于将自己陷入更大的危机。

欧鸿野大笑道:"再来!"

他手中长锤顺势而下,和燃烧的木盾一起,向姜明鬼的头上砸去。

可是火星四溅,那一锤落空,反而又砸了一下从竹墙上落下的木盾,姜明鬼却已不在原地。

黑光一道,姜明鬼已向一旁贴地蹿出。

那动作突然、迅猛,非人力所能做出。

只见他侧身倒地,一手按着自己的器盒,顿时黑箱底部弹出四枚圆轮。圆轮乃是青铜制成,镶着锯齿,有机簧之力牵引,飞速旋转,直在石板上磨出两溜火光。

那黑箱因此获得极大的力量,便这么拖着姜明鬼,飞快地向一旁疾驰而去。

——所以不是他本人的力量，而是器盒在拉着他走！

——"黑渊"之箱，竟还有这般变化！

欧鸿野一惊，旋即大怒，迈步追赶。却听"嗤嗤"声响，那黑箱中弹出几道金光，高高抛上半空，又画出大小不一的弧度，向欧鸿野投去。

金光射出，虽然突然，但速度并不快。

欧鸿野大喝一声，手中长锤一摆，叮叮几声，便已将金光弹开。

可是金光才一弹开，欧鸿野却忍不住痛叫一声。

只见他半举着长锤，手臂弯曲，同时探头耸肩，挺胸扭腰，一瞬间竟似浑身僵硬，动弹不得了。

仔细一看，却见长锤上已有几道银丝，连到了他的头上、肩上。

原来那几道金光，根本是几枚金钩拖着长长的银丝，而银丝的尾部又缀着一粒铜珠。金钩被他的长锤弹开后，银丝尾部的铜珠一甩，自然缠上了长锤锤柄。金钩被银线一拉，登时弧旋飞回，狠狠钩上了他的头发、肩膀。

于是那几枚金钩缠定，将欧鸿野"绑"在了长锤上。

欧鸿野莫说挥动长锤，就是摇一摇头，耸一耸肩，金钩都会刺入他的血肉之中。

姜明鬼练习承字诀，因此盒中机关往往并不直接攻击对手，而是置于对手与自己中间，再在对手攻击自己、逼近自己时，主动触发。而触发之后，机关发作，伤人其实一直是其次，首要的反倒是限制对手的行动，令他们无法自如动作，消弭攻势，以达到"非攻"的效果。

欧鸿野身为承字诀弟子，本就极能忍痛，虽然猝不及防，被金钩刺伤，但冷静下来之后，奋力一扯，又将长锤挥出。

第四章 不义地

"嘶嘶"声响,金钩被长锤拽着,离开他的身体。

欧鸿野的衣服破开,发髻散落,长锤上垂下金钩,金钩上挂着碎布与断发,鲜血淋漓。

另一边姜明鬼已被器盒拖着,一路滑行,来到竹墙下。

那器盒稍一抬头,"嗖嗖嗖"已沿墙而上。

姜明鬼单手按在器盒上,顺势跃起。人在半空,手一抬,黑箱从墙上脱落,重给他抱在手中。他轻轻落地,手指在它的底部一按,那嗡嗡啸叫的四轮登时停止转动,又缩回箱内。

姜明鬼再将器盒一推,令它重新垂于肋下。

眼见欧鸿野以蛮力撕脱金钩,他不由苦笑道:"切磋而已,何必见血?"

"若这么一点皮外伤都害怕的话,咱们承字诀的弟子未免也太弱不禁风了。"

欧鸿野冷笑着,将锤柄上的金钩逐一摘下,道:"锻家的本事,可没这么简单就完。'古木之力'和'身外之承'的这场比试,才刚刚开始!"

"呼"的一声,欧鸿野又挥锤猛击。

他脸色发青,双腕上青筋暴起,如同古木,抡动长锤,轻巧更如草茎一般。

"我看你'身外之承'如何赢我'古木之力'!"欧鸿野大喝道。

姜明鬼向后疾退,左手一掀,"黑渊"器盒的箱盖已掀开。

他的右手探入箱中,遮住了手的衣袖轻轻抖动,一双眼眨也不眨地盯着欧鸿野的来势。

长锤在他面前扫过,劲风割面,姜明鬼忽然一伸手,自"黑渊"器盒中掏出一物,扬手向欧鸿野打去。

那是一黑一白两粒圆丸,闪电般向欧鸿野面门飞去。

有了之前金钩银线的前车之鉴，欧鸿野哪里还敢硬接，连忙侧头一闪。

谁知那两粒圆丸飞到他近前，突然爆开！

"噗"的一声，一大蓬草灰扬起，范围之大，令欧鸿野只来得及侧头，根本没能全部闪开。

草灰呛人，欧鸿野猝不及防，一时涕泪横流，连眼睛都睁不开，登时不敢冒进，再向旁边一闪，左脚仿佛踩到了什么。

——姜明鬼什么时候又在地上放了东西？

欧鸿野大骇，他也是承字诀弟子，自然深知姜明鬼"地转天旋"铜盘的厉害，大喝一声，用力一踏，全身力量已灌注于左腿之上。

一瞬间，他的左腿肌肉偾起，膝盖、脚踝筋突骨闭，关节已死死锁住。

——"地转天旋"扭人膝、踝的机关之力，已不足以伤他！

"咯嘣"一声，他踏中的东西，果然已经发动。却不是左右旋转之力，而是在他脚踝上蓦然一紧，夹住了他。

欧鸿野吃了一惊，连退数步，脚下"叮叮"有声。睁眼一看，只见脚踝上已夹了一只小小的铁夹。

"不痛不痒啊！"欧鸿野看清楚了，冷笑道。

"这铁夹有让人越来越痛的本事。"姜明鬼笑道，"铁夹的锯齿十分锋利，在你的脚底又有铁棍支撑，你每走一步，踏中铁棍，都会令铁夹的锯齿刺入得更深些，你是撑不住的。"

"你的'身外之承'慢慢腾腾，真是无聊！"欧鸿野不屑道。

两人对战，原本胜负就该只在一瞬。然而"身外之承"为了追求"非攻"的效果，却非要在对手再次攻击之后才会发挥作用。

——然而欧鸿野哪还会给他这样的机会？

他猛地向前抢攻，踏出一步，脚底的铁棍踏在地上，发出"叮"

第四章 不乂地 143

的声音。

随着这一声脆响,他脚踝上的铁夹被他自己的体重一压,利齿已在他的伤处又是一磨。

一瞬间,那刺痛直令欧鸿野脚下一软,几乎跪倒在地。

"怎么会这么痛!"欧鸿野又惊又怒。

"……这铁夹的高度,刚好夹在人的踝骨上。"姜明鬼道,"那里本就不能忍痛,再被锯齿撕磨,更会令一点疼痛变成百倍千倍——所以我说你中了这夹子,就别再动了。"

"你们,真卑鄙!"欧鸿野咬牙道。

——这个"你们",自是指姜明鬼和制造"黑渊"的罗蚕。

欧鸿野左脚被铁夹夹着,不敢再用力,索性一手拄着长锤,跳着就往姜明鬼处追去。

姜明鬼笑了笑,伸手一掏,又从"黑渊"器盒中掏出一摞七片铜盘。

"小心脚下。"他颇为好心地提醒道。

"唰"的一声,他朝地上掷出一片铜盘。铜盘落地,贴地滑行,猛地向欧鸿野金鸡独立的脚下撞去。

那铜盘约莫巴掌大小,磨得黄澄澄、亮堂堂,光滑如镜,边缘锋利。

欧鸿野不敢大意,急忙向旁闪避,那铜盘从他的脚边滑过,撞上竹墙,如同圆刀一般,"咔"的一声,嵌在了那里。

"原来你也有直接伤人的武器。"欧鸿野冷笑道。

"再加两片看看。"姜明鬼笑道。

金光闪动,姜明鬼果然又掷出两片铜盘。

这些铜盘表面光滑,而下端中心处微微凸起,如同陀螺,在地上滑行之际又平稳、又轻捷,两道金光,一左一右,一前一后,袭向欧鸿野支撑身体的一脚、一锤。

姜明鬼的攻势竟全是来自地下,欧鸿野左躲右闪,有力使不出。

咚咚两声,两片铜盘落空之后,撞上竹墙。

只是这一回,铜盘边缘却并无锋刃,撞墙之后也并不嵌入,而是滴溜溜地旋转着,向旁弹开,再撞上旁边的墙壁后,转而滑回姜明鬼的脚下,给他轻轻踩住。

"躲得真好啊。"姜明鬼笑着,又掷出两片铜盘。

两片之后,他脚下左右开弓地一蹬,又将先前滑回的两片铜盘搓了出去。

四片铜盘,金光四溢,在小室不大的地面上尖啸滑过,纵横交织。姜明鬼围着欧鸿野不住游走,其间左一蹬、右一踢,不住推动弹回的铜盘,确保每个铜盘,无论快慢,都不会停下。

欧鸿野单脚站立,开始时手忙脚乱,可是闪来闪去,反倒渐渐习惯了铜盘滑过的速度。

再躲两下,看清每一片铜盘的来路,他越发得心应手,大笑道:"姜明鬼,你手里还有两片铜盘,你不如都放下来!"

"那倒不必。"姜明鬼仰面望了望天,笑道,"这就决出胜负了。"

话一出口,他忽地将左手的铜盘一翻。

他离欧鸿野距离颇远,可在这一瞬间,欧鸿野却受到致命重击!

——金光万道!

一瞬间全都射入欧鸿野的眼中。

——哪里来的光?

欧鸿野猝不及防,只觉头晕眼花,泪水直流,踉跄之下,左脚终于又再落地。

刺骨锥心,左踝上的铁夹登时再度刺入,直痛得他一口气上不来。

第四章 不义地

——到底哪里来的光？！

欧鸿野咬紧牙关，努力睁开眼睛，却见眼前一道道金光闪过，竟全是从那些地上滑过的铜盘中射来的。

——它们竟真的是镜子！

铜镜反射阳光，有时是从地上的铜镜反射到姜明鬼手中的铜镜，再射入欧鸿野的眼睛；有时是从姜明鬼手中铜镜反射到嵌入竹墙上的铜镜，再反射到他手中另一面铜镜上，再反射到地上铜镜，最后才射到欧鸿野的脸上。

地上铜镜滑来滑去，姜明鬼手中铜镜上下翻飞，墙上铜镜遥相呼应……

七面铜镜，远近结合、动静交织，引导一道道金光，编成一张转动的大网，将欧鸿野牢牢锁住。

只看了这么片刻工夫，欧鸿野便已被射中数次。

他双目刺痛，泪眼蒙眬，视野中一片黑红之色，而双脚一边是铁夹刺痛，一边是连受铜盘撞击，连站着都已困难。

可是欧鸿野闭着眼，却也笑了出来。

铜镜虽然变化纷繁，但阳光，其实只从一个方向射来。

而姜明鬼为了引来阳光，已站在了小室的死角。

在那样的死角里，他终于令阳光成为最强的武器；但欧鸿野其实也完全可以一锤——只需一锤——就反败为胜。

"欧师弟，立即停手，你就不会再受伤。"姜明鬼却在这个时候大声道。

"这句话，留给你自己吧！"

欧鸿野怒吼着，一跃而起，双手持锤，倾尽全身之力，朝姜明鬼的方向砸去。

这一锤，石破天惊，没有人能够阻挡他。

这一锤，他已是败中求胜，一旦得手，则姜明鬼是死是活他都无法控制。

——可是一股大力从长锤锤头处传来，却是突然拉住了他。

人在半空，骤然被那怪力拉扯，欧鸿野一个不稳，从空中直落下来，扎手扎脚，"砰"的一声，摔在地上。

而这还不算完！

欧鸿野的视野中忽然一亮，一个火球正向他飞来。热浪滚滚，那竟是之前被他们扔在一边，一直燃烧的木盾。

只是不知为何，它突然跳至半空，翻滚着向他砸来。

其时，欧鸿野双目刺痛，视力大损。而双足剧痛，刚才从半空中硬生生摔下，更是头昏脑涨。

欧鸿野就这么仰天躺在地上，眼睁睁看着那盾牌砸下，一时间，竟动弹不得。

——就在这时，小室另一侧入口，有人一闪而出！

那人一个健步抢到欧鸿野的近前，右手一挥，迎上那落下的木盾。

只一瞬间，燃烧的木盾已骤然崩开！

盾牌外层的铜圈蓦然脱落，弯曲的木板片片弹开，盾心嵌入的燧石斜斜飞出，盾上的火焰被撕裂成几团，四散落下。

在一片散落的木盾下，欧鸿野虽然不及躲闪，却也几乎毫发无伤。

"辛师兄！"姜明鬼、欧鸿野同时脱口叫道。

及时赶到这人，慢慢直起身来。他面容呆板，两眼努出，一双长臂垂在膝侧，身前十字交叉，悬着两只黑盒。

他的手中提着一柄细细的小刀，刀头成铲形，造型特异。

刚才他正是用这把不起眼的小刀，挥手间便将那坠落的火盾"解

第四章 不乂地　　147

体"。

他自然是墨家这一代的大师兄,解字诀的辛天志。

"辛师兄的'拆解'技术,无论什么时候看,都是神乎其技。"姜明鬼笑道。

欧鸿野对战落败,还需要辛天志来相救,不由羞愧难当。

"老师们曾经说过,当你向姜明鬼发动攻势的时候,你就已经输了。"辛天志道,两只昆虫一样的眼睛,一只望着欧鸿野,一只望着姜明鬼,"我们今天和他在这不义地中交战,总算体会到了这句话的真正意思。"

他将小刀收入器盒,顺手拾起地上欧鸿野扔下的长锤。

那长锤锤头上系着一条细细的锁链,锁链的另一头,连着已经解体的木盾的把手。

刚才欧鸿野跃起抢锤的那一瞬间,正是这根锁链将他抢锤的力量转化成了拉扯木盾的力量,令那木盾飞起,并准确地向他自己砸来。

——问题是,姜明鬼又是什么时候布下这条锁链的呢?

"姜明鬼,这番锻打的考验你通过了。"欧鸿野站起身,苦笑道,"我这打铁的,反被炸了炉子,没有资格再聒噪,就此告退了。"

他终于掰开了脚上的铁夹,扔回给姜明鬼,拱了拱手,拄着长锤一瘸一拐地走了。

姜明鬼连忙还礼,直到他背影消失,才回过头来,微笑道:"辛师兄,这回就轮到我们两个了吗?"

"如果能不打,当然更好。"辛天志木然道。

他将手中那条锁链也递过来,两只分得很开的眼珠一转,终于全都落在了姜明鬼身上。

姜明鬼微笑着接过锁链,又在他的注视下,将撒了一地的铁夹、铜镜,一一收回到自己的"黑渊"器盒中。全都收好了,他方道:"那么,我就要请问辛师兄,你为什么要争这次任务,甚至为什么要争夺钜子之位?"

这一路行来,殷畏虎、公冶良、欧鸿野追随辛天志,都各有自己的理由。

虽然都未能说服姜明鬼,却也令人刮目相看,连他们暗中阻挠别人过关的行径,都显得不那么卑劣起来。

这令姜明鬼也不由反省,自己之前以为辛天志只是为了谋权夺势,是否低估了对方。

故而才有此一问。

"为了罗蚕。"辛天志慢慢地道,"罗蚕只为你改造器盒,但我希望我的'碎星',也能在她的手上变得更加完美。"他轻轻拍了拍自己身前交叉的器盒,道,"所以我要击败你,击败所有人,成为墨家第一、墨家钜子。"

姜明鬼一滞,默默地叹了口气。

——明明几个手下还颇有格局,但辛天志居然是如此器量。

造字诀罗蚕,是小取城罕见的女弟子。她生具异相,赤瞳白发,五岁时拜入墨家,却因长相与众不同,没少受同处幼年的师兄弟们的欺负。而那时,便只有姜明鬼对她关心照顾,一如寻常。

罗蚕长大之后,天资卓绝,成为造字诀最强的弟子,而相貌更出落得冷艳绝伦,动人心魄。许多小取城弟子这才知道她的不俗之处,待要讨好她时,却全被拒之于千里之外。

偌大的小取城,罗蚕便只对姜明鬼好,只为姜明鬼制造了"黑渊"。

"罗师妹对我好,不过是因为小的时候,我对她好。兼爱之人,人亦以爱相报。你若是一心沉迷于名利权势,我怕你会离她越来越远。"姜明鬼苦笑道。

"我不服。"辛天志木然道。

"那我看我们还是动手吧!"姜明鬼正色道。

他这话音方落,百家阵却蓦然震动!

时辰已到,百家阵再次变化——旧墙落下,新墙升起。

阴阳变幻,劈面相逢!

命运重新组合,百家迷阵再起波澜。姜明鬼和辛天志不敢大意,身形绷紧如弓,四目相对,三只器盒全都严阵以待,在这急遽的变化中,丝毫不敢松懈。

突然间,在二人的左侧,一道高墙落下,他们的战场中却已多了两个人。

秦雄和另一个人,蓦然露出身形。

——他竟然就在这间小室的隔壁?

姜明鬼、辛天志虽然都在戒备之中,却也不由心头大震。

而现身之时,秦雄的动作却极为奇怪:他神情木讷,两眼中一片空茫,身体站得笔直,手握离鞘长剑,却横在自己的颈上。

在他的身前,背对姜明鬼、辛天志,还站着一个人。

虽然看不见面目,但那人一身黑袍,质料华贵,看背影正是赵流。

就在这时,秦雄忽然手臂一拖,眼看就要横剑自刎!

剑动一寸,他的身子却猛地一震,自刎的手,硬生生地停了下来。然后他蓦地大叫一声,一剑挥出,竟砍掉了赵流的头颅。

鲜血狂喷,赵流的头颅飞上半天。

血雨后的秦雄,如同厉鬼,一眼看见不远处的辛天志。

"你!"

他怒吼一声,奋力一挥,将长剑掷出,直夺辛天志的胸膛。

——破！

——杀破即止！

这一剑来得实在太过突然！

辛天志刚因他们蓦然现身而意外，又被赵流惨死而震骇，正想阻止，却已被飞剑突击——

其瞬息万变，即便是辛天志也不由心头纷乱。

但他双目中寒光一闪，两个眸子已盯住了飞来的长剑。

在他那久经训练，早已习惯了闪电一瞬的双眼中，长剑飞来的速度蓦然变慢，如同钻入黏稠的树脂。

与此同时，他的手指一勾，肋下双黑盒"碎星"已是盒盖大开，他双手探入，再一握拳，指缝之间已探出了数柄小锤、钩子、锯刃、钩针。

——那便是他解字诀攻无不克的工具。

无论如何，都应该先"解决"了秦雄这一剑再说。

——剑？

辛天志双目盯着飞射而来的长剑，原本聚精会神，却突然神思一阵恍惚。

那长剑剑身六棱，飞射中滴溜溜旋转，流光溢彩，可是蓦然间，他的视线才一触及剑身，便已被斩断！

一时间，辛天志望向长剑的视线，皆有来无回！

那柄原本光华夺目的长剑，在他的视野中，忽然间已变成了一截模糊、跳跃的黑色裂缝。

辛天志双目胀痛，眼珠竟似失足滑落，几乎要被那黑色裂缝扯将出来。

而他能拆解一切的双手，在这一瞬间也重逾千斤，抬不起来。

幸而就在这时，远处忽然传来"腾"的一声闷响。

第四章 不义地

辛天志眼前一花，终是恢复了视觉。定睛一看，却是姜明鬼的"黑渊"器盒中射出一片黑烟，抢在了秦雄的飞剑前。

那飞剑闪电般撞入黑烟，登时去势大减，准头也偏了。

"噗"的一声，黑烟连同飞剑，撞在辛天志的左臂上。

臂上剧痛，辛天志踉跄后退，回过神来，才看到那黑烟原来是一张小小的罗网，网住了飞剑。但那飞剑去势实在太疾，虽给网住，剑尖仍自网眼中穿出，刺伤了他。

人影一闪，却是秦雄又已纵身而至，伸手一捞，抓住了半空中坠落的长剑。

"我和你们拼了！"

他猛地一甩，将缠住剑身的罗网甩开，怒吼着，又是一剑向辛天志刺去。

在这一剑刺出的同时，他也一步踏前。

但右脚才一落地，秦雄便已听到脚下"咯嘣"一声脆响。

一股大力蓦然从他脚下涌起，令他站立不稳，一个大仰身，登时向后摔去。

在他脚下，一只扁扁的铜盒高高跃起，盒下极为强硬的绷簧蓦地弹开，足能将一头牤牛掀翻的力量，一下子全都灌注到了他的脚下，顺着他的小腿，蹿上全身。

——铜盒名为"天河"。

——是一经碰触，便给弹开，令人无从越过的古怪暗器。

而它，自然又是姜明鬼不知何时布下的机关！

秦雄向后摔倒，一条右腿更被那"天河"用力一推，高高甩起。他仰倒之后，连忙以手撑地，侧旋几个筋斗，方勉强站起，却仍止不住势头，再退数步，这才站定。

志在必得的一剑落空，秦雄一抬头，他与辛天志之间已隔了个姜明鬼。

"秦雄，住手！"姜明鬼怒目圆睁，早没了平日的懒散。

"姜明鬼，你也和他们是一伙的？"秦雄大口喘息，状甚激昂，叫道，"你也想杀我？"

"我们不会杀你！"姜明鬼叫道，"你们发生什么事了？"

"我们……"秦雄愣了一下，蓦然双眼发直，他看看辛天志，回头看看已在血泊中的赵流，好一会儿，方嗄声道，"我……我杀了赵流！"

第五章

辞过楼

先前时,秦雄在不义地中见到了赵流。

在一间小室的一侧,那小取城中交游最广的国中弟子,端坐在一方草席上。

他黑色的锦袍散开,如同一潭深不见底的湖水。

他的身旁放着他的黑篮,黑篮已经掀开盖子,而他的身前已经摆好了一壶酒,两只杯,一碟煮豆,两方手帕,一只香炉。

那孪生的金家兄弟,在他身后左右侍立,毕恭毕敬。

不远处,又有一个白衣守关的弟子,低头抚琴,琴声铮淙悦耳。

焚香、奏琴、摆酒,那来自赵国的贵公子,已将这间小室布置成了一场虚席以待的宴会。

看见秦雄进来,赵流马上微笑道:"秦师兄,我等你很久了,请坐。"

"你怎么在这里?"秦雄环顾室内,冷笑道。

"这是咱们赵国酿出的好酒,秦师兄你也很久没有喝过了吧?"赵流笑道,"来净一净手,我们边喝边聊。"

虽然势同水火,但他们两人其实都来自赵国。

只不过赵流出身王族，而秦雄却是宠臣郭开的远房亲戚，两人在入城之前，并不相识。

"你的酒，我喝不起。"秦雄冷笑道，"喝你的酒，便要做你的手下了吧？"

"谈什么手下不手下的，我们本来应该是朋友。"赵流微笑道，"我们都是墨家的国中弟子。你有没有觉得，我们在这小取城中，其实是受到歧视的。墨家出身于游侠，和那些武士、平民相比，我们出身于王公之家，已是另类。若再不相互照应，恐怕更要为辛天志、姜明鬼这些山中弟子所排挤了。"

"你会被人排挤？你那么擅长交朋友，你和任何人都谈得来。"秦雄冷笑道，"沟通、和解便是你的解字诀，你的酒菜，就是黑篮中的武器。可是我却不想上你这个当，因为我不想将去水丰城的机会让给你。"

"水丰城是小事，百家阵也是小事，我们今日相会，不谈小事。"

"那有什么大事可谈，墨家钜子之位？"

"钜子之位、小取城之主，不过是中等之事。"赵流笑道，"最终铸鼎九州、一统天下才是大事。不知秦兄以为，能完成那样大事的，会是怎样的人呢？"

"你觉得是什么人？"

"他应当是一个出身贵族的仁侠之人。"赵流微笑道，"他首先需得是个仁侠之人，才能在这礼崩乐坏的五百年乱世中，不为利益所蒙蔽，而始终抱有一统天下的豪情与为民请命的决心；同时他又当是个出身贵族之人，如此才能接受更好的教育，文武齐备，学习百家之长，有更好的眼界，也能获得更多的势力支持。"

秦雄冷冷地听着，身形挺拔，屹立不摇。

"这也便是之前墨家钜子开放小取城、收取国中弟子的原因所

第五章 辞过楼 157

在。虽然墨翟原本出身下层武士,但他们也已经察觉,未来能够成为这天下'钜子'的人,必定不是所谓的山中弟子,那些穷苦人家出身的短视之徒。所以他们才不得不忍受我们这些纨绔子弟,到小取城短期学习,并且以后也不以墨家弟子扬名,为的就是期待我们之中,将来有人达成那样的功业。"

"倒有几分道理。"秦雄冷笑道,"所以,你到底要和我谈什么?"

"赵流不才,我想成为这样的人。"赵流微笑道,"小取城是我的第一步,我会成为第一位接任墨家钜子的国中弟子;赵国是第二步,我会获得赵王的支持,登台拜相,成为第一位权倾一国的墨家钜子;天下是第三步,我最终会率领赵国,统一六国,成为第一位一统天下的墨家钜子。不知秦兄,是否愿意来喝我这杯酒,辅佐于我,成就不世之功?"

秦雄垂下眼皮,长长的脸上不见一丝喜怒,俄尔,他忽然笑了出来。

"差点被你蒙住了。"

他眼皮掀起,两道森然的光芒逼视赵流,道:"你若这么厉害,干什么还在赵王手下为将为相?赵王平庸昏聩,天下皆知。不如你去弄死他,取而代之——我也许会考虑和你合作。"

他突然又说起刺杀国君之事,轻描淡写,不以为意,直似拔草摘瓜一般习以为常。

赵流哭笑不得,道:"其实赵王也好,韩王也罢,他们虽然昏聩,但昏聩也有昏聩的好处。我们只消将他拉拢过来,令他服从墨家教诲,他未必不能成为一个好的国君。"

"我却觉得,奖善罚恶是这世界最基本的公平。君主之位,有德者居之,无德者去之。赵王、韩王,都是应该被去掉的。"

"你真是疯了,"赵流苦笑道,"你这么做,将来连累墨家不说,只怕赵国都会被你牵连。听我一言相劝,坐下来和我喝一杯酒,水丰城的事,大不了我们都不要管了。"

"如果现在是姜明鬼过来了呢,又如果是辛天志呢?"

"秦兄,"赵流端起一杯酒,正色道,"你和他们不一样的。我的酒,不是每个人都能喝的。"

秦雄看着他,看着他的酒,微笑道:"我若是不喝呢?"

赵流仍端着酒,但原本热情、诚恳的脸,已慢慢冷漠下来。

"我的器盒名为'山盟',分了三层。"他放下酒杯,道,"我和一个人的关系如何,便看我打开黑篮的第几层。第一层里是礼物,我可以向第一次见面的朋友送礼;第二层里是酒菜,我可以和很久不见的朋友论交;第三层则是金银,我可以为朋友赠金,也可以买不是朋友的人的性命。"

赵流掀起眼皮,冷冷地道:"你不会想要我使用第三层的。"

"那看来第三层的金银,就不是给我的了。"秦雄笑道。

"是给我的。"却有另一个人突然开口道。

"黄金十两,玉璧一双。"一直低头弹琴的白衣弟子抬起头来,道,"那是赵师弟留给我的。他让我把你留在这里一个时辰。"

只见那白衣弟子二十七八岁的年纪,一张长脸上两道又浓又乱的扫帚眉,一双眼大而无神,须根粗糙,两腮铁青,双唇乌黑,唇角下撇,坐在那里弹琴,虽然音韵风雅,但整个人却是一片苦闷之色。

"小取城中弟子三百,你算老几?"秦雄不屑道。

"我是造字诀弟子程吉,辅修'乐家'的本领。"那白衣弟子道。

"那么,你是打算为我弹奏一曲,好将我挽留在此吗?"

"……嗯。"程吉居然点头承认,"乐家认为,音乐是神鬼留在人间的语言,不用一字,便可以直抵人心,令人哭之笑之,喜之怨之。儒家的孔夫子,更认为好的乐曲令人如沐春风,身心受益,

第五章 辞过楼 159

因此礼乐足可以治国。"程吉坐在那里,轻轻拍了拍膝上瑶琴,道,"可是我没有名师指点,靠钻研乐家的乐谱,怎么也弹不出那么好的乐曲。没办法,只好造出了这具琴,并为它取名'催魂'。因为它虽然无法弹出涤荡人心的乐曲,却真的可以弹出让人想死的噪音。"

说着,他的手伸到琴身下一扳,"咚"的一声,那琴的琴柱已变,音色大改,琴弦因此发出的每一个颤音,都会令人心头一震。

秦雄脸色一变,纵身上前,一脚便向那瑶琴踢去。

程吉的动作却快得多,只在瑶琴最细的少商弦上一拨,只听"叮"的一声锐响。

那一声锐响,如同尖针刺出,秦雄听到的一刹那,便只觉耳中剧痛。

而那剧痛闪电般传遍他的全身,像是有根烧得红热的钢针,突然从他的耳中刺入,然后刺入骨髓,带着令人窒息的剧痛感与灼热感,穿过了他的脊柱,穿过大腿胫骨,才从他的脚踵后刺入地下,将他牢牢钉住。

秦雄全身颤抖,踢出的那一脚酸麻无力,撑在地上的一条腿更是猛地一软,几乎摔倒。

程吉的手指不停,跳过两根琴弦,又挑起中间的一根。

瑶琴七弦,分为宫、商、角、徵、羽、少宫、少商。少商尖锐,音如钢针,而如今他挑起的徵弦,却要粗得多,自他指上一滑,发出"咚"的一声闷响!

秦雄只觉胸口一滞,竟像被一柄无形的铁锤击中。

那一瞬间,无质无形的力量竟似穿透了他胸前的衣物、皮肤、肌肉、骨骼,汹涌澎湃地灌入他的心脏。

那巨大的力量,猛地将他的心脏压到极致。

那怦怦跳动的一颗心,竟像是随时会因这一锤一击,直接炸裂。

秦雄的身体后仰，直似要被自己的心脏带得向后撞飞一般。

只听他大喝一声："破！"身子一晃，不退反进，踉跄抬起一足，重新重重顿地。

——破！

——破字诀无坚不摧，势不可挡。

那一只脚落地，如同鬼神从云端射下的长枪，深深扎入地下，再也不会移动分毫，而带起的疾风，直将他的衣摆吹起，将地上的一圈尘土、草叶吹飞。

就连郁结在他心脏的琴音之力，也因此而震开、飞散。

这一步踏出之后，秦雄右腿在前，左腿在后，距离程吉只有一丈一尺。

——一丈一尺？

不，秦雄身体向前探出，胸口几乎贴上了右腿弓起的膝盖。

于是他距离程吉只有九尺。

与此同时，他一手前、一手后，一手上、一手下，一手推、一手拉，已从自己肩后那五尺长的黑色席筒盒中，抽出一口长剑！

剑出两尺，露出一尺半长的黑色剑柄和半尺雪亮的剑刃。

剑柄浑圆修长，以鲸鱼骨打磨而成，正合一手握紧；剑身长而厚，剑脊宽阔，脊面两侧各有一条凸起的棱线，整柄剑四棱、双刃，如利齿攫人。

他的臂长四尺，剑长三尺半。

于是他距离程吉，其实只有一尺半远。

"再弹一下你那张破琴，你就死。"秦雄冷冷道。

程吉的手指，仍然悬在催魂琴最粗的宫弦上。

"你赢不过声音。"程吉慢吞吞地说，"声音无孔不入，无形无质，无所不在。有的声音可以让人烦躁癫狂，有的声音可以让人昏昏欲睡，有的声音可以让人痛不欲生，有的声音可以让人心悸立死……我的催魂琴，集中了人类最不能容忍的七种声音，一旦演奏开来，天地变色，鬼神皆惊。但是我不想杀你，赵流师兄只是让我把你留住一个时辰，你不要不知好歹。"

"你可以试试。"秦雄冷笑道，"我这口剑，名为'六合'。一剑劈出，六合破灭，你若是觉得自己逃得过，大可以试试。"

"你的剑离我远，我的手离琴弦近。你一剑未出，我魔弦已动。你非要逼我动手，那就是自讨苦吃。"

"你可以试试。"

"你现在的姿势力已尽，势已竭，这一剑够不着我。"

"我说了，"秦雄不耐道，"你可以试试。你要是不信我这一剑出手你立刻便死，那就尽管去碰那张破琴。"

程吉的手指停在那里，虽然只需要轻轻一勾便可拨动宫弦，但一时之间，竟然怯了。

自从他造出催魂琴之后，几乎所有人都是从听到第一个音开始，便魂飞魄散，再也没有一战之力，三五个音之后，更是连站都站不起来。

赵流找他来对付秦雄，让他留秦雄一个时辰，他还颇觉被轻视。

可是真的对上这鹰隼一般的男子时，他才知道，要留下这人，只怕还真不是动动手指的事。

他迟迟不敢弹动琴弦，赵流身后，金家兄弟连忙赶了过来。

"秦师弟息怒！"缺齿的金悲叫道，"我们切磋而已，不必如此认真。"

"程吉你吹牛吹得震天响，结果弄出个你死我活来，这可怎么收拾？"全齿的金喜也叫道。

一左一右，那长得几乎一模一样的兄弟二人围了过来。

两个圆圆、胖胖,有着锅一样肚子的人,一摇一摆,一步一喘,像两头慈眉善目的猪。

围过来,他们便切入了秦雄与程吉的对峙中。

"秦师弟!"缺齿的金悲笑着,从左边伸手去拍秦雄的肩膀。

秦雄大怒,猛一回头,一双眼寒光爆射,几乎便在金悲的身上戳出两个洞来。

可那胖子却像毫无感觉,缺了两个门齿的笑容,真不知是卑贱还是凶残。

而下一瞬间,他的身子忽地一颤,头颅由低向高地一甩,他胀鼓鼓的肚子猛地收缩,胸腔鼓起,脖子旋即膨大,仿佛有什么活物,在一瞬间已从他的肚子里向上爬起似的!

——通过了他的喉咙,要从他的嘴巴里跑出来!

他其实仍是闭着嘴、咬着牙的。

但他少了两颗门齿,有一个不大不小的齿洞。

"嗤"的一声,从他那黑乎乎的齿洞中,骤然射出一道碧色水箭。

水箭飞射秦雄的面门,秦雄猝不及防,手自腰后匆匆收回,立袖在耳旁一挡,同时不由自主,头向右侧偏出。

可是右侧有金喜!

金喜不知何时已转过身去,屁股对着他。

这时,那肥大的屁股一撅,"噗——轰"的一声,已放出一个巨大的屁来。

地动山摇,屁如狂风!

——带着令人难以忍耐的腐败与腥臭!

金家兄弟,小取城中解字诀的弟子,最初是在钻研消解、消化的食补之道,后来却将吃下肚去的食物,化成了自己的武器。

金悲擅吐,喝入自己特制的碧水之后,以水箭打人,可达一丈

第五章 辞过楼　163

之远，百发百中。

金喜则擅屁，吃下自己搭配的食物之后，屁力无穷，可臭可响，令人防不胜防。

如今二人同时发难，秦雄左支右绌，登时露出破绽。程吉大喜，手指一勾，已挑起催魂琴最粗的宫弦。

但这一瞬间，秦雄的剑已出鞘！

——破碎六合！

——破！

包裹长剑的黑色席筒，瞬间已炸裂成千片万片。

而那一瞬间迸发出的剑气，更是将金悲喷出的水剑、金喜放出的屁气，全都震碎、反激，混合成一阵恶臭的酸雨，倒卷向金喜、金悲。

而无一滴，靠近秦雄半尺之内。

但程吉指尖一滑，已放开催魂琴的琴弦。

——但琴音还未发出。

——或者说，琴音根本还不及传入秦雄的耳中。

一道黑光从天而降，秦雄的长剑已闪电般地向程吉劈落。

他屈膝、伸腰、长身、探臂，整条手臂连同长剑，恰如长鞭，在那一瞬间猛地伸展到了极致，可是那一剑劈落，仍离程吉有一尺有余。

——不，并没有！

原本已到极致的剑光突然向前一探，猛地又滑出半尺。

原来他刚才拔剑，竟不是以拇指、食指握剑！而是以食指、中指夹住了剑柄。一剑挥出，中途再向前一滑，他的食、中二指，便只夹住了剑柄的末端，由此令剑光再长了半尺。

于是那一剑落下时，堪堪自程吉的鼻尖前七寸之处滑过——却从他摆在身前一尺的催魂琴的边缘扫落。

"咚！"催魂琴之前发出的那一声琴音，终于传开。

那沉闷的琴音像是一声虎吼，猛地自秦雄的耳后传出，像是突然有一只吊睛白额的猛虎自他身后出现。

巨爪搭上他的肩头，血盆大口就停在他的耳侧。

令人作呕的腥风，呼啸而至。

秦雄大叫一声，脸色惨白，被恐惧攫住，一时无法动弹，几乎遏制不住地想要回头赴死。

——催魂琴的琴音果然一声强过一声，令人无法忍受。

"叮叮咚咚"，却是程吉坐在他的面前，气急败坏，乘胜追击，连弹数弦。

奇怪的是，催魂琴虽然依旧难听，却再无伤人之力。

秦雄以长剑支撑，单膝跪地。

虎啸声歇，他的脸色以肉眼可见的速度飞快恢复。他咧开嘴，无声地笑了出来。

然后他伸手指点，在那古琴琴身正中的边缘处，有一个一分长的裂口。

那，正是他刚才用尽全力所挥出的一剑造成的伤害。

虽然只是一道小小的裂口，却足以令催魂琴的音质因此变化，令那每一声都独一无二的古琴再也不能催魂夺魄。

"所以，你们还有什么本事？"秦雄冷笑着望向赵流。

百家阵紧急中止，迷宫高墙全部沉入地下。

高台下重新变成一片平地，百家阵中的四十余守关弟子、一百多闯阵弟子从四面八方赶来。本就在这附近的欧鸿野、公冶良率先赶到，一面为辛天志止血，一面率人将秦雄擒住。其他人眼见有人惨死，不由议论纷纷，都不知道发生了什么。

逐日夫人自高台上快步走下，麦离、黄车风在后面紧紧地跟着。

不义地中的私斗虽然常常有人受伤，但如这一次，一瞬间便致人丧命，却是前所未有。

秦雄站在那里，呆呆地望着远处地上的六棱长剑，溅满鲜血的脸上满是惶恐。

另一边，姜明鬼却是忧心忡忡。

他将断头安回那具尸身，只见那死者满面惊恐不信之色，果然是赵流。

"秦雄，你为何对同门师兄下如此毒手？"逐日夫人怒斥道。

一个人直接一剑便将另一人的头颅斩落，这已不是一场简单的私斗，无疑也违背了逐日夫人"实验"的初衷。

"钜子！"秦雄抬起头来，满面惶惑，道，"我……我不知道我做了什么！"

"你一剑杀了赵流，又偷袭了我。"辛天志道。

他站在一旁，木然的脸上还是没有什么表情，但两只分得很开的眼睛，在说话时却剧烈地转动，到底显示出了他的愤怒与激动。

之前不仅被秦雄飞剑所伤，更被姜明鬼从旁相救，于他而言，实在已是奇耻大辱。

"我当时脑中一片混乱，真的不知道自己在干什么。"秦雄道，"之前我进入不义地，突然遭遇了赵流。赵师兄要求我放弃闯关，并成为他的手下，帮他联合小取城里的国中弟子，好得到钜子之位。我当然一口拒绝，可是他趁我不备，用他的'解忧'之术，控制住了我。"

"'解忧'之术？"姜明鬼一惊，道，"他练成了？"

赵流所习的解字诀，注重"和解"，因此他能三言两语便将人心说动。

而这种技术的更高境界,则只需眼神接触便能充分理解对方,并反客为主,控制对方,令对方言听计从,成为自己的傀儡。

——而那,便被称为"解忧"之术。

"我与他四目对视的一瞬间,忽然间心中便一片迷茫,只觉人生在世千难万苦,无穷无尽,不由起了轻生之意,竟然便要刎颈自尽。幸好剑刃一割伤皮肉,剧痛便令我醒来,及时住手。而醒来的那一瞬间,我又惊又怕,心中混乱,不顾一切地便杀了眼前人——后来才知道,那正是赵流。"

"那你又为何向我动手?"辛天志道。

"我虽然心中混乱,但仍然记得自己在被'解忧'之术控制之前,是在和赵流交手。而辛师兄和赵流一样,都是力图阻止我们闯关,并暗中下手的人。因此当你骤然出现在我面前时,我便以为你也要趁机取我性命,这才拼个鱼死网破,向辛师兄掷出长剑。"

他解释得清清楚楚,却总让人觉得哪里不对。

辛天志闭上了嘴,稍稍侧头,分得很开的两只眼睛一左一右地盯着他。

"钜子!"公冶良在旁怒道,"秦雄百般开脱,也改变不了他戕害同门的事实,请钜子将他严惩。"

而姜明鬼则叫道:"钜子,秦师弟神志不清,或有内情,还请钜子明察。"

逐日夫人沉吟不语,环顾四方。

在已撤下百家阵的空地上,四下里一片狼藉。血迹、剑痕、断木、碎石……处处都有攻守交战的痕迹。

但她已察觉出,在这些痕迹中,还隐藏着更多的秘密和危险!

环绕着她的弟子,有的聪慧,有的愚笨,有的忠诚,有的奸诈,有的耿直,有的市侩,有的善良,有的残忍……但无一例外,都很年轻。

而在这年轻中,还隐藏着更多的希望和变数,牺牲和新生。

——直令她本次的实验,终于可以真正开始。

她压抑心中的振奋,冷冷开口道:"此次开百家阵,本是为了帮助麦姑娘遴选出山弟子,你们却做出如此手足相残之事,实在令人失望。辛天志身为大师兄,不仅不能率先垂范,反倒纠集党羽,暗中私斗,罚你打扫百家阵,之后禁闭三十日。"

辛天志木然垂下眼皮,道:"多谢钜子。"

逐日夫人又看看秦雄、姜明鬼,长叹一声,道:"姜明鬼将秦雄押送辞过楼,稍后我会亲自审讯;欧鸿野将赵流尸骸好好成殓,着人通报赵国。其他人立刻解散。麦姑娘,"她对麦离道,"你跟我来,谁去水丰城这件事,咱们还需再做计议。"

于是轰轰烈烈的百家阵,草草结束。

最初四个备选的出山之人,一个惨死,一个重伤,一个获罪,只剩一个姜明鬼,却也来不及闯出迷阵,便被那惨案打断。

麦离跟在逐日夫人身后,心中忐忑。想到由于自己的缘故,墨家竟死了人,尤其是赵流这么重要的人物,她不由担心起来:"钜子……我们水丰城的事……"

"水丰城的事,麦姑娘尽管放心。"逐日夫人道,面上难辨喜怒。

她带领麦离离开了百家阵的平台,回到兼爱堂。

麦离既忧心又着急,一时坐立难安。

"麦姑娘不必心焦,我们就在这里等待。"逐日夫人忽然开口道,"下一个进入兼爱堂的人,便是去水丰城的人。"

由百家阵再向北,一条小路渐渐荒僻。这条小路通往墨家辞过楼，姜明鬼押着秦雄，一前一后走在路上。

此时烈日当空，天气渐热，两人都走得微微出汗。

秦雄昂首阔步，身上并无绳索束缚，而押解之人，也只有姜明鬼一个。

当初周文王治国时，画地为牢。只需在路边画一个圆圈，有罪之人便会在圈内认真服刑，绝不私自离开。而如今，虽然天下礼崩乐坏，人心不古，但墨家弟子毕竟不同凡俗，一诺千金，言出必践，仍然颇有古风。

所以秦雄既已在百家阵中当众认罪，自然便不会逃走，不需多费人力。

——而姜明鬼虽只一人，但"黑渊"在身，其防范之周密，其实也远超十人。

昨夜他们带着麦离，也曾在月下这么一前一后地赶路；而如今物是人非，秦雄却已失手杀人，沦为阶下之囚。之后只怕即使不给赵流偿命，他也要受肉刑致残，并被逐出小取城了。

想到秦雄如此出色的人物，却要落得这般下场，姜明鬼不由暗暗叹了口气。

此前他纵容辛天志、赵流暗中做手脚，是以为他们只是好胜，不会铸成什么大错，而即便事态失控，他也能及时发现，及时弥补。却没想到，百家阵中一战，竟弄出了人命。

秦雄原本无辜，却在赵流的咄咄逼人之下，不得不出手伤人，而最后，只能面临小取城门规的严惩，又是何等冤屈。

——第一次，姜明鬼对自己的承担，产生了一点怀疑。

他正自失神，忽然前面的秦雄停下脚步，笑道："行了，就到这里吧。"

姜明鬼一愣，抬起头来问道："'这里'……是哪里？"

第五章 辞过楼　169

他们身处之地，仍是在这小路上，百家阵固然已被远远抛在身后，而作为墨家石牢的辞过楼也还远远未到。

小路一侧贴近一片茂密粮田，另一侧向下延伸，乃是一个平缓的山坡。

"这里，"秦雄抬手一指，指向山坡下方，"顺着山坡下去，有一排古松，第四棵古松下的山洞，是百家阵地下机关的丁五入口。而进入山洞，沿着机关隧道一路向下，一炷香的时间，便可以下到黄河口的水车处。这便是逃出小取城最快、最安全的路径，我要走了。"

——百家阵恢宏壮观，能够推动它升降变化的机关，自然非同小可。

——那些利用天然山洞所开凿的人工隧道，纵横蜿蜒，将黄河与小取城连为一体。

——而这些地下洞穴，自然也可视作下山的特殊路径。

"你要走了？"姜明鬼给他气得笑了出来，"你杀了人，就想这么走了？"

"可不就这么走么，我总不能在百家阵里直接杀开一条血路吧？那是挑战所有小取城的弟子，也实在太伤钜子的颜面了。百家汇聚，再加上钜子的一根短杖，我虽是个狂徒，却也没有那么不知死活。只有在这里走，才最省事，最不令大家难堪，也最安全。"

秦雄说的话，简直匪夷所思。姜明鬼愣了一下，突然发现，自己之前对他的同情，似是全无必要。

"所以你是故意认罪的？"姜明鬼皱眉道，心念电转，"你连退路都已经想好了，难道竟是故意让钜子将你关入辞过楼，好走这条路？"

"正是如此。"秦雄笑道，"我还知道，杀伤辛天志之后，钜子一定会派你来押解我。"

他认得爽快，更显计划周详。姜明鬼暗自心惊，稍一沉吟，道："难道你做这一切，都是早有预谋的？你其实并未被赵流控制？可是如果你不是被赵流控制，那么，你为什么要杀他？"

一瞬间，他脱口而出，已是连问几个问题。

"因为他要杀我啊。"秦雄笑道。

"不对！"姜明鬼一经想通，登时发现此事的种种不自然之处，"赵流虽有名利之心，但从来都没有杀人的胆子。尤其他自负'和解'的本事，对人一向是以拉拢、收买为主，岂会轻易杀人，与人结仇？如此想来，你再三说他要杀你，恐怕也是欺他死无对证，什么都是你说了。"

"昔日楚国有一个人，为了垦荒，放火烧山。"秦雄冷笑道，"当天晚上，便有惨死的虎、狼、鹰、兔入梦向他索命。楚国人说：'我放火烧山，何曾伤害你们？'群兽说：'山火烧光了一切，难道单单能绕过我们吗？'赵流、辛天志会令小取城面临灭顶之灾，墨家终将因此而覆灭，我难道不会受到牵连吗？那时的我，难道不是为他们所杀吗？"

"你凭什么说，他们会令小取城覆灭？"

"从昨天到今天，他们结党营私、以众欺寡，已有三次，分别是：禁止其他人报名此次行动、暗中提前接触麦姑娘，以及在百家阵中设伏阻止我们过关。我终于可以确定，赵流、辛天志二人，气量狭小，嫉贤妒能，已是墨家的痈疽，不能再留。"

"你才认识他们多久，"姜明鬼叹道，"凭什么判断他们的未来？"

"统计和推演，岂非正是墨家的拿手本事！"秦雄凛然道，"赵流和辛天志，会是小取城的祸害，令墨家不断衰败——而赵流尤甚。

第五章 辞过楼　171

所以今日他们在不义地里伏击我们，其实倒正合我的心思，给了我将他们一网打尽的机会。"

"原来你才是蓄意要杀他们的人。"姜明鬼道。

秦雄沉默了一下，慢慢道："可惜，我只杀了赵流，未能杀死辛天志。"

"赵流得意忘形，为了自己的利益，一定会怂恿墨家走出小取城，为他所用。"秦雄道，"然而，今日之天下，邯郸之战、长平之战，动辄流血千里、糜师百万。墨家这区区数百人，投入其中，只怕是连个水花都不会有，便给吃得一干二净了。而辛天志目光短浅，抱残守缺，只想着在小取城说一不二，然而将来四海一统，天下归心，新君又岂会容忍小取城独立于世外？到时候，新君倾天下之力，来消灭小取城，墨家在这世上孤立无援，岂有苟全之理？"

"所以你就要杀了他们？"姜明鬼怒道。

秦雄侃侃而谈，在姜明鬼面前，说到谋杀他人之事，居然神色自若。

"我不愿骗你。"秦雄傲然道，"小取城中，你的年岁虽小，却也是我最看重的人物之一。虽然是我在杀人，但我相信，你一定能理解我的理由。"

"难道我该多谢你的信任吗？"姜明鬼苦笑道。

"赵流不死，墨家撑不过三年；辛天志不死，墨家撑不过五年。杀他们，就是在救墨家。我虽然只是国中弟子，但墨家惠我良多。这杀害同门的罪行，由我一力承当，就算我对墨家的报答——也算我留给你的一份礼物吧！"

"给我的礼物？"

"赵流已死，辛天志伤败，我也将离开小取城，这一次水丰城的任务一定是你去做了。只盼你争气些，从此之后，不要再瞻前顾后,总让着别人。将来你执掌小取城,虽必不如逐日夫人,但保得墨家延续总不成问题!"秦雄大笑道,"我走了,你不必相送。即便不求墨家对我感恩戴德,我可也不愿因杀了个赵流,而真的接受什么惩罚。"

一言已毕,他便向山坡下走去。

他背影豪壮,虽走得并不快,但下坡路上仍然大步流星。

姜明鬼站在那里,一时沉默不言,似乎已被他说动。

可是才走出数步,秦雄只觉得右肩上"嗒"的一声,似是拉断了一根线绳。紧接着,在他的视野边缘,已有一物在他的肩上飞快胀大。

——那是一只硕大的皮球。

皮球呈死白之色,黏在秦雄的肩膀上,忽然迎风变大。

秦雄才意外了一下,那皮球便已胀大到撞上了秦雄的脸颊。"砰"的一声闷响,竟像是重重打了他一拳一般,登时令他脚下一个趔趄,几乎摔倒。

秦雄连忙站住,那圆球却已胀大到一面顶着他的肩膀,一面顶住了他的耳门,将他的头颈狠狠地折向另一边。

那皮球的力道极其惊人,秦雄的颈骨剧痛,咯咯作响。他伸手想去抓那圆球,可是右手一抬,肩膀却被那皮球顶住了;转而用左手去抓时,左手肘弯处"啵"的一声,突然也跳出一个皮球,颤巍巍地令他的手臂无法回探。

两个皮球都是突然出现,毫无征兆。

它们虽然都轻飘飘、软绵绵的,但一个顶在他的颈窝,一个顶在他的肘窝,都刚好是他肢体柔软而无法使力之处,令他一时根本弄不破它们。

第五章 辞过楼　　173

秦雄两次伸手，都未能解决皮球，颈部剧痛之余，眼前突然一阵阵发黑。

一瞬间，他只觉双手重逾千斤，左手再度勉强抬起，向右肩探了两下，却都未能碰到那肩上皮球。

他不觉双腿一软，已是单膝跪倒在山坡上。

身后脚步声响，姜明鬼却也从山路上走下，来到山坡上。碎石簌簌滚落，他站在秦雄身后，找到那两只气球的气门，轻轻一拔。皮球"嗤嗤"泄气，转眼间便变成了小小的两只膜袋，给他收回到"黑渊"器盒中。

"这'混沌口袋'是罗蚕用极北之地的鱼鳔制成的，极其坚韧。"姜明鬼道，"我之前偷偷贴在你身上，你不跑便没事的，你一跑，拽在我手上的丝线拉断，口袋中的两种药粉便混合一处，生出一大团烟气，将口袋胀满，压得你动弹不得。"

"你竟然要拦我？"秦雄单膝跪在地上，大怒道。

破字诀无坚不摧，他本人更因意志坚定，杀气逼人，而一向为人敬畏。

然而遇上姜明鬼，却连一招都没使，便被他用两个轻飘飘的气球制服倒地，不由老羞成怒。

"秦雄，你自以为智慧过人，可以拨弄他人命运，可惜早已误入歧途。"姜明鬼听他说完，终于长叹道，"墨家兼爱天下，你故意杀害赵流、刺伤辛天志，实在已是大罪。我劝你还是乖乖跟我去辞过楼，等候钜子发落吧。"

"兼爱天下，固然不错。"秦雄冷笑道，"可是《墨子》中，也曾经说过，罪大恶极、屡教不改者，便不再是人。而如果对方已不是人，那我替天行道，所杀的也就不是人了，不算违背兼爱之道！"

"你就这样轻易地把别人判断为'非人'了？"

"不光是我。"秦雄挺身站起，冷笑道，"不然，你以为钜子为什么会让你来押我上辞过楼？"

他突然提到逐日夫人，姜明鬼一愣，道："自然是因为我拦得住你——你手上没有武器，破字诀发挥不出来，赢不过我的。"

"自然是因为她想让你不要拦我！"秦雄却大笑道，"一来，我在小取城中，朋友屈指可数，仇敌比比皆是，只有你与我最是相熟；二来，你聪慧宽厚，最能理解小取城此刻的危机、我杀人的原因；三来，我毕竟是坏了小取城规矩，她暗中放人，当然要安排你这样的心腹——不然在场那么多人，她为什么偏偏点了你来！"

他竟将这说成是逐日夫人的安排，姜明鬼道："你刚才不是说，是因为你已杀伤了辛天志？"

"那也是一个原因。"秦雄这回却压低了声音，道，"可真正的原因，其实是钜子要借你的手放我走。因为她也知道，为了墨家，赵流必死！这就是墨家精神的真正精髓——我只会这么做，而钜子只会这么想，这就是唯一的答案！"

"什么'真正精髓'，你的所作所为，哪里符合兼爱精神了？"

"又是谁告诉你，墨家精神的精髓，是兼爱了？"秦雄忽然冷笑道。

姜明鬼不由一愣。

秦雄虽然素来狂妄，而今日所言，更是句句惊人，但这般彻底推翻了墨家根基的话，却也是第一次说出来。

一瞬间，姜明鬼又惊又怒，却也不由好奇，他能说出什么来。

"人人都说墨家'兼爱天下，侠义为怀'，可又有几人能够看出，'兼爱'不过是墨子哄骗世人的一个幌子，他真正相信的，其实是'独尊'呢？"

"……这未免太胡说八道了吧？墨子摩顶放踵以济天下，何来

第五章 辞过楼　175

'独尊'一说？"

"我胡说？"秦雄笑道，"你不妨想想，《墨子》中的这一主张：若两人相争，难分对错，则决断于乡长；若两乡长相争，难分对错，则决断于郡长；若两郡长相争，难分对错，则决断于国主；若两国主相争，难分对错，则决断于天子。"

这正是姜明鬼之前与殷畏虎相争时，殷畏虎曾提到的观点。

姜明鬼道："这一主张又有什么问题呢？产生纷争时，难道不需要更有智慧的人来帮助决断？乡长、郡长、国主、天子，都是经过了训练与考验的人，智慧高于下属，学识多于下属，因此，这就是最高效、最合理的社会秩序了。"

"可惜乡长少于乡民，郡长少于乡长，国主少于郡长，天子又少于国主。所以这天下的所有是非对错，最后，都是要集权于'一人'的——这，不是'独尊'又是什么？"

姜明鬼不由僵住。

《墨子》中的这治国之论，与墨家的门规，其实如出一辙。墨家钜子公正智慧，永远令弟子望尘莫及，而弟子服从钜子安排，赴汤蹈火，死不旋踵，也便理所当然。可是如今被秦雄解读，他才发现，原来其中竟有这么大的隐患。

——虽然从小在小取城长大，但他毕竟也曾听说这世上的贪官昏君数不胜数，肉食者鄙更是常态！

"而若天子昏聩，那又如何？"

"天子昏聩……则为'独夫'，世人皆可杀之。"姜明鬼连忙道。

"说是世人杀之，可这世上，又有几个人有这样的本事呢？"秦雄笑道。

姜明鬼再次愣住，答案虽然就在唇边，却无论如何也说不出来。

"昔日墨子援宋，面刺楚王而胜之。楚王虽只是国主，则墨子又何惧天子？乡长高于乡民，郡长高于乡长，国主高于郡长，天子高于国主。天下极权，归于一人。可是按照墨家的理论，墨家钜子更高于天子，小取城城主，那才是一人之上的独尊独霸！"

一瞬间，姜明鬼竟然浑身发冷，虽然烈日当空，却只觉阴风阵阵。

他之前只以为墨家为民请命，小取城遗世独立，却未想过，原来在墨家的理论中，他们竟可能有着这般超拔的地位。

"所以你是说，墨家思想是错的？"他问道。

虽然被秦雄的怪论所震惊，但他仍然相信墨家的初心，却是要与秦雄辩论一番。

"恰恰相反，我是说，墨家思想是对的。"秦雄傲然道，"这世上恶人、坏人、蠢人、庸人、俗人、凡人，实在太多，如同虫蚁、猪狗、草木、禽兽，碌碌终生，一无所成，必须要由'精英'领导，方能聚沙成塔成就大事。而精英需要有最好的天赋、受最好的教育、见最大的世面、作最深刻的思考，才能成为一国之国主，墨家之钜子。"

姜明鬼冷汗淋漓，虽然想要与秦雄辩论，但一时思绪纷乱，竟说不出话来。

"这世上正确的人，永远只是少数；聪明的人，更是少之又少。但逐日夫人是，我也是——所以钜子的所思所想，我全都明白；我的所作所为，钜子全都理解。"

"所以，你是说……"

"我设计杀死赵流，钜子根本不会被我的借口蒙蔽！她派你来，她放我走，只不过是因为小取城的危机，她早就看在眼里；而赵流之死，根本也是她所期待的而已。"

"钜子兼爱天下，绝不会这样对待自己的弟子！"

"兼爱是没错的，我爱猪狗牛羊也是一样的。但我和猪狗牛羊，

第五章 辞过楼　177

是不一样的。"秦雄阴恻恻地道,"赵流不是一个'精英'。他是被我和逐日夫人,都放弃了的'猪狗'。但姜明鬼,其实以你的条件,足以成为'精英'。只看你现在,是要站在我们这边,还是站在赵流他们那边。"

姜明鬼的脑中,轰轰作响。

秦雄掌中无剑,但他的辩论比最锋利的剑还要可怕,直将姜明鬼心中多少年的信念,都快给"破"掉了。

秦雄冷笑一声,道:"你慢慢地想吧。"

一面说,他一面转身往山坡下走去。

"站住。"姜明鬼忽然道。

"我没有时间和你多耗。"秦雄距离那山洞洞口只余二十步,背对姜明鬼冷冷道,"杀死赵流、刺伤辛天志,即便是钜子也不能公开放我离开小取城。真进了辞过楼,我就出不来了:辛天志赶来报复,我双拳难敌四手,你拖着我,就是要害死我。"

"幸好你还记得,我们要去的地方,叫'辞过楼'。"姜明鬼慢慢地道,"言辞本为叙事表意之用,但若太过超出、浮夸,则辞以害意,如买椟还珠。墨子著述因此去除一切辞藻,不惜令《墨子》一书极尽朴实直白,甚至受到儒生嘲笑。而钜子深恐墨家弟子在犯错后习惯狡辩、伪饰,这才将石牢取名为'辞过楼',就是要提醒我们,过度的辩解,则意味着我们并未真正自省。"

他笑了笑,神情中又恢复了几分自信。

"秦师弟你词锋锐利,对墨家思想的理解也独辟蹊径。可是你实在太会辩论了,以至于我根本不能相信你了。但无论你怎么说,杀人者死这一点,你改不了。"姜明鬼道。

秦雄回过头来,一双淡金色的鹰眼中,渐渐浮起一层残忍之色。

"那我们之间,终究是要打一场的。"

"不错。"姜明鬼微笑道,"你能赢了我,便可以下山去了。"

秦雄深吸了一口气,道:"可是我手中无剑。"

破字诀自是需要有利刃在手,方能更显威力。然而他的"六合"长剑,却已被逐日夫人收走。

姜明鬼微微一笑,伸手在"黑渊"器盒的盒底一抹,拽出一截剑柄,然后缓缓将剑身拉出,竟是在尺半黑箱中,抽出了一柄三尺长剑。

他倒转剑柄,将长剑扔给秦雄,道:"将就用吧。"

秦雄接剑在手,掂掂分量,道:"够用了!"

一语既出,他已霍然出手!

长剑如同惊鸿,自他手中飞出,比来时迅猛十倍百倍的速度,射回姜明鬼立身之处。

——一出手,他竟是掷出了长剑!

他专门向姜明鬼要来长剑,可真动手时,却是第一时间便放弃了长剑。

乌光一道,飞夺姜明鬼面门,而秦雄紧随其后,猛地向前冲出,长臂一探,直攫姜明鬼腰侧的"黑渊"器盒。

若说姜明鬼是一条盯上他的毒蛇,那他的器盒,就是他的毒牙!

——要赢姜明鬼,首先要做的,当然是拔下他的毒牙。

他五指箕张,向前探出时竟如利刃,割裂空气,带出嘶嘶风声,那势头看来便是碰上铜鼎、石柱,也会硬生生地给抓下一块。

姜明鬼向后一退,双手抱着"黑渊"器盒一摆,"叮"的一声,已将飞掷而来的长剑磕飞。他旋即向下一沉,"黑渊"正对着秦雄的面门,"砰"的一声,喷出一团黑烟。

可是秦雄已猛地上前一步!

他那瘦长如铁条的五指狠狠一扣,那团黑烟才一喷出器盒,未

第五章 辞过楼

及张开，还是一小团的时候，便已给他一把握在手里。

——仿佛无论那喷出的是刀、是火，他一把抓住，都无畏无惧。

——何况那只不过是一张网。

先前在百家阵里，网住了秦雄掷出的长剑的那张网，再次从器盒中射出时，还不及张开，便已被秦雄握在手中，又随手扔掉。

这一瞬间，他已抢到姜明鬼身前三尺之内！

姜明鬼旋身闪避，才一回头，蓦然间肩上一沉，"黑渊"器盒的肩带给秦雄右手拉住了。

"你的器盒，我要了！"秦雄大喝一声，猛地将器盒一夺。

"那就给你啦！"姜明鬼道。

"啪"的一声，"黑渊"器盒的肩带忽然断开。断口在秦雄虎口上方半尺之处，而断带向下一卷，绕过了秦雄的手背，断带上的一片小钩刺，一下子粘在了他虎口处的器盒肩带上。

秦雄手上一沉，已变得不是他的手"握住"肩带，而是肩带"套住"了他的手，才叫不好，待要放手时，姜明鬼却对着器盒上横向一推！

"黑渊"器盒如同一口硕大的流星锤，以秦雄被套住的右手为圆心，猛地绕着秦雄旋转一周。

秦雄的右手已被肩带拉住，动转不灵，左手急忙向外一推，想将从他背后绕来的器盒推开。

谁知关键时刻，那断开的肩带不知怎的，忽又放长半尺！

器盒重心骤然改变，甩出的轨迹也登时不同。秦雄左手伸出，尚不及变招，"黑渊"已从他上臂绕过。他不仅又被肩带勒住了左臂，器盒更是重重砸在了他的胸口上。

器盒后人影一闪，姜明鬼纵身扑至。

"砰"的一声，秦雄被扑倒在地，姜明鬼双膝压住他的肩头，双手将"黑渊"一抱，器盒侧面"啪"地打开三个黑洞洞的暗门，对准了秦雄的脸。

"又抓到你了。"姜明鬼道。

那三个暗门后,寒光闪烁,隐约是三支箭镞。

如此近的距离,三支劲弩对准面门,即便是秦雄也不敢再做反抗。

"那你杀了我吧。"秦雄怒目道,"反正被你杀死,好过被辛天志杀了。只可惜钜子的一番苦心,终究付诸流水。"

"你怎么总有话说?"姜明鬼道,"钜子又有什么苦心了?"

"钜子招收国中弟子,为的就是让诸侯贵族自上而下地推广墨家思想。我对墨家思想理解透彻,此番借机下山,原可令'兼爱''非攻'之道传遍天下,可惜,你却因为我杀了一个可能会毁灭墨家的人,而要让我死。"

"你这是……又在用光大墨家来利诱我?"姜明鬼苦笑道,"你先是假装受赵流暗算,而被迫杀人;之后又说你是为了墨家,而主动杀人;接着你又说其实是钜子默许,让你杀人;现在你又说,你其实是为了光大墨家,只能杀人?"

秦雄直视着他的眼睛,道:"我之所言,句句属实。"

"秦雄啊秦雄,"姜明鬼苦笑道,"我认识你这么久,只道你心高气傲,视凡俗如草芥,一辈子都不会向人低头。可是今日你为了逃避钜子制裁,竟不惜反复狡辩,实在令人心寒。你竟这么怕死吗?英雄好汉,死生寻常,你竟如此放不下吗?"

他这话说得毫不留情,秦雄羞怒交加,嘎声道:"我本是有用之身,当然不能死在这里!"

"好。"姜明鬼沉声道,"那么你的罪,我'承'了。赵流之死,我会帮你赎罪;但是,你若日后再敢行恶,给我知道了,无论千里万里,我姜明鬼一定去取你的人头!"

第五章 辞过楼　181

——兼爱善恶，即便秦雄杀人有罪、再三狡辩，姜明鬼也愿意再给他一次机会。

——身担天下，赵流的冤与秦雄的罪，他都可以一肩担起，慢慢化解。

而这，便是姜明鬼一直以来坚持着的墨守之道。

秦雄脸色一变，道："好……"

话才出口，却见姜明鬼手一翻，从"黑渊"器盒下又抠出一条铅棒。

铅棒顶端，是一个鹅蛋大小的铜质圆章，上面是一个反写的"鬼"字。虽是从器盒中抠出，但不知为何那圆章居然已烧得通红。

"那你最好永远记得我的话，记得墨家。"

他说着，已将那图章重重按在秦雄肩上，秦雄一愣，直痛得大叫起来。

青烟刺鼻，姜明鬼竟在秦雄肩上烙下了一个"鬼"字。

兼爱堂中，麦离和逐日夫人一同等待着那个即将走进这间草屋的人。

"秦雄杀赵流一事，暗藏玄机。"逐日夫人道，"姜明鬼和辛天志的比赛因此并未终结：他们一个能够与秦雄独处，一个负责打扫百家阵，谁能先发现那些破绽，率先来向我汇报，我们就选他来做此次水丰城任务的执行者。"

那听起来，也是一个办法，麦离把牙一咬，道："就按钜子说的办！"

她们在兼爱堂中等候，约莫过了一个半时辰，只听门外有人道："钜子，弟子前来请罪。"

——那声音正是姜明鬼的！

麦离又惊又喜，叫道："钜子！"

逐日夫人微笑道："姜明鬼吗？进来吧！"

于是姜明鬼推门而入，他的身上满是灰尘泥土，状甚狼狈，一进门来便俯身跪倒，道："钜子，弟子无能，致使秦雄在押赴辞过楼的途中逃走。弟子在追捕他时，失手将他杀死，尸身坠入黄河，请钜子严惩。"

他这回禀与逐日夫人所言，实在天差地别。麦离大吃一惊，逐日夫人也颇感意外，道："他如何逃走了？你们又如何到了黄河边？"

"前往辞过楼时，我们经过了百家阵地下机关的入口。"姜明鬼俯首道，"弟子一时不查，被秦雄逃入其中。弟子一路追捕，从机关通道，一路追到了通道尽头、黄河口处，才终于将秦雄击杀，可是却已来不及抓住他的尸体，致使其坠入河中。"

"那么，你可发现了秦雄的秘密？"

姜明鬼一愣，道："什么秘密？秦雄突然逃走，弟子与他不及言语。"

麦离登时大失所望，而逐日夫人望着姜明鬼，一时沉吟未语。

"钜子，大事不好！秦雄在百家阵之中杀人，我们都被他骗了！""砰"的一声，辛天志已推门而入，叫道，"钜子，秦雄心狠手辣，今日他所杀之人，并非只有赵流一个！"

此言一出，姜明鬼、麦离都是大吃一惊。

逐日夫人正色道："此话怎讲？"

"我率领其他弟子打扫百家阵时，有人发现赵流身旁的金家兄弟一直不曾现身，不合常理。而之后，我们又发现某处地上血污较多，不合常理。"辛天志吊着一条伤臂，木木然的脸上颜色灰败，"于是我们仔细调查，结果发现，该处沉入地下的高墙中，嵌有金

第五章 辞过楼

喜、金悲的尸体，此外还有造字诀程吉的尸体。三人都是被一剑击杀，而后嵌入一面高墙中。待到阵形变换，高墙沉入地下，登时将这三人的尸体藏了起来！"

"这秦雄，好生狠辣！"逐日夫人冷笑道。

姜明鬼虽然微低着头，但一瞬间天旋地转，只觉心脏像是被一只手攥住了。

他私自将秦雄放走，并在钜子面前撒谎，却没想到，秦雄所犯之罪，竟比他看到的要重得多。

——他只道自己已经拆穿了秦雄的狡辩，看清了秦雄的计算。

——可原来连狡辩本身，也不过是伪饰。

"据弟子推测，秦雄根本不是被赵流制服，才在濒死之际反击，以至于下手没有轻重。他应该是在距离最后的现身处三十丈开外的小室中，与赵流一行四人相遇。他一举击杀三人，并制服赵流。之后，他将三人藏尸于壁上，而挟持赵流辗转来到与我们一墙之隔的地方。等到阵形再变，他和赵流现身，才在我和姜明鬼面前杀死赵流。"

"可若是将三人嵌入墙上，则墙上的巨竹，便会多余出来。百家阵沉入地下之后，空地上一片坦荡，根本藏不下东西，也并没有发现这些异状啊。"

"我们在高墙别处又发现了一些被斩断的竹筒。这些竹筒被斩断后，又重新卡回墙上。我们将这些竹筒取下，发现中空的筒内，被塞入许多竹条——而这些竹条，应当便是由嵌尸处的竹筒劈成的。"

用三个人的尸体，顶替了墙上的巨竹竹筒；而多出来的竹筒，又化整为零填入旁边的竹筒。

到最后高墙沉入地下，尸体、多余的竹筒登时全都不见，而秦雄便成了一个被赵流袭击，不得不拼死反抗的受害者。

姜明鬼冷汗淋漓，想象秦雄杀人、藏尸，将现场布置得天衣无缝,有条不紊……

而后,竟连他的辩解、求饶、哀求,都只是伪装!

姜明鬼之前本已对秦雄略觉失望,而这时想来,却只觉毛骨悚然。

"可是……他为什么要做这样的手脚?"姜明鬼问道。

"只怕他要让我和你做他的证人,证明他只杀了赵流一人。"辛天志道。

"杀人者死,他杀一人与杀四人又有何差别?"逐日夫人追问道。

"杀四人,他必立死于钜子的短杖之下。"辛天志木然道,"而杀一人,钜子便会将他暂时关押,令他有了逃出百家阵、逃出小取城的机会!所以,请钜子立刻加派人手,对他严加看管!"

逐日夫人微笑着望向姜明鬼,道:"明鬼,还需要严加看管他吗?"

姜明鬼只觉胸口发闷,半晌道:"不……不用了。"

辛天志稍稍侧头,冷冷地看了他一眼,两只分得很开的眼睛,骨碌碌地一转。

"秦师兄已经死啦!"麦离急忙道,"他想跑,可是却被姜师兄杀死了,尸身掉进黄河,死得可惨了!"

辛天志一愣,木然的脸上一瞬间浮现出了怒气。

"死了?尸体掉进黄河?那谁知道他是不是真的死了?"辛天志急促地道,"说不定,秦雄飞剑偷袭,将我刺伤,为的就是让姜明鬼去押送他。而姜师弟耳软心活,该不会因此就把他给放了吧?"

"秦雄当然是……死在我的手上。"姜明鬼缓缓道。

虽然口中说得含糊,但他已下定决心,将来一定会杀死秦雄,为赵流等人讨个说法。

第五章 辞过楼 185

辛天志哼了一声，虽是不信，却也暂时无可奈何。

"麦姑娘。"逐日夫人道，"造化弄人，竟令我们的选择再次面临两难。姜明鬼先到兼爱堂，并已将秦雄正法，却不曾揭穿秦雄的骗局；辛天志揭穿秦雄的诡计，发现了他连杀数人、丧心病狂的真相，然而用时太久，以至于稍后才到。这二人如何取舍，只怕，还是要你选一下。"

麦离"嗯"了一声，看看姜明鬼清秀的面庞，看看辛天志螳虫一般木然古怪的脸，登时毫不犹豫地道："我选姜师兄去水丰城！"

她一言既出，辛天志眼中怒火一炽，难掩失落。

姜明鬼愣了一下，心中却是且喜且悲。

"姜明鬼，"逐日夫人不再犹豫，厉声道，"那么由你去帮麦姑娘解决水丰城之难！"说着，递过一面黑色木刻令牌。

那正是墨家的"飞羽令"，姜明鬼失魂落魄地接下来，双眼望着逐日夫人，心里乱纷纷的，想要说出真相，却又不由犹豫了。

"弟子赴汤蹈火，绝不辱没墨家清誉。"他只得按规矩道。

"你的本事，我自然是极放心的。"逐日夫人笑道，"不过你这孩子心肠太软，我还是希望，你能记住你的名字，到底叫什么、因何而起。"

姜明鬼一愣，凛然道："谨遵钜子教诲。"

第六章
青云路

韩国的都城新郑，距离小取城三百七十里。

当年韩国灭了郑国，迁都至此，此地因此而得名"新郑"。

战国七雄之中，韩国面积最小、国力最弱，且腹背受敌：北魏、东齐、南楚、西秦，被大家挤在中间，就像是人群中不起眼的瘦小之人，动不动就被人拳打脚踢，鼻青脸肿。为了保护自己，这个瘦小之人造出了当世最锋利的刀剑、弓箭，所谓陆断牛马，水截鹄雁；又筑起天下间最高、最厚的城墙，可称摩云蔽日，铁壁严严。也正因兼具冶炼、筑城技术，能攻善守，韩国方于强敌环伺之中，勉强支撑下来。

新郑城铁青色的城墙，高二十丈，像是平原上突然耸立的悬崖。

崖壁上满是刀砍斧剁的伤痕，是历次攻城之战的记录。城头上云蒸霞蔚，翻卷的旗帜像是悬崖上的野花。而守备军队长矛利箭上的寒光，也像是晨间清露，天上明星。

这一天午后，一辆黑色的马车，自西方疾驰而至。

那马车由四匹乌云盖雪马拉动。车厢方正、厚重，乍看上去，毫无多余的花饰，宛如一整块铸铁，但仔细看去，原来在那黑色的箱体上，却遍布着一条条可以开合的缝隙，形成了一扇扇大大小小、错落有致的"门"，指往各个方向。

阳光洒过，缝隙中隐隐反射出明亮的金属光华，像一道道银线缓缓流动。

驾车人是一个健硕、精干的青年，在如此急速中，不时抖动缰绳，如挥出长鞭，有条不紊地将四匹骏马的脚步，调整得毫无破绽。

那马车虽然巨大沉重，但行速之快，直如风驰电掣。马蹄声与车轮声连成一片，路上行人往往才听见身后异响，回头看时，便见一道黑光自身旁掠过，唯余车后的滚滚烟尘。

直到新郑城外，那黑色马车才骤然止住。

四匹骏马刨蹄低嘶，周身汗气蒸腾，更显威风凛凛。

车厢一扇较大的"门"打开，走下了一男一女。男子清秀温和，斜挎一口黑箱，目光忧郁；女的身量高挑，扛着一柄长锄，脸色灰白，正是姜明鬼和麦离。

姜明鬼向那驾车人拱手道："多谢罗师兄专程相送。"

那驾车人向他回礼，道："你和麦姑娘多加小心，莫要辜负了钜子的信任！"言毕，便驾车掉头，又向来路隆隆驶去。

"这车颠得我快吐了！"麦离呻吟道，"它咋这么快啊？"

她当初从水丰城到小取城，日夜不息，也足足走了十天。而今日他们乘坐那黑色马车，一早从小取城出发，竟然中午便到了新郑。

而此刻，她只不过说了这么几个字而已，那马车便已消失在她的视野中，只留下车尾一点烟尘，像是一小截跳动的兔子尾巴。

若非亲历，她根本不敢相信，这世上竟有这么快的马，这么快的车。

"这种马车，名叫'国驷'。"姜明鬼望着那远去的马车，慢慢道，"小取城中，一共有七乘，对应七国。除车速极快之外，每

第六章 青云路　　189

一乘都机关密布,可敌百人千人之数。平时只有涉及国事时,才会出动。此次水丰城之难,因为时间紧迫,所以特别送我们来这里。"

麦离拍拍胸口,喘息道:"还好只是送我们一程,再多坐一会儿,我都要死了。"

她偷眼望向姜明鬼,只见那少年望着马车消失的方向,久久出神。

昨日在小取城兼爱堂,逐日夫人当着麦离的面,将此次水丰城的任务颁给了姜明鬼。在那之后,姜明鬼便花了一个下午的时间着手准备。

现在,他的"黑渊"器盒已重新填装完成,据说装入了新的机关与武器。

——于是现在,这世间最善良、机智的少年,挎着世间最神秘、多变的器盒,来拯救她的家乡了。

只看着姜明鬼的侧脸,看着他挺直的鼻梁,若有所思的双眸,麦离的心中便已一阵激荡。

半晌,直到那马车的烟尘都消失在远方,姜明鬼才回过头来。

"进城吧。"他淡淡地道,"我们去解决水丰城的事。"

于是他们进入新郑城。

韩国既处于列国包围中,也便是四方中枢,新郑交通便利,商业发达,更是天下名都。姜明鬼与麦离混在商旅行人中,进入城里,只见商铺林立,买卖兴隆,齐国的海盐,燕国的马匹,楚国的皮具,魏国的漆件,赵国的铁器,秦国的麦黍……琳琅满目。

"请问这位大哥,韩王的王宫如何走?"

麦离正目不暇接,却听姜明鬼已向身旁新郑的百姓打听道路。

"客人可曾看到那座高楼?"那被问及的新郑百姓倒是热情,

伸手一指,道,"大王的王宫便在那座高楼之下,你们朝那边走,近了就看着了。"

那座青色高楼距离他们有两三里的样子,巍巍然高耸入云,在城里民居中鹤立鸡群,果然是极清楚的标志。

姜明鬼道谢,带着麦离便往那个方向而去。

"姜师兄,"走了几步,麦离突然道,"今日咱们先找地方休息一下,好不好?"

姜明鬼一愣,道:"水丰城事急,我们不该抓紧时间吗?"

"可是咱们坐那啥'国驷',颠得我现在两腿发软,一阵阵想吐。"麦离道,"我想再好生准备一下,洗个澡,睡个好觉,真见了面,也好不被韩王小看了。"

姜明鬼稍一沉吟,道:"也好,那我们找家客栈。"

沿街望去,前面刚好有家客栈。门前打的蓝布幌子,上面是四个大字:"一毛不拔。"姜明鬼打量一眼,笑道:"好极了,我们就住在这里吧!"

"一毛不拔?"麦离登时摸不着头脑,道,"这是个啥店名?"

"一毛不拔,乃是道家智者杨朱的主张。"姜明鬼笑道,"据说杨朱曾被人问起,'拔一根腿毛就能拯救天下,您干吗',杨朱回答说,'不干';对方又问,'用全天下的财富换您一根腿毛,您换吗',杨朱回答说,'不换'。'一毛不拔'因此而闻名天下。"

"这人好生小气!"麦离嫌弃道,"一根腿毛都舍不得!怕不是好人!"

"但他偏偏是个好人。"姜明鬼道,"道家思想与墨家思想水火不容,道家讲究无为,墨家讲究有为;杨朱认为应该对别人一毛不拔,墨子却信奉为兼爱赴汤蹈火。可是双方思想殊途而同归,共同指向的,都是一个没有战乱纷争的大同世界。"

第六章 青云路

"这俩最后是一样的？那咋可能？"麦离不信。

"墨家主张所有人都要爱所有人，通过不断地帮助别人，令所有人友爱包容，最后达到和平共处的目的；而道家则主张所有人都要爱自己，不占别人便宜，也不让别人占自己便宜，人与人井水不犯河水，最后实现消弭战争的奇迹。"姜明鬼解释道。

麦离目瞪口呆，虽听懂了杨朱的主张，却越发无法理解了。

"能够拯救世界的时候，固然一毛不拔；但面对财富诱惑的时候，却也一毛不拔。一切身外之物，都比不上自己的一根腿毛，什么王图霸业，什么富可敌国，全都比不上自己开开心心地多活一年、一个月，甚至是一天、一个时辰。这，才是一毛不拔的真正意义。"姜明鬼正色道，"所以这间客栈，以一毛不拔为名，其实就是告诉了过往的商客：客人不要打算从店家处，得到额外的服务；而店家也绝不会令客人吃亏上当。双方明码标价，井水不犯河水，是都不需要损失自己的'腿毛'的。"

"开店……开成这样，还会有客人？"

"出门在外，对很多人来说，能不被骗、不吃亏，这已是很好的服务了。"

他们走进客栈，迎面便是写在一面墙上的巨幅价目表。客栈将大到一间房、一餐饭、一桶水、一张被，小到一杯茶、一根线、一炷香、一扇窗的价钱，都写得清清楚楚。旁边又有两行字，清清楚楚地道：概莫讲价，两不相欠。

客栈的掌柜是一个干干巴巴的老头，花白的眉毛下，是两只浑浊的眼睛。

姜明鬼走上前去，对老人道："开两间房。"他看了一眼墙上的价目，道，"其中一间，要能入浴的上房。"

"一毛不拔"房费不菲,但的确物有所值。

上房干净整洁,亮堂透气,自不必说,可供客人入浴,才是难得的地方。

麦离连日奔波,风尘仆仆,更兼和姜明鬼同行,早有洁身之意。由伙计带入二楼的上房,只见屋子虽然宽敞,却没有入浴用的盆、桶之物,只在屋子正中,有一个硕大的圆形水渍,像是曾有个盛水的容器,在此放着,供人洗浴。

"小哥,说是上房可以洗澡,可用啥洗啊?你们莫不是骗人?骗人可得退房钱!"

那伙计将后窗一开,道:"当然可以洗,下面的浴桶,你选一个就好了。"

麦离来到窗旁一看,原来下面正是客栈的后院。院中蒸气升腾,两口大锅正在烧水,而在旁边,又一溜放着五只半人多高的木桶,显然正是入浴之用。

"难道是在外面洗?"麦离又羞又怒,"可丢死个人!你们新郑的人,咋这么没羞没臊呢?"

那伙计劈头盖脸地被她骂了一顿,十分不屑,道:"光天化日之下,什么人会在院子里洗澡?你选了桶,自然有人将浴桶、热水给你送到屋里来。"

麦离这才稍稍放心。反正房费姜明鬼已付,这时她把心一横,远远地选了一只看起来较新的浴桶,便让伙计尽快准备。

那伙计没好气地和她确认一下,道:"等着吧!"转身而去。

麦离满心期待,立刻从包袱中取出换洗衣物。过了片刻,忽然有人敲门。麦离只道是伙计去而复返,来送浴桶和热水,开门一看,登时吓得退了一步。

——送水是送水的,不过来的却不是伙计,而是掌柜。

第六章 青云路

——而且,他居然是直接用浴桶送来的!

那干巴巴的小老头,肩上扛着麦离刚刚所选的浴桶,巍巍然站在门外。

——水声哗啦,桶中更是已装好了大半桶的热水。

浴桶足有二人环抱粗细,半人多高,由一寸多厚的木板箍成,日常盛水,早已浸得透透的,重逾生铁。如今又装上新水,怕是得有千斤之重。

而那掌柜年岁既大,身子更干巴巴的怕连一百斤都没有,居然只是在肩头上垫了一块抹布,就这么将它扛在肩上,无声无息地上到了二楼,又随随便便地站在门外。

——一眼望去,就像只蚂蚁举着远超自己体形的米粒。

"客人,是你点的热水?"那掌柜的问道。

"是……是!"麦离连忙让开,那掌柜的便迈步进来。

他落足无声,可是每一步踏出,楼板却颤巍巍的,直令人担心会一下垮掉。好不容易来到屋子正中,那掌柜的才将浴桶轻轻放在那一圈巨大的水渍上。

"客人慢用。"那掌柜的说了一声,转身便要走。

"老伯,你……你的力气也太大了!"麦离忍不住道。

"力气大吗?"那掌柜的撇了撇嘴,道,"什么是大,什么是小呢?"

"你把这么重的桶,扛到了这么高的楼上,当然是'大'了!"

"大禹治水,铸九鼎以定九州。每口鼎绘以河山名胜,暗合阴阳雌雄,重逾千钧。和它们比起来,我这盛水的木桶,重吗?"

麦离一愣,道:"不重。"

"昔日纣王无道,为讨妖妃欢心,建鹿台、修摘星楼。摘星楼其高百尺,夜摘星辰,昼采云霞。和它比起来,我这客栈的二楼,高吗？"

麦离道："不高。"

"我将一个'不重'的东西，扛到了一个'不高'的地方，我的力气'大'吗？"

麦离张口结舌，一时竟无从辩驳。

那掌柜的从肩上扯下抹布，随手擦了擦木桶上溅出的水珠，摇头走了。

那掌柜的所言，乃是老子《道德经》中的思辨。他研究了一辈子的《道德经》，五十五岁时一朝得道，从此万事万物，不拘于形格，举重若轻，返老还童。这时就这么突然说出来，麦离如何想得明白？

麦离愣了好一会儿才反应过来，不去管他，关好门窗，除衣入水。浴桶宽敞，水波清澈，温度宜人，麦离只觉通体舒泰，索性将身子沉得更深了些，连嘴巴都浸入水中。

舒舒服服地，她已神飞天外。

半个月前，她可不曾想到自己会走到这一步。

半个月前，麦离还是水丰城里一个普普通通的农家姑娘。

若说有什么过人之处，便是她曾受过农家长老黎铧子的指导，是村民中农活干得最好的；若说有什么不普通的地方，便是她因先天不足而骨瘦如柴，后天调理了数年，才恢复健康。

那漫长的调理，令她脱胎换骨，相貌既成了十里八村一枝花，身子也由一块"贫田"，变成了"肥田"，却也耽搁了她的婚嫁之事。

调理好之后，她终于可以嫁人了。

尤其是在媒婆看了她的身形，断言她能生好养，而且十有八九只生男孩之后，上门来提亲的人，更是络绎不绝。

麦离家很快也就给她定了一门亲事，是城东鲁村鲁九家的二小子鲁牛。

鲁牛干活是一把好手,人品也好。两家定在秋后成礼,鲁牛也常来麦离家帮忙干活,修屋筑墙,挖井拉磨,一向不惜力气,像头牛一般踏实。

然而,在私心里,麦离并不喜欢他。

鲁牛生得粗壮,但沉默寡言,一双牛眼,看什么都是直愣愣的。他不识字,没什么见识,没什么主意,更没什么趣味……和他说话,他只会咧着嘴,笑说:"行呗。"

同是耕田种地的农人,他和黎铧子先生实在天差地别。

黎铧子无疑是麦离见过的,最英俊潇洒的农人。他晒得紫红色的脸膛上,浓眉如剑,一双习惯了在阳光下眯着的眼睛,虽然不大,但偶一睁开,精光闪闪,夺人心魄。他总是将袖子挽到手腕上的九寸之处,露出半截古铜色的结实手臂,又干练又好看。

更重要的是,他本事大,见识广。只要他下手调理,一块田的庄稼,就能收成翻番;一棵树上结的果子,就能比旁边的大而甜。他仿佛无所不能,连麦离的先天不足,他都能给慢慢地治好。

"老师,你咋啥都会呢?"有时候,麦离忍不住问。

黎铧子受她赞美,大笑道:"我会的这些算什么,不过是些耕种之技罢了。而天下之大,又有多少事是比种田更复杂、更艰深、更重要、更紧急的!百家争鸣,群星璀璨,智者能人如过江之鲫,不可胜数。而我,只不过是农家的一个长老罢了。"

"老师是说,这世上还有像您这么聪明的人?"

"比我聪明得多的人,也所在皆是啊。"黎铧子叹道,"麦离,你真应该走出水丰城,去看看这世界的广袤。你自重病中走出,比别人经历了更多的人情冷暖,如一棵野草,一直被石块压着,因此根系扎得更深,生命愈发顽强。在水丰城真是埋没了你啊,你不该长在田里,该长在山上、天上才对。"

"可是我家在这儿,我爹娘、爷爷奶奶都在这儿呢……"

"是啊,"黎铧子叹道,"你的根在这儿,许多人的根在这儿。"

麦离不知道外面的世界长什么样,然而她越来越看不上鲁牛。后来黎铧子离开水丰城,继续云游天下,结果有一天鲁牛在村外边拦住麦离,脸红得连脖子上的青筋都凸起了。他给麦离带了几尺他娘新织的布,麦离接过布后,鲁牛就拉着她的手不放,把她往树林里拉。

"干啥呀?"麦离吓了一跳。

"我……我想和你睡觉!"鲁牛喘着粗气说,"你这块'肥田',我要'开荒'!"

不知是谁教他的污言秽语。麦离使劲挣脱,把布都摔到了鲁牛的脸上,心里又怕又急,叫道:"没到时候呢,你把我当啥啦!"

她抄起黎铧子传给她的长锄,把鲁牛刨得头破血流,鲁牛惨叫着逃走了。

之后不久,鲁家便退了婚,而麦离打跑未婚夫一事,也传遍整个水丰城。人们都说她被黎铧子教坏了,心野了,一时间竟也没人敢再来提亲。麦离的爹娘深觉丢脸,麦离却不以为意。鲁牛的行径让她越发怀念起黎铧子,怀念起他当初说过的话。

——在水丰城外,真有那么多像黎铧子一样智慧、伟大的人吗?

——甚至其中有些人比黎铧子更年轻、更英俊吗?

可是麦离知道,她此生是没有这种机会去见识了。水丰城是她的家,她的根在这里,即使不嫁给鲁牛,她将来也会嫁给别的什么人,用黎铧子调理好的"肥田"为他生儿育女,然后在日复一日的操劳中,逐渐忘了外面的幻想。

她就是这样等待着那一天、那一人的到来。

第六章 青云路　197

岂料那些统统还没有出现,韩王的大军却赶来了,强征水丰城,修建韩王的陵墓。男人都被征去做了徭夫,而麦离则带着乡亲们的嘱托,逃出水丰城,求助于墨家,又来到新郑。

在这期间,经历了大取桥、小取城、兼爱堂、百家阵……以及,姜明鬼!

一想到姜明鬼,麦离人在水中,也不由笑了出来。

她受邻居老人的指点逃出水丰城,来向墨家求助。这一路上提心吊胆,她却忽然有了要向墨家"借种"的念头。

这是她此生不可多得的机会。既然她注定不能离开水丰城,那她"带"一个人回来,又会如何?那个人将与鲁牛、与水丰城里的其他人截然不同,拥有外面世界的智慧与英雄气概,并且永远不会离开她。

——这个孩子将会是她梦想的延续。

——而要有这个孩子,她只需向外面的人"借种"而已。

来到了小取城,她果然见到了一个又一个不凡的人物,姜明鬼、郑为零、秦雄、金家兄弟、公冶良、辛天志、赵流……无论善恶,果然每一个都是鲁牛所不能比的。

他们个个神采飞扬,意气风发,每个人都如此光彩照人。

甚至连黎铧子的形象,和他们比起来,都显得木讷而寒酸了。

麦离在看着他们的时候,都不由偷偷地想:"他会是最强的吗?会是他吗?"每每念及此处,即便眼前是何等惊心动魄的变故,也阻止不了她心中的暗流汹涌。

那时她的心思分散在太多人的身上,虽然动情,却还不觉如何;然而几番明争暗斗之后,姜明鬼的优势渐渐越来越大,最终也真的成为此次接受水丰城任务的弟子。麦离心中那期盼已久的所谓"最强之人",自迷雾中走了出来,原来便是他的样子。

忽然之间，麦离所有萌动的春情，全都集中在了这少年的身上。

而姜明鬼如此优秀，本又是和她最为相熟的墨家弟子，在逐日夫人定下他之后，麦离的心霎时已被狂喜填满。

好似春雷一响，春雨如酥，春苗破土，春芽吐蕊。

她的眼里心里，突然间已满是姜明鬼。

而她的身体，那块"肥田"，就像是已经准备好了一样，燥热湿润，迫切地想要将那少年，深深地埋入其中。

楼下的一间普通客房里，姜明鬼却在想着秦雄。

去辞过楼路上的一战，姜明鬼被秦雄四重谎言动摇，而终于将其放走。那对他的冲击，竟比他一开始料想的还要严重。

他违背了小取城的城规，欺骗了逐日夫人，一心想要将秦雄的"罪"扛起……可是现在，他对自己的兼爱之道产生了怀疑。

因为，他要"爱"的人，很有可能像秦雄一样，狡诈、残忍，更重要的是，有着高超的本领和坚强的意志，任何时候都足以支撑他用谎言和杀戮去实现自己的目的。

姜明鬼，其实从未遇到过这样的人。

他从小在小取城长大，据说出生不久，便被人遗弃在大取桥上，后来被还只是普通弟子的逐日夫人捡回城，顺理成章地入了墨家。

所以他的岁数虽然不大，在墨家弟子中，辈分却很高。

懂事之后，他便在小取城学习。小取城的人言出必行，一诺千金，即便是辛天志、公冶良等功利之人，也不乏君子之志。他学过名家、诡家、权谋家的学说，知道诡辩、欺骗、计谋的一切技巧和流派，可是，从未见过真正的骗子和奸雄。

因钦佩逐日夫人，姜明鬼选择了墨家承字诀加以深造学习。

他天赋过人，又勤勉有加，所以迅速崭露头角，成为墨家这一代弟子中的佼佼者。

之后,虽然也曾偶尔下山,但凭借远超常人的本领,一切事情都迎刃而解,从未遇到任何难事。

——直到他遇到秦雄。

——那狡诈的、豪迈的、无耻的、高傲的、残忍的、天真的……强大的秦雄。

姜明鬼曾经以为自己是秦雄的知己——或者至少,算得上是秦雄的好友。他欣赏秦雄的孤傲,甚至偏激,而秦雄在小取城里,似乎也只和他还有话说。

可是他没想到,当秦雄突然变脸的时候,他却仿佛根本不认识这个人。

连杀四人、秘密藏尸,然后仿佛什么都没发生过一样,在逐日夫人和大家面前坦然说谎,再然后又仿佛推心置腹般,在姜明鬼面前面不改色地说出四重谎言……所争的,竟然只是一个在被押往辞过楼的途中逃走的机会。

那个机会,稍纵即逝,时间短促而稀少!

如果钜子没有被他骗过,如果金家兄弟的尸体被提前发现,如果押送他的人不是姜明鬼,如果姜明鬼没有被他的谎言动摇……那么秦雄连杀四人,手段残忍,按墨家门规必死无疑!

可是,秦雄成功了——他在最短的时间内,用最危险的方法,逃走了!

他的意志何其坚定,城府何其深沉!

昨天下午,在去见过罗蚕,重装了"黑渊"器盒之后,姜明鬼又偷偷去调查了秦雄的来历。

国中弟子在入城前,均需要提交引荐书一份,以证明其身份、地位。姜明鬼在查过了秦雄的引荐书之后,才惊觉秦雄竟只有赵国一位重臣对他的一点说明。而其他的父母兄弟、家乡师承,全都一概欠奉。

——这样简陋的引荐书,是如何通过钜子的考察,获准入谷的?
——难道,真如秦雄所说,是逐日夫人对他另有期待?
姜明鬼已不敢再想。
——以后,他们还会见面的!
姜明鬼强烈地有此预感。
可是,现在,他首先要解决的,却是自己对兼爱精神的怀疑!

麦离沐浴已毕,对镜梳妆。
其时已是黄昏,镜中人本是容光焕发,但用手指抹了两下眉毛,却忽地叹了口气。
她在水丰城的村里,本已算长得端正好看,多少小伙子看她看得直了眼睛。可是她见了逐日夫人之后,却不由有些自惭形秽。
只觉那墨家钜子高贵明艳,谈吐不凡,虽然岁数大了,却更风姿绰约。
反观她自己,粗手大脚,皮肤黝黑,一望可知是在田间长大,而一双浓眉,几乎连成一线,更是显得又固执,又笨拙。
这时她对着镜子,学着逐日夫人的样子挽了一个发髻,却怎么看都不对劲。
再看看自己那一身粗布衣裳,忽然间已沮丧起来。
——和外面的人相比,鲁牛固然粗鲁,鄙俗,没什么见识。
——可是在外面的人看来,她自己又何尝不是这样呢?
正自烦闷,门外忽然响起敲门声,原来是那掌柜的要来收走浴桶。麦离将他让进来,眼看他将抹布在肩上搭好,再蹲下身来,左手抠着桶底,右手扳着桶沿,一挺身,便将木桶连水举起,杂耍似的又扛上肩头。

"老伯！"麦离忽然心中一动，叫道。

那掌柜的本扛桶要走，被她一叫，就那么挺着肩膀，回过头来。

"老伯，"麦离犹豫一下，问道，"你觉得……你觉得我……难看吗？"

那掌柜的惯会反驳别人，麦离说他"力大""桶重""楼高"，全给他反驳成"不高""不沉""不大"，如今她心中纷乱，不由想听他说自己"不丑"。

那掌柜的用左肩扛着木桶，上上下下打量她一番，居然用头顶着木桶，硬是腾出一只右手来，向她伸出，道："十个钱。"

"什么十个钱？"

"我不占你的便宜，这个问题，十个钱。"掌柜的认真道。

麦离哭笑不得，只得从自己自水丰城里带出来的钱中数了十个过去，那掌柜的将钱往腰带里一掖，道："丑。"

他如此直截了当，以至于麦离都要反应一下，才确定他是在回答自己先前的问题。

"你把钱还给我！"麦离为之气结，声音都有些哽咽了。

那掌柜的扛着浴桶，看她失态，冷笑道："昔日卫庄公的宫中有一条猎犬，品相极佳，战功赫赫，每天吃的是鹿肉，喝的是泉水。但有一天它溜出宫去，喂狗的内监找到它时，它却已和一条野狗交配。那条野狗独目、断尾，皮毛斑驳，一身虱蚤，每天吃的是粪便，喝的是污水。可是猎犬与野狗交配，并不觉得委屈；野狗与猎犬交配也并不觉得高攀。你知道这是为什么吗？"

麦离又惊又喜，道："为啥呢？"

"因为所谓的美丑、贵贱、贫富……都是人类的自以为是罢了。男人和女人睡觉，本该如公狗与母狗交配一般，只是生命的本能而已,却被愚夫俗子弄出了那么多的麻烦。"

那掌柜的扛着浴桶,浴桶硕大,但于他而言,却轻若无物。

"你若喜欢楼下那个墨家的小伙子,只需记住一点:你不欠他,他也不欠你。"

掌柜的说完,便转身而去。

只余麦离一人,若有所得,亦羞亦喜。

这一天,终于临近结束。

外面的光线暗淡下来,而屋中更已到了必须点灯的地步。

但姜明鬼躺在榻上,瞪着双眼,反复推演自己的兼爱之道,一动不动。

自他出生以来,他其实一直在践行着墨家的兼爱。

被捡回小取城,他受到整座小取城的关心,吃百家饭、穿百家衣长大。他因此爱着小取城中所有的叔伯婶娘。

懂事之后,他开始学习墨家的本领,所有的老师都对他呵护备至,所有的师兄弟都和他一起学习。他也因此爱着小取城里所有的老师和同门兄弟。

再长大一点,他感受到了钜子对所有墨家弟子的呵护与爱。他也因此爱着逐日夫人。

姜明鬼读书时曾经读到,昔日儒家大贤孟子与墨家展开辩论,说兼爱思想需要爱别人如爱自己,爱外人如爱家人,如此不分亲疏、先后,"是无父也"。

但姜明鬼认为,这一说法并不成立。

只要自己足够赤诚,为什么不能像爱自己的父亲、尊重自己的父亲一样,爱别人、尊重别人呢?能够对自己的父亲那么好,说明已具备了对"一个人"好的能力,那对"更多人"也那么好,又有

第六章 青云路

什么不可以呢？

一直以来，有关兼爱的一切都很完美：小取城所有的爱都有来有回，循环不息，令兼爱越来越好，越来越理所当然……虽然偶尔也会遇到辛天志、赵流等人，各藏私心，但姜明鬼只消相信，他们将来一定会被兼爱感化，便也可以接受他们目前的所作所为。

——直到他遇到了秦雄。

秦雄毫不犹豫地接受了别人对他的爱与信任，反手报之以背叛与欺骗。

而那背叛与欺骗之残忍、之惨烈，甚至根本无法用虚无缥缈的"将来"，来搁置血淋淋的眼下。

——那姜明鬼，又该怎么办？

对这样的"恶人"，他还能够像对待自己的父亲一样，爱和尊重吗？

姜明鬼那长久以来的信念，突然被秦雄自根基处一击，竟致摇摇欲坠。

而要解脱，其实有一个最简单的办法，那便是不再将秦雄当作"人"。

正如秦雄自己所说，墨家曾有一个"非人"之论：若是一个人怙恶不悛，则他便已不再是人，不需要被兼爱。

——可是真的要放弃秦雄吗？

从某个角度讲，秦雄手握数条命案，也许还是贯彻了他的破字诀；而他姜明鬼，还敢不敢贯彻自己的承字诀，承担起秦雄的罪行呢？

——"我们若是连同门兄弟的一点小错都不愿包容，那还谈什么兼爱呢？"

——"如果他们因此得寸进尺，变本加厉，你又怎么办呢？"

——"我只需令自己变得更为强大,也就是了。等到他们终于做了错事,悔之莫及,我再帮他们弥补就好了。"

　　——"亡羊补牢,你每一次都补得上吗?"

　　小取城中,兼爱堂外,辞过楼旁,他和秦雄的对话,如今想来,一字一句,都像是响亮的耳光,打在脸上。

　　——若是遇到一点困难,便先放弃了秦雄,姜明鬼还算得上是兼爱吗?

　　"我是承字诀弟子,我一定补得上。"

　　黑暗中,他喃喃道:"天爱万物,兼爱一定没有错!我爱所有的人一定没有错!我只要将自己变得更强,如此,才能真正地肩负天下而已。"

　　就在这时,房门一响,有一个人走了进来。

　　姜明鬼稍觉意外,欠身一看,自门外投入的微光,勾勒出一个人影的轮廓,原来是麦离。

　　只是麦离好像怕冷似的,身上还围着一条薄被。

　　"麦姑娘?"姜明鬼问道。

　　"姜师兄,"麦离道,声音稍稍颤抖,"你会像爱别人一样爱我吗?"

　　她的问题突兀,姜明鬼一愣,已释然道:"会。"

　　"你会像爱我一样爱别人吗?"

　　姜明鬼道:"会。"

　　"我不用你多么爱我。"微光中,麦离的声音微微颤抖,道,"但是我想生一个你的孩子,不用你养,不用你管,就是得让你在我身上'播种',行吗?"

　　姜明鬼大吃一惊,可是一惊之后,却又有些释然。

　　——男女之爱,炽烈独占,无疑是兼爱之道的大敌。

第六章 青云路　205

——这种事，他一直在拒绝。

——如今在这种时刻，它竟真的出现，那他的兼爱之道，能承得住吗？

"好。"他轻轻拍了拍身旁的床榻，道，"请。"

于是麦离向他走来，伴随身上裹着的薄被轰然坠地，露出赤裸而健美的胴体。

"我是第一次……我不知道咋整……"

"我也是第一次。"姜明鬼尽量平静地道，"不过我看过书。"

他试探着抚摸麦离的身体，麦离滚烫，而他的手冰凉。

窗外一声闷雷，夜雨绵绵而至。肥沃的土地翻滚着，张开怀抱，迎接了从天而降的雨滴和种子。

姜明鬼凝视着麦离的眼睛，越来越亮，亮得好像要将那夜色烧穿，要在麦离的瞳孔深处、灵魂尽头，打下重重的烙印。

麦离颤抖着，向姜明鬼的唇上吻去。

而姜明鬼，却沉默着转开了头。

在一阵阵的心悸中，麦离不知不觉已是泪流满面。

第二日一早，天才蒙蒙亮，麦离睁开眼时，姜明鬼却已穿束停当，对麦离道："麦姑娘，我们今天就得去见韩王了。"

他语气如常，对麦离的称呼也是一如既往，只是声音冷冷的，没有了往日的笑意。

麦离一愣，忽然间心中酸楚无以言表，像是忽然失落了什么。

"我先去叫些早饭，你赶快穿衣洗漱。"姜明鬼道，"咱们今日的行程，只怕没有那么顺利。"

他周到细致地叮嘱了一句，便走出门去。

仿佛昨晚之事，真的像他帮人砍了一担柴、挑了一缸水般不值一提。

麦离镇定下来,她本就是冷静坚强的人,虽因昨夜之事一时意乱情迷,也很快收回了心。穿衣梳洗,出门用饭,已是一如平常。二人用饭已毕,离了客栈,按照姜明鬼的计划,重新往韩王王宫而去。

循着那座高塔,二人很快来到宫门前。远远望去,那宫殿金碧辉煌,戒备森严。距离宫门二百步,便有卫兵持戟相拦,叱道:"王宫重地,擅入者死!"

他们就要面对水丰城事件的元凶了。麦离微微紧张,回头去看姜明鬼时,只见那少年面对盘问不慌不忙,微微施礼,道:"这位长官有礼,麻烦入宫通禀,我们二人想要求见韩王。"

"你是什么人,不知死活,打扰大王?"

"我是墨家弟子姜明鬼,来自墨家小取城。"姜明鬼微笑道,"奉钜子之令,来到新郑,有关乎韩国国运的事,要向韩王说。"

墨家弟子名满天下,小取城更是威震诸侯。阻拦的卫兵登时都收去了脸上的轻慢之色。领头的连忙道:"请公子稍等,小人这就进去禀报大王。"

说着,他立刻回身,小跑入宫。

姜明鬼和麦离在王宫外等候。麦离心中忐忑,问道:"咱们就这样直接求见韩王吗?去跟他说,不要在水丰城修建陵寝?不然就……如果他压根不见咱呢?"

她差点在众卫兵面前,脱口说出姜明鬼挟持韩王的计划。

姜明鬼道:"如果韩王连见一面的机会都不给我们,那我就再想别的办法。"

他微垂着眼皮,似乎永远都对一切情况有所预料。

可是在麦离的眼中,却觉出他对自己的态度,已疏远了许多。

她心中酸楚,强笑道:"你居然老老实实地来个登门求见……我还以为你要用你的'黑渊'闯进去呢。"

"我们不可以从一开始就不相信韩王。"姜明鬼终于看了她一眼,笑道,"我们进宫以后,我首先肯定是要以言语辩论,令他迷途知返。须知兼爱天下,我们也应当相信韩王——我们应当相信这世上的每一个人。"

他望着王宫的方向,面上的笑容充满疲惫,与之前也颇有不同。

麦离喉头哽咽,不再多说什么。于是他们只在宫门外等着,树上的蝉声,一声接着一声。

过了很久,那个卫兵的头领才从宫里走出来。

他进宫的时候不敢怠慢,急急忙忙地,跑得头上的盔缨都歪了。但是出来的时候,他走得四平八稳,不慌不忙。

他来到姜明鬼和麦离面前,道:"大王不想见你们,你们走吧。"

开始见到姜明鬼和麦离的时候,他是威严的,把守着王宫禁地,一脸严肃;当姜明鬼说自己是墨家弟子的时候,他是谦卑的,低下头来,礼数周全;但是现在,当他从王宫里走出来的时候,已经是倨傲的,高高在上的了。

"大王不想见你!"他用鼻孔望着姜明鬼道,"也不想听你的什么要事。大王说,墨家不过是一群躲在山里、没有规矩的狂人而已。你们的兼爱,就像是想要揪着自己的头发把自己提起来一般,根本是妄言而已。"

这人前倨后恭,一口回绝,麦离顿时着急起来。

姜明鬼却颇沉得住气,道:"此事关乎韩国国运,更关系到每个韩国子民,我们断断不能耽搁了,还请这位长官再帮我们通禀一声。"

"可是我们大王真的不想见到你们。"那卫兵不悦道,"你们速速离开,否则别怪我不客气。"

"若是长官实在不愿通禀，那我自然也不能勉强。但不知，我们是否还有别的办法，不必通禀，也能见到韩王。"姜明鬼犹不死心，继续问道。

　　"没有没有没有！"那卫兵头领越发不耐烦，一迭声地叫道。

　　"张头儿，其实还是有一条路的！"卫兵中忽有一人道，"就看他们有没有胆子走了！"

　　那卫兵头领一愣，看那卫兵的眼色，登时也反应过来，笑道："对了，还得看你们有没有那个本事走！"

　　"哦？那是什么路？"姜明鬼问道。

　　"独步青云之路！"那卫兵头领哈哈大笑，手往西面一指。

　　姜明鬼与麦离顺着他手指的方向望去，只见西南方向，正是之前他们当作路标的那座高楼。

　　"此楼名为独步青云楼，是新郑最高的所在，由大司马韩石恩亲自主持、把守，也是我韩国选贤荐优的通天之楼！"那卫兵头领道，"凡身怀绝技者，皆可登楼自荐，激辩比武，一展所长。全楼共分五层，每层皆有人把守。越往上，越艰难，越凶险，越受赏。能通过全楼的人，自然是万中无一的人才，必会受到大王的接见！"

　　"见不了大王也行！"之前那个提醒头领的卫兵笑道，"至少也能混碗饭吃。"

　　麦离大喜，姜明鬼看了她一眼，微笑道："好，那我们就去走这条青云路！"

　　诸侯求贤，公卿养士。

　　乱世纷争，正是用人之际，而百家争鸣，无数能人异士散布于民间，藏龙卧虎，往往不为外人所知。为此各国纷纷建起面向平民选拔人才的机构，沙里淘金，如齐国之稷下宫，燕国之黄金台，而在韩国,便是青云楼!

青云楼楼高五层,一层有一个大院子。

院子有文、武两道大门,供自荐者依照自己的本领,选择不同的入口。这时天色已近辰时,两个大门前都是人头攒动,许多人进进出出,如同菜市。

姜明鬼看看两边队伍,笑道:"我们走哪边登顶?"

他是墨家高徒,文武兼备,自是有此信心,走哪边都拦不住他。麦离见他把决定的机会交给自己,不由心中欢喜,挤进人群中一看,只见文门门口,有笔墨竹简,自荐之人需要抄写一篇诗文,方能入内;而武门门口,则放着一只四五十斤重的石锁,自荐之人只需单手举起,便可入内。

麦离咬着嘴唇想了想,道:"似乎是武门快些?"

"那么,便走武门!"姜明鬼说着,毫不犹豫已来到武门前。

那沉甸甸的石锁,他轻轻提起,在旁人的喝彩声中连举三次,便获准带着麦离进入院中。

但见偌大一个院子,熙熙攘攘地直聚集了数百人。正午时分,人群按文、武分为两拨,每一拨的中心是一只巨大的木桶。桶中盛满清汤薄粥,入院之人乱哄哄地去自取食用。

"他们居然真在这里吃饭?"麦离大吃一惊。

"不然人们为什么要来自荐?"姜明鬼道。

所谓文才武艺,百家大道,对于绝大多数人而言,只是谋生手段而已。多一份本事,便多一口饭吃,有多大本事,便吃多大的碗。

能够写字,能够举起石锁的人,甚至还没有真正开始青云楼的考验,就已经有粥喝——这便是最寻常的人才可以享受的待遇。

"你饿了吗?"姜明鬼望了望楼里,道,"现在已可在院子里喝粥。不过正是用饭时间,我猜楼里应该会有更好的伙食。"

"不……不！"麦离给他问得脸一红，道，"我不饿！"

"那就先走着看吧。"姜明鬼微笑道。

于是两人穿过人群，径直来到青云楼楼前。只见楼门仍分文、武两道，其中"武"的那一扇楼门紧关，门前台阶上坐着一个铁塔般的大汉，怀中抱着一条铜棍。

"二位要进楼吗？"那大汉见二人走来，立刻问道。

"我进。"姜明鬼立刻答道，"她跟着我见识一下，可以吗？"

"只要你进得去！"

那大汉不多言，挺身站起，从屁股下抓起一口铜剑，扔给姜明鬼道："将剑举好，不要躲闪，能接老子一棍而剑不脱手的，就可以进去吃肉啦！"

姜明鬼将那铜剑接在手中，定睛一看，只见它崩口缺刃，剑身弯曲，早已不成形状，也不知挨过多少棍了。

他微微一笑，将铜剑倒提、平握，横伸于身侧，与肩同高，道："请！"

那大汉嘿嘿一笑，更不客气，"呼"的一棍砸下。只听"当"的一声，棍剑相交。姜明鬼手臂不动不摇，仍将铜剑平举。可是那铜剑剑身却蓦地从剑身三分之一处弯折，令那大汉的一棍，七成以上的力量，都狠狠打空。

"咚"的一声，那大汉收势不及，铜棍棍头砸上地面，将地上一块青石打得四分五裂。

那大汉挠挠头，姜明鬼接这一棍，手臂平伸，毫不躲闪，按说是完全合格的。可是偏偏那铜剑一碰就弯，不仅没能让他测出姜明鬼的手劲大小，更令他脱手打空，两臂甩得生疼。

他虽然不知到底发生了什么，终于还是道："算你们过关，进去吧！"

第六章 青云路

姜明鬼微微一笑，将弯了的铜剑交还给大汉，带着麦离进了一楼。

麦离悄声问道："那铜剑咋那么软呢，一碰就弯？"

"铜剑不软，只是之前已经被那大汉打得弯了。"姜明鬼笑着将袖中藏着的一根铁尺掏出来，给麦离看了一眼，随手收回"黑渊"之中，"我举起铜剑时，其实已将这铁尺同时握于剑身之下。尺端刚好顶住那铜剑先前已有折痕的地方。如此一来，那大汉的铜棍落下时，所有力量便都只能集中于折痕上的一点，一瞬间折弯了那铜剑，也泄掉了铜棍的力量。"

原来他刚才看似岿然不动，其实却用了这般取巧的窍门。

麦离好奇道："你的力气不如那大个子？"

"若是认真用起承字诀的本事，我自然不会输他。"姜明鬼摇头道，"可我们现在只是上到一楼而已，要速战速决才好。"

他们进入一楼，便见有五六十人分散于楼内的大堂里。

青云楼一楼的大堂，约有百步方圆，几乎毫无陈设。这五六十人一个个或席地而坐，或倚柱而立，人数虽多，却鸦雀无声。楼外虽是正午，但一楼门户紧闭，光线昏暗。一眼望去，只见这些人的眼睛闪闪发光，直令人不寒而栗。

与外面的熙熙攘攘、人声鼎沸相比，一门之隔的这些人，竟如此压抑。

"他们……他们不是有肉吃吗？"麦离颤声问道。

习惯了堂中光线，便可见许多人手中都捧着一模一样的陶碗，碗中有肉有饼，装得冒尖，可比院中的人吃得好多了。但麦离亲眼所见，他们吃起东西来，口中咀嚼，却毫无香甜之意。

"有粥喝已觉惊喜，有肉吃却颇觉不足。"姜明鬼看了一眼，心中了然,道,"他们明明知道,每多上一层,便有更好的待遇,但他们的本领只能就此止步。人心不足,因此心中愤懑。"

他们二人进来,许多人的眼睛已牢牢盯在他们身上。

那视线中有警惕,有好奇,更有嫉恨,有诅咒。麦离被他们看了,只觉连呼吸都困难起来,低声道:"姜师兄,我们快离开这里。"

二人于是来到一楼往二楼的楼梯处,楼梯口有两人并肩而立,一见姜明鬼过来,微微一笑,同时向旁边一闪,露出身后的一张长桌。

"新来的,选一样吧。"那两个守卫笑道。

那长桌上摆有三样兵器:一口长剑,剑身嵌在一段木墩上;一支长矛,长一丈有余,矛杆笔直,矛尖锋利;一张长弓,白角黑弦,配了三支羽箭。

把守楼梯的其中一人道:"三样兵器任选其一,达成标准,即可上楼。"

另一人道:"若选长剑,便需于七步外,转身三遭,然后上前出剑。一招将长剑劈回原来的剑缝,便算过关。"

前一人续道:"若选长矛,则楼梯上方悬有铜环三枚。先用长矛拨动铜环,然后在铜环摆动未息之时,一矛刺出,贯穿三环,便算过关。"

另一人再道:"若选弓箭,则请看二楼楼梯照壁处,有一尊兽头靶。三箭射出,只需有一箭射中兽鼻便算过关。"

姜明鬼注目看去,只见那长剑自右而左,嵌在木墩之中,角度刁钻,十分不适合常人发力;楼梯上方用细绳吊着三枚铜环,自前而后,环口越来越小,第三个铜环几乎与长矛矛尖相差无几;而二楼上的那尊兽头靶,更是古怪,立于地上的底座居然是圆的,可想而知若是一箭射在兽鼻之外,那靶子定会立时摆动不休,令后面越发难中。

第六章 青云路　213

入院和进楼都是比的力气，然而这一关比的却是出手的准确度。

寻常百姓日常劳作，打熬力气的机会其实很多，因此所谓膂力过人者，不乏其数。但真正使剑张弓的机会一般人哪里遇得着，更无从练起，无怪乎一楼已困住了这么多人。

但这道题目拦住别人固然绰绰有余，想拦姜明鬼岂非笑谈？

姜明鬼随手抄起长矛，先向头顶上一拨，将三枚铜环拨动，然后退一步，忽地拧身振臂一刺，那长矛贯穿三枚铜环，他与麦离便潇洒过关。

到得二楼，眼前豁然开朗，只见楼上窗明几亮，远非一楼昏暗阴森的模样。

有二十来人，分成了两个大桌，正在吃饭。一见二人上来，已有人笑道："新来的兄弟，快过来坐！这是弟妹吧，快过来歇歇。"

他们如此亲切熟络，倒比楼下的敌意更显诡异。麦离听见一声"弟妹"，已是满脸飞红。

有人起身离席，拉着姜明鬼、麦离的手，就要往桌旁拽。麦离偷眼望去，只见他们的饭桌上有肉有酒，已是十分丰盛。姜明鬼却将那人的手轻轻挥开，笑道："大家本是登楼的竞争对手，各位为何竟如此大方？"

"我们虽是对手，却也可以是朋友！"

二楼之人纷纷笑道："能来到二楼的，哪一个不是本领高强，前途远大？即便不能在青云楼登顶，将来也总有得志的时候。与其将别人视为对手，何如新交一个朋友，将来无论是军中、朝廷遇上了，也好彼此有个照应！"

原来二楼之人想得远比一楼长远，已在为之后的仕途打算了。

姜明鬼既然明白了他们的心思，自然也便不再担心，笑道："承蒙各位看得起，只是我们远道而来，其实是急着面见韩王，因此在青云楼借道一用，就不打扰各位了。"

二楼众人笑道："偌大一座青云楼，竟然说'借'便'借'，果然是英雄少年，快请快请！"

一众人竟停下吃饭，簇拥着姜明鬼、麦离来到了二楼往三楼的楼梯处。

只见那楼梯入口处，用朱漆画了一个直径四尺的圆圈。三楼的楼梯顶端站着一人，张弓搭箭，正瞄着下方的圆圈，见姜明鬼过来，大声道："圆圈中站好了，且受我三箭！"

"那三支箭都没有箭头，你不必害怕！"有人马上解释道。

"也不用硬挨，可以闪避，可以格挡！你有兵器没？借你一柄剑啊？"又有人道。

原来，这便是二楼的考验。

入楼考力气，一楼靠技巧，二楼考的则是眼力，是胆识。

麦离见楼上那箭手开弓如满月，也不由有些紧张，道："你别逞强啊。"

姜明鬼微笑道："无妨，不必用兵刃了。"

他施施然走进圆圈，那三楼的箭手果然大喝一声，一箭射来。姜明鬼轻轻闪过，只听"咚"的一声，那一箭射在地板上，又高高弹起。

虽然没有箭头，但那一箭实在威力惊人，真要射在人的身上，只怕即使不能入肉，也要撞个骨断筋折。围观的二楼众人一阵窃窃私语，他们被困在此地，显然已在这无镞之箭下，吃了很多苦头。

第二箭射来，姜明鬼大袖一卷，将那一箭带向一旁。

第三箭射来，姜明鬼劈手一夺，更将箭枝抓在手中。

三箭射毕，那三楼的箭手向旁一闪，让出楼梯。姜明鬼和麦离拾级而上,下面二楼众人掌声雷动,不住有人叫道:"公子他日相逢,多多关照我们啊!"

上至三楼,景象又有不同。

能上到三楼的,只有八人,待遇自然又比二楼的要好。

只见那八人占据了三楼东首一半的场地,每个人各有一张竹榻、一张几案。竹榻宽厚,铺盖俱全,有人正自蒙头大睡;几案上吃喝俱全,荤素搭配,也有人正心不在焉地吃吃喝喝。每个人的旁边,各有一名仆从,打扇斟酒,随时服侍,忙碌不停。

姜明鬼、麦离上来,那八人中,睡着的固然鼾声依旧,便是醒着的,眼睁睁地看着他们从楼梯上来,却也都像睁眼瞎子似的,一点反应也没有。

姜、麦二人自是乐得不受干扰,穿过他们,往三楼西首的楼梯处走去,忽听身后有人低喝道:"等一下!"

姜明鬼回过头来,便见一个正自吃肉的青年,"呸"地吐出一块骨头,又在胸襟上蹭了蹭手上的油污,道:"你们往那边走做什么?"

"上楼。"姜明鬼道。

"谁让你上了?"那青年翻起眼睛,满面凶相毕露,道,"你问过我们了吗?"

"你是守楼之人?"

"不是!"那青年傲然道,"我是自荐上楼的人!"

"哦,请。"姜明鬼微微一笑,向旁一让,对三楼通四楼的楼梯作势延请。

他让那青年先行上楼,那青年不仅不满意,反倒脸色一变,不由自主地望了望身边的其余七人,怒道:"老子上不去,你也别想上去！"说着大喝一声，一跃而起，掌中一口长剑，向姜明鬼直刺而来。

他能出现在三楼，显然通过了力气、技巧、胆识三重考验，已是百里挑一的勇者。

这一剑刺来，自是虎虎生风。

可是被困在三楼的剑法，又能有多厉害？

姜明鬼微微一笑，只一扬手，众人还未看明白怎么回事，那青年便已连人带剑地向后摔去，"扑通"一声，四脚朝天，还砸翻了一张几案。

"还不动手？"姜明鬼手下留情，那青年倒没有受伤，只是一骨碌爬起身来，已是气急败坏，叫道，"你们要看着他上楼吗！"

一瞬间，人影晃动，东首剩下的七个人，连蒙头大睡的都一跃而起，刀剑出鞘，斧钺齐举，纷纷喝道："谁敢上楼！"

原来，第三层竟是没有专人把守的。

虽然没有专人把守，被困在三楼的闯关人，却都成为阻挡下一个上楼人的守关者。

与二楼的小富即安不同，被困三楼的人多数心高气傲。他们自幼学习武艺，指望一朝得势便换来荣华富贵、锦绣前程，可惜却在青云楼的三楼，陷入上不得下不去的困境。

三楼曾经有人专门把守，然而不知何时，被困在三楼的人却内斗得越来越厉害。谁要登楼，便会遭到其他人的围攻，如此一来，那守关人往往无所事事，便被撤掉了。

三楼的守关重任，便交给了所有的闯关人。

日复一日，三楼的人越聚越多，想要闯关也就越来越难了。

总算有人知难而退，索性离去，三楼才艰难维持在了八个人的数量上，未曾人满为患。

第六章 青云路

西首靠楼梯的空地，是为了守关而专门留用的。八人围攻过来，姜明鬼将麦离让到一边，笑道："好姑娘，锄头借我用一下。"

他竟向自己借用兵器，麦离又惊又喜，还不及反应，只觉手中一空。另一边，姜明鬼已手持长锄，纵身跃入包围之中。

只见寒光闪闪，人影翻飞，斗了十几个回合，忽然"唰"的一声，一口长剑自乱战中飞出，白光一闪，钉在楼顶的木板上。

"麦姑娘，你可曾听过一个传说？"混战之中，姜明鬼的声音清清楚楚地传了出来。

"啥传说？"麦离空手观战，连忙问道。

"传说东海的渔人捕蟹，是不会在蟹篓上盖盖子的。因为螃蟹在蟹篓中，只要有一只想爬出去，其他的便会七手八脚地将它拽下来。"姜明鬼在包围中笑道，"可惜，我却不是螃蟹。"

他口中说着故事，手上不停，"唰"的一声，"噔"的一声，不绝于耳，人群中的兵器不断飞起，整整齐齐地在楼顶上钉了一排。混战的人群终于分开，一边是八个已失去了兵器、气急败坏的"守关人"，另一边则是手持长锄、气定神闲的姜明鬼。

"公子好手段！"八人中的一个老者长叹一声，道，"三楼空了两个月，终于有人上楼了！"

姜明鬼如此威风潇洒，麦离欢喜不已。

昨夜二人春风一度，虽说只是"借种"，但肌肤相亲，如梦如幻，毕竟已有所不同。今日一早，姜明鬼虽然对她不假辞色，但麦离心中，还是对他更添几分亲近。这时眼看姜明鬼势不可当，也不由阵阵骄傲。

他们从三楼拾级而上，前往四楼。麦离小声道："我还以为，这回你总得使用'黑渊'了。"

"水丰城之事，非同寻常，我们必须做好面对韩王之时，立刻便可将他挟持的准备。因此，我绝不会在那之前，便暴露自己真实的本领。"姜明鬼轻声答道，将长锄还给麦离。

四楼却只有两人，俱是豹头环眼，粗豪外表，浓须虬髯，英雄相貌。这时两个人凑在一起，毛茸茸的，却在埋首读书。

而在这两人身后，各有两名美貌的侍女，为他们研墨展卷，红袖添香，极尽温柔。

姜明鬼略一拱手，道："二位，有礼了！"

那两人抬头看他一眼，草草拱手，道："有礼有礼！"话还没说完，又已低下头去。

姜明鬼不敢大意，道："我们是来上楼的。"

"快走快走，楼梯在那边。"其中一人头也不抬，向右后方一指。

刚才三楼的人，见了他们还如狗见了肉骨头一般，可是走了一段楼梯，四楼之人态度又是一个大变，麦离心中好奇，用力走了两步，踩得楼板山响，道："那我们真的上楼了？"

这回，那两个人干脆置若罔闻，连个回答都没有了。

后面打扇的四位侍女掩口微笑。其中穿红的一位低声道："两位大人正在研读兵法，实在没时间招呼二位，怠慢之处，多多包涵。"

另一位穿绿的笑道："你们快去上楼吧！试上一试，若是上不去……我们也正好再多加几个姐妹说话！"

姜明鬼、麦离见自己被如此期待，不由好笑，拱了拱手，来到四楼通五楼的楼梯处。

只见楼梯前有一张巨大的沙盘，以沙土、木块制作，其上山川俨然，城野鲜明，又有黑豆、红豆列队成阵，模拟兵将。

沙盘旁坐着一人，一身盔甲，光亮耀眼，肩披一件玄色披风，沉甸甸地垂在地上。这时他一手支着额头，一手拄着长剑，虽在打盹，却也威风凛凛。

姜明鬼停住脚步，打量那沙盘，面色凝重。

麦离道："咋了？"

"这关考的，是攻防用兵之道——无怪乎那两人在临时读书。"

"那又咋了？"

"这一路行来，由简而难，由力气到武技，由武技到胆气，由单打独斗到以一敌众，由好勇斗狠到领兵带将，青云楼层次清晰，它所选择的，并非壮士，而是良将。"

"所以，那又咋了？"麦离还是不明白。

"没什么。"姜明鬼轻轻摇头，道，"我只是有些意外，建造这座楼的韩王，实在是有些格局。"

"那这关……你能过去吗？"麦离却只关心眼前。

"易如反掌。"姜明鬼说着，迈步上前，伸指在沙盘边缘一扣，唤醒了那守关的将军。二人稍作客气，旋即撒豆成兵，攻守交锋。虽然只是模拟，但二人互不相让，一瞬间，沙盘中攻势如潮，竟有金戈铁马、天地变色之感。

红豆、黑豆犬牙交错，几番鏖战之后，终于分出胜负。

那将军霍然起身，对姜明鬼长长一揖，道："我代赵人，多谢公子！"

姜明鬼眼中满是悲凉，还了一礼，拉着麦离走上五楼。

"那将军为啥要谢你？"麦离好奇道。

"此番兵法考量，我们复盘的是秦赵的长平之战。他执黑豆，代表秦军；我执红豆，代表赵军。其间交锋五场，我终于突破秦将白起的包围，大获全胜。我赢了，那四十万被白起坑杀的赵军，就可以不死了。"

长平之战，当年震惊天下。赵国大将赵括，年少成名，熟读兵法，纸上谈兵之术，可称天下无敌，可真正带兵打仗时，却疏漏百出，终大败于秦将白起。而白起生性残暴，大胜之余，竟将四十万赵国降卒一夜坑杀。

经此一役，赵国举国缟素，元气大伤，再也不能阻止秦国东进。

而这一次，姜明鬼与那将军也是纸上谈兵，谈的却正是长平之战。那将军使用白起的战术，阴沉凌厉；而姜明鬼极尽所能，终于突破了秦军包围，反败为胜，改变了赵军的命运。

其中所包含的残忍和救赎，即便是麦离，听姜明鬼一说，也不由恻然。

一步一级，他们终于来到了青云楼的五层。

一踏上五楼的木板，他们便听到一阵令人牙酸齿倒的磨刀声。

只见五楼窗户紧闭，用厚布封死，几乎完全不透光，只在楼顶上，开了一个小小的天窗，恰是正午时分，漏下一道笔直的光柱。

而光柱中，便有一人，正在磨刀。

那人披头散发，赤裸上身，一副宽阔的肩膀如同横亘的山脉，筋肉虬结，古铜色的皮肤上，布满暗红色的疤痕。疤痕如蚯蚓、如小蛇，伴随他磨刀的动作，一屈一张，如同活物，令人望之欲呕。

这人正在一块青色的大石上磨刀，青石如虎，他就在虎背上，浇水、磨刀。

金石摩擦，发出响亮的鸣响，仿佛磨刀水都快要沸腾起来。他磨完一口单刀，又磨一口镰刀；磨完一口镰刀，又磨一口阔剑；磨完一口阔剑，又磨一轮板斧；磨完一轮板斧，又磨一口圆铲……

他一口气磨了五件兵刃，而五件兵刃却连在一根长柄上。

他站起身，如同平地涌起一座山丘，举起长柄，五件兵器用铁环串着，垂在柄头上，发出长短不一、回环荡漾的寒光。

第六章 青云路

"这件兵器，名叫'车裂'。"那磨刀人身旁忽然有人道，"顾名思义，被它砍一刀，与被五马分尸没什么区别。"

磨刀人身旁的阴影里，原来一直坐着一个人。

那个人身材高大，虽穿着常服，却掩不住一身的傲气与戾气。他长着一张青蟹似的脸，乱糟糟的眉毛下，是一双三白蛇眼。

"这，就是你们在五楼的对手。"那人笑道，"他不会说话，我帮他说了。"

那磨刀人站在天窗的光柱之中，他的头发又脏又乱，披散下来，遮住了他的眼睛，却遮不住他脸上的伤疤。

纵横交织，他的脸上像被人砍了一百刀。

"阁下又是哪位？"姜明鬼问道。

"我？"那青蟹脸笑道，"我便是大司马韩石恩，全权负责青云楼的选人之事。"

原来他便是韩国号称"三司"之一的司马韩石恩，十年来统率韩国军队，战功卓著。可也有传言说，正是他的气量狭窄、嫉贤妒能，造成了韩国军队十年来日见衰微。

"原来是大司马在此，"姜明鬼连忙行礼道，"在下墨家姜明鬼，见过大人。"

韩石恩挥了挥手，道："我就说，是什么人一鼓作气，直闯五楼，欺负我们韩国无人吗？原来是小取城的高手到了！那好极了，如今韩国正是用人之际，若有墨家相助，我们必可如虎添翼。我给二位一个建议：不要再和这个怪物打了，马上跟我下楼，做我的家臣，从此之后，高官厚禄，荣华富贵，何乐而不为？"

姜明鬼、麦离对视一眼，道："为什么不和这个人打？"

"为什么要和他打呢？"韩石恩不耐烦道，"按照青云楼的设计，之前的四层，你们过不去也完全没有什么损害：受不住楼门外的一棍,那你们就留在院中吃粥,一天两顿管饱,吃不胖,但也绝对饿不死;一楼的剑、矛、弓,三选其一,你过不去,那就留在一楼,虽然连个坐处都没有,但吃饼吃肉,已是普通百姓求之不得的富足生活;二楼的迎面三箭,你闪不开,也没关系,箭头已经被拔除了,射在身上,顶多青一块、紫一块,留不下伤,要不了命;三楼的闯关者咋咋呼呼,但其实你只要及时认输,他们也知道分寸;四楼纸上谈兵,没有熟读兵法,过不来又怎样?一辈子留在四楼,有佳肴美食,美女侍奉。"

韩石恩一口气说出来,姜明鬼微笑听着。

"更重要的是,你在前四楼,是可以随时去从军的。即使没能走通青云楼,凭着之前的成绩,也可以在军中令人刮目相看,进而升官发财。但第五楼,是不一样的。"

他拍了拍那磨刀人的身体,"啪啪"作响,仿佛那不是一具人的躯体,而是一块顽石,一棵死树。

"你们眼前的这个怪物,下手绝不知道容情。你和他打,你输,就是死;你赢,也可能面目全非,肢体不全。从此以后,再也无法建功立业。所以,我给你们提供一个新选择——我算你们上了'四楼半',不用和他打,但可以做我的家臣,我保证你们的起点比四楼的人高。"

第七章

摇钱树

"大司马恐怕误会了。"姜明鬼道,"我们此来青云楼,并非为了出人头地,而是借机参见大王。"

"你们见他做什么?"韩石恩脸色一变,颇不耐烦。

"这位麦姑娘,她家所在的水丰城,近日被大王选为陵寝,水丰城因此快要被夷为平地。我们面见大王,想要请大王收回成命。"姜明鬼道。

"那不可能!"韩石恩把手一挥,颇不以为然,"大王决定的事,绝无更改之理,你们不用白费力气了。不如跟我回去,我正好有许多问题,想请教墨家高足。至于麦姑娘,我安排将她全家人搬来新郑,重新安家也就是了。"

这个人向人示好时,完全是一副居高临下的模样,一旦稍遇违逆,登时将不屑、急躁、厌烦、愤怒全都摆到了脸上,仿佛下一瞬间,便会爆发开来,狠狠报复一般,令人一见之下,便不由心生畏惧。

麦离给他看了一眼,明明没做错什么,却已觉胆寒气沮,好像真的是自己给别人添了麻烦,又急又愧,仿佛便要脱口答应韩石恩的条件。

而就在这时,姜明鬼上前一步,拦在了她的身前。一瞬间,压力尽去,姜明鬼那并不魁伟的背影,却如倚天长剑,将韩石恩乌云一般的压迫感挡了回去。

"大司马,人离乡贱,水丰城的百姓,当然还是希望留在水丰城。"姜明鬼笑道,"你还是带我们去见大王吧,也许我们真的能说服他。"

姜明鬼一力坚持,韩石恩越发不快,冷笑道:"我一心为了你们好,而你们却不知好歹,倒像是我想占你们便宜一般。劝你成为我的家臣你不肯,好说歹说想去见大王?可是你们现在还没和五楼的这头怪物打过呢。说不定一战之后,我要带着你们的断头残肢去见大王了,那可就没什么用了!"

他说话肆无忌惮,已带了威胁诅咒。

但姜明鬼凛然不惧,微笑道:"在下愿意一试。"

"那就试试吧。"韩石恩拍了拍那磨刀人,冷笑道,"怪儿,动手吧!"

那磨刀人仰天长号,浑身筋肉偾张,更显可怖,手中奇刀"车裂"一抢,五刃齐动,发出呜呜怪响。

"姜师兄……"麦离不及多言,连忙递上自己的长锄。

"不必了。"姜明鬼却将长锄推开,手掌一翻,已将先前在入楼处用过的那根铁尺,擎在掌中。

"唰啦"一声,磨刀人的车裂刀,向姜明鬼搂头盖脑地砍来。

车裂刀,刀柄长五尺,五件刀身中最长的有四尺,挥开时,刀柄与刀身前后连接,最长九尺有余;一具刀身与另一具刀身左右组合,攻势覆盖的最宽处,七尺还多。

而姜明鬼掌中铁尺,只有一尺长,一寸宽!

姜明鬼纵身扑上,直迎向闪闪刀锋。

第七章 摇钱树　227

既然决心在见到韩王之前隐瞒自己真正的本领，又该如何作战？

——解！

姜明鬼一上手，赫然用的是墨家解字诀的功夫。

"叮"，车裂刀的镰刀扫过，已给他破解。

"当"，车裂刀的斧头扫过，已给他化解。

"锵"，车裂刀的阔剑扫过，已给他拆解……

他在小取城中长大，虽然最擅长承字诀，但其他字诀岂会没有涉猎？

车裂刀咆哮如雷，而铁尺挥动无声，只在与车裂刀相触时，发出一声脆响。但一点一戳，见招拆招，却已将那风暴一般的攻势，全都解开。

那磨刀人怒吼一声，手中长柄一送，车裂刀五刀齐张，忽然如一只大手，猛地向姜明鬼抓来。

姜明鬼双眼圆睁，左右皆为车裂刀的"大手"封锁，唯有向后疾退。

一面退，他一面看着每一柄刀运行的轨迹。

"咔嚓"一声，那车裂刀五刀抓空，五柄形状各异的刀身，张开到最极致之处，忽然间向内一收，如五指撮回，并在一处，又钉在刀杆上，好似一个巨大的扭曲的花骨朵，猛地又向姜明鬼身上撞来。

姜明鬼避无可避，挥手一尺，扫在了最长的阔剑剑尖上。

"唰"的一声，阔剑向上弹开。

但阔剑之后，单刀的刀尖已突破他的铁尺，刺入他腕后的空门！

姜明鬼挥出铁尺的右手蓦然一松，铁尺在他掌心滑落，尺头变成尺尾，给他握住上端，旋即向下一绞，铁尺尺尾终于拦住单刀的刀身，将它拨至另一边。

"叮"的一声，单刀向旁转开。

但单刀之后，斧头的斧尖却已再度突破，闯入他胸前的空门。

姜明鬼大喝一声，左手一抬，按住了斧头。

斧头上沿宽阔，给他单手一按，登时来势一缓。但这么一顿之后，紧随其后的镰刀却已被惯性甩出，刀头如同螳螂探臂，向姜明鬼钩来。

姜明鬼耸背袭胸，"嘶"的一声，那镰刀已在他胸前扫过，登时豁开他一块衣襟。

但这仍未结束，镰刀之后，五具刀身的最后一具——圆铲，已明晃晃、冷森森地向姜明鬼铲去。

姜明鬼闷哼一声，身子一扭，忽地闪过这圆铲的致命一击。

在这一瞬间，他的身体扭曲，膝、腰、肩、颈，整个人骤然以一个极不自然的姿势，散在了车裂刀五具怒张的刀身中。

——他竟像是将自己拆解了！

"啊呜！"那磨刀人满拟必中的一记杀招，竟被他如此化解，不由勃然大怒，怪叫一声，手中刀柄转动，五柄利刃同时旋转，如风车般将姜明鬼卷入其中。

麦离一声惊叫，几乎就要冲了上去。

但刀光凛烈，并不见血光。

散在车裂刀中、卷在五具刀身中的姜明鬼，随着刀身旋转，竟也不住旋转，双足如同陀螺，始终保证他的身体藏在车裂刀刀身的缝隙中，因此竟未伤分毫。

——只差一寸，他便身首异处。

——但这一寸，在姜明鬼的闪避下，已是天堑一般，不可逾越。

木屑纷飞，那疯狂飞旋的利刃转瞬间已带动姜明鬼，以那磨刀人为中心，转了一圈。

长长短短的五具刀身，在转动中扫到地板，瞬间已将青云楼的楼板斩裂，在地上留下一个不规整的圆形。

就在一圈转完，那磨刀人渐感焦躁之际，忽然"叮"的一声，车裂刀车轮般的刀光瞬时一乱。

不容交睫的瞬间，姜明鬼的铁尺已顶在飞旋而过的斧头上，不痛不痒，却令那沉重的斧头，在飞旋中蓦地向后一晃。

而姜明鬼就趁这个机会，猛地向后一退。

一退，便退出了车裂刀的刀网包围。

磨刀人号叫、追击，车裂刀旋转更猛——就在这时，又是黑光一道，射入了车裂刀的刀光中。

然后，"嘣"的一声，车裂刀四分五裂！

五具刀身，四溅飞开，险些扎伤一旁观战的麦离与韩石恩。

在车裂刀炸开的地方，那磨刀人手中握着长长的车裂刀刀柄，刀柄上方的铁环断开，而在他脚下，正跌落着姜明鬼的一根铁尺。

车裂刀长柄柄端上，镶有铁环。那铁环本身就能够旋转，上面再依次套上五具刀身的刀环，五刀因此能够上下翻飞，左右旋转，开合自如，组成车裂刀。

可在刚才那一瞬间，姜明鬼铁尺掷出，蓦然插入了那铁环中间。以那铁环为支点，铁尺的一端卡在车裂刀的刀柄上，另一端却被飞旋的斧头卡住，猛地下压。

交相使力，那铁环顿时被铁尺撬断！

——姜明鬼真正要"解"的目标，其实一直是那狰狞凶暴的车裂刀！

车裂刀解体，姜明鬼纵身扑上，手一搭，已握上磨刀人的右手手腕。

——解！

毕剥声中，那磨刀人的手腕、手肘、肩膀，三处关节瞬间脱臼，一条巨橡般的右臂，已软绵绵地垂了下来。

"大司马，我这算是过关了吧？"姜明鬼笑道。

越过那磨刀人的头颈，他的手又已搭在了磨刀人的左肩上。

若是韩石恩还要坚持，那么他继续拆解，那磨刀人在他的手下，根本没有还手之力。

韩石恩的脸色变得极其难看，双眼冒火，咬牙切齿，直似欲择人而噬，终于道："好，是你赢了。"他忽然冷笑了一下，"三个月来，终于又有人打通了青云楼，可以去见大王了。"

姜明鬼大喜，道："多谢大司马！"

放开那磨刀人，他双手在那脱臼的巨臂上抚过，又一口气将其关节接上。

麦离更是欢欣鼓舞，叫道："那我们啥时候去见大王呢？"

韩石恩扬起眉毛，笑得十分古怪，道："等着去吧。"

"得等到啥时候啊？"麦离大喜。

"我要向你禀报吗？大王每天就在那里等着见你吗？"韩石恩沉下脸来，阴森森，冷冰冰，道，"你们打通了青云楼，按照大王的旨意，我自会带你们去见他。但是时间——等着去吧。"

便是麦离再老实，也听出了韩石恩的刁难之意。

二人离了青云楼，一路也不知引来多少羡慕，多少嫉恨。麦离有苦说不出，气道："这大司马不是个好人，我们明明已经赢了，他却耍赖！水丰城危在旦夕，他这么拖下去，我怕还没见到韩王，水丰城就已经拆没了！"

"韩石恩一手统领青云楼，公器私用，打压拉拢，其实已一手阻断了韩国选拔人才的途径。无怪乎我明明觉得，青云楼中选拔合

第七章 摇钱树　　231

理、人才济济，怎么韩国近年来，却无可用之人。"姜明鬼叹道。

麦离愤愤不平，道："可是你都已经打通青云楼了！"

"拒绝了他的拉拢，恐怕是已得罪他了。"姜明鬼叹道，"只是不知道，这些年来，有多少人受他威逼利诱，成为他的家臣；而又有多少人，拒绝他的条件，惨死在最后一关。"

他费尽辛苦，徒劳无功，如今竟还在为青云楼的弊端惋惜，为韩国的用人痛心疾首。

"那我们真的要等他带我们去见韩王吗？"麦离愁闷道，

"等不到的。"姜明鬼回望青云楼，面色凝重，道，"韩石恩为人心胸狭隘，在新郑城占了个'气'字。我们打通了青云楼，折了他的面子，又知道了他的秘密，与其期待他什么时候想起来，能带我们去见韩王，倒不如期待他什么时候，派来杀手将我们灭口。"

"那咱们怎么办？"麦离大急。

"酒色财气，他只占一个'气'字而已，新郑城他还未必能一手遮天。"姜明鬼道。

"什么'气'字？"他连提两次，麦离终于注意到了。

"韩王昏庸，朝政不振，人说他是为'酒、色、财、气'四字包围。其中'气'就是韩石恩——怎么，你身为韩国人，反倒没听说过吗？"

"我也就在水丰城种地，哪知道这个啊！"

"韩王少年时，雄才大略，立志要西抗强秦，东盟燕赵，以振兴韩国，实在是少有的贤王，然而在成年之后，却泯然众人，日渐昏聩。有人说，是因为他身边奸佞环绕，一身英雄豪气，终究耐不住酒、色、财、气的消磨。其中，'气'便是指韩石恩的乖张刻薄，嫉贤妒能。"

"那酒、色、财，又说的是啥呢？"

"'酒'是指韩国的司空颜西翁。颜西翁年轻时，领兵打仗，勇冠三军，因此成为韩国股肱重臣。可是之后，他沉溺于杯中之物，一日数醉，尸位素餐，成为朝中恶患。'财'是指司徒廉江，此人虽然以'廉'为姓，却是十足的贪官，卖官鬻爵，敛财无数；最后的'色'，则是指韩王身边的宠妃，绿玉络。"

姜明鬼一一数来，叹道："有此四人，韩国用贤则人才凋敝，用钱则入不敷出，用战则军纪废弛，用谏则难敌枕风。内外交困若此，如何还能兴起？韩王不思进取，也就不难理解了。"

"那接下来到底如何是好？"麦离知道前途坎坷，不由忧虑起来，"见不着韩王，韩石恩也不愿替我们引见……你现在有什么办法吗？"

姜明鬼却好像并不在意。

"韩王不肯见我们，我早有预料。不过在礼数上，我们不能跳过了这求见的一步。韩王是一国之主，我们要为他治下的水丰城请命，首先要知会于他，这是对他的尊重。韩石恩不为我们引见，我也并不意外。不过青云楼这条路我们是一定要走一遍的，因为这是韩王留下的见他的路，我们走一遍，是对韩国法律的尊重。"

他慢慢说着，声音中渐渐有了一种决绝："但现在，两条正路，我们都努力过了，韩王辜负了我们的信任，而韩国的法律不足以让我们信任。那么，我们就要用别的办法了。"

"还能有啥办法啊？"麦离愁道，"要不然，咱们先去水丰城？反正你的'解'字功夫也厉害，咱们先试试辛师兄的法子？"

姜明鬼看着她，说："水丰城的存亡，只是韩王一句话的事，只要我们见到他、说服他，就可以将一切争斗都消弭于无形。无论如何，都是更省事省力的做法，我们为什么舍近求远？"

"可是我们不是见不着他吗！"

"见得着，还有一条路可以走。"姜明鬼道。

"还有啥路啊？"麦离有点不相信。

第七章 摇钱树

"邪路。"

这时，他们正走在新郑城的街道上。

两侧人流熙攘，一个新郑城，竟似变成了一个巨大的谜题，摆在麦离的面前。

"如果用正常的途径不能见到韩王的话，那我们也许只能请人带我们进宫了。韩石恩已经没有希望，但权势不小于韩石恩的颜西翁、廉江、绿玉络却都还有可能。我们现在就是要从他们三人之中，找到能带我们去见韩王的人，我敢保证，他一定存在。"

"那咱们咋找？"

"问问新郑的人喽！"姜明鬼笑道，"问问谁的权势比韩石恩还大，问问谁能违规带我们去见韩王！"

说问就问，他们迎头碰上一位老人。

那老人老得眉毛都白了，长长地从两边垂了下来。

"问这老丈行不？"麦离问，"他的岁数这么大，没准知道谁是新郑最有权势的人。"

"可以试一试。"姜明鬼微笑道。

于是麦离拦住老人，问道："老人家，我们远道而来，想请问在这新郑城中，最有权势的人是谁？若我想请人引见，拜见大王，我们应该先去求谁？"

那老人上下打量他们一番，道："新郑城里，最有权势的当然是大王，除了大王，无疑该是大司空颜西翁。他战功赫赫，又掌管韩国的农业四十年，决定韩国的春种秋收，旱涝丰歉。他是大王的左膀右臂，新郑城里，没有人不知道他，没有人不怕他！"

谢过老人，麦离跃跃欲试，姜明鬼却若有所思。

"我们快去找颜西翁，打听颜西翁在哪吧？"麦离迫不及待。

"颜西翁这人，果然德高望重。"姜明鬼沉吟道，"可是由老人推荐他，反倒令我对他失去了信心。"

"这又是为啥？"麦离刚刚打探出来，正自得意，听他一说，不由叫了出来。

"老人的岁数太大，观念早已陈腐。他们固执于自己年轻时的经验，但那些经验，早已过时十年、二十年。"姜明鬼叹道，"颜西翁已经执掌韩国的生产四十年，四十年前，他年富力强，必是韩国权势最重的人，但现在，我却不那么肯定了。"

他们继续向前，又遇到了几个孩子。

"如果老人的话你不相信，那我再问问孩子？"麦离笑道，"小孩啥也不懂，肯定没有成见。要是孩子都知道，那这个人肯定是新郑最厉害的人呗？"

"也不尽然，孩子虽然敏锐，但往往会被更表面的东西所迷惑。"姜明鬼仍泼下一盆冷水。

麦离却不相信。只见那几个孩子正在街边掷石子，打地上圆圈里一个草扎的小人，她转了转眼珠，心中已有计较。

走过去把腰一叉，麦离粗着嗓子喝问道："你们打的这个草人是谁？啊，一定是新郑那位最有权势、最说一不二的大人，对不对？你们偷偷诅咒他，打他的小人儿，他知道了一定把你们全抓起来！"

那些孩子面面相觑，俄而一个孩子嘴巴一扁，已哭了出来。一个传一个，转眼间，他们便哭成一团。其中较大的一个哭道："我们打的不是大司马！别让大司马把我们抓起来！"

原来在他们心目中，新郑城最有权势的人，正是大司马韩石恩。麦离眼珠一转，道："好了好了，别哭了。我可以帮你们去求情，在新郑城里，韩大人有没有害怕的人啊？谁说的话，韩大人一定会听啊？"

第七章 摇钱树　235

小孩们哭得抽抽搭搭,道:"大司徒和大司马一样厉害,可是大司徒要钱!"

——大司徒,那就是说廉江了。

麦离满心振奋,姜明鬼也两眼发亮,道:"我们再问一问别人。"

路边刚好有一家肉铺,姜明鬼迈步走了进去,对肉案后面的人说:"这位大哥,我们有急事想要面见韩王,请问在新郑城里,哪位大人最有权势,最能左右大王的意见?"

肉案后的屠户手起刀落,"咚咚"剁着肉,说:"那当然是掌管韩国赋税的大司徒了。"

"为什么呢?"

"我们每天都要交税,交上去的税落入了谁的口袋?韩国的士兵没钱训练,没钱更换铠甲兵器,不见了的军费又落入了谁的口袋?有钱能使鬼推磨,只要你给他钱,廉江连祖坟都可以卖给你!"

他说得如此直白粗鄙,连姜明鬼都吓了一跳,四下张望一下,道:"这位大哥,你可小声些!"

那屠户冷哼一声,道:"小心什么?我骂大司徒,他少了一块肉,少了一个钱吗?可他若是抓了我,杀了我,他就少了我交的税金。大司徒想得明白着呢,只要你不妨碍他敛钱,他才懒得管你。"

三种人,给出两个答案。

种种迹象,都指向一个人——韩国的大司徒廉江!

颜西翁令人崇拜,韩石恩令人畏惧,但崇拜和畏惧,也表明他们威严高傲,不近人情。只有廉江,却是一个连屠户都敢鄙夷他的贪财小人。

"可是这世上越是小人,便越容易打交道。"姜明鬼道。

——廉江之爱财,当然比韩石恩的喜怒无常,要好得多了。

于是他们一路打听,来到了廉江的府邸。

只见那大司徒的府邸,拥风抱水,富丽堂皇,院墙虽比韩王的宫殿略低,但金砖碧瓦,花树环绕,彩土垫道,戒备森严。姜明鬼毕恭毕敬来到门口,和两个守卫打招呼道:"两位大哥,辛苦了。"

门口的两个守卫,铠甲威严,神情却颇为和蔼,对姜明鬼回礼道:"公子辛苦。"

姜明鬼道:"我想见大司徒,劳烦通禀。"

两个守卫笑道:"好说好说。"一边答应着,左边的伸出了左手,右边的伸出了右手。

"这是啥意思?"麦离一愣。

"小姐请想!"左边的侍卫道,"我们的职责,原本只是站在这里就好,可是你们来了,我们就得进去通报。通报就要走路,走路就要费鞋底,鞋底的钱,最后得是我们掏,你们怎么忍心不补贴我们一点?"

"我们本来好端端地在这站岗!"右边的守卫也道,"虽然不能走动,但是有树荫遮凉,又可以发呆走神,多么轻松愉快。帮你们通禀,我们就要走到太阳地里去,忙出一身汗,还要费口水去通报,连茶水都没有一口,这不对吧?"

左边的守卫又说:"所以,如果你们能给我们一点茶水钱、一点鞋底钱,我们就会很开心了。"

右边的守卫也说:"而我们开心了,跟大司徒回报的时候,也会帮你们多美言几句,你们无论求什么,成功的机会,也都会大一些。"

他们两个一唱一和,伸手向人要钱,脸上一点都不红。

麦离简直难以置信,在韩国的王城内,堂堂大司徒家门前的守卫,竟会这么无耻。她瞪大眼睛说:"你们这样做,不怕大司徒知道,惩罚你们吗?"

那两个侍卫听她威胁,"嘿嘿"一笑,把手缩了回去,但另一只手一抬,"喀"的一声,他们手中的两把大戟,便交叉起来,拦住了大门。

"大司徒官邸重地,闲杂人等,速速离开!"他们马上换了一副公事公办的脸。

姜明鬼想了想,问:"不知这茶水钱、鞋底钱,应该是给多少呢?"

那两个守卫板着脸,看也不看他们一眼,道:"多了我们也不敢要,你们就给二十钱吧!"

"不贵不贵。"姜明鬼听了,微笑着后退一步,道,"如此,我们下午再来拜访好了。"

"慢走。"两个守卫的眼睛越过他们,望向远处,道,"无论你们什么时候来,我们都是这个价,不会降价,也不会涨价。"

姜明鬼带着麦离,重新回到集市上。

其时天已过午,他们忙碌半日,东奔西走,早已是又累又饿。路边一家饭铺,竹棚下排了十多张食案,看来生意极好。两人便走了进去,占了最后一张无人的食案,一人要了一份菜汤、一块蒸饼慢慢吃着。

"只是通禀一声,就敢要二十钱!"麦离越想越气,恨恨地嚼着菜饼,道,"那难道不是他们的本分?居然还敢要钱,简直是土匪!强盗!"

"土匪强盗可比不了他们!"姜明鬼笑道,"只怕我们到时候给了他们钱,还要向他们道谢呢!"

"大司马是那样,大司徒是这样!韩国当官的没一个好东西,真是要完蛋了!"

麦离气得胡言乱语，姜明鬼不动声色，看看四周，笑道："难道你见韩王强拆水丰城，还不知道这一国的君臣都是有问题的？"

"难道你早就知道咱们这次进不去吗？"麦离问道。

"我们要见的，是一个贪官，不是吗？"姜明鬼笑道，"大司徒廉江，连百姓都说他爱钱如命，他的手下当然会上行下效。与其绕圈子，不如直接问问，到底需要多少钱。"

"那要是二十钱的话……"麦离犹豫道，"我还拿得出来。咱们刚才咋不马上进去呢？"

"给守卫二十钱虽然容易，但是廉江带我们见韩王又要多少呢？"姜明鬼垂下眼皮，认真地喝了一口菜汤，道，"我们刚才，其实只是去探了探行情，估了估大司徒的价钱而已。"

"啥、啥价钱？"

"以下求上，守卫带我们见大司徒要二十钱，大司徒带我们见韩王的话，若是翻上十倍，便是二百钱；违规枉法，守卫本该为我们通禀却出言勒索，而大司徒本来没有带我们见韩王的义务，再翻上十倍，便是两千钱。"

麦离大吃一惊，手中的饼都要掉了，道："这么多？"

"这恐怕已经是去见大司徒的底线了。"姜明鬼叹道，"不过，虽然多，但总算是个可以实现的目标。"

这样说着的时候，姜明鬼已经吃完了饭。

麦离吃得稍慢，眼见自己落后，连忙加紧。却见姜明鬼东张西望，忽然一弯腰，已顺手从桌边捡起一根树枝，又从器盒中拿出一把小刀来。

那树枝丢在地上，也不知是何人带进来的，歪歪扭扭，分叉结疤。而姜明鬼一边和麦离说话，一边用小刀削了几下，片刻间，那畸形的树枝，已变成了一根样式新奇的漂亮钗子。

第七章 摇钱树　　239

那钗子显是女子所用，麦离不料他突然要送自己东西，不由又窘又喜，低下头去。

从今早开始，他们两个便对昨夜之事绝口不提。

"借种"之事既已完成，便不该再有纠葛。可是人非草木，二人灵肉交合，赤裸相见，又岂会真的不留痕迹？麦离对姜明鬼的心，到底是有了一点变化的。而这点变化一旦在心中生根，便如种子发芽，越是压抑，越是蓬勃。

——可姜明鬼，又是如何看她的呢？

姜明鬼丝毫不动声色，看不出一点点悲喜，也觉察不出一点点得失。他仍是似笑非笑地，不知在想着什么。

他常常半垂着眼皮，却是越来越少和麦离四目相接了。

他在逃避着麦离，是觉得她不知检点，人尽可夫？还是觉得她愚昧可笑，不知所谓？

——抑或是，他其实也是喜欢自己的？

麦离的心中，开始不可遏制地有了这样的期待。

而有了这样的期待，则姜明鬼的一言一行，都像是对她照拂有加。

——便如在闯过青云楼三层时，借用她的长锄。

——便如在青云楼五层面对韩石恩时，挡在她的身前。

——便如他们在聊天时、吃饭时，他若有若无地在她身上的凝视……

——便如这时，姜明鬼突然亲手做出一根钗子！

麦离一瞬间心跳加速，一时竟似什么也看不见，什么也听不见，视线所及，眼里心里，便只有那一根粗糙却新奇的钗子。

"这位姑娘！"

就在这时，姜明鬼却突然扬手招呼道。

那声音并不是对着麦离的。麦离吃了一惊，猛地清醒过来，抬头看时，只见他们吃饭的饭铺中，正有一个少女，挎着一只竹篮，在饭桌间兜售梨子——姜明鬼正是在招呼她。

那少女听见招呼，只道是有客人买梨，连忙走来。

姜明鬼微笑着举起那根钗子，问道："这钗子是我亲手所制，不知可否和姑娘换一只梨子，尝尝鲜呢？"

那少女满脸堆笑地赶来，闻言一愣。

她十四五岁的年纪，这时向姜明鬼望去，只见天气晴好，微风徐来，姜明鬼剑眉星目，风度翩翩，一瞬间，满脸通红，赶紧从提篮中翻了一个又大又圆的梨子，递给姜明鬼，又一把抢过那新制的钗子，头也不回地跑了。

——竟是连梨子也不卖了。

那钗子原来不是给麦离的，只是用来换了一只梨。

麦离心中失落，却又不由隐隐生出新的期待：姜明鬼本不是个讲究饮食的，突然换来这么一只梨，毫无征兆。那他是打算自己吃了，还是要和她两人分食？

在这一瞬间，她甚至还未来得及想到，二人分梨，按老人的说法，可不是个好口彩。

"走吧！"

姜明鬼回过头，却没有注意到麦离那白一阵红一阵的脸色。

他拿着这只梨，用袖子把它擦得干干净净，道："走吧，我们赶快去赚他两千钱！"

说着，他已站起身来。

麦离吃了一惊，两眼望着梨，连忙跟着姜明鬼离开饭馆。

他们重新走上街市。

姜明鬼手托白梨，走在前面，麦离不知他到底要做什么，只得跟在后边。

忽听道旁有人哭闹，二人回头一看，原来是一个农妇带着一个孩子，正在路边守着个竹筐卖雏鸡。那孩子五六岁，梳个朝天辫子，正滚在地上撒赖，一边哭号，一边两脚乱蹬，引人注目。

"我要回家，我要回家，我不要娘，我要回家！"

那农妇柔声哄他，但那孩子极为顽劣，他想要回家，那便一定要回家，一遭忤逆，撒泼打滚，登时越来越是卖力，一身衣裳滚得泥猴似的。那农妇无可奈何，哄劝的声音越来越大，瞧来也渐渐生气了。

姜明鬼在旁边看了一会儿，忽然弯下腰来，问道："小弟弟，不要哭了，我这里有个梨，你想不想吃？"

虽然急着回家，但小孩听到有好吃的，立刻就不哭了。

他坐起身来，脸上又是眼泪，又是泥巴，黑一道、白一道，已脏成了花猫。他盯着姜明鬼手里的那只梨子，眼睛骨碌骨碌地转着，嘴巴里却已经流出了口水。

姜明鬼在梨子旁深嗅一口气道："好香、好甜的梨子啊。"

"公子，你可别逗他。"那卖雏鸡的农妇连忙道。

她不说还好，一说这句话，那孩子反倒像听到了命令似的，饿虎扑食一般，把梨子从姜明鬼的手中抢过来，"咔嚓"先咬了一口。

那农妇气得直跺脚，一把抓过小孩，把梨子抢过来一看，梨子已经缺了一大块，上面还沾满了鼻涕口水，实在是还不回去了。

姜明鬼笑道："一个梨子，值什么？给他吃吧。"

农妇脸色微沉，道："我儿父母双全，我们有手有脚，岂能受这不白之恩，白要公子的东西？"想了想，掀开面前竹筐上盖的蒙布，只见筐里挨挨擦擦地，装着二十多只黄澄澄、毛茸茸的鸡崽。

蒙布一掀开，鸡崽立刻"啾啾"地叫起来。

那农妇在鸡崽中拨拉了几下，挑出了一只小公鸡，捧给姜明鬼道："请公子允许我用这只鸡崽，换公子的白梨。"

"那么，我就不客气了。"姜明鬼微笑道，"大嫂品性正直，必会是一位好母亲。只是教导孩子，也需要恩威并施，孩子不听话，该打还是要打的。"

那小孩正自啃梨，忽然听见这送梨给自己吃的大哥哥，竟在劝导母亲揍他，不由惊得呆住了。

那农妇想了想，从竹筐中抽出一根篾条，轻轻一甩，抽得空气"嗖嗖"作响，道："多谢公子提醒。"

姜明鬼哈哈大笑，和麦离继续前行。

没走几步，身后果然传来那孩子的鬼哭狼嚎。

原来那梨子，也不是给他们吃的。

麦离约略明白了姜明鬼的打算，却仍免不了失望，偷偷跟在这墨家弟子的身后，只觉喉头发哽，几乎就要哭出来。

明明说好两不相欠，明明说好只是一次"借种"……但不知为何，她却逐渐生出了不该有的贪心。

尤其是姜明鬼越若无其事，她的心中，便越是不甘。

——而越是不甘，她便越是想得更多！

"你……你打算，就这么换出两千钱来？"麦离抑制住哽咽，问道，"这不得换到下辈子去？"

"所以，要选对人。"姜明鬼点头道。

说着，他将那鸡崽捧在手里，又走了几步，索性让它停在自己的器盒上。

他信手一转，把"黑渊"器盒转到自己身前。鸡崽扑棱一下小

第七章 摇钱树　243

小的翅膀，在器盒的盖子上站得稳稳的。

姜明鬼张望一下，带着麦离离开集市，沿着大道，往幽静的地方走。行不数里，眼前一条小河。但见玉带蜿蜒，波光粼粼，岸边野花星星点点，绿柳如茵。一座雕栏石桥连接两岸，精巧别致，如诗如画。

此地风景优美，正是新郑城男女幽会的胜地。一对对热恋中的青年男女，在这初夏的午后，神色亲昵，把臂同游。

暖风吹来，熏人欲醉，麦离也不由心旷神怡。

姜明鬼却丝毫不解风情，直挺着只鸡崽，在一对对情侣面前大摇大摆地走过。

那鸡崽通体绒毛，眼如黑豆，黄嘴红足，站在"黑渊"器盒上，昂首挺胸，憨态可掬。对对情侣之中，有一个女子一眼看到，不由"扑哧"一声笑了出来，对身边的男子说："我想要这只小鸡！"

那青年男子衣着华贵，一双眼睛本来像抹了蜜糖似的，黏在恋人的身上，忽然听见她的要求，愣了一下，才向姜明鬼望来。

"哎，把你的鸡卖给我！"那青年大大咧咧地叫道。

有人识货，麦离顿时大喜，可是姜明鬼看了那个青年一眼，却微笑道："抱歉，不卖的。"

"我多给你钱！"

"多少钱我都不卖的。"姜明鬼道，"我是要送给她的。"

他下巴一抬，指的却是麦离。

麦离不料他突然把矛头指向自己，登时又惊又喜，一时间手足无措。

可是姜明鬼越说不卖，那个青年男子越不服气，看了一眼身边的恋人，干脆挺身拦在姜明鬼的面前，挑衅似的将姜明鬼、麦离上上下下打量一番。

"你知道我是什么人?新郑城里,别说要你一只鸡,本公子买你的这条命,都是看得起你!这只鸡,我要定了,你卖也得卖,不卖也得卖,干脆些,开个价吧!"

这个人看起来很有来头,麦离不由有点慌张,而对面那个女子已咯咯地笑着说:"小林,好好说话,不许欺负人。"

那女子姿容秀丽,虽然笑语盈盈,神情却极其傲慢,视线扫过姜明鬼时,饶有兴致,看到麦离时,更是两眼一弯,笑了一下。

麦离局促不安,姜明鬼在那两人尖针一般的注视下,却若无其事地问道:"公子是真的想要这只鸡崽吗?"

"少废话,本公子想要的东西,还没有得不到的。"

"我还是不会卖这只鸡,不过可以和你交换。"姜明鬼笑道,"既然你要我的腰间之物,我也要你的腰间之物,如果你愿意用你的玉玦和我换,好让我送给我身边这位姑娘,那我就同意把鸡崽让给你。"

他伸手一指,指的却是那青年腰上挂着的一枚玉玦。

那玉玦晶莹剔透,足有半掌大小,显然价值不菲。青年听姜明鬼一说,登时有些肉疼,可是话已出口,又不能反悔。他看了看恋人,一狠心把玉玦拽下来,交换了鸡崽,骂道:"奸商,不要让我再看到你!"

姜明鬼将玉玦握在手中,哈哈大笑。

那女子手捧鸡崽,凑近姜明鬼,笑道:"一个扛锄的村姑,值得你这么做买卖?"

麦离又羞又气,姜明鬼却笑道:"好好待这小鸡,值一块玉呢。"

姜明鬼托着那枚玉玦,施施然走在前面。

麦离走在后面,看着他的背影,心中酸苦,无以言表。

被那女子称作"村姑",尤其是在姜明鬼面前,麦离只觉又羞

第七章 摇钱树 245

又怒，直恨不得找个地缝钻进去。

她一向热爱家乡，以自己农家弟子的身份为荣，这时，却忽然厌恶起自己的出身。

可是姜明鬼，仍然像是什么事都没有发生过似的。

麦离心如刀绞，更隐隐地生起气来。

她一直沉默无声，姜明鬼在前面走着走着，终于注意到她的不对劲，回过头来，问道："麦姑娘，你怎么了？怎么瞧起来脸色不太好？"

"我……我没事！"麦离被他一问，越发心中气苦，生硬地道。

姜明鬼稍觉意外，笑了笑，却不追问，又回过头去，继续找着玉玦的卖家。

麦离走了几步，不见他来安慰，心中苦闷，无以复加，猛地站住了脚步。

姜明鬼走出老远，才发现她已停下，回过头来，见她已是满脸泪痕，不由更是意外，道："你到底怎么了，不舒服吗？"

"你走吧！我不用你去救水丰城了！"麦离哭道。

姜明鬼吓了一跳，旋即冷静下来，道："你莫要开这样的玩笑！"

"不是玩笑！什么玩笑！谁和你开玩笑！"麦离哭得满脸花，又羞又气，叫道，"你不走，我……我走！我……我回水丰城去！我就是和水丰城一起死了，也不用你管，不用你救！"

她真的转身就走，才走两步，只觉肩头上长锄一紧，原是给姜明鬼拉住了。

"麦姑娘，我有什么地方得罪你了？"姜明鬼简直摸不着头脑，道，"你说走就走，你以为水丰城还是你们自己的事？墨家介入之后，这也已是墨家的事！"

"锄头给你！"麦离不管不顾地叫了起来，"反正我也没田了，扛着个锄头就是让人笑话!"

她居然真的扔下锄头就走,姜明鬼长锄入手,不由有点发傻。

却见麦离走出几步后,忽又回过身来,几步抢到姜明鬼面前,一伸手,叫道:"把玉玦还给我!"

姜明鬼头大如斗,道:"什么玉玦?"

"我的玉玦!"麦离掰开姜明鬼握着玉玦的手,将那玉玦抢过来,叫道,"你刚才说,这块玉玦是要送给我的!"

她简直不可理喻,姜明鬼也不由生气,道:"我要用它换钱啊!换了钱才能见廉江,见韩王,救水丰城啊!你不救水丰城了吗?你的家,你的根,你不要了吗?"

事态严重,他的语气不觉也严厉起来。

麦离愣了愣,把那玉玦往姜明鬼的怀中一扔,整个人往地上一蹲,抱着双膝,放声大哭起来。

"那你为啥要说是送给我的!你换东西就换东西,为啥要拿我去当招牌!"

周围人见他们争吵,一个个都望过来,戳戳点点。

姜明鬼这才明白她的脾气从何而来,叹了口气,也在她身边蹲下,道:"对不住,是我没考虑周详。我只想吊吊那佩玉公子的胃口,让他在恋人面前用高价以物换物,没想到却冒犯了你。"

他一道歉,麦离却越发委屈,道:"玉玦不是给我的,白梨也没我的份,钗子也不是我的……你啥时候能真的送给我点什么!"

"好端端的,我送你东西做什么?"姜明鬼简直哭笑不得,"再说,咱们这趟出来,吃的住的,不都是我用的墨家的钱?你还计较什么梨子!"

"那是不一样的!你就不能自己给我点啥?我……我肚子里有你的'种',你就不能对我好一点?"

第七章 摇钱树　247

麦离憋了大半天，终于一股脑地叫了出来。

可是突然间，姜明鬼变了。

虽然还蹲在麦离的身边，但是在这一瞬间，他却已似远离麦离，千山万水。

而这仍然不够，他又站起来，慢慢地向后退了一步。

他身上所散发出来的森冷、漠然，虽然没说一句话，却已令麦离一下子感受到了恐惧。她抬起头来，便见姜明鬼站在距她一步开外，背对着阳光，面上的表情似哭似笑。

"别这样。"姜明鬼轻声道。

"……啥？"这回轮到麦离吓着了。

"别这样害我。"姜明鬼道，"昨夜之事，我只是助你完成'借种'之事。咱们说好的，那并未涉及男女情爱。"

"你真的一点都没喜欢过我？"

"我当然喜欢你，"姜明鬼清清楚楚地道，"如爱天下人。"

他的话，直令麦离如堕冰窖："可是你和我睡觉了呀！难道你能和你不喜欢的人睡觉？难道你能和这天下间的每个人都睡觉？这大街上男的女的老的少的美的丑的残的废的，难道你都可以和他们睡觉？"

姜明鬼深吸一口气，终于道："如果他们需要，我可以。"

麦离不觉呆住，她一直在听姜明鬼念叨兼爱，却没想到，这看来温柔的少年，却因兼爱，而对自己如此残忍。

"若你已经明白了我对你的感情，不再生我的气，"姜明鬼冷静下来，那冷漠的气息渐渐淡去，微笑道，"我们是否可以继续去以物换物？我真的很想在天黑前凑够两千钱。"

麦离愣了一下，连忙跳起身来，胡乱用袖子擦了擦脸。

既知姜明鬼心意，她终于不再奢求，只是老老实实地又跟着姜明鬼去换钱。

姜明鬼用钗子换了白梨,用白梨换了小鸡,用小鸡换了玉玦,用玉玦换了一匹快马,用快马换了一幢大屋,之后又将大屋典当,换了两千钱。

麦离跟着他,看着他从两手空空,逐渐从无到有,居然真的只用了半天的时间,就赚到了两千钱,不由目瞪口呆,说:"挣钱原来是这么容易的事吗?"

"其实本来就不难,关键就是'低买贵卖'这四个字而已。"姜明鬼笑道。

他神情自若,仿佛之前二人之间的缠绵没有过,争执也没有过,道:"当世百家之中,商家的人认为,这世上的一切,天地山川、草木鸟兽、车马船屋、佳肴华服,都有其价值,只是因为有的人对它们有所需要,才会产生贵贱的分别。所以任何时候,帮一件东西找到急需它的人,这件东西就会变得很贵。"

"我还以为是做得好、花的功夫多,才值钱的……"

"并不是这样。"姜明鬼笑道,"花钱的是买东西的人,满足他需要的东西,才值钱。比如近年来,商家最杰出的人物,乃是秦国的吕不韦。他将秦国质押在赵国的公子异人,视为可居奇货,加以照顾,并将自己的宠姬赵姬送给异人。结果之后异人回到秦国,继承王位,而赵姬生下嬴政,也成为太后,吕不韦因此成为一国之相父。这才是一本万利的眼光和胆魄。"

"没想到商家的事,你也知道得这么多。"

"纸上谈兵,多读了几本书而已……"

姜明鬼谈到读书,忽然有些尴尬,掂了掂装着两千钱的钱袋,笑道:"不过,以我的能力,一天之内赚到这么多钱已是极限。总算两千钱已经到手,也便够了。"

于是黄昏时分，姜明鬼和麦离又来到廉江的府上。

姜明鬼数出二十钱给了两个门卫，两个门卫立刻笑逐颜开，果然马上通禀，之后，便带他们去见了廉江。

廉江在自己的书房中接见了二人。

他是一个肥胖的、瞧来憨态可掬的人，穿着一身用蚕丝和金线织成的衣袍，戴着一顶赤金镂花的发冠，双手十指戴满金环玉扣，整个人看起来都是金闪闪、沉甸甸的。他堆满了肉的脸上、身上哪儿都是圆的，只有一双深陷在肥肉中的眼睛，细细的、长长的，像是用刀刚刚割出来的两条缝。

那双眼睛时常是笑眯眯的，弯成两道月牙，状甚平易近人，只有在不经意间，露出像几天没有吃到肉的狼一样的眼神，才让人觉得，眼前的这位大司徒，并不真的是一个和蔼善良的胖子。

"不知二位登门拜访，有何指教？"廉江一上来便笑道。

姜明鬼向廉江说明两人的身份，道："请司徒大人带我们去见韩王。"

廉江笑容不变，道："那我为什么要带你们去见韩王呢？"

麦离在旁边，正想解释水丰城的命运，廉江却已连连摆手，笑道："不，你们的理由并不重要，重要的是我的理由：我本来好端端地在家里躺着，有吃有喝，还有美人歌舞、奇珍异宝可以赏鉴，但你们来了，我就得进宫通报，花口舌、费鞋底，这么热的天，连茶水都没一口——我有什么理由，要去为你们奔波呢？"

他说的话，竟和府外的守卫一模一样，想来守卫也是因为听他说过，于是有样学样。麦离又好气又好笑，道："那给你多少钱，你才肯带我们去见大王呢？"

她直截了当地提钱，廉江愣了一下，把脸一沉，道："你觉得，我很缺钱吗?"

他这样当面问起,麦离虽然早已对他不满,却也答不出口。

"不知大司徒以为,自己缺钱吗?"姜明鬼在一旁突然插口道。

廉江冷冷地看着他们,突然展颜一笑,道:"我当然缺钱!我永远缺钱,钱无论多少,都是不嫌多的!"

他笑眯眯地望向姜明鬼,道:"姜公子是墨家的人,不知墨家以为,人与禽兽的区别何在呢?"

"人有廉耻,知善恶,明信义,因此区别于禽兽。"姜明鬼微笑道。

"呵呵,所谓道德,不过是自欺欺人罢了。乌鸦反哺,羊羔跪奶,又哪里不如人呢?"廉江冷笑道,"可叹墨家明明重视实验,更应对真实格外推崇,但在人性真正的关键处,却还是不免伪饰一番。"

他非议墨家,姜明鬼登时收敛笑容,道:"愿闻高论。"

"我是'金钱家'的人。"廉江道,手指轻叩面前桌案,手上的金指环、玉手扣叮当作响,"我们与商家不同。商家看重交易,追求盈利;我们不,我们看重的是敛财,以及敛到足够多的金钱之后,如何使用它。"

这韩国第一大贪官,不慌不忙地说起自己学派的学说。

"人与动物不同;最大的不同,其实是在于金钱:唱歌、跳舞、学习、战争、婚配,一切人类行为,动物都有近似的举动——但只有金钱是不一样的。贝壳、矿石、钱币,饥不能果腹,寒不能保温,但人类可以用这些无用之物,买到许许多多别的有用之物,这在动物中,是不可能的。"

姜明鬼一言不发,麦离想了想,却觉得这贪官所说颇为有理。

"动物要觅得配偶,须得自己强健有力,皮毛艳丽,但人类不用,有钱就行;动物要杀死猎物,需要自己牙尖爪利,撕咬争斗,但人类也不用,有钱就行。只要一个人足够有钱,那么他就是人类中最

第七章 摇钱树　251

强壮、最美丽、最凶狠、最聪慧的。这世上最能打的人,不过是百人敌、万人敌,但有钱人可以富可敌国,以一人之力,动摇社稷。"

姜明鬼听他豪言,又笑了起来,道:"金钱家名不虚传,大司徒果然已入了'道'。"

"有钱能使鬼推磨。只要有足够的钱,便可以把小取城买下来,把墨家的技术、藏书,全买下来;只要有足够的钱,我甚至可以把秦之咸阳买下来。四海一统,未尝不可以用收买来完成!"

这人从一个极其庸俗的基点出发,竟说出如此豪壮的野心,麦离目瞪口呆,一时竟觉得这胖得近乎痴蠢的人,威风八面。

"所以,我要挣钱,我要不择手段地敛财。"

廉江说完自己的一番宏论,轻轻地舒了口气,道:"所以,你们托我办事,打算给我多少钱?"

兜了一圈,他仍是在索贿。

姜明鬼笑道:"那么大司徒以为多少合适呢?"

"如今茶也贵,鞋也贵,"廉江笑眯眯地道,"我看,两千钱差不多吧。"

那无疑是一个惊人的价格,但对麦离来说,更令她惊讶的,是姜明鬼的一猜中的。

"好极了!"姜明鬼笑道,"那么,就请大司徒带我们去见韩王。"一边说一边解开身上的包袱,将下午赚来的两千钱"哗啦啦"地倒在桌上。

廉江提出两千钱,端的不是一个小数目,也没想到姜明鬼能立刻拿出来。见那包袱散开,露出里面新旧不一的钱币,他的眼睛也不由睁大了。

"痛快……痛快!"廉江眼珠一转,道,"不过两千钱只是带你们去见韩王,如果你们有什么事想求韩王的话,给我两万钱,我包你们如愿以偿！"

——二十钱，可以见到廉江；两千钱，可以见到韩王。

——而两万钱，原来就可以买下韩王的一个决定，买下水丰城的命运。

姜明鬼叹了口气，说："我们虽然相信大司徒的本领，但是两万钱，实在已超出我的能力。两千钱在此，只求大司徒带我们去见韩王。"

廉江忙不迭地将两千钱收下，摇头叹息道："可惜啊可惜，你们两千钱都出了，却舍不得两万钱。恐怕你们因小失大，到时候后悔啊。"

"真的能让我们见着韩王？"麦离不放心道，"你可别拿了钱不干事啊！"

"你们进来的时候，我的门卫，有没有向你们索贿？"廉江笑眯眯地问道。

麦离犹豫了一下，道："有。"

"那你们给他们钱了吗？"廉江笑道。

"给了。"麦离气道。

"那你们现在见到我了吗？"廉江又问道。

麦离一时哑口无言。廉江笑道："你们给门卫钱，门卫就能让你们见到我；你们给我钱，我就能让你们见到大王。我是门卫的摇钱树，而大王是我的摇钱树。我们不会砸了自己的招牌的——明日上朝后，我带你们去见大王。"

廉江的无耻与一针见血，直令麦离走在回客栈的路上，还神思恍惚。

"反正你挣钱那么容易，为什么不索性再挣他两万钱，直接买

第七章 摇钱树　253

通廉江，说服韩王呢？"麦离问道。

她看起来竟似已完全被那贪官的谬论所折服，姜明鬼笑道："君子喻于义，小人喻于利。廉江虽然说了两万钱便可以解决一切，但口说无凭，我们不应将一切希望，都寄托在他身上的。再者，我也未必能挣到两万钱——生意盈亏越高，风险越大。我用钗子换梨子，轻而易举，用梨子换小鸡，便难了一些，越往后，换不到的可能性越大。我毕竟不是商家的人，两千钱，几乎已经是我的极限了。"

麦离"哦"了一声，看起来还颇为失望。

"此外，和廉江谈话，也让我注意到一点。"姜明鬼道，"他说他是门卫的摇钱树，而韩王是他的摇钱树——这就很有趣了。须知对他来说，他是门卫的主人。门卫索贿，只能是在他默许的情形下，才能发生。则韩王又是廉江的什么人呢？难道在他的心中，他能够向我们索贿，其实也有韩王默许？"

麦离皱起眉头，仔细回想姜明鬼所说的这个细节，道："我觉得，他就是那么随口一说。"

"希望如此吧。"姜明鬼道，"莫要忘了，我们此来，还肩负着惩戒韩王、以正风气的使命。青云楼、摇钱树，若他真是个在酒、色、财、气的包围下，仍然有格局、有毅力的人，我怕我们倒是不好得手了。"

他们回到"一毛不拔"客栈，那瘦巴巴的老掌柜，仍斜倚在柜台上，看见二人回来，视线在他们身上扫过，并无一点表情。

麦离一见到他，立刻想起昨夜他给自己的建议，不由心虚，掩面便走。

姜明鬼看见那老者，却停下脚步。

他便这么站了一会儿，略低着头，沉吟良久，方下定决心，走上前去，一揖到地，道："老先生，可否借一步说话？"

那掌柜怪眼一翻，道："说什么？"

"借你道家之言，解我墨家之惑！"姜明鬼沉声道。

两人来到了客栈后院，在那两口烧水大锅、几只正待洗刷的浴桶间坐下。

那掌柜的一伸手，道："你要和我谈话，我不能让你占了便宜。一个问题十个钱，你若想问，便问；不想问，便赶紧离开吧！"

姜明鬼摇头苦笑，只觉自从进了新郑，自己好像一直在掏钱，一面苦笑，一面数了十个钱，递过去。

那掌柜的倒是不客气地收了，道："好，那么，墨家小子，你有什么困惑？"

"我的第一个问题是，老先生既然是'一毛不拔'，为何又开了这家客栈，方便过往客商？"

"我并未方便过往客商。若是过往客商如你者，觉得自己获得方便了，那也只是你们以为的而已。于我自己而言，我只是开了一间客栈，与开了一家妓院，挖了一座坟墓，吃了一次饭，睡了一次觉，并无差别。我并未损害自己的丝毫利益，也没有便利别人的欲望和野心——所以，我仍是一毛不拔。"

姜明鬼沉吟良久，仔细揣摩老掌柜的话，又递过去十个钱，道："那么，我的第二个问题是，我是否可以像老先生一样，并不爱人，却令别人自己觉得已被我爱过呢？"

那老掌柜接过钱，毫不犹豫地道："不可以。"

他将十个钱收好，继续道："道家，讲究的是'无欲'，所以我们甚至能够将自己等同于山石树木，一毛不拔。但墨家，讲究的是'有爱'，你们从根本上便希望与他人产生关联，又岂能独善其身、自欺欺人呢？"

他所说的，正是姜明鬼所忧虑的，这时听他亲口验证，不由越发沮丧，长叹一声。

姜明鬼不说话，那老掌柜便也不说话。两人中间，只有那两口大锅中的水已烧沸，发出"咕嘟""咕嘟"的声音。

"那么，老先生，如何在爱一个人的同时，兼爱天下人呢？"良久，姜明鬼终于又递上十个钱。

这一回，老掌柜接过了十个钱，却没有马上收起来。

"兼爱天下，便是要爱每一个人，对每一个人的爱，都一样多。"老掌柜沉吟着，把玩着那十个钱，钱币在他手中叮当作响。他慢慢道："在墨家的理论下，你不能爱人。你每多爱一个人一分，便要多爱这天下人千万分。"

姜明鬼咬紧牙关，面上终于露出痛苦之色。

爱固然是伟大的情感，但让一个人如热恋般热爱千万人、万万人，那却已是这世上再沉重不过的酷刑了。

"我暂时无法回答你的问题。"那老掌柜叹道，一面说，一面将十个钱一分，把其中的五个递回给姜明鬼。

——姜明鬼的问题是"如何爱人"，而他却只能答出"不能爱人"，答非所问，他便不能收全价。

"那么，多谢老先生了。"姜明鬼心灰意懒，接过钱，转身欲行。

走了两步，他像忽然想起什么，又回头问道："啊，我还有一个问题，老先生是如何看出我是墨家弟子的呢？"

那老掌柜还坐在开水锅旁，微微笑了："这个问题免费，因为实在太过简单——像你这么聪慧却又愚蠢、强大却又痛苦、热情却消沉、忙碌却盲目的年轻人，除了墨家，还会是哪一家的呢？"

愚蠢、痛苦、消沉、盲目的姜明鬼，拖着沉重的步伐，回到自己的房间。

这一天的奔波,打通青云楼,赚到两千钱,其实都不算什么;麦离当街的那一哭一闹,才令他在波澜不惊的表面下,身心俱疲。

可是怕什么来什么,房门一开,却见麦离正端坐在他的房中,双颊通红,两眉紧锁。

一见他进来,那女子猛地抬起头来。

一双杏眼中射出的光芒,决绝炽热,令人战栗。

"姜师兄!"麦离清清楚楚地道。

"你应该回房去,好好休息,"姜明鬼苦笑道,"明日我们可是真的要见韩王去了。"

"姜师兄,你讨厌……讨厌我了吗?"麦离却只反问道,她吐字很慢,艰难地纠正着自己的乡音。

姜明鬼在心中暗叹一声。麦离的话,仿佛给他布下了一个充满利刃与毒液的陷阱,可是他明明已经看穿了,却还是只能跳下去。

"别再学外面的人说话了,"姜明鬼缓缓道,"我……当然不讨厌你。"

"那你还能像爱其他人一样爱……我吗?"麦离板着脸,仍一板一眼地咬字。

"我还像爱其他人一样爱你,不少,可是也不会多。"

麦离看着他,本已决绝的眼神,更有了孤注一掷的意味。然后她站起身,道:"那姜师兄,昨晚的事,我……我还想再来一次!"

她挑衅似的望着姜明鬼,道:"要是你因为兼爱,可以和任何人睡觉,要是你觉得我和'任何人'都没有区别,那么今晚,我要你和我继续睡觉!"

心情紧张,她甚至忘了改口,又露出乡下土音。

可是,这已是她这一整天,偷偷想出的,一定能驳倒姜明鬼的

第七章 摇钱树 257

办法。

——那甚至已与"借种"无关,只因为她现在单纯地就是喜欢姜明鬼!

——她就是想和姜明鬼在一起,多一天都好,多一刻都好;就是想让姜明鬼抱着她,为她耕耘播种,为她长吁短叹。

她果然还是执迷不悟。

这乡下来的少女,有着罕见的执拗与贪婪。

为达目的,她不怕失败、不怕出丑,撒娇耍赖,在所不惜。

那帮助她逃离了水丰城,闯过了大取桥,说服了兼爱堂,开启了百家阵……曾被姜明鬼盛赞过的意志力,如今却让姜明鬼又是厌烦,又是头疼。

"可以啊,麦姑娘。"他冷冷地说道,在麦离面前一屁股坐下。

"你当然可以让我陪你睡觉。"他冷笑道,"但我希望你知道,今晚和昨晚已经不同。昨晚,你是舍身拯救水丰城的女中丈夫,我是小取城光明磊落的墨家弟子;而今晚,你是个自轻自贱、不知廉耻的娼妇,而我,是个作茧自缚、污秽肮脏的蠢物。"

他若无其事地说出这般恶毒的言语,如同一把冰冷的尖刀,扎上麦离的心头。

她脸色惨白,难以置信地望着姜明鬼,想不通那原本和善、温柔的少年,如何在她面前,竟变得如此冷酷、无情。

"是我错了,"她哽咽道,"我不该不知足,高攀了你……拖累了你!"

她站起身,以手掩面,便向门外而去。

姜明鬼坐在原地,一动不动,视线仍冷冷地穿过麦离刚才坐过的地方。

麦离来到门前,又突然止住了脚步。她回过头来,泪如雨下,问姜明鬼道:"姜师兄,你真的不会爱任何人吗?"

姜明鬼沉默着,冷冷地点了点头。

"秦师兄好多次提过的,给你制造'黑渊'的罗师姐,你也不喜欢她吗?"

姜明鬼愣了一下,冷冷道:"我和她只是同门师兄妹的关系。"

他回答得极快,瞧来真的问心无愧。麦离心丧若死,待要转身,眼见姜明鬼那冷漠的样子,只觉自己轻贱如同尘埃、草芥,一瞬间悔恨交加,却越发不舍。

"姜师兄,"她颤抖着道,"我……我能再抱抱你吗?我再也不会纠缠你了,我就留个念想!"

姜明鬼咬着牙侧过头去,不去看她,没有同意,却也没有拒绝。

麦离放声大哭,扑倒在姜明鬼身旁,伸臂将那少年环抱。

姜明鬼浑身僵硬,任她抱着,一身瘦棱棱的骨头,在麦离怀中,如同剑戟一般扎人。

麦离颤抖着,抽泣着,又向姜明鬼的唇上吻去。

姜明鬼浑身一震,却已将麦离远远震开。

"你做什么?"姜明鬼怒道。

"我……我想留个念想!"麦离颤声道,"昨晚你也没有亲我!"

"我不会亲任何人的。"姜明鬼冷冷地道。

第八章

韩王宫

第二日一早,姜明鬼和麦离按廉江的吩咐,来到韩王宫外等待。

姜明鬼冷冷地和麦离拉开了一点距离。麦离心灰意冷,更站得远远的,再也不想去讨好姜明鬼。

不久,宫中早朝结束,文武群臣退去,颇热闹了一阵。然后又过了一个多时辰,才有内监出来,招手接应二人进宫。

"宫中是讲规矩的地方,你们进来须得轻言慢行,不可惊扰了王驾,否则一刀一个,让你们脑袋搬家。再说王宫禁带刀剑武器入内,你那个锄头是怎么回事?还以为在村里呢?宫里可没有地给你开荒,放那边去!"

那内监啰啰唆唆,让麦离将长锄放到宫门旁一张寄存的货架上,一回身,又看到姜明鬼的"黑渊"器盒,登时又问道:"你那个又是什么?"

麦离一惊,却听姜明鬼已老老实实地答道:"我是墨家弟子,这是我装机关零件的器盒。"一面说,一面"咔嚓"一声,居然还打开了器盒的盖子,给那内监检查。

"存了存了!"那内监扫了一眼,全然不知那乃是令人闻风色变的"黑渊"之盒，并不放在心上。

麦离不由大急，姜明鬼却似全不担心，将器盒从身上摘下来，也放到了货架上。

又有卫兵上来，对二人逐一搜身，这才正式放行。

韩王的宫殿，如同新郑城一样，厚重又坚固。一重重的宫门打开，又关闭，像将阳光的亮度与温度，一片片地关在了外面。宫墙高得将天空都切成了碎块，麦离行走其间，只觉后背发冷，仿佛他们再也出不去了。

在韩王寝殿外，内监将姜明鬼、麦离转交给了在此等候的廉江。

廉江笑道："我好不容易才说服大王，拨冗接见你们。你们要求他什么，如何措辞，千万想好。可别什么都没求下来，命倒给丢了。"

姜明鬼微笑道："多谢大司徒提醒。"

廉江点了点头，却忽地发现二人神色尴尬，问道："你们怎么了？吵架了？"

姜明鬼脸色一沉，微笑道："无妨。"

"无妨就好啊。"廉江一脸精明地道，"事先说好，你们要是惹恼了大王，需要我从旁相救的话，这个价钱，可是比引见你们，要贵得多了。"

廉江做完最后的叮嘱，他们这才进入韩王的寝殿。寝殿中弥漫着浓郁的香气，那香气混合了花香、松油香、酒肉香、脂粉香……闻起来又冷又腻，像是一大片未化开的猪油，结结实实地糊在人的鼻子上。

寝殿门户紧闭，阳光透过窗格洒入，却又被房顶上垂下的一层又一层淡绿色的布幔拦住。那布幔层层叠叠，将大殿内遮掩得绿蒙蒙的，像是森林里昏暗的早晨。

由一名金甲武士领路，廉江陪同，姜明鬼、麦离拨开重重纱幔，终于见到了韩王。

那昏聩而神秘的男子坐在一张巨大的床榻上，披散着头发，乌黑油腻，坐在一堆堆散乱着的红色、绿色的锦被中，两眼通红，像个幽灵。

白色的丝袍从他的肩上滑脱，露出了半边瘦削的肩膀和嶙峋的胸膛。

他喝得醉醺醺的，手中兀自紧紧地抓着一只金樽。而在他的身边，有一位绝色美人，云鬟雾鬓，纤腰一束，小鸟一样依偎着他，用葱白的手指，一瓣一瓣地喂他吃橘子。

姜明鬼下跪施礼，道："墨家姜明鬼，拜见韩王。"

麦离也连忙跪下，道："水丰城民女麦离，拜见大王。"

韩王一手拿着金樽，一手轻抚美人香肩，乜斜着眼睛，道："你们两天前要来见我，被逐走之后，居然又托大司徒前来引见。营营扰扰，如同蚊蝇，挥之不去，惹人生厌！如今你们既然已经来了，有什么话就说吧。"

他言谈粗鄙，却有王者之气。姜明鬼看了一眼麦离，道："大王在水丰城建造自己的陵寝，劳民伤财，让水丰城的百姓苦不堪言。麦离姑娘是您在水丰城的子民，如今她代表全城百姓，来见大王，恳请您收回成命。"

他说了话，韩王却毫无反应，只慢慢地又喝了一口酒，又缓缓滑动喉头，将酒咽下。

良久，他才翻了翻眼睛，道："水丰城是我请了齐国最好的风水家勘测，楚国最好的阴阳家计算，最后才选定的最好的墓葬位置。那里王气汇聚，卧虎藏龙，只要再建成王陵，将来我们韩国一定风调雨顺，国运昌隆。水丰城的百姓虽然现在有所牺牲，但他们对韩国做出了重大的贡献，本王以后也会奖励他们的。"

百家之中，风水家和阴阳家，是既同源又殊途的两个学派。

它们都由道家分化而来，同样是研究天地、外物对人生命的影响的学说。只不过风水家更看重的是堪舆测量、识山断水，许多风水家的弟子，都背着罗盘和司南，走过乡村和原野，在人们建造住宅、墓地的时候，予以指导；而阴阳家更看重的则是计算推演、阴阳轮转，他们的弟子，只需在昏暗的房间里坐着，用龟甲和八卦卜算，指导人们改变自己的命运。

"大王，我曾听过一个故事。"姜明鬼微笑道，"从前郑国有一个樵夫，他家境贫寒，每天只能吃一顿饭，因此力气不足，每天只能打一担柴。结果有一天他想，我若一天能吃三顿饭，岂不是一定可以打上三担柴，赚更多钱，过更好的日子？于是，他决定绝食两天，把这两天的两顿饭，省到第三天。"

他突然讲起故事，显然大有深意，那韩王却只是握着半杯残酒，微微冷笑。

"可是到第三天的时候，他还没来得及吃第一顿饭，就已经饿死了。"姜明鬼终于讲出这个故事的道理，道，"水丰城的百姓，对大王来说就像是那每天的一顿饭。那里的百姓安居乐业，它提供的税收、人丁，虽然不能令韩国马上强大，却也为韩国维持现状贡献了自己的力量。现在大王为了韩国未来的复兴，而将眼前的水丰城完全牺牲，花费了钱财、丧失了民心，在风水真的能够改变韩国国运之前，恐怕韩国已经撑不住了。"

韩王手里把玩着酒樽，一双满是血丝的眼睛，冷冷的并不看任何人，而是望向宫殿空蒙的深处。

伏在他膝头的女人，懒洋洋地用一柄银质的小刀，切开一只新橘子，一面舔着指尖上的橘汁，一面笑吟吟地望着姜明鬼。她有一双碧绿的眼睛，这样望过来的时候，像是一只午后刚刚睡醒的猫。

第八章 韩王宫

"你要是这样说,我也曾听过一个故事。"韩王忽然开口,"从前,有一个宋国的乡下人,进城里去走亲戚。来到城里的时候,他看到城里的有钱人穿着名贵的绸缎,吃着特制的肉羹,于是大为惊讶,到处跟人说,绸缎又薄又凉,不能御寒,肉羹又少又贵,不如饼饭充饥。"

他饶有深意地望向麦离,道:"一个乡下人,根本不知道上等人的所思所想,更别提从更高的角度来看待一件事情。只用自己浅薄的见识,便对比他地位更高、出身更好的人指指点点,这样做,难道不是很可笑吗?"

"国家是由一个一个的人所组成的。"姜明鬼道,"大王因死人之事,令活人无法活下去,这太荒谬了。"

他义正词严,韩王却只是耸肩一笑,道:"方今之时,七雄并峙,而韩国身处五国夹击之中,已是当今最弱小的国家。我身为韩国的君主,并没有雄才大略能够令韩国强大起来。但如果我死以后,能够利用风水改变韩国的国运,那便是我对韩国能做的最大贡献了。"

在这淫靡、昏暗的大殿之中,这一手拿着金樽、一手抱着美人的韩王的态度,竟然像石头一样坚硬。

"难道我们水丰城的人,就该被牺牲吗?"麦离悲愤道。

"难道你们身为韩国的子民,不愿看到一个强大的韩国吗?"韩王却也喝道。

他们的对话,越说越僵,廉江不料他们竟如此大胆,直吓了一跳,连忙劝阻道:"姜公子、麦姑娘,大王身为韩国的君主,考虑的问题,当然要比你们全面、周到,你们这样顶嘴,实在是大逆不道,恐怕连我都要被连累了。我看,你们还是先跪谢大王的不杀之恩,然后回水丰城去想别的办法,一边帮百姓们修建陵寝,一边储备冬天的食粮吧。"

一面说，他一面在衣袖的遮挡下，对姜明鬼竖起四根手指，示意"救命四千钱"。

姜明鬼和麦离一路走进王宫，这时才对视一眼，眼见劝谏无望，两人却又微微笑了。

"难道大王果然心意已决吗？"姜明鬼问道。

"不错，寡人心意已决，你们滚吧。"韩王厌烦地道。

"我们墨家对人，一向兼爱、平等，"姜明鬼微笑道，"任何时候，都是希望能够以理服人。但事实上，人们却常常被自己的利益所蒙蔽，又被自己的观点所左右，不能够为别人着想，以致滋生出抢夺、侵害、战争、杀戮。"

他的声音轻柔，直似梦幻，可是在场众人，却都听出他的危险之意。

"这个时候我们墨家就会强行制止他，帮他改变想法，让他知难而退。大王你让水丰城的人没有饭吃，那么抱歉，接下来我将让大王你没有饭吃了。"

他这句话一出口，那一直在旁边侍立的金甲武士，立刻向前走出一步，拦在韩王与姜明鬼中间。

"锵"的一声，那金甲武士拔出剑来。"来人！"他同时大喝道。

随着这一声喊，大殿外守卫的韩军冲了进来。

姜明鬼和麦离被包围起来，数不清的长枪和利剑，已对准他们的身子。

"不必杀了他们。"韩王淡淡地道，"但敢和本王这样说话，那就割了他们的舌头，赶出新郑……"

他的话并未说完，因为在这一瞬间，姜明鬼竟已消失不见！

众人只听得"叮"的一声，姜明鬼已在那金甲武士的面前猝然消失，而那金甲武士大喝一声，一剑向自己的身右刺去。

第八章 韩王宫 267

众人这才注意到，原来姜明鬼已出现在他的右侧，似是想从他的身边绕过，袭击韩王。

——可他是如何移动过去的？

——寝殿中这么多人，这么多双眼睛，又怎会在一瞬间，全都失去了他的影子？

那金甲武士，却是唯一一个看到了姜明鬼身形的人！

他本就是以保护别人的本领见长，担任韩王的贴身守卫以来，更是从无大意。姜明鬼进入寝宫之后，他的眼睛连一瞬间都没有离开过这少年。

所以，他清清楚楚地看到：姜明鬼本是好好地站在他的面前，腰杆挺直，面带笑容，视线稳定，但是突然间，肩不动、腿不抬，却像猛地被奔马撞了一下似的，骤然向他的右侧飞去。

——正是由于他飞出得太过突然，其他的人，才都会在一瞬间失去了他的踪迹。

事起突然，而情势诡异！

那金甲武士一瞬间已知不妙，浑身力量如爆发般施展开来。

一剑飞刺，其速竟比姜明鬼飞出的还快！

剑尖所向，正是姜明鬼的后背，仿佛下一个瞬间，便可以将这墨家少年刺一个透心凉。

可是"叮"的一声，那一剑却已刺空。

姜明鬼的人向前飞去，同时一步向前跨出，可是那一步着地，只听得一声脆响，他的身子却又猛地向斜后方飞出。

——若说刚才，他像是被一匹快马撞飞的话，那么现在，他就像是又被一头蛮牛撞飞了！

那金甲武士看得清楚，收招却已不及，眼睁睁地看着姜明鬼从他的剑锋旁滑过，才一步力撑，止住了自己的前冲之势。

旋即他大喝一声，剑光如练，又从姜明鬼的正面，追着姜明鬼再刺。

收招、出招，毫无间断！

他用力之猛，一身的金甲都发出一阵尖锐的颤鸣。

这一剑他毫无保留，因为他相信姜明鬼能躲过前一剑，已竭尽全力，再无后手！

剑气奔腾，直似连姜明鬼胸前的衣物，都已被逼得向下凹陷。

而姜明鬼在后退之际，忽然"嗵"的一声，后心撞上了寝宫的一根立柱。

——那正是金甲武士计划好的一瞬！

他熟知宫中地形，看清姜明鬼退走的去势，刚才就料到这样的意外，立时手腕一拧，以十二分的力气，将那长剑在快无可快之际，再刺了三分。

可是，"叮——"

那奇怪的、金属弹开的声音，再次在众人的一片惊呼中响起。

千钧一发之际，绝不能变招的瞬间，姜明鬼被压在木柱上的身体，再次一动！

这一回，就像从半空中突然伸出一只看不见的巨手，猛地抓住他的头发，将他向旁边一拉——

姜明鬼的身体，蓦然向旁边一头栽倒。

"噔"的一声，那金甲武士倾尽全力的一剑，以毫厘之差错开姜明鬼，刺入木柱，一时间竟拔不出来。

而姜明鬼摔倒在地，双手在地上一撑，身体便又如弩箭一般，斜斜向前射出，脱离了那金甲武士的拦截范围。

"叮——"

那阴魂不散的一声鸣响，再次响起。

"抓住他！"那金甲武士惊怒交加，目眦尽裂，大喝一声。

姜明鬼射出的身体，一头撞进了守卫的韩军中。韩军惊慌失措，一时团团乱转，长枪利剑动转不灵，叮当相撞，乱成了一锅粥。

在这混乱之中，姜明鬼如星丸跳掷，忽前忽后，俄而人影一闪，竟是高高跃起。人在半空，他双手在一个韩军的头顶上一按，双脚在另一个韩军的后背上一蹬，整个人凌空倒翻，再次逃出了包围。

被他按了一下头的韩军，又惊又怕，脸色惨白，一时手忙脚乱，不知该做什么。而被他在后背上蹬了一脚的韩军，则大叫一声，直飞出一丈多远，撞翻了四五个同袍，摔成了一堆。

他脚上的力量竟如此强劲，看起来只是轻轻一蹬，便有这般吓人的功效，麦离即便与他相熟，也不由吃了一惊。

"大家小心！"忽听那金甲武士喝道，"他的靴子有古怪！不要被他骗了！"

姜明鬼的动作，快是极快，可这般东躲西闪，如入无人之境，令别人连他的衣角都摸不到，却更多是因为他的动作突然。

人要跳跃，要飞纵，要奔跑，都要用到全身的力量。注目、沉肩、摆臂、弓背、弯腰、折腿、屈膝、蹬脚……这一整套的动作，组合起来，连贯做出，才能实现那剧烈的移动。

可是姜明鬼这一轮令人眼花缭乱的闪避，却全都没有这样的准备。

每次他都是在一次跳跃还没有结束时，便又突兀地向另一个令人绝对意想不到的方向，再次飞出。

看不出他的视线所向，目的地所在，更看不出他的动作预备，跳跃中的蓄力发力。

——只是伴随着那"叮"的一声脆响。

——一响，姜明鬼便朝不知什么方向飞走！

如今,被那金甲武士提醒,众人才终于发现,原来在那"叮"的一声响起之前,姜明鬼的脚——无论一只还是两只——都一定会接触到地面、人体、立柱……这些能够支撑他的东西。

而在那只脚支撑住他的那一瞬间,他一定是绷直了小腿、大腿,令他身体的重心,与所接触之物保持垂直。

然后"叮"声一响,他的身体动作,便会骤然改变。

——原来是因为他的靴子,靴底设有极强的绷簧,每每在千钧一发之际,将他弹出。

而那"叮"声,便是绷簧解开发出的脆响!

可是即便知道了他身法诡谲的原因,众人还是抓不住他。

只见姜明鬼摇摇摆摆,整个人如同一具木偶傀儡一般,被自己靴子的力量弹得东倒西歪,上下翻飞,仿佛那力量之大,连他自己都无法预料……遑论别人?

金光一闪,那金甲武士已迎着姜明鬼这一次的去势,迎面扑上!

他没了长剑,但双臂大张,如铁锁横江,欲将正要飞来的姜明鬼抱个正着——可是"叮"的一声脆响,姜明鬼的身法再次发生变化,一低头,已从他的腋下钻过。

忽然间,"霍"的一声,人影一闪,那金甲武士却似分裂成两个人——

一个,金盔金甲,大张双臂,拦在姜明鬼的来路上,被姜明鬼甩在身后。

另一个,却藏身在金甲之后,骤然间一个大仰身、后折腰,几乎就在后脑触地的一瞬间,双臂向上探出,如两条毒蛇,狠狠地咬住了姜明鬼正欲蹬地的一只脚。

"叮"的一声,这一回姜明鬼脚下的机簧崩开,声音发闷。

姜明鬼急速变化的身法遭破,整个人在空中翻着筋斗,重重摔了出去。

——可他摔出去的方向,却正是韩王和那美人之所在!

他一番闪避,与金甲武士两番交手,全都是兔起鹘落,电光石火。韩王虽然遇刺,却还来不及撤走。

"砰"的一声,姜明鬼摔在了他们面前的食案上,砸得瓜果四溅,一片狼藉。而在这突如其来的混乱中,他趁势抓起那美人割橘的银刀,身子再一滚,银刀抵上了韩王的咽喉。

"危险危险!小心小心!"他微笑道。

他伸出一只脚来,脚上光秃秃的,靴子原已在刚才交手的一瞬,被那金甲武士拔掉了。

转眼间,胜负已分。

"哐啷"一声,那金甲武士分裂出的两个人形中,金盔金甲的那个,一头栽倒,碎裂一地。

而剩下那人,挺身站起,一身白衣便装,约莫三十上下的年纪。手中提着姜明鬼的一只靴子,一双眼中满是怒火与不甘。

——他自然正是那金甲武士的真身。

方才的一瞬间,他施展本门绝技,自金甲中金蝉脱壳。盔甲留在原地,一来令姜明鬼分神,二来,他本人则因骤然卸下盔甲,身体获得超常的爆发力,而一举抓住了姜明鬼的一只脚。

可惜关键时刻,姜明鬼却也如他一般,卸靴脱身,一举挟持了韩王。

即便韩王的护卫再多,即便麦离已被卫兵围困,即便姜明鬼的靴子已被识破……但在这一刻,什么都不重要了,韩王已是他手中的人质。

韩王低下头,看看抵在自己咽喉上的银刀,冷笑了一下,居然还是举起杯中残酒,一口饮尽,道:"姜明鬼,本王不会受你胁迫。你要杀便杀,要让本王改变主意,那是休想。"

"这不算胁迫,"姜明鬼笑道,"不过大王刚才喝的那口酒,也许就是您这几天最后一口吃食了。"他回过头来,大声道,"从今天开始,韩王将与我们一起,不吃不喝,感受一下水丰城百姓没有饭吃的痛苦。"

这话一出口,卫兵大哗,韩王面无表情,廉江脸色铁青。

姜明鬼却根本无视他们的愤怒,笑道:"麦姑娘过来,其他人出去!麻烦大司徒帮我把我的器盒拿回来,这位将军,我的靴子能还给我吗?"

那金甲武士单手举着那只靴子,愤怒过后,只余失魂落魄。

他倒转那只靴子,只见其靴底极厚,上面又满是暗格。如今,那些暗格已有许多按盖脱落,露出空空如也的内格。他想了想,在其中一个还未打开的暗格上轻轻一按,"叮"的一声脆响,那暗格的按盖登时崩开,内里又脱落了一根极为强劲的绷簧。

——这,无疑正是之前令姜明鬼神出鬼没的元凶。

"原来是用机关之力,避开我们的围捕。"廉江叹息道,像是在赞美,又像是在愤怒,道,"好一双令人防不胜防的奇靴。"

"墨家的'腾云靴',墨家第一美人巧匠的杰作。"姜明鬼笑道,"居然第一次交手,就被将军拔下来一只,我回去之后,怕是要被她打死了。"

那金甲武士叹息一声,将靴子扔给姜明鬼,之后后退两步,就地跪下。

"剑来。"他道。

有几个卫兵连拔带晃,终于将他刺入木柱的长剑拔出,交到他的手上。

第八章 韩王宫　273

那金甲武士对韩王深深叩头，良久，方挺身跪坐，道："我是'卫家'的马白星。百家之中，我们卫家没有什么治国问世的大道理，只是从看家护院中得到启发，将保护主顾周全当作了我们的原则与信仰。我们从小练习保护人的技能，能够保护到别人，便是我们最大的幸事；保护失败，则是我们最大的耻辱。"

他说得严肃深沉，所有人都不由屏息凝神，听他讲话。

"今日韩王在我面前被刺客挟持，于我而言，已是奇耻大辱。我有负大王信任，唯有一死以谢。但我们卫家一定会救出韩王，为我雪耻。"

言毕，他横剑于颈，用力一抹，鲜血喷洒一地，一双眼却兀自仇恨地盯着姜明鬼。

良久，他的尸身才倒下。

其实到了后来，人人都已听出他言语中的死志，可是没有人出言阻拦。

因为和生死相比，一个人的尊严与信念，无疑更值得尊重。

韩王叹息道："抬下去，厚葬。"

廉江率众退下，临走前，姜明鬼不忘让他们将这寝宫中剩下的吃食酒水，全都带走。

那昏暗的寝殿之中，一时便只剩下了又臭又硬的韩王、醉卧膝头的绿眸美人，以及姜明鬼、麦离四个人。

姜明鬼在小取城中的设想，居然真的实现了。

一介平民，赤手空拳，却于重重戒备之下挟持一国之君，为百姓请命。如此豪行，麦离虽然亲历，一想到也不由心潮澎湃。

"可惜，却坏了马将军一条大好性命。"姜明鬼望着地上血渍，不免有些失神。

以身承之,他练的本领,长于救人,而非杀人。

他从未杀过人,甚至连死人都少见,然而这回,却是有人因他的缘故,死在了他的面前。

"每个人的性命、生死,都是一样的重。"韩王道,"你跑到我的面前,要救一千个人'活',竟没做好准备要让我这边的一千个人'死'吗?"

姜明鬼一时沉默,麦离见这韩王明明已成阶下囚,居然还如此嚣张,不由生气,问:"我要不要把他们绑起来?"

"不必!"姜明鬼被她的建议吓了一跳,道,"我们不是真的抓了韩王。我们只是创造了一个封闭的处所,好让韩王能好好感受一下水丰城百姓的痛苦,并不是真的要折辱他,威吓他!"

话虽这样说,但那绿眸宠妃依偎在韩王身侧,已吓得面如土色,不复明艳。

韩王轻轻拍了拍她的肩膀,道:"你先出去吧,这位墨家的侠士要的是本王,你不必留下。"

那绿眸宠妃牙齿打战,却道:"我要和大王在一起。"

"无所谓。"韩王看看姜明鬼,看看麦离,冷笑道,"幸好,我们面对的是墨家的高手。墨家的人,无论怎样迂腐,至少他们的心,还是仁爱的。"

"多谢韩王理解。"姜明鬼道,"只望韩王早日回心转意。"

"不可能的。"韩王淡淡地道,"我说过了,我不是一个贤明的君主,但至少还有强大韩国、一改颓势的奢望。在水丰城修建我的陵寝,改变韩国的国运,已是我唯一能为韩国做的事了。换作是你,你会放弃吗?"

"我不会将一国的气运,寄托在墓穴风水、阴阳之术上。"姜明鬼道。

"可惜没有酒。"韩王鼓掌道,"否则真应该为你的天真喝一杯。"

"大王,你就借此机会少喝几杯吧!"

那绿眸宠妃见姜明鬼果然不像要对他们不利,也终于放松下来,一手抱住韩王的一条臂膀,状甚亲昵。

麦离看了十分不屑,哼了一声,道:"吃喝嫖赌,装的什么恩爱!"

姜明鬼一愣,不知她所骂何来,转念一想,原来她想说的,乃是围绕在韩王身边的"酒色财气",被她提醒,不由心中一动,问道:"夫人临危不乱,未知如何称呼?"

那绿眸宠妃微微一笑,又恢复了几分娇羞,道:"奴家绿玉络。"

这名字出口,姜明鬼虽有预料,仍不由有些讶异。

那传说中,酒色财气中的那个"色",竟是如此一个对韩王有情有义的女子。

韩王仰天一倒,躺在自己的大榻上,道:"你们在这里,也要小心。我的酒、财、气,颜西翁、廉江、韩石恩,他们也不会放过你们的——他们一定会来救我!"

"没有关系,"姜明鬼道,"我正要将他们一一折服。"

说话间,寝宫大门外已有一个人,双手捧着一物,高举过头,卑躬屈膝地走了进来。

走近一看,正是廉江去而复返。

之前趾高气扬的廉江,这个时候哭丧着脸,弯着一个胖大的身子,双手高举着一只硕大的托盘。

托盘中有三样东西:一样是姜明鬼的"黑渊",一样是姜明鬼昨天给他的两千钱的钱袋,一样则是七块叠得整整齐齐的金砖。

"姜公子,你的器盒。"廉江恭恭敬敬地将"黑渊"交还给姜明鬼,道,"墨家的机关之术,果然天下无双。你只需一双靴子,便将我们的王宫守卫视如无物,如今器盒归还于你,只怕更是如虎添翼了啊。"

姜明鬼笑道:"多谢大司徒专程为我跑这一趟。"

廉江又将那两千钱及七块金砖推给姜明鬼,道:"姜公子,没想到你是如此胆大包天的人,我竟只收了两千钱就把你带进宫中,带到了大王的面前——这个价钱真是太便宜了。我现在把你的钱退给你,加倍退给你,能不能请你就这样离开王宫呢?"

姜明鬼看着那一盘子钱,笑道:"昨日大司徒说要两千钱的时候,我同你讲价了吗?"

廉江哭丧着脸道:"没有。"

"我请你帮我取回器盒,我让你多带些钱回来,好赎回韩王了吗?"姜明鬼又问道。

"却也没有。"廉江沮丧道。

"所以,钱对我来说重要吗?"姜明鬼笑道,"我来是为了水丰城,不是为了赚钱。"

"姜公子!"廉江看起来真的快要哭了,"我把你带进宫来,你却对大王如此不敬,你这是在害我啊!你就帮帮我,收了钱走吧!我担保大王不会追究此事。"

"如果,"姜明鬼微笑道,"我是说,如果,韩王今日心情不好,他拒绝见我,大司徒会把两千钱退给我吗?"

廉江沉吟了一下,叹息道:"我不会退的。"

"对了,如果我不能进宫,你不会退我钱。"姜明鬼也叹道,"现在我进了宫,我不会再接受你的退钱。"

廉江的苦笑,慢慢地收敛,眼神森冷。

那个看上去可怜、无助的胖子,眨眼间变得阴沉、可怖。

"姜公子,"他沉声道,"你挟持大王,便是与韩国为敌。韩国上下,绝不会善罢甘休。你是墨家弟子,难道不担心你的行为会给墨家招来灾祸吗？"

"我虽然出自墨家，但这件事，是我和韩国的事情。你们杀了我，墨家不会找你们报仇。但如果你们因此而去侵犯小取城，墨家也必然以十倍百倍的雷霆手段，加以报复。墨家行侠仗义，赴汤蹈火，早已有了虽死无悔的觉悟，但不知韩国上下，是否已经有因我一人，而和小取城玉石俱焚的决心呢？"

"这样看来，我们是真没有什么可以谈的了。"廉江苦笑着看着眼前的钱币与金砖，"这些钱难道你真的不要吗？"

"大司徒你是金钱家的人，你觉得金钱万能，但我是墨家的人，我觉得，钱虽然好，却无法换来水丰城百姓的安居乐业。"

"那么我希望你能明白，"廉江慢慢地道，"两千钱，虽然买不来你释放韩王，但是两千钱可以买别人进宫救驾；两千钱，买不到你的放弃，但两千钱买得到你的性命。我为什么敢于把你的器盒还给你，因为我相信，哪怕你已器盒在手，哪怕你把小取城搬来，我也能找到想要这笔钱，不惜为这笔钱杀死你的人。"

这一番话透骨生寒，麦离在一旁听了，激灵灵地打了一个寒战。

但姜明鬼只是笑道："那么，我等着。"

廉江向后退去，到了门口，方对韩王道："请大王稍作忍耐。廉江，必来相救。"

偌大的寝宫，于是只剩四人。

绿幔轻扬，光影漫卷，韩王和绿玉络继续在大榻上坐着，四手相握，沉默不语。姜明鬼将寝宫大殿的门掩好，四处布置一番，回过头来，稍一犹豫，却是和麦离保持了一段距离，找了根殿柱，懒懒坐下。

昨夜他拒绝麦离欢好之愿，心肠冷硬，言辞恶毒，二人几近成仇，今日虽为了水丰城的生死而一同入宫，但貌合神离，甚至已不再掩藏。

麦离看了他一眼，一咬牙，又向一旁走了几步，令两人离得更远了些。

于是二人一左一右，一坐一立，远远地监视着韩王和绿玉络。

绿玉络睁着一双碧色妙目，看他们的情状，初时意外，忽而似是明白了什么，掩嘴微笑起来。

"你们就打算这么大眼瞪小眼地耗下去，等着本王良心发现？"韩王道。

"不需要耗很久。"姜明鬼微笑道，"人不吃饭，不喝水，能坚持多久？墨家考察饥荒之地，得出的结论是，不吃饭会有六七天；不喝水，却一定超不过三天。"

"所以，你觉得本王会在三天内，放弃在水丰城修建陵寝？"

"我觉得大王会真正地感受到，食之可贵，生之可贵。"

"我不吃不喝，你也不吃不喝？"韩王冷笑道，"我只是坐在这儿，不用操心，也不用活动。你的话，恐怕接下来，要打的仗还不少呢！"

"没关系，"姜明鬼微笑道，"墨家弟子吃惯了苦，会比一般人能挨一些。"

大约过了半个时辰，寝宫外忽然传来一声怒吼。

有人尖声喝道："是谁胆大包天，挟持大王！"

那声音愤怒异常，更充满厌恶、烦躁、蛮横、凶残，像是经历杀父之仇、夺妻之恨，像是经历了最严重的侮辱与伤害，可是仔细分辨，却更像是盛气凌人，骄横乖张，如恶人先告状一般，打定了欺压弱小的主意。

只这么片刻，那个声音又近了些，那个人继续怒吼道："是谁劫持韩国国君，辱我大韩君臣？"

"看来第一个来的，乃是大司马啊。"姜明鬼笑道。

"砰"的一声，寝殿虚掩的大门猛然向内撞开，一个人杀气腾腾地出现在门口，周身上下，包裹着一团暗红色的光。

他穿着一身黑色的铁甲，上面又遍布着粗细不一的裂纹。裂纹之下，露出内里猩红的衬袍。随着他的呼吸，他的身体似在不断胀大，铁甲一张一缩，裂纹里的红色便不断变长、变粗，渐渐地仿佛要将黑色的铁甲整个吞噬，又不断喷出浓浓的蒸汽。

那令他看起来，真的像是一座随时要爆发的火山。

炽热、滚烫、愤怒、压抑，他周身被蒸腾的水汽包围，魁梧的身体显得越发高大。

顶天立地，直如神魔！

殿中垂下的绿幔，被他的气势一激，漫天扬起，他倒提着一柄车轮大的青铜板斧，大步向姜明鬼走来，一边逼近，一边喝道："是你挟持了韩王吗？是你不想活了吗？"

他一身铁甲，却没有戴盔，只是披散着头发，半遮着他的脸——那张脸，因愤怒而扭曲，双目赤红、鼻孔翻起、口中流涎、青筋暴起，更是将"怒不可遏"四个字，直接刻入每一个看到他的人的眼睛里。

如同猛虎，如同厉鬼，姜明鬼看到他，霍然起身，却为他气势所逼，一时竟然没了动作，背靠木柱，连躲都没有机会。

车轮板斧扬起，这人指着姜明鬼，厉声喝道："姜明鬼，你吃了熊心豹子胆？挟持韩王，你已犯了诛九族的大罪！我今日杀了你，我还要将你的父母凌迟车裂，将你的亲友剥皮鞭尸！"

一面说，他拎着大斧，向姜明鬼冲来。

那巨大的车轮板斧，青铜铸就，斧背足有三寸多厚，给他拎在手中，却如一根草茎。

姜明鬼背靠木柱，面上已现出悲愤、决绝之色。

——那岂不是已束手无策的表情、引颈就戮的英姿？

他这样表现，那闯殿来救韩王的人便知胜券在握，手中巨斧一举，再喝道："你给我死！"

如同一轮青色狰狞的月亮升起，那大斧的"月光"，笼罩住了姜明鬼的全身。

而姜明鬼眼看那愤怒的巨人高举大斧，身子紧绷，如同俎上鱼肉，似连眨一下眼睛都艰难万分。

他的懦弱，似乎更激发了那巨人的怒火与杀心，一瞬间，他猛地跨前一步，大斧向后一拉，已蓄满力量，眼看便要斫下！

而这一斧在以气势慑人之后，雷霆一击，无疑有必中的把握！

——可是，突然，这巨人露出了一个大大的笑容。

他的整个身体，因为向后抢斧而向前倾出，这一瞬间，他的动作却突然一顿，乱发飘扬的头颅猛地向后一仰，嘴巴咧开，嘴角上扬，口中流出血来。

他一愣，悬在空中的一斧，已无法挥下，只掩口痛哼，踉跄向后退去。

而半空中竟有一截染血的细线浮出。

原来在姜明鬼的身前七步之处，竟一直拉有一根细细的丝线。只是那丝线极细，寝宫中光线又暗，那巨人乱发如蓬，一头撞来，刚好被细线勒入嘴巴。他一冲之下，细线向上提起，登时割裂了他的两个嘴角。

那巨人连连呼痛，退后三步，方稳住阵脚，待看见那细线，一斧砍断，更是怒气勃发。

可是无论如何，刚才中招的那一瞬间，他的气势却已泄了。

气势一泄，姜明鬼身上如山的压力骤减，登时毫不迟疑，一转身，绕柱便跑。

"无耻之辈，暗算伤人，天涯海角，我也要将你碎尸万段！"那巨人怒吼着，如一座滚动的大山，向他追来。

才走两步，他只觉得脚下一紧，却又被姜明鬼布下的一个铁夹夹住；再走两步，小心翼翼地看着脚下，头顶忽然一痛，乃是被姜明鬼钉在高处的铁钩钩住了头发；

迫不得已，他只好分心二用，一面盯着头上，一面看着脚下，为防背后遭姜明鬼偷袭，便小心翼翼地贴上一根殿柱——结果"咕"的一声，却被不知何时涂上的胶水，死死粘住了。

虽然都不是什么伤人的招式，却琐碎又无处不在，令人防不胜防，也烦不胜烦。

那巨人弃甲、吐血，狼狈不堪。

——满心的愤怒，也被那一次又一次的撩拨，燃烧到了顶点。

绿幔起伏，姜明鬼自第一次在他的视线中消失之后，便失去了踪迹。

那巨人提着斧头，呼呼喘息，一半是愤怒，另一半却已是疲惫。

可就在这时，他忽然听到了姜明鬼的声音。

"麦姑娘，嘘，莫出声，小心过来。"

那巨人心中大喜，蹑手蹑脚地循声过去，只听姜明鬼继续道："我已有了击倒大司马的办法，一会儿你在这边，看我手势，弄出些动静，吸引他来，我便可以一举解决他了……"

姜明鬼的声音压得很低，可还是能听出他正得意扬扬。

那巨人心中愤怒，却更因胜利在望而狂喜。

那少年的声音，约略只在五步开外，躲在一根大柱下，和他之间只隔着一层如烟似雾的青幔，虽然一时看不清，却听得真切。

他举起手中大斧，屏息、凝神，然后蓦然间一声大喝，已是一斧挥出！

这一斧，如奔雷闪电，不可阻挡。

即便在这一斧经过的路上，姜明鬼再布下什么不疼不痒的机关阻挠，这一斧也会冲破一切，命中目标——

并摧毁目标，一断为二！

杀气漫卷，那拦在中间的一层青幔瞬间破碎，化作漫天青蝶。

而那一斧势不可当，果然一瞬间便突破了五步的距离，将方才说话者狠狠斩于木柱之上。

"嚓"的一声，说话者拦腰而断。

那一斧凌厉至极，先前的杀气直可将青幔撕碎，但真正斩中目标时，所有的杀气却集中于斧刃一线，以至于那么厚重的一斧斩落，竟能将那又硬又脆的海螺，一斩为二！

——海螺！

一枚灰白色的海螺，被胶水固定于木柱之上。

巨人那开天辟地的一斧，端端正正地将它拦腰截断。

"墨家的通心螺，我的声音可还清楚？"几乎与此同时，姜明鬼的声音，又已在巨人的身后响起。

那巨人喘息着，耸动的肩膀慢慢垂下。

自入殿以来，一直支撑着他的怒气，早已随着刚才的那一斧无可避免地全部宣泄了出去。而怒气无以为继，他身体中所剩下的，便只有疲惫。一直以来，萦绕着他的蒸汽转眼散得干干净净。他那巨大的身形，似乎也随着一次次吐息，而慢慢萎缩。

虽然仍是个高大的人，但那天神般的感觉，不知何时，已不复存在。

他回过头来，虽然下颌上满是鲜血，但五官已复位，不再狰狞。正是青云楼上曾拉拢姜明鬼做自己家臣的韩国大司马，韩石恩。

"好一个通心螺。"他恨恨地道,"原来你不是墨家解字诀的弟子。利用层出不穷的机关,不必沾身,便将我的怒气全部引走——你是承字诀的弟子。"

墨家名扬天下,四字字诀其实也为许多人所知。韩石恩一击不中,登时反应过来。

"小取城承字诀姜明鬼,见过大司马。"姜明鬼笑道。

"在青云楼里,你和怪儿交手,令我以为你是解字诀弟子,便已是在算计我了?"韩石恩道,声音中隐隐又有怒气。

"大司马息怒。"姜明鬼笑道,"'怒火三丈,燎遍七国',大司马是'威怒家'的顶尖高手,我既已决心入宫,如何能不提防大司马的'怒满乾坤'呢?"

百家之中,威怒家以怒气慑人而闻名。

他们出身于"兵家",是一些将官在驭下时,发现愤怒可以令军纪严明,下属畏惧,敌人胆寒,于是一心发展愤怒的技巧,形成"怒满乾坤"的一套本领,以声音、表情、形体、服装、招式等方式,不断强调自己的"怒气"。对敌之际,一则可以令自己在愤怒中不断积聚力量,一击施展出超出平日三五倍的力气;二则可以用怒气压迫,令对手胆寒气沮,任人宰割。

双方此消彼长,威怒家自是胜算大增。

不过威怒家却也有一桩不好,愤怒刚不可久,"怒满乾坤"必须速战速决。

而姜明鬼却是有备而来,先用机关干扰韩石恩,令他的怒气威压中出现漏洞,得以脱身;接着又通过几番撩拨,终于令韩石恩全力一击彻底打偏而一泻千里,再也无以为战。

"大司马,怒气伤肝,你还是平静一下吧。"

韩石恩怒气卸去,直连手中大斧都几乎握不住了,长叹一声道:

"若连愤怒的力量都没有了,我留在此地,又有何用。"

他转身向韩王道:"为臣无能,请大王再忍耐些时候。"说着将那沉沉大斧随手一扔,转身而去。

"连生气,都可以自成一家?"麦离眼见韩石恩离去,不由奇怪道。

"威怒家的人主张用愤怒控制人,那固然是过犹不及的,但是一个人如果一点儿气性都没有,那和死了又有什么区别呢?人活一口气,我们一定要在不公、灾难面前,保有愤怒的能力,才能够为弱者发声,对不义说不。"姜明鬼淡淡地道。

"姜公子真是好手段啊。"另一边绿玉络拍手笑道。

"不过是些求得多留大王一时的手段罢了。"姜明鬼苦笑道。

"刚才看你四下布置,拉线涂胶,还不知道你在干什么。原来每一处都是陷阱。"

"退了'气',还有'酒';退了'酒',又不知'财'会生出什么事端;退了'财',夫人的'色'又不知准备有什么杀招。"姜明鬼笑道,"我的承字诀,兵来将挡,要准备的实在太多了。"

"我可没有什么杀招,"绿玉络笑道,"我只是个女人,服侍大王,已是我最大的本事。你若说我拖累了大王,以色误国,那我没有话说;打打杀杀,决战取胜,可实在不行。"

这女子被困于此,时间一长,不再害怕之后,便恢复了撩人常态。

"可是,这不是很好笑吗?"韩王忽然道,"你说你要兼爱,你要相信别人,可是你练的本事,你的承字诀,却是永远需要料敌先机——那需要你从一开始,就根本不能信任任何人。"

姜明鬼一愣,竟然被韩王这番话说得哑口无言。

"既相信别人,又不信任别人,咋啦!"麦离气哼哼地叫道,

第八章 韩王宫　　285

"我就相信你肯定做不成个好人!"

虽与姜明鬼赌气,但在面对韩王的时候,她无疑还是和这墨家弟子站在一边的。这时的这番话,虽然蛮横,却也有理,颇缓和了姜明鬼的词穷之状。

韩王看他一眼,冷笑着问姜明鬼:"是吗?"

姜明鬼沉默不语,在这一瞬间,他忽然发现,韩王竟有些像秦雄——两人都是一般的盛气凌人,意志坚定,却又见识非凡,眼光毒辣。

韩王轻抚绿玉络的长发,叹道:"这个时候,本该要用午膳了啊。"

廉江托着沉甸甸的两千钱、七块金砖,出了寝宫之后,殿外恭候的随从马上接了过去。

廉江沉着脸,沉甸甸的腮肉垂下,令他圆团可喜的胖脸,变得阴森威严。

——一定要杀掉姜明鬼!

——如何才能杀掉姜明鬼?

他一言不发,只有这个问题在他脑海中萦绕不去。

他上轿回府,一路都在斟酌。两千钱加七块金砖,无疑能够请到很好的杀手,新郑城中,就他所知的杀手组织"五蠹"便人才济济,但是一想到真的要花这么多钱,他不免有些肉疼。

——要不然,找自己的门客来做事?

他自己的门下,自然也养着许多据说本领高强的门客。而找自己门客的话,也许用不了这么多钱?

他在心中默默地把那七块金砖划掉,收回囊中。

那么只剩姜明鬼的那两千钱。

——姜明鬼花了这两千钱去见韩王,归根结底是要做坏事,而去杀姜明鬼的人会救了韩王,他是在做好事。他已经收获了好的名声,得到了良心的安慰,还会在之后受到韩王的赏赐,那么他还需要这么多钱吗?

这样想着,廉江又在心中从剩下的两千钱里再划出一千钱,收回囊中。

——一千钱。

只有一千钱了,还能够雇到什么样的人呢?

一千钱,可以买一头牛,或者三个奴隶,又或者买两个漂亮的小姑娘,又或者是足够一个三口之家吃一年的粮食。

能买来这么多东西的价格,可以雇到什么样的杀手呢?

廉江突然犹豫起来,一个为钱去杀人的人,能够战胜墨家的高手吗?墨家以他们强烈的信念改变着这个世界,赴汤蹈火,九死不悔。那么能够对抗墨家的人,无论出自哪一家,想必也应当要有强烈的信念才行吧。

——所以,这种人应该不是很爱钱吧?

廉江把剩下的一千钱再次拆分,最后留下了五百钱。

——好,就用这五百钱来救韩王的命!

回到府邸,廉江顾不上休息,只喝了两杯茶,换了一身衣裳,便由正门出来,往后街而去。在那里有一座三进的院子,便是他供养门客的地方。

这院子破旧不堪,茅草掩径,瓮牖绳枢,极显寒酸之相,但日积月累,却也常住有四十多名门客。每月初一,廉江会来放钱放酒,见一次他们,但大多数时候,他并不会多来此地,生怕沾染了晦气。

——与一般的养士之人不同,廉江并不觉得这些门客有什么了不起的。

而他之所以会每月忍痛花一点钱,养这些人,也不过是为了让自己不要显得太过吝啬,与众不同,因而引人非议而已。

廉江忽然在不是月初的时候到来,登时引发了门客们的热烈欢迎。

"司徒大人,请您为我安排个差事吧!"有人叫道。

"大司徒,我的本事可大了!"立刻另有人叫道,"大到经世治国、小到鸡鸣狗盗,我都可以!"

"大司徒若是重用小人,小人保管大司徒升官发财!"

"小人保管大司徒日进斗金!"

门客争先恐后,拼命推销自己,将廉江围得水泄不通,都将这一次的见面,当成了高升的机会。廉江一边打着哈哈,一边冷眼打量这些人,被脸上肥肉挤成一条细缝的眼睛,扫过那一张张面孔,却忍不住暗暗失望。

他专靠行贿收买、媚上欺下而升官发财,因此深知越是有本事的人,越有个性;越是阿谀的人,越会弄虚作假。可是他的视线扫过,却只觉眼前这些人满脸堆笑,奴颜婢膝,没有任何一个人,有高手的潜质。

视线转过,他忽然从人缝中,看到了一个人。

那个人,正在人群之外,不远不近之处,独自坐在墙根的阴凉底下。

他一腿伸直,一腿弯曲,懒洋洋地靠在墙上,一身破衣烂衫,直如乞丐。他头上盖了一顶草帽,草帽遮住了他的眼睛,可他在笑。叼着一根草棍,他的嘴角微微提起,对着廉江这边,对着那群吵吵闹闹的门客,正露出一个轻蔑的、倨傲的笑容。

——如此桀骜,如此镇定,那才是廉江要找的人!

廉江拨开围在身边的门客,几步走到那人的面前,问道:"你叫什么名字?"

那草帽下的人，懒洋洋地道："行不更名，坐不改姓，楚国人黄桥。"

"你有什么本事？"廉江又问。

"琴棋书画、鸡鸣狗盗、看家护院、阴阳占卜……统统不会！"那黄桥靠在墙上，笑道，"此生二十余载，此身一百多斤，我只会一样本事。"

"什么本事？"

"杀人。"黄桥笑道，"大司徒有一定要杀却杀不了的人，不妨让我试试。"

一众又围过来的门客，听到他们的对话，瞬间安静下来。

"杀什么人？市井百姓？老弱妇孺？有一口刀，有一颗胆，这世上许多人都敢说自己会杀人。"廉江虽然大喜，却仍嘲笑道。

"嗤"的一声，一把离鞘小剑骤然出现在廉江脚下，正正地扎在他两脚之间。

小剑寒光闪闪，长约七寸，剑柄上系着一根红色的丝线。

丝线的另一端，吞入黄桥的袖中，这时忽地一抖，小剑蓦然间拔地而起，在廉江面前一晃，"叮"的一声，又准准地落回到黄桥腰畔一支不起眼的剑鞘中。

"我是'杀家'高手，一辈子只练杀人伎俩。这把红线飞剑，十五步之内取人首级，如探囊取物。"黄桥说着抬起一只手来，掌心托着一块翠玉，正是廉江帽子上所缀。

他于无声无息间斩落廉江头上的冠玉，手法神乎其神。

百家之中，与护人的卫家针锋相对的杀家，精研刺杀决斗之术，号称掌握一切杀死生命的方法，乃是战国之时纵横天下的杀手的鼻祖。

廉江不料自己的门客中竟有如此人才，不由大喜，连忙收回冠玉，道："杀人是不对的！但现在正用得上你的杀人手段！今日大王在宫中遇刺，遭人挟持，被困于寝殿之中。刺客乃是墨家高手，你若能去将他杀了，解救了大王，正是大功一件！"

韩王被挟持，外间百姓多数还不知道。

门客们一听廉江所说，不由轰的一声炸开了锅。

"我不要大功，"那黄桥虽仍坐在地上，身子却也震了震，道，"大功是你们这些当官的去领。我一个平头百姓，只要实惠。"

"什么实惠？"廉江一愣。

"钱最实惠。"黄桥毫不犹豫地道。

他向廉江谈钱，何异于与虎谋皮。廉江心头一沉，大感肉疼，问道："那你……要多少钱。"

黄桥终于抬起头来，掀开草帽，露出他的眼睛。

他的眼睛很大，黑眼仁却小得如同针尖，满是尖锐、残忍之意。迎着廉江的视线，他恶狠狠地伸出一只手，五指箕张，做出"五"的手势。

"五百钱？"廉江一愣，心中还存着侥幸。

"五万钱。"黄桥却毫不客气，一个字一个字地道。

只是听到这个数目，廉江都心疼得眼皮直跳，叫道："怎么这么贵？外面的行情，也不过七八百钱一条人命！"

"贵就对了！"黄桥霍然跳起，一把将草帽摔下，怒喝道，"你三个月前用我，我只收你五千钱；你一年前用我，我只收你五百钱；你三年前用我，我只收你五个钱！老子三年前来投奔你，一腔热诚，却被你安排在这破院子里，每日破粥烂菜，当要饭的一般打发。老子在这里熬足三年，为的就是等这一天。你要用我的时候，你得把三年来欠老子的尊重全都给我还回来！"

这人原来对自己有这么强的怨恨，廉江一时哭笑不得，正想要和他讲讲价钱,忽听远处有人喝道:"我去解决那个刺客!我只要两百钱!"

一波未平,一波又起,众人又是吃了一惊,而这人如此廉价,廉江更是又惊又喜。

回头看时,只见别院的大门处,正走来一个青年。

这青年也是穿得一身破烂,处处补丁。而更醒目的是,他双手横抱着一个人。那人作少女打扮,然而手足垂下,面上覆着白巾,已是死了。

"你是谁?"黄桥见他要抢生意,登时不悦。

"无名之人。"那青年在廉江面前站住,道,"两百钱,埋葬我的妹妹。我去解决那个刺客!"

"可你是谁呀?"廉江又惊又喜,"你总得给我个名字,让我知道你有什么本事。"

"无能之人,竟至小妹病饿而死,愧对列祖列宗,不配有名有姓。"

那青年眼中泪下,看一眼黄桥,道:"你是杀家的人?我是'平命家'的人。"

此言一出,黄桥登时倒吸一口冷气。

杀家钻研杀人之技,培养了许多名动一时的杀手、刺客。可是他们杀人,成功的概率,却一直只在三成以下。因为他们虽然善于杀人,但那些被杀的目标,也并非个个没有还手之力。有人在生死关头力大无穷,颇能自保;有人提前在身边安排了保镖守卫,防微杜渐;有人运气高炽,总能躲过致命一击……杀家杀人,虽然精益求精,却也并不保证总能成功。

而杀起人来,真正几乎百发百中的,却是平命家。

平命家认为,人的生命是等重的。要想取一个人的命,便需要付出另一个人的命。同样,付出一个人的性命之后,理所当然地,自然可以收取另一人的性命,也成为平命家坚持"生命平等"的标志之一。

所以平命家是从来不培养杀手的,他们只是培养了一批愿意用自己的生命交换目标生命的狂人而已。

这一点差别,就造成平命家弟子永远少之又少。

但当他们决定杀人时,他们孤注一掷,成功概率却在九成以上!

"那可是你的命!"得知对方的出身,黄桥登时不敢轻慢,反而为他叫起屈来,"你是用你的命去杀人!你去了就一定死了!可你才要两百钱!"

"我们用命换钱,归根到底,还不是想给家人留下一笔钱财?"那青年低下头来,眼泪一滴一滴地落在妹妹覆脸的白巾上,"可是我的妹妹现在已经死了。我家中已经再无别人,我此次一去不回,要钱又有什么用呢?"

他再次对廉江道:"请大司徒用两百钱安葬我的妹妹。我会为你杀掉那个刺客。"

廉江又省下三百钱,怎不喜出望外,叫道:"好啊!"

这天晚上,姜明鬼和麦离在韩王的寝宫中已经过了五个时辰。

韩王的午膳与晚膳都已过了时间。有内监试图送来饭菜和清水,全被姜明鬼打翻,扔了出去。

韩王早就饥肠辘辘,绿玉络也饿得皱起眉来。

而麦离和姜明鬼,却镇定自若。

韩王道:"你不让本王吃饭,也就算了;难道你们真的能陪本王耗着,一直都不吃吗?"

"我们挟持大王,本已是冒犯,如今大王忍受饥饿之苦,我们自然也不敢置身事外。"姜明鬼笑道,"你饿着,我们也饿着。希望你能够理解,这是水丰城的百姓即将受到的苦。"

"我们可以不吃,"韩王道,"但玉络夫人身体瘦弱,请你们至少让她吃一点。"

姜明鬼和麦离对视一眼,道:"玉络夫人若是撑不住,大可以离开,我绝不阻拦。可她若是还想留在寝殿中陪伴大王,我们便需对她一视同仁。不过夫人虽然瘦弱,总算平素保养有加。韩王可知道在水丰城里,有多少老幼妇孺,身体不如夫人,却即将饿到奄奄一息?只怕他们过了不了多少日子,便要易子相食,以求活命。韩王若有心疼夫人的心,为什么不能体谅体谅那些百姓?为什么不想想那些百姓眼睁睁地看着他们心爱之人,活活累死、活活饿死的悲惨情景?"

"行了行了!"韩王脸色铁青,道,"不吃就不吃,你不用多说了。"

他一生养尊处优,何尝试过这么久不吃不喝?直饿得心慌气躁,索性倒下,拉过一条锦被,蒙头睡去。麦离听见他们争执,本来期待事情能有转机,然而见韩王始终不肯回心转意,心中不由气恨,只得抱着长锄,将头埋在膝上,闭目养神。

见天色不早,姜明鬼等韩王睡去,才沿着王宫大殿,又巡视了一圈。

——长夜漫漫,今夜还会有高手杀来,要作好准备。

在西墙的一扇窗前,姜明鬼停下脚步。

他推开窗,一阵强烈的风猛地涌入,清新凉爽,夜空中月色惨淡,浅灰色的云朵,如水中莲影,摇曳翻卷。

他忽然听到身后细碎的脚步声,回头看时,一阵香气已到面前。

绿玉络如同一朵白昙花,站到了他的身边。

"起风了。"绿玉络道。

"今夜,会是一个大风天。"姜明鬼道,一面说一面将窗户又关上了。

"其实吹吹风挺舒服的。不让我们吃饭,还不让我们喝西北风吗?"绿玉络笑道。

"得罪夫人,"姜明鬼歉然道,"夫人不要怪我,我们全是为了水丰城百姓!"

"我知道!"绿玉络偷偷看了一眼韩王的方向,小声道,"我相信你!没关系,其实我也是穷苦人家出身,小时候饥一顿饱一顿,一两天不吃饭,我撑得住!你们一定不要因为担心我,而对大王留情。只要咱们坚持住,一定可以让他收回成命!"

她姿容艳丽,行止妩媚,但这时掩嘴一笑,眼波转动,竟是一片天真。

姜明鬼不由意外,笑道:"多谢夫人成全。"

他正想要说些什么,忽然大殿外传来人声,有人高吟道:"湛湛露斯,匪阳不晞。厌厌夜饮,不醉无归。"

那正是《诗》中《小雅·湛露》里的名句,说的是,长夜宴饮如朝露之重,太阳出来,朝露才会消失,而喝酒的话,喝醉才可以兴尽回家。

门外那人吟诵已毕,又道:"姜公子,可否和老夫畅饮数杯呢?"

绿玉络脸色一变,道:"'酒'来了!"

姜明鬼笑道:"来得好,我正等这位大司空呢。"

"你多加小心!"绿玉络正色道。

"哗"的一声,寝殿的大门再次打开,一位老者由四个人抬着,走了进来。

那老者瑟缩在一张步辇上。在四月的天气里,裹着厚厚的毛裘。满是皱纹的脸上,有一道狰狞的疤痕,自左额拉到右腮,令人不由感叹,他还能够活到现在,已经是一个奇迹。

绿玉络向后一退,隐入青纱幕后。姜明鬼微笑着待她藏好,方向门前迎去,笑道:"来人可是韩国大司空颜西翁吗?"

"司空不过一场空,西翁何曾辨西东。"那老者有气无力地道,"来的是谁不重要,只需有酒在碗中。"

抬轿的仆从将那老者放下,另外两个健仆挑着层层食盒走来,一层层打开,就在那步辇前,以七碗为一排,摆下了五排酒碗。碗中盛满颜色不一的酒浆,香气扑鼻。

那老者正是韩国的大司空颜西翁,这时歪在步辇之上道:"你们不能吃饭?能不能喝酒呢?"

"不能喝酒。"姜明鬼笑道。

"那么我喝酒可不可以呢?"颜西翁笑道。

姜明鬼道:"只要你不给韩王,不给玉络夫人。你想喝,也可以。"

韩王被他们吵醒,咳嗽一声,坐起身来。绿玉络早已赶回他的身边,连忙将他搀扶着坐起,二人和远处的麦离一起,望着姜明鬼与颜西翁的对峙。

颜西翁咳嗽着。与韩王的轻嗽不同,他的咳嗽仿佛早已震碎了肺叶,每一声都空洞发颤。

"那么,老臣就在大王面前无礼了。"

他向韩王施礼之后,挥手令仆从退下,然后就在姜明鬼面前拿起了第一碗酒。

"酒是好东西啊。"颜西翁道,"酒是粮食的精华。这一碗酒,得用十碗粮才能酿成。"

"是啊,可是水丰城的人别说喝酒了,连饭都吃不上了。"

"那很遗憾。可是这个世上,本就是不那么公平的。"颜西翁拿起第一碗酒道,"五谷之中,稻、黍、稷、麦、菽,这碗酒,是用高粱酿的，酒性烈醇。我第一次喝这酒，是在五岁的时候。我父亲凯旋，家中极为高兴，设宴庆祝。席间，大人推杯换盏，我学他们的样子，偷喝一口，结果呛得咳嗽。我父亲说，男子汉大丈夫不会喝酒又算什么？于是，我一口气，将眼前的一碗高粱酒全都喝了，结果直接醉倒，据说睡了三天三夜。"

颜西翁又端起第二碗酒，道："用小米酿酒，味道微酸，后劲十足。我家常用小米酿酒，我的母亲，最会酿造这种微酸微甜的酒浆。后来我长大成人，子承父业，领兵打仗，多少次沙场征战，想的就是，何时回家能够再喝一碗母亲酿的小米酒。"

紧接着他又拿起第三碗酒。

"这碗酒乃是稻米酿成，色白而味醇。我是在和楚国打仗时，于楚地第一次喝到。我们韩国四面受敌，多年来对外交战，胜的少、败的多，而唯有那一次，我们大获全胜。稻米酒，对我来说，便是胜利的琼浆。"

他连喝三碗酒，面不改色，虽是一个老人，但喝酒就如同喝水一般。

"第四碗酒，是野果酒。我们有一次战败，躲入深山，在深山中，遇到山民，他们便以果酒相待。可惜，最后我们却发现，这些山民也是敌国子民，为了防止他们泄露我们的军机，我只好将他们全部杀死。但在杀死之前，我总算知道了他们的酿酒秘方，自此之后自行酿酒，每每饮起，也算是纪念他们。

"第五碗酒，是马奶酒，来自匈奴。赵国人与之交易，收到的这种酒，我有幸得尝，其味腥膻，但喝起来如同烈火。近年来，我年岁渐老，味觉已大不如前，这酒因此成为我最喜欢的一种酒。

"第六碗酒是江上人用莲藕所酿，毫无颜色，味道极甜，你不喝，真是可惜。传说，是西施入吴之后，范蠡为解相思，所酿的伤心酒。"

颜西翁一口气喝下去，先喝三碗，又喝九碗，最后一口气，喝下第二十七碗。

二十七碗酒下肚，他的额头见汗，脸色红润，原本干瘪的脸颊竟然渐渐地饱满起来，与此同时，他的肌肉似乎也膨胀起来，将那一身肥大的布袍撑了起来。

"我从五岁开始喝酒，到如今，已有四十年的酒龄。酒，便是我的一生，我的一生，全都浸泡在这酒里。"

"传说中，酒神教人酿酒，"姜明鬼微笑着，看他一碗一碗地喝酒，道，"他在酉时的路口上，取了三个过路人的三滴血，加入酒中。那三个人，分别是文士、武士和疯子。因此，人在饮酒时，会先变得如文士一般才思泉涌；又变得如武士一般，力大无穷；最后却会变得像疯子一样不可理喻。"

他望着颜西翁的形体变化，忽然道："那么现在的大司空，是文士、武士，还是疯子呢？"

"是文士也是武士，是智者也是疯子。"颜西翁傲然道，"我，已是'我'！"

百家之中的"酒家"，认为人生其实是一种虚妄，生老病死之外，还有另外一个真实的世界，只是需要借助酒的力量才能到达。

那个世界的他们，才情奔涌，光彩照人，无敌无畏，无所不能。

而酒家的人，就认为这才是他们真实的样子，平日里的胆小懦弱，平凡黯淡，只是一种噩梦般的幻影而已。

颜西翁正将最后一碗酒倒入口中，闻言振臂一摔，把那酒碗摔碎。

"人们每天浑浑噩噩地活着！"颜西翁一跃而起，大喝道，"唯有饮者方能突破世俗界限，恢复真我。现在，我不再是缠绵病榻的老不死，我颜西翁，回来了！"

和一开始那病歪歪的、奄奄一息的老者不同，此时的他威风凛凛，杀气腾腾，直如一下子年轻了几十岁。

他向步辇下一探，掏出一口青森森的七尺长刀。

"来吧，墨家弟子，请与我一战！"

刀光一闪，如长空裂电！

颜西翁纵身一刀向姜明鬼劈去。姜明鬼旋身闪避，在刀光中，步步后退。

颜西翁变招快捷，刀光如同怒龙，紧追不舍。

姜明鬼越退越急，却给刀光越逼越近，终于"叮"的一声脆响，又开启了足下腾云靴的机关。

机关发动，姜明鬼的身子登时又给弹出，落地之后，又朝匪夷所思的方向弹走。强大的机关之力，配合他本人的借力调整，令他的去向越发七倒八歪，刁钻古怪，如同一颗激飞的弹丸，在大殿的房顶上、屋柱间、青幔里弹来射去。

颜西翁挥舞着长刀，居然寸步不落！

姜明鬼到了房顶上，他的刀光就卷到房顶上；姜明鬼到了屋柱间，他的刀光就卷到屋柱间；姜明鬼到了青幔里，刀光一闪，青幔如瀑布坠落，委然落地。

这老者须发皆张，目光如电，身如青猱，手提着一口长刀，身法居然丝毫不逊于姜明鬼的机关之力。

紧要关头，忽然"喀"的一声，颜西翁脚下一紧，却是在追击中踩中了铜盘"地转天旋"。

铜盘分成两层，分别弹出钩齿，下面的扣住了地面，上面的则抱住了颜西翁的脚。

然后，铜盘猛地交错一旋，便要扭断他的一条腿。

可是在这一瞬间，颜西翁身如陀螺，却随着上层铜盘一转，已将那铜盘的旋钮之力化去。

做这一切的时候，颜西翁白袍胜雪，影似流光。

酒家认为，酒是粮食的精华，喝一碗酒，顶得上吃十碗饭。颜西翁喝了二十七碗酒，那意味着，他已经吃了二百七十碗饭。

二百七十碗饭，给了他巨大的力量，令他返老还童，令他变得力大无穷。

他手舞长刀，意气风发。

他的反应、力量、敏捷、柔韧，在这一瞬间，都已达到前所未有的巅峰！

姜明鬼已给他逼至墙壁前，再无退路，只要再有三刀——至多五刀，他便可以将姜明鬼这胆大包天的墨家刺客，斩于刀下。

可是，他却已没有这样的机会。

"好一个酒后施刀。"姜明鬼站在墙前，身后刚好是一扇大窗，笑道，"够了。"

随着一声"够了"，他举起的右手蓦然向下一挥。

颜西翁连忙横刀戒备，防着姜明鬼孤注一掷，投出刀、剑，抑或暗器。他全力以赴，却完全没有防住。

——因为姜明鬼投出的，不是暗器，而是天地之力。

他的手上系着绳扣，这样向下一挥，他身后的那扇大窗，两扇窗户登时洞开！

——今夜有风！

——风！

——而此窗更是处于风口之上！

"哗啦"一声，一阵强烈的风，如同冰冷的江水，猛地灌入寝宫，首当其冲的，正是姜明鬼和颜西翁。

姜明鬼衣衫猎猎，鬓发飞扬，忽然向旁一闪，道："拜托，请吐在外面。"

第八章 韩王宫

颜西翁瞪视着他，脸色惨白，一动不动，然后猛地把长刀一扔，不顾一切地扑到窗户上，"呜哇"一声，已吐了出去。

——喝多了酒的人，是不可以吹急风的。

——何况是二十七碗！

——何况是激烈运动之后？

姜明鬼站在一旁，叹息一声，索性走上前去，轻轻帮他捶背。好一会儿，颜西翁终于稍稍平复，回过头来时，只见他两眼赤红，目光呆滞，白发蓬乱，口涎乱滴，酒劲彻底发作，令他成为一个普通的醉汉。

不，是比普通醉汉还要糟糕的老朽醉汉。

"我赢了吧？"姜明鬼笑道，"大司空？"

颜西翁佝偻下去，瘫坐在地，口中还在念叨着："我……我还能能能……"

还能什么，他却已实在说不出了。姜明鬼只得再叫入他带来的仆从，将他抬上步辇，原路抬走。

目睹此战的韩王、绿玉络、麦离，不由目瞪口呆。

"这样就赢了？吹个风就行了？"麦离叫道。

"凭喝酒获得的自由，"姜明鬼微笑道，"可不是一阵风就吹没了？"

第九章

伤心地

日升日落，夜去晨来。

韩王宫中的僵持，转眼便是第三天，已经很久没有人进来试图解救韩王；也很久没有人进来，试图为韩王和绿玉络送饭了。

第一顿饭没有吃的时候，他们饥肠辘辘；第二顿饭没有吃的时候，他们心烦意乱。但从第二天午后开始，他们陷入了一段较为平静的断食时期，嘴唇干裂，浑身乏力，咽喉如同火烧，可是离奇地却并不如何饥饿。

只是头脑越来越慢，身体也越来越沉重，什么都不想干。

麦离倒在墙角下，已是连坐都坐不起来了。她的脸贴着地面，从这个角度，茫然地看着韩王的床榻。有好一会儿，她几乎忘了自己为什么要进到这王宫中。然后她突然想起来了，并因为刚才的忘记而越想越气。

一手撑地，她艰难地坐起身，又扶墙站起。这简单的动作，就令她脚下发飘，两眼发黑。她摇摇晃晃地来到韩王的大榻前，喘了口气，嘎声骂道："昏王……都怪你，害我们没有饭吃！没有水喝！我就是做鬼，也不会放过你！"

韩王已虚弱得坐不起来，只仰天躺在大榻上，不过却大睁着两只眼睛。

"你们的姜公子说……一个人绝食绝水，要三天才死。"他慢慢地道，"三天，那便是三十六个时辰。而我们虽然已是第三天，但现在也只是刚到早晨而已。掐头去尾，我和玉络夫人水米未进，只不过是二十二个时辰；而你和姜明鬼，应该也不会超过二十四个时辰吧？"

他顿了顿，似乎在计算他们剩下的时间，然后发出一声轻笑，道："我们……还有得熬呢！"

这人明明锦衣玉食，养尊处优，性格居然如此冷硬。

麦离气得一屁股在地上坐下，道："好，我就和你熬到底！我在水丰城，麦收农忙时顾不上吃饭，顶着大太阳干活，一天不吃也是常有的事！何况现在只是在屋里待着。"

"那你没有本王厉害，"韩王气若游丝地道，"我还试过连续五天，只喝酒不吃饭。"

他俩你一言我一语，还真的吵了起来。绿玉络坐在一旁听了一会儿，笑着站起来，却走到了姜明鬼坐着的地方。

姜明鬼正盘膝坐在一根大柱下闭目养神，忽听她的声音，睁眼一看，稍觉吃惊。

"他们两个……倒似聊得挺投机的。"绿玉络笑道，"我来看看你。"

姜明鬼微微一笑，道："夫人还坚持得住？"

"大家在一间房里关了三天,憋得仇人也能说话了,真是有趣。"绿玉络仍是看着韩王与麦离，笑道，"这也算是墨家创造的奇迹了。墨家……墨家真有趣啊,如果我没有进宫的话,我也会加入墨家吧。"

"是吗？"姜明鬼却并不好奇。

第九章 伤心地

"是啊！"绿玉络笑道，"我从小手可巧了，家里的门轴、风箱坏了，有时还是我来修呢！"

"那倒还真可惜了。"姜明鬼道，不觉低下头来，看了看绿玉络的手。

那女子的手，纤细雪白，十指尖尖，极是曼妙。

"而且我岁数还比你大呢！"绿玉络笑道，"如果我到了墨家，是不是就成了你的师姐？"

"也不一定，"姜明鬼微笑道，"墨家弟子的排行，是以入门顺序为准的，和岁数没有太大的关系。"

"我不信！"绿玉络笑道，"反正我看到你，就只会觉得，你是一个弟弟。"

她笑吟吟地看着姜明鬼，一双弯弯的媚眼，带着点戏弄，又带着点温柔，仿佛真的是一个美艳无双的姐姐，看着自己明明还拖着鼻涕，却自以为长大了的小弟弟。

姜明鬼看着她，不觉哈哈大笑，却没有答话。

"好啦，当不了你的师姐，我也认了你这个弟弟啦！你还不放了你的姐夫？"

姜明鬼哑然失笑，道："再怎么说，你这亲疏也未免太过明显了吧？"

"说真的，你们都说韩王不是个好国君，可是他却对我极好。对我来说，能够遇见韩王，为韩王所宠幸，已是此生最为幸运的事。"绿玉络笑容一敛，正色道，"所以你想用绝食来胁迫他赦免水丰城，那没有问题，但无论如何，我希望你们不要真的去伤害他。就算是姐姐求你件事了。"

她说得认真，姜明鬼心中不由感慨，打了个哈哈，仍是没有回答她的话。

而在这天早晨的早些时候，有一辆马车驶出了新郑城。

在城门外，马车停下，车上慢慢走下了一个人。

先下左脚，再下右脚，这个人站到地上，如同钉子揳入地下。他穿着黑色的布鞋、黑色的衣裤，打着白色的绑腿、白色的护臂，缠着白色的腰带，又用白色的绒绳在胸前十字系紧。如此一来，将全身衣物收得干净利落，毫无半点累赘破绽。

一把细长的剑，悬在他的腰侧，给他一手扶着。

而他剃须、修面，发髻绑得一丝不乱，正是那平命家的无名之人。

马车之上，廉江探出身来，道："壮士，我是否已安葬了你的妹妹？"

那无名之人沉声道："是的。"

"我是否已放任大王在刺客手中受苦，却也容许你，又在你妹妹坟前陪伴一天？"

那无名之人沉声道："是的。"

"我是否已按你的要求，让你沐浴更衣，为你配了合手的新剑，又将你带到距离寝宫九里的城门外？"

那无名之人道："是的。"

"那你是不是真的可以杀死那墨家弟子，解救大王了？"

"还需大司徒为我肃清道路，将王宫大门齐开，好方便我从此处出发，向寝宫进击。一路上我将只前进，不后退；只直行，不转弯；只加速，不减速。如此一来，我到达寝宫时，便汇聚了这九里长的前冲之势，积累了这一路上的拔剑之力。到得寝宫，只需一剑挥出，必可救下韩王。"

廉江终于松了口气，道："那你快去吧！"

那无名之人看了看他，点了点头。

第九章 伤心地　305

然后那无名之人立刻转过身,面对新郑城内,一时静默不动。

廉江等了片刻,不见他有动作,又不见他有话说明,不由莫名其妙,道:"你还在等什么?"

那无名之人凝视新郑城门,神情严峻,对他的问话置若罔闻。

廉江大怒,喝道:"你到底在搞什么鬼?"

那无名之人身子一震,似是猛地卸下了肩上一副重担,一瞬间,竟有些气喘,怒道:"你不要打扰我,直令我前功尽弃!"

"你干什么了?你哪有什么'前功'?"

"我已在向王宫进发,我正在迈出我的第一步!你令我停下回话,害得我气势大泄,需要从头再来。获胜之算大减,又是在害谁?"

"你……你在迈出你的第一步?"廉江大惊,"你根本动都没动!"

"我当然动了!"那无名之人怒道,"我在慢慢地迈出第一步,刚才我的右足足跟已经离地,你难道没有看见?!"

"我当然没看见!"廉江简直欲哭无泪,"你用了那么长的时间走第一步——不,你连第一步都没走出来,你只是用了那么长的时间,抬了一个脚后跟——"

那无名之人道:"我说过,我只要向大王的寝殿进发,这一路上就只前进,不后退;只直行,不转弯;只加速,不减速。而人力有限,要确保每一步都比前一步更快,当然要压住第一步的速度,也好奠定基础!"

他说得实在太有道理,廉江却急得眼前发黑。

"可是你这么走,什么时候才能到?等你到了,大王也许已经向刺客投降了,也许刺客已经被人解决了!"

"还有一种可能,大王已经饿死了。"那无名之人道。

"是啊!"廉江又气又怒。

"可是我只有这么一招,而这已是我此行最快的速度。大司徒若是还有别人可用,不妨尽管去用。若是还想用我,那就赶紧闭嘴,你一直和我说话,令我无法集中精神,第一次的第一步所蕴含的冲劲,刚才便已经白费了!"

那无名之人说着,重新瞄准了新郑城门,整个人忽又沉静下来。

——那么,他是又开始第二次,向城内进发了。

廉江闭上了嘴,在旁边看着这无名之人慢慢慢慢慢慢慢地,迈出出出出出出了第一一一一一一步。

那只脚从抬起到落下,足足花了一炷香的时间。

当无名之人的右足足跟终于再次落地——与地面接触的一瞬间——之际,廉江已憋得满脸通红,良久方对车夫道:"走,进城!"

"那个麦姑娘,喜欢你?"韩王寝宫,绿玉络问道。

她与姜明鬼并肩坐着,偶尔说话。忽然聊到这种事情,姜明鬼震了一下,道:"那是她的事。"

麦离早已不再和韩王争吵,回到自己之前休息的墙根下和衣而卧,偶尔向姜明鬼他们这边望一眼,眼神不甘。

"那你是不是喜欢她呢?"

"我奉行兼爱之道,"姜明鬼道,"我喜欢任何人,但不会特别喜欢任何人。"

"别怪姐姐说话难听,她配不上你。"绿玉络道,"你天性纯良,本领高强,小小年纪便被墨家委以重任,以后是要做大事的人。所以你日后成亲,要娶的女子,当是能够帮助你、照顾你的人,而不是她这样,什么都不会,什么都不懂,处处依赖你、拖累你的人。"

"麦姑娘很好,"姜明鬼笑道,"你别这样说她。"

"我是心疼我的傻弟弟。"绿玉络瞪他一眼,道,"姐姐虽不能照顾你，可也希望能有一个更好的女孩，帮我来照顾你。"

她轻轻握住姜明鬼的手，道："听话，和她玩玩也就算了，万万不可真的动情。"

她手指如同白玉的竹节一般，冰冷细滑。

"你和麦离不能再坚持了，我把你们送出宫去。"姜明鬼忽然道。

"不行。"绿玉络道，"你把我们送出去，就意味着这场比赛，你已经输了。"她深吸一口气，笑容无力，"你和大王针锋相对，斗的不光是耐心，更是决心。大王是个聪明人，你把我们送出去，意味着你心软了，而他即使还留在这里，也必会有恃无恐。如此一来，他一定会撑下去的。而他能撑下去，水丰城就完全没救了。"

"可是你的身体已经撑不住了。"姜明鬼道，"你的体温，已不似活人，再撑下去，你真的会死。"

"生死小事，我虽是女子，却也不放在心上。"绿玉络认真地看着他，道，"我做不了什么大事，但我留下来，对得起我和大王的夫妻之情，对得起我和你的姐弟之情，也对得起水丰城的百姓。你得让我留下。"

韩王在大榻上突然爆发出一阵咳嗽。绿玉络脸色一变，强撑起来，跌跌撞撞地赶过去照顾韩王。

麦离远远地瞪着她，过了一会儿，忽然也挣扎着爬起身，来到姜明鬼身边坐下。

"你说那韩王是个啥人哪！"二人此前相处尴尬，麦离此番虽然主动说话，却也是先从韩王聊起，道，"他一个做国君的，细皮嫩肉，娇生惯养，可是脾气却像茅坑里的石头，又臭又硬。"

"一个人的意志强弱，与他的身份并无关系。"姜明鬼也不想就二人关系再作对抗，叹道，"我们常以为肉食者鄙，此番韩王可让我刮目相看。"

"可是我不喜欢这个绿玉络夫人。"麦离道。

"为什么？"

"我觉得她不实诚。"麦离瞪着姜明鬼，道，"咱们挟持了她，她却还和你有说有笑的！这是人干的事？她好像和你关系好，但是又老忘不了在韩王面前卖好——啥便宜都让她占了，哪有那么好的事啊！"

"你是女人才这么觉得吧。"

"那可不对！"麦离气道，"我告诉你，你最好离她远一点。这个女人，就是个狐狸精。你对她好，小心连骨头都给她吃了！"

姜明鬼笑了笑，道："你放心吧。我和她说笑，只是因为兼爱天下，她也是天下人的一员。我不管她是农家的姑娘也好，是韩王宫中的贵妃也罢，愿意和我交朋友的，墨家弟子总是要以诚相待的。"

天已正午，然而那无名之人，正走在新郑城的城门里，甚至没有走完从下车到进城的这一段短短的路。

他极缓慢地抬腿，迈步，一手按在腰畔的剑鞘上，一手垂在身侧。

先迈一步，再跟上一步。新迈一步，再跟上一步——他现在总算比蜗牛爬行要快一些了。

他走得如此之慢，自然引人注目。

许多人被他挡了路，不得不从他身旁绕过，更少不了怨声载道，指指点点。

守城的卫兵早就看他不顺眼，这时终于上前盘问道："喂，你是什么人？别堵在城门碍事，快走快走！"

可是无名之人两眼直视前方，仿佛既看不到他们，又听不到他们说话。

——只是继续以极慢极慢的速度，向前走去。

他如此对抗命令，守卫登时愤怒起来，"呼啦"一声，几个人将他围住。领头的伸手在他的胸前一推，道："老子问你……"话没说完，整个人却向后一个趔趄。

仿佛他推的不是一个慢慢行走，此时更是单脚站立的人，而是一辆正在疾驰的战车。

守卫大哗，那头领惊怒交集。

而那无名之人却毫无反应，只是慢慢地将那悬空的左腿，向前缓缓伸出。

"给我拦下他！"那头领大叫。

"谁都不许碰他！"忽然有人喝道，"谁碰，谁就死。"

却见一个衣衫破旧、头戴草帽的人，不知何时出现在人群后方，正是廉江的门客黄桥。

"你又是什么人？"守卫们怒道。

"你管老子是谁！"黄桥一面喝道，一面急忙穿过人群，护在无名之人的身旁，"这个人是大司徒廉江重金请来的高手，要进宫救驾。你们谁敢阻拦他，有几个脑袋够掉的？"

他声色俱厉，一众守卫不由一惊，问道："你说他是大司徒请的人，可有大司徒的手令？"

"廉江不给你们下令，老子能有什么手令？"黄桥气道。

原来廉江在城外放下无名之人，旋即便给他缓慢至极的走法气得发昏，乘车回城之时，根本忘了为他清出一条路来。

幸好黄桥放心不下，今日暗中护送，这才及时拦住了守卫。

"那你又凭什么说他是大司徒的人？"守卫的头领喝道，"把他们两个都抓起来！"

那无名之人目不斜视，慢慢地终于将那一步抬起的脚落下。

黄桥站在他的身旁，怒不可遏道："这个人练的本领，一旦走起来便不能停！你们不要误了他的大事！"

"不能停？"那守卫头领在城门霸道惯了，眼见这两人，一个古怪，一个寒酸，无论如何也不相信他们与大司徒有关，冷笑道，"不能停也得停！在证明你们的身份之前，统统给我留下！"

他一挥手，一众卫兵立即逼上，有人伸手去扳那无名之人的肩头，却觉眼前寒光一闪，手掌剧痛，竟是被一把系着红线的短剑，自上而下地扎透。

黄桥短剑出手，怒喝道："谁敢碰他谁就死！"

可是真动上了手，谁又会被他的虚言恫吓住？有人受伤，反而更激发了卫兵的凶气，七八个守卫大喊一声，刀枪并举，已向二人攻来。那头领手中一口长剑，一剑劈下，更是势大力沉。

"嘶"的一声，半空中银光闪动，黄桥的那把小剑飞上半天，受丝线牵引，如飞鸟，如游鱼，纵横灵动，转眼间，已划过一人的咽喉，又扎入一人的眉心。那两人惨叫倒地，抽搐几下，竟是当场毙命。

这便是黄桥的本领，杀家的红线驭剑，每出必中的杀人之术。

"快走！"黄桥对那无名之人喝道。

可是守卫命他停下，他固然不能停下；黄桥叫他快走，他却也不能快走。

那无名之人眼角一跳，却还是慢慢提脚：提起脚后跟，提起前脚掌，提起脚尖……慢慢迈出。

黄桥驭剑连击，小剑飞在空中，带血的剑光令人胆寒。

——然而它的威力，却在急速下降。

第三剑，它钻入一名守卫的眼窝，令他在惨号中倒地不起；

第四剑，它飞袭那头领的面门，那头领挥剑相格，小剑闪电般地一转，绕过长剑，去势终究放缓了，虽然仍是刺中头领，正中他

第九章 伤心地

的颧骨，却已不足以致死，只是令他皮开肉绽，血流披面。

第五剑，它在眼看要刺入一名守卫的要害时，却给那守卫伸手一挡，只刺穿掌心，还险些被抓住。

第六剑，更险些被长枪缠住，只好临时收回，只来得及在守卫的手臂上，划出一道口子。

红线驭剑的杀人术，本是偷袭、决斗之用，每剑一出，无影无踪，快逾闪电，速战速决，往往令目标不及反应，便死于剑下。可是黄桥这时却与一众士兵缠斗，被这些人团团围住。守卫们长枪长剑，与他隔开了距离，小剑便只得明明白白地飞在空中，给人看清了轨迹。再加上守卫们彼此接应，令他不得不分心数用，一转眼，已落入下风。

再斗数回，黄桥越发左支右绌，终于不敢恋战，连出数剑，将包围圈劈开一个口子，狼狈万状地逃了出去。

"平命家的……"他匆忙回头叫道，想要交代两句，越过追击他的守卫，却正看见有人用长枪枪柄，向那无名之人打去。

那无名之人服饰整洁，行为怪异，再加上黄桥曾经宣称他是廉江请来的高手，守卫对他总算留了余地，没有用枪尖捅刺，而是用枪杆当木棒一般，向他的左腿抽去。

"砰"的一声，那一声如中败革，枪杆被那无名之人本身自城外走来所积蓄的冲劲，弹起老高。

但那无名之人的背影，也不由踉跄了一下。

黄桥气得大喝一声。

他本就憎恶廉江吝啬势利，又深恨这无名之人愚忠懦弱，只是不忍这平命家弟子不惜一死的行动徒劳无功，而稍作护送，想不到却因此陷入这般苦战。

长啸声中，黄桥挥动小剑，重新杀入包围之中，护住那无名之人，守多攻少，勉力支撑。支撑片刻，小剑终于给那守卫头领的长剑扫中，一声脆响，断线飞走。

黄桥赤手空拳，再支撑几个回合，又给一枪刺入肋下。他挣扎着拔出枪来，已是两手血污，疯狂挥拳踢腿，不要命地再将守卫逼退数步，转眼之间，又给数枪扎入，一剑当头劈中。

黄桥轰然倒地，倒在那无名之人身边，用尽力气，叫道："快……快走……"

就在这时，城内长街上忽然传来马蹄声音，有人大喝道："传大司徒手令，入城的无名义士，任何人不得阻拦！"

却是廉江回府后，小睡醒来，终于想起这无名之人的行动要求。

守城卫兵连忙住手。那无名之人在人群的包围中目不斜视，笔直地望着前方，慢慢地抬腿，慢慢地走向自己的目的地。只是热泪，却顺着他的眼角流下，冲开了黄桥溅在他脸上的鲜血。

他的剑悬在身侧，他的手按在剑上，他就这样稍稍侧身，走过城门，走过市井，走过民居，走过河桥。他的目标是新郑的王城，韩王的王宫以及宫殿中的寝殿，以及寝殿中还一无所知的姜明鬼。

——像一支射出的箭，一记劈出的刀，绝不减速。

绝不回头！

天色渐渐昏暗下来，现在，已是韩王、绿玉络绝水绝食的第二十七个时辰，也是姜明鬼、麦离绝水绝食的第二十九个时辰。

姜明鬼从一直休息的大柱下站起来，只是这么一个动作，便令他眼前发黑，一阵阵眩晕。

他望向四周：青幔的掩映下，韩王一动不动地躺在大榻上，睁着双眼一片空洞；绿玉络蜷缩在他的身旁，似已睡去。

麦离垂着头坐在墙角，似乎脖子都已经无法支撑头的重量了。

第九章 伤心地　　313

——每个人,都是筋疲力尽。

姜明鬼深吸了一口气,摇摇晃晃地来到韩王面前。

"不改,不服,继续。"韩王大睁着双眼,眼珠一动不动,但只是听到他的脚步声,便已喃喃道。

姜明鬼咬紧牙关,他实在没想到,韩王竟然硬气到了这种不要命的地步。

"你和我决一胜负,让女人都出去吧。"姜明鬼道,"没必要让她们跟着苦挨。"

"随便。"韩王淡淡地道,"我无所谓。"

绿玉络和麦离听见他们的谈话,先后抬起头来。

麦离不由自主流露出惊喜之色。绿玉络却吃了一惊,奋力爬起,道:"不,大王,请让我陪在你身边。"

"玉络夫人,"姜明鬼道,"你们已经撑不下去了。"

"不,我可以!"绿玉络叫道,"大王,玉络见识浅薄,每每贪恋大王的宠爱,痴缠大王,耽搁您处理政事,辱没了您治国的威名,实在罪孽深重,可毕竟还无愧于心。然而如今您在此受苦,我若独自离去,岂不是连对大王的情义,都辜负了吗?那我活着,还有什么意思?"

"玉络夫人……"姜明鬼还想劝解。

"你不要再说了!"绿玉络霍然站起,喝道,"便是死,也请让我死在大王的身边!"

她声色俱厉,几乎已算得凶狠。姜明鬼喉头一窒,终于没再说话。

可是他不说话,绿玉络却也已油尽灯枯。她那般突然站起,又厉声说话,实在太过激动,这时喘息两下,忽然间两眼翻白,颓然倒下,软绵绵地摔回了大榻。

"夫人!"姜明鬼一惊。

韩王慢慢坐起身，将绿玉络勉强抱起。只见那前日还容光焕发的女子，这时已是脸色惨白，唇无血色，两颊凹陷，奄奄一息。

"大王忍心看着她，就这样死去吗？"姜明鬼道。

韩王低着头，看着绿玉络的脸，摇了摇头。

"请大王收回成命，恢复水丰城旧貌。"

韩王却仍是摇了摇头。

"那么，我把她送出寝殿，速请太医救治！"姜明鬼急忙道。

"她想留下，就让她留下吧。"这一回，韩王却开口道。

姜明鬼愣了一下，只见绿玉络躺在韩王的腿上，长发散开，更衬得脸色惨白如雪，双眼紧闭，双唇毫无血色却不住颤抖，显见是撑不住了。

叹息一声，姜明鬼打开器盒"黑渊"，从中取出两枚药丸，其中一枚递给韩王。

"趁她昏迷不醒，请大王喂她服下这枚药丸吧。"姜明鬼叹道，"这是墨家造字诀的'粮丸'，是将面粉以酒浸，以油炒，以醋拌，以石压，精制而成。小小一丸，生津止饿，含入口中，至少可以保证夫人十二个时辰内，性命无虞。"

那粮丸不过人的拇指盖大小，一粒竟然便有如此功效。韩王接在手中，叹道："墨家此物，若用作军粮，则普通行军之速，至少可以提高三成。"一面说，一面撬开绿玉络的皓齿，将那粮丸塞了进去。

自始至终，他似乎从未想过将那粮丸留在手中，自己吃了，以解饥火。

姜明鬼深深一揖，道："姜明鬼毕竟还是小看了大王。"

韩王耸肩一笑，似是颇不以为意，道："你一直持有粮丸，不也没有吃过？"

第九章 伤心地

姜明鬼举起第二枚粮丸道："为示公平，这一丸我给麦姑娘吃了。"

韩王点点头，又重重躺了回去，道："随便。"

姜明鬼喘了几口气，慢慢回身，转而来到麦离身旁，递上那粒粮丸，道："吃了吧。"

麦离呆呆地看着那粒粮丸，良久，忽然笑了一下，道："你对她真好啊。"

姜明鬼一愣，道："谁？"

"是那狐狸精托我的福，才有这丸子吃；还是我托那狐狸精的福，才有这丸子吃？"麦离问道。

她仍是对绿玉络充满敌意。

姜明鬼叹道："我对你们并无差别，是一样地担心你们，关心你们。"

麦离定定地望着他，忽然一笑，将他托着粮丸的手推开，道："我死也不和她吃一样的东西。"

事已至此，她还如此不知轻重，姜明鬼也不由有些生气，索性将粮丸放在她手边，转身走回自己的位置。

"你会后悔的。"麦离在他身后，恨恨地道。

酉时二刻，夕阳西沉，红霞满天，韩王宫之中的宫殿游廊、假山花丛也回光返照，一片明亮。

宫门大开，大司徒廉江亲自坐镇，要放一个人进宫。

——什么人？

——一个足以杀死姜明鬼、解救韩王的人。

宫中守卫面面相觑，猜不出那会是谁。

尤其是在大司马韩石恩、大司空颜西翁都已失败之后，他们实在想不出，只是贪财索贿的大司徒廉江，能认识什么可以击败墨家刺客、救出韩王的人。

有人大着胆子去问廉江，廉江却不屑一顾，只是望着宫外的街道。

街道一片空旷，已被廉江派人净过街了。

而当越来越多的人，也顺着廉江的视线望出去的时候，只见有一个人，从长街尽头，狂奔而来！

——他的速度，快得仿佛是一道黑色的闪电。

——而他的来势，更像是一支穿云凌日的快箭，锐不可当。

众人只觉眼睛一花，那人已到近前；再一花，那人便冲入宫中，消失于宫中甬道的尽头。

——只留下劲风割面，简直令人觉得脸上像是狠狠地挨了一巴掌。

"他真的做到了！"廉江惊呼，"从城外到宫中，他真的做到了每一步都比前一步快！"

因为那无名之人太过廉价，又太过磨蹭，他一度怀疑这人也只是个胡乱吹牛的骗子而已，甚至连为他净街、清道这样的事，都没有十分上心。

但等他想起来，再派人去看的时候，却发现那人煞有介事，还在一步一步地走。

他因此才发布了让那无名之人通行的命令。

而等到下午时，那人已越走越快，廉江听手下回报，都不由被他吸引，甚至亲自到韩王宫前，为他开门助威。

韩王的寝宫中，本已昏昏沉沉的姜明鬼，蓦然感到一阵杀机。

王宫中一片寂静，而这寂静，却与之前自己挟持韩王，压制得宫内上下大气都不敢出的安静,有所不同!

那死寂中,隐隐地,有一个奇怪的声音,由远而近。

——那是什么声音?

——低沉、绵长、激烈、雄浑。

——像是一箭射来……不,像是有人将一座山,搭上了弓弦,然后向他射来!

姜明鬼猛然惊醒,霍然跳起。才一跳起,寝宫的两扇木门已轰然碎裂,纷飞的碎片中,一道黑光在半壁夕照中,笔直地向他射来。

有一瞬间,姜明鬼几乎看不清这个人的面目!

凝神看时,才发现原来那是一个消瘦的黑衣青年男子!

这人一手按着腰上剑身,一手按着剑柄,就这么侧着身,狂奔而来!

——那古怪的啸声,原来便是他的身体撞开飞虫、尘埃、空气、空间……所发出的!

他的手握在剑柄上,似乎随时会拔剑出鞘,而当姜明鬼意识到这一点的时候,只觉得浑身寒毛倒竖,仿佛已被一剑劈中、劈穿!

——什么人?!

姜明鬼大吃一惊,而那个黑衣人,一瞬间便已到他近前!

——每一步都比之前的一步更大!

——每一步都比之前的一步更快!

这一瞬间,姜明鬼想躲,竟是躲不开。

那黑衣人奔袭九里,蓄势一日所裹挟的气势、冲劲,如山一样向他压来,将他牢牢压住,令他动弹不得。

便好像山上的雪球滚落,初时只是小小的一团,落到山脚下时,却已是巨大磅礴,并裹挟着一股无法阻挡、无坚不摧的力量。

那黑衣人脸色苍白,两只眼睛虽然睁着,两眼的瞳孔却淡得几乎没了颜色。

黑衣沉重，而他的肉体轻盈，他所有的精神、气韵、锐意、灵性，仿佛全都集中在了那剑中，而那剑只待出鞘、杀敌。

——姜明鬼无、法、移、动！

那黑衣人已来到他的近前，在他速度最快、气势最旺、最无可抵挡的时候，一手按着剑鞘，另一手猛地平挥一剑。

那一剑如惊鸿闪电，白光一闪，猛地推向姜明鬼。

那一剑挥过之后很久，才有"嘶"的一声剑锋破空的锐鸣。

就在长剑出鞘的一刹那，姜明鬼却忽然向后倒下——没有跳起，没有闪避，没有抵抗，完全没有用力。

而是在这一瞬间卸下自己强撑三天的力气。

他饥渴交加，连番恶战，失去了一口气的支撑，整个人顿时被饥饿、疲惫和那黑衣人如山的冲压，压得重重地向后倒了下去。

而这一倒，那一剑便只自他鼻尖上方一寸之处扫过。

——一剑挥空！

然后才传来剑锋破空的锐响，然后才传来长剑出鞘的簧音，然后才传来那黑衣人冲来的风啸，然后才传来殿门破碎的声音，然后才传来那黑衣人奔来的脚步声……

姜明鬼重重跌倒，后心着地。

眼前已是一片漆黑，同时手脚酥麻，背脊僵硬，虽然出其不意地闪开了这一剑，却已再没有一丝一毫的力气爬起，应对下一剑。

只要那黑衣人再补一剑，他必死无疑。

哪怕一个三岁孩童过来再补一剑，他也必死无疑。

此时此刻，姜明鬼甚至感受到了死亡的恐惧，他瞪大眼睛，虽然眼前的一片漆黑始终挥之不去，但仿佛已有一剑，划破鸿蒙，向他凛然斩至……

第九章 伤心地

那几乎是悬在他头顶上的一剑，却迟迟没有落下。

"唰啦""轰嗵"，他的周遭传来一片乱响。却是许多屋顶垂下的青幔，从中断裂，委然坠地；又有摆放各处的烛台、木柱，居中而裂。

原来那黑衣人方才一剑划过，虽然不曾触及，却将方圆三丈之内那一剑高度的东西，尽数斩裂，只是剑劲之快，竟隔了好一会儿，那些东西才陆续一分为二。

在姜明鬼看不见的地方，那无名之人也倒了下去。

他跪倒在地，头颅垂在胸口，眉发皆白，双眼如死灰，而长剑斜垂在身边，握剑的手皱纹密布。

那一剑，竟真的挥出了他所有的生命与精气。

——以命换命！

他已经死去。

只差一点，姜明鬼便和他一样了。

姜明鬼倒在地上，想要起来，挣了几下，却起不来。

闪避那一剑，虽然诀窍在于"不用力"，但在那一瞬间，他却也只得不顾自己强弩之末的身体，而强行将自己的力量、智慧，发挥到淋漓尽致。

卸掉力气之后，再想要找回，却又比卸掉更难。

姜明鬼忽然感到一阵气闷，极度的疲惫之下，他竟连呼吸的力气，都已入不敷出。

他如一条上岸的鱼儿，张大嘴巴，努力喘息。一只手，却紧紧地按在肋下那冷冰冰的"黑渊"器盒上。

器盒坚硬，而唯其如此，他才感到安心。

就在这时，他听到有人来到他身旁，轻声叫道："弟弟。"

然后，香风一阵，他的嘴唇已被一双温暖、柔软的嘴唇覆盖。

香风度入，他的舌尖一沉，酸香醇美，散发着粮食的甜味，却是半颗粮丸被推入他的口中。

姜明鬼吃了一惊，想要挣扎，可是那双嘴唇却温柔地压住了他，一点丁香小舌探入他的口中，将那粮丸推入了他的口腔深处。

粮丸入口即化，香甜的米糊进入他的喉头，刺激着他吞咽的本能。

而那柔软的嘴唇，丁香一样的小舌也痴缠着他，他的脑中轰轰作响，不知不觉，喉头一动，已吞下粮丸，吻住了那甜美的唇舌。

粮丸效果立竿见影，姜明鬼眼前的黑暗被慢慢驱散。

在他眼前，正和他四唇交接，星眸迷离的，自然便是绿玉绦那艳丽绝伦的面庞。

一瞬间，姜明鬼的脑中一片空白，心中却莫名填溢着说不出的兴奋与快意，惆怅与欢愉。

就在这时，绿玉绦松开了他的嘴唇。她抬起头微笑，与他保持着一个能看清他表情的距离，然后注视着他的眼睛，清清楚楚地道："墨家小子，在大王没有吃东西之前，你已吃了东西了。"

她微笑道："你输了。"

——姜明鬼落败！

他被绿玉绦一个香吻弄得意乱神迷，反而吃下了自己交给绿玉绦，却被她暗藏半粒的粮丸！一时间，姜明鬼整个人垂头丧气，再也没有奋战乃至分辩的力气。

——酒、色、财、气，他战胜了一个又一个强敌，赢过了巨斧、长刀、快剑，却终究败在了一个弱女子的"色"上！

绿玉绦放声大笑，大笑声中，更招呼殿外守卫，入内捉拿姜、麦二人。

第九章 伤心地　　321

姜明鬼神思恍惚，束手就擒，而麦离饿得奄奄一息，虽然喃喃骂人，却也无力反抗。

韩石恩、颜西翁、廉江本就都在宫中待命，一见胜负已分，登时火速赶入，一面慰问韩王、绿玉络，一面将准备好的食物及时奉上，为二人补充身体。

俄而，姜明鬼和麦离被五花大绑，推到韩王面前。

"大王神威天佑，逢凶化吉！我大韩必是国运昌隆，不可限量！"廉江欢喜道。

"大王安然无恙，臣等就放心了！您有一点闪失，我们九死不能赎罪。护驾不周，还请大王重罚！"颜西翁颤巍巍的，却拼命跪在韩王面前。

"玉络夫人好手段！"韩石恩冷笑道，"我们三司用尽手段都无法取胜的敌人，你只给了一点甜头，便将那小子拿下来了。"

绿玉络一边喝着米汤，一边笑道："我为了大王，才出此下策。大王不怪罪我，已是我的幸运了。"她看着面前的姜明鬼，笑道，"幸好这墨家小子，还是一个雏儿，几句话套住，让他干什么便干什么。"

原来她的亲近与关心，全是作态。

姜明鬼在她面前只觉羞愧难当，几乎便想找个地缝钻进去。

"挟持本王与绿玉络夫人，一令我们数日不能进食，忍饥受渴；二令韩国君臣面上无光，有伤国体。你们胆大包天，罪大恶极，如今落到寡人的手里，该如何处置你们呢？"韩王冷冷地问道。

一边审讯，他一边喝着一碗参汤，本已饿得空洞的眼睛，迅速恢复了神气。

韩石恩怒气冲冲，道："这两个人欺君犯上，就应该将他们五马分尸，然后问罪小取城！"

颜西翁却道："姜明鬼虽然欺君犯上，不失为一条好汉，割了他的鼻子,放他走吧。"

"不能这么简单让他走了,"廉江却道,"得让墨家派人来赎!墨家有钱,没钱也有机关、有好东西,让他们拿东西来换这个墨家弟子吧,正好可以充盈国库!"

司马、司空、司徒各执一词,韩工沉吟着,又问道:"玉络夫人,最后是你击败了他,你想怎么处理他呢?"

绿玉络以手掩口,笑道:"我怎么能处置他呢?我怎么忍心处置我这个傻弟弟呢?他是死是活,大王你说了算就好。"

她笑语晏晏,冷酷无情,姜明鬼心中不由一片冰冷。

韩王冷冷地看着他,似乎随时都会说出一个"杀"字来。

麦离满眼怒火,瞪视着绿玉络与姜明鬼。姜明鬼万念俱灰,索性低下头来,一言不发。

良久,韩王终于道:"为姜明鬼松绑,赐食。"

众人皆是一惊,却有内监听令,将姜明鬼松绑,又为他端上一碗白粥。

姜明鬼叹了口气,道:"姜明鬼挟持大王,已是死罪,若得大王侥幸不杀,怎不感激涕零。然而我更耿耿于怀的,却是自己有负麦姑娘所托,迄今还未能解决水丰城事件。所以,只要我姜明鬼不死,在水丰城被彻底毁坏之前,我就一定会继续想办法令大王回心转意。故此,我不能吃大王提供的食物,以防吃人嘴短,更加无法设计大王了。"

他说得严肃,显然不是玩笑。

昔日刺客豫让为主报仇,刺杀仇敌赵襄子,却一再失败,而赵襄子感其忠义,竟将他一再释放。最后豫让漆身吞炭,将自己毁容易形,以图殊死一击,却仍事败被擒,赵襄子不得不将他杀死。而临死前,豫让更恳请赵襄子以外袍代替己身,让自己连斩数剑,一

第九章 伤心地

报此仇。

如今，韩王大度，姜明鬼守信，二人所作所为，正有古风！

颜西翁等人见姜明鬼冥顽不化，还想设计韩王，不由都是又惊又怒，向他怒视。

韩王却笑道："寡人劝你还是吃一点吧，因为接下来，你要用的力气可不小呢。"

他这话若有所指，姜明鬼连同殿中其他人都不由一愣。

便在此时，"锵"的一声，韩王从韩石恩的腰间抽出佩剑，向前一刺，猛地刺入了麦离的小腹中。

"嗤"的一声，剑尖入体即回，尖端染血两寸。

鲜血缓缓渗出，麦离原就虚弱，这时又怕又痛，低低叫了一声，栽倒在地。这一剑来得猝不及防，姜明鬼待要阻止，却已来不及，挣扎着才站起，却又被卫兵刀剑加身，强行压下。

"你该不会以为，寡人是赵襄子那样的仁王？"韩王怪笑道，"你的承字诀，让寡人吃苦不少，那寡人就让你好好地'承'上一'承'。传令下去，在宫外广场修建千钧台，令姜明鬼代替台足，身承其重。然后，再将麦离也放在高台之下。"

韩王冷笑着对姜明鬼道："让寡人看一看，你能承受多久。你松手，就压死麦离；你不松手，那就累死你，再压死麦离。"

那古怪的刑罚，在杀人之前，更是要诛心。

千钧台不求稳固，天明时便建了起来。姜明鬼被押至时，只见那平台以毛竹搭成，约是四丈见方，而为了增重，上面又锁了三辆战车。平台下面，以三根八尺高的木柱支撑，麦离一身是血，倒在其中一根木柱下，面白如纸，不知死活。

"麦姑娘！"姜明鬼急忙叫道。

麦离颤抖一下，勉强睁开眼睛，眼神空洞，似已什么都看不见。

姜明鬼被韩石恩带到竹台的一根木柱之下，有士兵过来，合几人之力，将那木柱移开。竹台失去一角支撑，登时向这边倾歪，上面的战车"格楞楞"滑动数尺。

韩石恩笑道："墨家弟子，'承'着吧！"

竹台一旦倾倒，连竹台带战车，必然砸中麦离。麦离三天水米未沾，又身受重伤，再挨这么一下，必死无疑。姜明鬼不敢怠慢，连忙双手一举，将那竹台托在头顶。

"看你能撑多长时间。"韩石恩笑道，"大王有旨，你只要能再撑三天，就把你俩全都放了。"

姜明鬼咬紧牙关，双臂奋力，没有说话。

韩石恩见他倔强，不慌不忙，又从旁边士兵的手中接过姜明鬼的"黑渊"器盒。

那器盒被韩国工匠拆开来看过，早已机关尽毁。韩石恩将盒盖打开，"叮叮当当"，机关碎片洒落一地，然后随手一扔，将器盒扔在麦离身边。

"人在这儿，器盒也在这儿，有没有本事把她带走，就看你的了。"

韩石恩言毕放声大笑，带人离开。

于是这千钧台下，一时便只余姜明鬼和麦离。麦离倒在竹台台底，奄奄一息，而姜明鬼双手高举，将竹台托起，丝毫不敢懈怠。

"麦姑娘！"姜明鬼叫道，"你怎么样，你醒一醒！"

麦离一动不动，小腹上的血污已然干涸。一瞬间，姜明鬼几乎以为她已经死了，但是突然间，麦离抽搐了一下，发出了哽咽一般的吸气声。

"我……就说那个女人不是好人……"她虚弱地说道，"果……

第九章 伤心地

然被我……说……说中了吧！"

他们明明掌握了大好局面，既挟持了韩王，又击败了酒、财、气三司，却被绿玉络轻易反转，以致功败垂成。姜明鬼望着麦离惭愧万分，回想起自己的失误，更是悔恨不已。

"是我不好。"姜明鬼只能道，"你坚持住，我一定能救你！"

可是麦离虚弱地摇了摇头，道："她……她亲你了……我看见了……"

姜明鬼身子一震，不料她在这时仍在意这种事情。

"你……亲她了没……"麦离的嘴唇毫无血色，却颤抖着追问道。

姜明鬼猛地低下头去，一言不发，只盼望脚下的地面能立时裂开，将他吞没，让他立刻死去。

但大地没有裂开，姜明鬼也没有办法将竹台和战车一口气推开。饥渴数日，连战多回，他本就已筋疲力尽，即便在这之前，被韩王安排着喂过一点食物，力量却也恢复不足五成。

仅以五成之力，又没有器盒相助，他双手撑着竹台，勉强能让竹台不塌下来，已属难得；再想将它掀开，以救起麦离，却根本不行。

于是他便只能这么死撑着，毫无办法。天光大亮，韩王获救、刺客示众的消息传将开来，韩国朝臣、新郑百姓纷纷赶来围观。

那男刺客如此清秀，却丧心病狂；女刺客身受重伤，还不知之前如何穷凶极恶。围观的人对二人指指点点，议论纷纷，全不知麦离所求之事，乃是为了同属韩国子民的水丰城百姓。

姜明鬼双臂乏力，千钧竹台越来越沉，终于压在他的肩上。

战车滑动，越发偏近他的头顶，将重量集中过来。姜明鬼只能勉强挺直腰脊，将自己变成了一根木柱，撑住竹台。

他死死地咬着牙，将周身关节锁死，双足钉入地下。肩上竹台虽重，他还能坚持；眼前麦离濒死，更令他忧心如焚。

——但深藏在他心头的困惑和动摇，才是令他灰心丧气，再无一战之力的真正原因。

他自幼在小取城长大，受师父教导，蒙同门照拂，只因天资聪颖，习文练武几可算得一帆风顺，偶尔下山执行任务，也是手到擒来，不费吹灰之力。

这是他长这么大以来的第一次失败。

而这失败，竟如此惨烈——水丰城将因此被夷为平地；麦离也因此身负重伤，虚弱濒死……

这一切的根源，乃是他的失败。他的失败又源于他受绿玉络的一吻！

那一吻令他意乱神迷，提前吃下了食物；那一吻令他问心有愧，心神大乱，更动摇了他数年来的坚守：

兼爱，是要无差别地爱每一个人。

不能少爱一人，不能多爱一人；不能少爱一分，更不能多爱一分。

姜明鬼童年时天真无邪，兼爱自然不在话下；而渐渐长大，感受到人有亲疏之别后，他却是经历了痛苦的思辨、艰难的抉择，才在过去的数年中勉强做到了这一点。

但这一回——面对绿玉络的时候——那一刻——绿玉络的双唇吻上他嘴唇的一瞬间——他却动摇了。

绿玉络轻轻的一吻，竟让他在极度的虚弱中，涌起了巨大的欲望与感情。

那是所有人都在撮合他和罗蚕时，他也没感受过的甜蜜；也是哪怕在和麦离欢好之际，他都没感受过的激动。

那是真正的男女之情，像一朵猛然在姜明鬼身体中怒放的花朵。

第九章 伤心地

即使姜明鬼马上将它折下、踩碎，却还是在手上、在心中留下了阵阵香气。

——在那一瞬间，姜明鬼对绿玉络的"爱"，已超过别人。

或许，只是超过了一点点。

或许，只是动摇了一点点。

——但一点动摇，即意味着全面崩溃！

而兼爱既破，他一个墨家弟子，还如何能以身"承"之？

人群来了又去，傍晚时，千钧台前又恢复了安静。

腥风四起，铅云低垂，天色已晚。宫前空地两侧，亮起几盏石兽宫灯，昏昏然，照亮片片夜幕。

忽然"呼啦啦"一道闪电划过天际，一场大雨倾盆而至。

姜明鬼肩扛竹台，本已累得头脑一片空白，忽然被雨水当头淋下，激灵灵打了个冷战，清醒过来，只觉又惊又喜，仰头喝了几口雨水，叫道："麦姑娘……麦姑娘！"

麦离仰天倒着，久久不动，好一会儿被雨水呛入，咳嗽一声，醒了过来。

"麦姑娘，喝两口水！"姜明鬼叫道，"喝两口水，坚持下去！我……我一定能救你。"

他肩扛千钧台，但毕竟还曾吃过一点东西，麦离却是三四天来真正水米未进，更兼有伤在身。如今天降大雨，至少可以让她喝到水了。

麦离嘴唇翕动，慢慢咽下洒入嘴中的雨水。姜明鬼看她仍有意识，一时间，竟感动得有些哽咽了，叫道："麦姑娘，你……你怎么样？"

麦离胸口微微起伏，似是说了什么，可是雨声嘈杂，姜明鬼根本听不真切。

就在这时，雨幕一分，有一个人自黑暗中钻了出来。

只见那人一身黑衣，旋风般自姜明鬼的身边掠过，一弯腰，便已抱起了麦离。

他抱着麦离从千钧台下钻出，将麦离放下后，一转身又来到姜明鬼身畔，伸手托住竹台，低喝道："走！"

这突然出现的救星，身材矮小，面蒙黑巾，看不清他的面目，单单两只苍老的眼睛闪闪发亮。

姜明鬼虽认不出这人，但绝境逢生，哪里还顾得上那么多？连忙想要从竹台下撤出，可是一瞬间腰椎剧痛，双脚麻木，稍稍一晃，竟是直挺挺地仰天摔倒。

千钧台的重量，一下子全都压在了黑衣人的身上。

黑衣人早有准备，一面支撑，一面卸力，将那竹台向地上放去。"砰"的一声，竹台边缘落地，台上的三辆战车一震，又滑下半尺。

"快走！"那黑衣人叫道。

他弯腰背起麦离，毫不犹豫，当先就走。姜明鬼摔了一下，虽然周身剧痛，眼前发黑，但身上因久站而僵硬的筋骨反倒给震松，整个人倒在水洼之中，手足一有知觉，连忙挣扎着爬起身来，追了上去。

雨声虽大，却仍不足以遮掩刚才千钧台坠地的声音，以致引来守卫。

三个人走出十几步，那蒙面人忽然止步，旋即带着姜明鬼向左平移数步，再稍稍蹲下身子。

几乎间不容发，前方雨中，传来刺耳的金石之声。

远远的，火光亮起，一队士兵提着灯笼、雨伞，快步赶来。一个模糊的高大人影自火光中猛然冲出，身上不带雨具，手上拖着一

第九章 伤心地　329

件兵器，刃身分叉凌乱，松散地垂在地上，交相碰撞、刮擦地面，发出令人齿酸的声音。

——那是车裂刀！

那高大的人影魁伟如塔，在暴雨中带着令人绝望的杀气，领着这队卫兵向千钧台赶去。

——正是青云楼上五层的守将"怪儿"。

姜明鬼不料这人竟在此承担守卫之职，一时间不由汗毛倒竖，如临大敌。那蒙面人反手轻轻一压，示意他不要乱动，两人就那么无遮无掩地蹲在地上。而那怪儿率领卫兵，却从不远处直接通过，未曾发现他们。

"他故意放我？"姜明鬼不由怀疑道。

"此地'大吉'。"那蒙面人低声道，"他看不见你而已！"

姜明鬼心念电转，低叫道："你是'风水家'！"

百家中的风水家，传说为九天玄女所授，以相地、堪舆之术，识别地脉变化，吉凶运势，指导世间宫殿、住宅、村落、墓地的选址、建造。他们认为大自然充满力量，而力量又在不住地流转、变化。在天，则为风、云；在地，则为山、河。人最大的力量，便是融于自然时获得的力量。

"天人合一"，人最大限度地融入自然，而自然也变成人的一部分。风水家习惯将一切位置，分为大吉、吉、庸、凶、大凶五类。而在对敌时，占据不同的位置，甚至可以不战而胜。

便如此时，他们借助地脉之力，辅以风急雨骤，一点灯影飘摇，便令大吉之地的他们，被怪儿及一众卫兵视而不见，充耳不闻。

"走！"那蒙面人低声道，一手拢着背上的麦离，一手自腰间掏出一块罗盘，指导着他们，疾向守卫的包围圈外赶去。

大吉之地随时流动、变化，那蒙面人技艺娴熟，手持罗盘，几乎毫不停歇地带领姜明鬼，从"大吉之地"奔出，通过"大吉之路"，向下一个"大吉之地"潜入。

因为这样苛刻的选择，他们的前进自然不能放肆直行，而须迂回曲折，进三步、退两步，左一弯、右一折，慢慢地向这宫前空场的边缘逃去。

另一边，怪儿率众已发现姜明鬼和麦离逃脱，登时怪叫连连，所率卫兵也四散寻找——可是在这空旷的场地上，在这么多双眼睛的搜寻中，一直身处"大吉"的姜明鬼一行，竟始终未被发现！

——风水之术，神奇若斯！

姜明鬼在小取城虽也对风水家略知一二，但今日亲见其威力，也不由震骇。

眼看就要出了空场，而一旦离了此地，便有更多藏身之处，可谓高枕无忧，那蒙面人脚下，却突然一顿。

在他们前进的方向上，不知何时，地上插了两面青旗。

八尺旗杆，五尺旗面，淡青色的旗面已被雨水打湿，沉甸甸地垂在旗杆上。两旗相对而立，间隔三尺，其形若门。而"旗门"旁，站着一个手持白纸伞、气度沉稳的中年人。

"怎么了？"姜明鬼问道。

"下一处'大吉之地'被他占了。"蒙面人恨声道。

这空场仍然空旷，可是"大吉之地"被占，"大吉之路"中断，一瞬间，竟已似山穷水尽，走投无路。

"退回去？"姜明鬼问道。

"来不及了！"那蒙面人看着手中罗盘，道，"在千钧台前扑空的卫兵，这时正向回搜索。我们身后的'吉地'已越来越少！"他抬起头来，"之前我们走的，除了'大吉'，就是'吉'，但接下来，我们必须穿过一处'庸地'！"

第九章 伤心地　331

"大吉"万无一失,"吉地"十拿九稳,而"庸地"却只剩下五成胜算。

然而此时情势危急,他们已没有了更多的选择!

穿过"庸地",绕过那两面青旗,到达下一个"大吉之地",共有十一步。那蒙面人背着麦离,带领姜明鬼,走到第五步时,便听一声虎啸,一只斑斓猛虎蓦然拦路。

那猛虎摇头摆尾,化为人形,原来是一个身披虎皮的大汉,张牙舞爪,模拟猛虎动作,惟妙惟肖,令人一眼望去,错以为是真的老虎。

"百兽家!"姜明鬼惊道。

百家之中的百兽家以为,人与动物并无本质区别。只不过动物强于爪牙,而人类强在头脑。因此,这世上最厉害的本事,便是用人类的头脑,去施展动物的爪牙。百兽家因此练成了"百兽戏舞",既可以模仿动物的动作,形成独特的武技,更通过不断练习,获得了眼力、听力、嗅觉、反应等方面的特长。

那大汉傲然道:"大风大雨,你们躲得过老子的眼睛,躲不过老子的鼻子!"

原来他们一离开"大吉之地",身上的气味便已泄出。那百兽家的大汉修炼虎形,鼻子异常灵敏,虽然"庸地"勉强藏住了姜明鬼一行的身形,但给他凭嗅觉发现了行踪。

他这一说话,一旁青旗下的中年人,远处千钧台前的怪儿,立时发现了姜明鬼一行!

那蒙面人长叹一声,将麦离向姜明鬼身上一推,喝道:"别管我,快走!"

姜明鬼本就虚脱,强撑着逃到这里已是不易,这一接住麦离,登时只觉那女子的身子重逾千斤,两手抱着,都无法阻止麦离的身子向地上坠去。半拖半抱着她，才走两步，便听身后兵刃交击，那蒙面人已与狂奔而至的怪儿、青旗中年人、百兽家的大汉战至一处。

而他不及反应，后背却有一股大力涌来，将他重重一推，整个人扑地摔倒，麦离也跟着摔在雨中。

暴雨泼面，姜明鬼又急又痛，连忙膝行数步，又将麦离抱在怀中。

长电裂天，一瞬间照亮天地。

只见麦离面白如纸，被雨水冲刷，更是毫无血色，倒在姜明鬼怀中，她勉强睁了睁眼，嘴唇翕动，道："我……我……"

她似有话说，姜明鬼不顾一切，连忙将耳朵附在她的唇边。

只听麦离微弱的声音道："我……我……真后悔……选了……选了……你！"

雷声滚滚而来，一瞬间，姜明鬼脑中一片空白。

脚步声踏水而来，寒光闪动，却是怪儿带来的卫兵已经赶到，刀枪并举，将他和麦离包围起来。利刃加身，姜明鬼却已根本没了反抗的勇气和力气，麦离的一句话，彻底证明了他此行的失败。

姜明鬼的头脑一片混乱，胸膛憋闷得快要炸开，他仰起头来，任大雨浇在脸上，只发出一声濒死的悲号。

火光掩映中，一颗头颅远远地飞来，落地时骨碌碌地滚到姜明鬼的脚边。

滚动之中，他头上的黑巾脱落，露出衰老而陌生的一张脸。

——却是姜明鬼并不认识的。

怪儿、百兽家大汉、青旗中年人，三人合力击杀那风水家的蒙面人后，施施然来到姜明鬼身前。

怪儿的车裂刀上、大汉的虎爪上、中年人的白伞上，血污甚至还未被雨水冲刷干净。

姜明鬼抱着麦离，却已绝望得连头都抬不起来。

第九章 伤心地　333

那三人居高临下地望着这被恐惧击溃的墨家弟子,眼中都是冷酷的光。

"我的雇主交代的命令是,保证他死在这儿,但最好是由别人动手杀他。"那百兽家的大汉抹了一把脸上雨水,稍稍后退一步,道,"二位,请。"

那中年人撑着伞,在方才的打斗中,肩膀上只湿了一点,这时一面用手帕擦拭,一面微笑道:"他在大王面前逼死的卫家马将军,本是我的同门师弟。我本是想要杀他报仇的,可惜我接到的命令,却只是守在此地,确保这墨家弟子逃不了即可。"他望向怪儿,笑道,"这位将军在此看守犯人,赶上犯人逃走,先击毙逃犯同党,再将逃犯当场格杀,自是顺理成章的事。"

那怪儿咧嘴而笑,雨水自他脸上蜿蜒而下,他面上的伤疤扭动,更似一张脸四分五裂了一般。

姜明鬼跪在那里,垂头丧气,宛如一摊烂泥。

便在此时,只听一个声音笑道:"看来,你是真的没有什么后手了。"

那声音冷硬高傲,每一个字都像是一把快刀,带着锋芒与杀气,令人毛骨悚然。

但心丧若死的姜明鬼,听到这个声音却浑身一震,霍然抬起头来!

也就在这一瞬间,只听"嗖"的一声,却是有一杆长枪从他的头顶上方,骤然向前刺出——

那一枪刺得好快,撕裂雨幕,几乎在刺出的同时,便已刺中怪儿!

怪儿赤裸上身,一身筋肉如同铁打,可是毕竟也不是真的铁打。

被那一枪刺中，"噗"的一声，枪尖入肉三寸有余。

可是那一枪只到此为止，怪儿猝然遇袭，反应仍是极快，千钧一发之际，回手一刀，"呜"的一声锐响，车裂刀便将那长枪的枪杆斩断！

斧、刀、剑，车裂刀五具刃身之中，三具带刃。这么打横抡在枪杆上，只听"噔噔"两声，那长枪的枪杆给他硬生生斩落了两截半尺左右的断杆，重重跌落在地上的积水中。

"嗷嗷嗷嗷嗷！"

怪儿重伤不死，胸口上还嵌着那一截枪头，顿时凶性大发，手提车裂刀，仰天长啸。

——啸声未已，却突然断绝。

自姜明鬼脑后刺出的那一枪，虽遭中途斩断，却并未收回，居然就在这间不容发的一瞬间，再向前一探！

一探，便是一尺半的距离。

"破！"那持枪之人同时大喝一声。

断枪的枪杆正刺在怪儿胸前那枪头所带的半截枪杆上。断头对断尾，分毫不差。两枪合一，倒好似是先前那一枪刺出，中途枪杆莫名缩短了一尺，除此之外，毫无停滞。

"咯"的一声，枪头断尾被撞，再入肉半尺，饶是怪儿皮糙肉厚，却也被结结实实地刺了个透心凉。

——心破！

怪儿长啸转为惨嗥，身子一震，直挺挺地摔倒了。

他欠身还想再起，稍稍一挺，便已气绝身亡。却见那枪头连断杆入肉八寸，断尾正好与他胸前肌肤平合，倒好似在他的血肉之躯上，圆圆地长了一颗木头的胎记一般，诡异非常。

人影一闪，已有一人从姜明鬼身后跃出，一身韩国兵士的军服，

第九章 伤心地　335

显是乔装打扮，混入守卫军多时。这时他劈手一夺，乃自身旁一名韩国卫兵的手中夺过一把长剑，半空中剑指持白伞的中年人，喝道："射虎！"

那中年人大吃一惊，不明"射虎"之意，连忙横伞戒备。

却听霹雳一声弦惊，那正欲上前助拳的百兽家大汉蓦地向旁一歪，健壮剽悍的身子被带得斜飞半步，重重摔倒，倒在积水中时，额上已狰狞地插了一支羽箭。箭枝对穿而过，他的脸上，兀自凝固着亟欲迎战前敌的凶狠表情。

——原来"射虎"，便是"射杀百兽家猛虎"之意！

这一下声东击西，转瞬之间，看守姜明鬼的三大高手已去其二。

那持白伞的中年人吃了一惊，大叫一声，转身就走，却见寒光一道，那刚杀了怪儿的人一剑劈落，中年人白伞向后一斜，如盾牌一般护住自己的后背。

"嚓"的一声，白伞伞面从中裂开，颓然坠地。

那中年人却已消失不见。

几乎与此同时，"铮"的一声锐响，不远处忽有一物横飞而出，却是那中年人的外袍，被一箭钉穿。

而那中年人金蝉脱壳，又已在外袍之前七尺之处。

脚下不停，这卫家的高手，飞一般冲向自己插在地上的那两杆青旗。

黑暗中弦声暴起，之前射死了百兽家大汉的箭手，竟一口气射出了连珠箭。生死交关，那中年人牙关咬碎，用力一跃，拼着中箭，霍然扑入了那两旗造成的旗门。人在地上一滚，更将双旗拿到了手中。

——没有中箭！

双旗入手，又躲过之前的连珠箭，那中年人心中大慰，左右开弓，用两扇张开的旗面将自己彻底护住。

青旗宽阔，左右呼应，可刚可柔，正是他卫家最拿手的兵器之一。有这双旗在手，即便不能取胜，他也至少自保无虞。

那中年人才松一口气，蓦然间眼前一花，却是先前那持剑劈伞的人，竟已追着他的脚步，排山倒海一般，冲到了他的面前。

"破！"那持剑人大喝一声，一剑当胸刺出。

"哗啦"一声，那中年人毫无惧色，双旗一分，右手旗张开如网，去卷那持剑人的手中长剑；左手旗卷起如笼，向那持剑人的头颅罩去。

"砰"的一声，右手旗先中。

沉甸甸、湿漉漉的旗面，将那刺来的长剑与握剑的手臂一起缠住，那中年人得势不饶，大旗一挥，便要将长剑甩飞。

——可是一挥之下，对方直刺过来的长剑及手臂，却纹丝未动！

那中年人心中一惊，蓦然间心口大痛，低头一看，只觉魂飞魄散，原来是那被青旗卷住的长剑，一刺之下，已抵他的胸口，虽然被旗面卷住剑身，但剑尖刺穿旗面，已露出一寸多长。虽只一点，却已刺破了他胸前的衣裳。

那中年人又惊又怕，左手旗一扔，连忙双手握住右手旗，想将那长剑推开。可是对方那一条握剑的手臂，却如铜浇铁铸一般，毫不动摇。

先前时，他左手大旗卷起，本已罩在对手的头上，这时他脱手不管，那大旗终于慢慢地自那人头上滑脱，露出那人宽额、高眉、鹰隼一样锋利而残酷的眼睛。

——他还很年轻。

在这一瞬间，那中年人已知自己必死，突然间把心一横，双手死死绞住右手的青旗，却是下定了决心，要用这人的一条手臂陪葬！他咬紧牙关，将所有的力量都用到那右手青旗上。因淋雨而越发坚

第九章 伤心地　337

韧的旗面越绞越紧，包裹在里面的年轻人的那条手臂，臂骨已被绞得咯咯作响。

可是那有着鹰隼一样眼睛的年轻人，却丝毫不为所动，只是将手中的剑，一分、一寸地继续向中年人心脏刺去。

剑尖一点一点没入那中年人的胸膛，他面容扭曲，不顾一切地将力量灌入青旗。

——似乎只差一点，他便可以将那年轻人的手臂绞断。

——但每一次，那年轻人的手臂中却又传来更为顽强的力量，抵抗了旗面的绞杀。

"啵"，中年人的身体中忽然发出一声轻轻的脆响，像是个水泡，在人看不见的地方无声碎裂。

那中年人痛叫一声，手上力气骤然全失，青旗再也卷不住对手的长剑。那长剑一滑而出，如鱼入水，深深没入他的胸膛，然后又是一滑而出，带着一道血痕，垂在那年轻人的手中。

中年人倒地而死，那年轻人信手一挥，将剑上血痕在雨中洗掉。

回过头来，他森然望向身后。

在他身后，围在姜明鬼身边的韩军已尸横一地——方才令那中年人心惊胆战的一串连珠箭，其实并非瞄准他，而是将那些看守姜明鬼的韩军瞬间射杀。剩下侥幸未死的韩军魂飞魄散，想要四散奔逃，却有一个身穿黑皮短甲的武士，自灯台后跳出，如猎豹般追击，箭无虚发，又连杀十余人，剩下的才侥幸逃脱。

那有着鹰隼一样眼睛的年轻人冷笑一声，走向姜明鬼。

"姜师兄。"他冷冷地道。

姜明鬼紧紧地抱着渐渐冷去的麦离，慢慢地道："秦师弟。"

第十章

生死场

时间飞逝，距姜明鬼入宫行刺，已过了七天；而距离他于暴雨之夜在千钧台下被人救走，也已过了三天。

在这三天里，韩国发生了很多事情，而新郑城内的很多变故，也已被决定了。

这一晚，韩王独自一人垂坐于金殿之上。

韩国金殿的布置，如同飞鸟：国君所坐的王台，高九尺，居于正中，如同鸟首；两侧弧形展开三层百官所坐的臣台，自上而下，由短而长，分别高七尺、五尺、三尺，如同鸟翼环抱。

金殿之中，灯火通明，那灯火却照得韩王面色越发阴沉。

他身着王服，头戴珠冕，正襟而坐，虽然瘦削、佝偻，却也不失国君风度。难得的，他已经一整天没有喝酒，令他唇色乌青，两眼空洞，一双按在膝头的手，也在袖中不住颤抖。

就像有一团疯狂的火焰包裹在他身上，灼烧着他、折磨着他，令他痛苦，却又令他清醒。

而这时候，绿玉络不在他身边，酒、色、财、气都不在他身边，甚至连一个宫女，一个内监，一个守卫都没有。

这一国之君一个人坐在九尺王台之上，俯瞰着空空荡荡的金殿，备显孤独。

远远地，宫外青云楼处忽然传来一声巨响。"砰"的一声，像是那楼一下子塌了半边。然后，在那一片不绝余响中，他又听到一阵越来越响的奇怪尖啸。那啸声自远处、天上而来，似是有一只巨大的箭，射穿月色，凌空飞至。

"砰"的一声巨响，那箭由远及近，射在殿头之上，"轰隆"一声，直将殿头整个砸塌，尘烟四起，碎瓦、断木飞溅如雨，一段七尺长短的物件，硬邦邦、直挺挺地摔入殿中。

那黑影砸在地上，余势未歇，又挂着道道烟尘向前弹起，越弹越低，转而在地上滑行越速，一路撞翻灯台、座席，撕裂屏风、幔帐，最后撞上大殿殿柱，才停下来。

"咚！"

那一撞直震得柱摇殿动，扑簌簌地落下许多积尘。

韩王眨了眨眼睛，空洞的双眼终于有了些神采。

"大王！"金殿外守卫的将领，忽见殿首坍塌，殿内异响，连忙赶了进来，眼见一片狼藉，唯恐惊扰了王驾，连忙跪倒请罪。

"滚。"韩王居高临下，森然道，"除了寡人已宣见的大司马、大司徒、大司空，以及玉络夫人，任何人不得进来。"

"是。"那将领不知所措，唯有领命而去。

韩王望着殿柱下那一团从天而降的物事。它停下来时，被撕裂的幔帐给卷住了，因此没被守卫的将领认出。但在它刚摔入殿中、贴地滑行的那一瞬间，韩王却已看清。

"你果然没有死。"韩王森然道。

那硬生生砸穿殿头、摔入殿中的物事，原来是一个人。

幔帐下，那人缓缓蠕动，挣扎着伸出一只手来，遭此撞击、摔打,他居然未死。掀开了裹在身上的幔帐,那人缓缓坐起身来,面如金纸,口鼻溢血,脸上再也不见当日的温和自信,取而代之的,是挥之不去的悲愤与疲惫。

——姜明鬼。

失踪数日之后,他终于又出现在韩王面前!

与此同时,远处宫外的青云楼上,又传来一声巨响,似是那高楼已彻底坍塌。

"你从青云楼上来的?"韩王问道。

"青云楼距宫内很近,只消砍断一层三根楼柱,便可令那高楼弯曲,变成一张巨弓。我在楼顶,再斩断机关,令其发射,便可于须臾间,飞过王宫的重重守卫,直达大王的面前。"姜明鬼道。

韩王闭上眼睛,想象在那圆月之下,姜明鬼以楼为弓,以人为箭,一箭射到自己眼前,不由哑然失笑。

"聂政刺韩傀,白虹贯日;要离刺庆忌,仓鹰击殿。"韩王睁开眼来,冷笑道,"寡人何其幸也,今夜竟令这两大异象都应在寡人的眼前。"

"实在是麦姑娘的冤情太重,以致天地动容!"姜明鬼咬牙道。

韩王瞪着眼睛,似乎好一会儿才想起这么个人来,笑道:"麦姑娘?怎么,那个水丰城的女人,死了?"

这话仿佛一把尖刀,重又挑开姜明鬼心中血淋淋的伤口。

那天夜里,秦雄赶到,连杀三人,将他救下来的时候,麦离却已经死了。

暴雨倾盆,麦离就在他的怀中渐渐变得冰冷。那健康执着、勇敢狡黠的农家女子,那一心想要向他借种,打着各种小算盘,生气勃勃得令他厌恶甚至畏惧的女子,居然就这样死在了他的怀中,再也不会说话,不会烦他。

而她留下的最后一句话是："我真后悔，选了你。"

如果不是姜明鬼行动失败，他们本不必落得如此下场；而如果不是姜明鬼为绿玉络所迷，他们就不会输；再如果不是姜明鬼非要以绝食的方式说服韩王，绿玉络也根本没有机会乘虚而入；最后，若不是姜明鬼执着于兼爱之道，他也不会想出绝食这一办法。

——如果不是选他，而是选了秦雄，他们现在是不是已经拯救了水丰城？

——如果不是选他，而是选了辛天志，麦离现在是否至少不必死去？

暴雨像是数不清的冰冷的针，从天而降，将姜明鬼扎得千疮百孔。雨水在麦离毫无血色的脸上碎裂溅开，在那一瞬间，姜明鬼心中的悔恨无以复加，对自己、对自己的兼爱之道，产生了空前的怀疑。

"她足足四天水米不沾，又被你一刀刺伤，更受日晒雨淋，再被杀手追杀、担惊受怕……"姜明鬼咬牙道，"终于熬不住，惨死在我的面前。是我没有保护好她，我有负她之所托。但我一定会为她报仇，完成她的遗愿。"

一言已毕，他扬眉出剑。

那国君在上，那少年在下，这金殿阴森，这夜凉如水。

姜明鬼的"黑渊"器盒已毁，手中长剑只是在新郑城市井购得的凡铁。但这时一剑出鞘，剑气清冽，却将韩王的君王之威，尽都破去！

"你为一己私利荼毒百姓，墨家弟子姜明鬼，今日就要为民除害！"姜明鬼恨声道。

"哦？"

韩王看着姜明鬼的剑锋，微微冷笑："寡人好心饶你不死，你不领情也就罢了，居然还敢向寡人出剑？"

第十章 生死场　343

"你不过是为了折辱我们,"姜明鬼恨声道,"你不过是要让我们慢慢地死!"

"寡人若是真那么想的话,"韩王向后坐了坐,傲然道,"又怎么会派人在晚上去救你们呢?"

此言一出,姜明鬼登时大吃一惊。

千钧台下一番厮杀,麦离身死,固然令他痛不欲生,而那一位前来营救他的蒙面老者之死,也令他耿耿于怀。墨家弟子恩怨分明,那老者为了救他,惨遭斩首,而他却连人家的姓名都不知道,岂可安心?

"那蒙面人是你派来的?"姜明鬼不由问道。

"风水家的青峰叟,"韩王冷冷地道,"乃是我身边屈指可数、信得过的人。"

"你……你既然派他来救我们,为什么之前要将我们压于千钧台下?为什么又刺伤了麦姑娘,以致她虚弱而死?"

"寡人若不罚你,只怕你当场就要被处死了;寡人刺伤那个女人,也只不过是要让他们相信,寡人确实是要处死你们,让他们不必急于下手。她没撑下来是她倒霉,但唯有如此,寡人才有机会,让青峰叟在夜间去将你们救走。"韩王叹道,"只是没想到,他们却也在夜间加派了人手,一定要让你死在寡人的手上。"

"他们是谁?"姜明鬼怒道。

韩王望着他,忽而促狭一笑,道:"你来得正是时候。他们,就要来了。"

第一个来的,正是"气"——大司马韩石恩。

他年富力强,干什么事都快捷利落,先前收到韩王的宣见,立刻寅夜入宫,只是半路上亲见青云楼倒塌,不免耽搁了片刻。一进金殿，见只有韩王和姜明鬼，他不由一惊，"仓啷"一声拔剑出鞘，喝道："大王休惊，臣护驾来迟！"

"大司马不必紧张。"韩王摆手笑道，"姜明鬼虽是不速之客，今日却并非寡人的敌人。"

第二个来的，则是"财"——大司徒廉江。

他金光闪闪，满面油光，原本在家中用膳，突遭韩王传召，匆匆进宫，这时呼哧带喘地来到金殿，尚未进殿，却已大喊道："大王，大事不好，青云楼倒了！"一见到姜明鬼，他不由得脸都白了，叫道："姜明鬼，你还没死？韩大人，还不快快护驾！"

第三个来的，自然是"酒"——大司空颜西翁。

他颤颤巍巍，由人搀扶到了金殿门口，然后才自己蹚过瓦砾，走入殿中。

第四个来的，却是从殿后走入，人未到，先有环佩叮当，香风扑面——自然是"色"，绿玉络。

"大王，如此良夜，您不与臣妾共度，还在此操劳国事……"绿玉络笑盈盈地自后殿转出，先看见韩石恩等人已是一惊，再看见姜明鬼，不由更是意外。她望了一眼韩王，掩口笑道："哎哟，我这弟弟大难不死，又回来了？"

她再见到他时，居然还能若无其事，姜明鬼心中一乱，只狠狠地瞪着她。

韩王笑道："他正是要找我们，算一算总账。"

气氛诡谲，韩王每一句话，都似别有所指。绿玉络、韩石恩等人面上阴晴不定，各在臣台上找到位置坐下。其中韩石恩坐于韩王左侧五尺的臣台上，廉江、颜西翁分别坐于韩王右侧七尺、三尺的臣台上。

绿玉络则轻移莲步，走上王台，依偎在韩王右侧身旁。

第十章 生死场　345

姜明鬼不知韩王打算，站在平地，虽比众人都低了一截，但一剑在手，凛然无惧。

"姜明鬼想要知道，那天晚上，千钧台下一场混战，是谁想要杀他。"韩王微笑道。

酒、色、财、气面面相觑。良久，廉江才道："大王，您要惩罚姜明鬼，令他承担千钧台，守卫自然要阻止他逃走。姜明鬼在逃走时杀伤守卫多人。臣以为，这时候，我们更应该问的，是姜明鬼的罪。"

"那一晚，千钧台下的守卫不正常。"韩王冷笑道，"有人早就准备好了，姜明鬼逃不逃都会被杀。韩石恩派出了青云塔上的怪儿带兵镇守，虽然已是违规，但总算韩石恩本就负责此事，还勉强说得通。但据说在场的还有另外两个人，一个身形如虎，当是百兽家的高手；一个青旗白伞，当是卫家的能人。他们，又是从何而来呢？"

"大王似乎少说了一位，想要蒙面救走姜明鬼的风水家高手。"韩石恩忽道。

"那风水家的高手，是寡人的人！"韩王怒道，"寡人派他去放走姜明鬼，却被那些突然多出来的守卫及高手，就地杀了！"

"大王，你既要释放姜明鬼，何必又让他去承担千钧台；你既要让他承担千钧台，又何必偷偷摸摸派人放他？你这样出尔反尔，弄得臣妾都糊涂啦！"绿玉络轻揽韩王脖颈，娇嗔道。

"寡人罚姜明鬼，是因为他无礼犯上，有损国体；寡人放姜明鬼，是因为寡人不想真的坏了他的性命，以致与墨家为敌。"韩王怒气勃发，森然望着韩石恩，道，"现在，轮到你们解释，是谁一定要让姜明鬼死，好让韩国与小取城结下仇怨。"

姜明鬼站在场中，目光一一扫过韩国君臣的脸，一瞬间有些恍惚，竟似自己其实是多余的一般。

那一日被秦雄救出之后，他安葬了麦离，躲起来休养身体，三天之后方恢复了体力，立刻毫不犹豫，以楼为弓，以身为箭，将自己射入韩王宫，要为麦离、水丰城讨回公道。

他是墨家高徒，那承字诀的古木之力，令他如神兵天降。

可是现在看来，却是他无意中落入了韩国君臣的争端。

"原来大王召我们深夜入宫，就是来兴师问罪了。"韩石恩冷笑道，"可惜，我又不知道大王心中是想要放走姜公子的。那我安排家臣，协助守卫看管千钧台，阻止人犯逃脱，又何罪之有？大王这样怀疑微臣，实在太令人寒心了。"

"你的'家臣'？你快把韩国都变成你的'家业'了！"韩王森然道，"你主持青云楼数年，一个像样的人才都没有招来，反倒让自己的家臣变得越来越多。楚王送你的五百套盔甲、五百匹骏马，你还分得过来吗？"

韩石恩一愣，脸色腾地涨得通红。

他心高气傲，却又贪图小恩小惠，之前私受楚国的贿赂，用五百套盔甲、五百匹战马的代价，换来青云楼五年未出一等人才。所有惊才绝艳的挑战者，或者被他收入门下，或者被他设计构陷，逐出了新郑。

他拿了楚国的贿赂，又将七成以上的青云楼人才招入自己门下，如此一来，既白拿了楚国的盔甲，自觉又没有令良才流失，因此颇为得意。

这时突然被韩王斥责，他不由老羞成怒，道："楚国冶炼之术精良，他们的盔甲造得比我们的更好。我收下他们的盔甲，加以研究改良，岂非能更好地保护韩国将士？而那些青云楼的人才，本也一直在我的府中。大王喜欢，我将他们还回来也就是了！"

"名不正则言不顺。青云楼本为国家公器，你却将它据为己有，真正的国士，又岂会明珠暗投，助纣为虐？你收敛了一批怪儿那样不人不鬼的东西，又有什么用？"韩王沉痛道。

原来当日姜明鬼觉察到，青云楼上比试的项目明明周到详致、格局不俗，却一直未能选拔出人才，原因正在于此。

韩石恩被韩王指责，一时哑口无言，脸色铁青，转过了头去不说话。

"怪儿是大司马派去的，那么百家猛虎和白伞青旗，又是哪一位派去的呢？"韩王笑吟吟地，又把视线转向廉江与颜西翁。

大司徒、大司空一时都神情尴尬。廉江干咳一声，苦笑道："大王，无论如何，姜明鬼挟持国君，已是死罪。我们何必为他伤了君臣的情谊……"

话未说完，却听颜西翁长叹一声，道："卫家的黄吉山，是我请来的。"

此言一出，姜明鬼也不由大吃一惊。

颜西翁虽然老迈，但人如烈酒，慷慨豪壮，当日姜明鬼落败之后，他也是唯一一个建议韩王释放他与麦离的人。岂料那以两杆青旗断绝了他们的吉地、生路的卫家高手，竟是由他请来的。

"我敬你是位长者，你为何要暗中取我性命？"姜明鬼怒道。

"我没打算杀你。"颜西翁跪坐在臣台上，叹了口气，从袖中拿出一只小小的酒坛，拍开了泥封，竟就在韩王面前一小口一小口地喝了起来，"我只是让他守着千钧台，你若不跑，他便不会出手；若是没人救你，他也不会现身。"

"若是有人要杀他呢？"韩王微笑道。

"若是有人要杀他……"颜西翁喝了一口酒，摇了摇头，道，"若是有人要杀他……那便杀了吧。"

"你总是装作两不相帮，"韩王大笑道，"然而事到临头，大司空还是很有主见的啊！"

"是啊。"颜西翁苦笑一声，大大地喝了一口酒，"我希望姜明鬼死在新郑。能死在大王的手中，固然最好，能死在别人的手上，却也还行。只要能让韩国与小取城结仇，能令大王多一掣肘，总是好的。"

他如此直白，姜明鬼不由又惊又怒；而听这老人话中之意，他的目的竟是韩王。

"你这是要坏寡人的事，这是要将韩国拖得半死不活！"韩王怒道。

"老臣岁数大了，没有什么野心，只是想将来好好地死在家里，不要老来遭遇什么国破家亡的惨事。"

"所以你二十年来尸位素餐，醉生梦死，使得韩国军备废弛、国库空虚！"

颜西翁抬起头来，一小坛酒下肚，他脸色变得红润，两眼发亮，似乎连皱纹都变少了，大声道："不然，我还能怎样呢？韩国地处五国交界之处，强敌环伺，积贫积弱，每欲奋发图强，必遭各国围攻，自取其辱，反倒是无欲无求、示弱于人，方能于乱世中保全家国。"

"你身为韩国大司空，如此自轻自贱，对得起韩国的列祖列宗吗？"韩王大怒。

"大王一直在暗中策划着什么，老臣虽然还未查明，却感觉得到，因此更加担忧。您是有雄心、有手段的，若是生于强秦齐楚，必可成就一番伟业，便是生于燕赵，也不失为一方霸主。然而我们是在韩国，大王的冒进，只会给韩国带来灾祸。我要让大王与小取城结仇，确是为了韩国的社稷着想！"

他语气沉痛，说得极其认真。韩王怒极反笑，大叫道："你总说对于酒家而言，醉后的虚幻才是现实，寡人看来，你其实从来都

第十章 生死场　349

只活在现实之中！"

颜西翁愣了一下，忽然泄了气。他垂下眼，低下头去，却又从另一只袖子中，拿出了新的一小坛酒。

韩王给他气得呼呼喘息，一时也没有说话。

廉江左看看，右看看，眼见自己已无所遁形，叹息一声，伏地行礼道："启禀大王，百兽家那个杀手，是我花了三千钱请的——至今我还肉疼。"

"当然少不了你，"韩王恨恨道，"你这秦国走狗。"

"大王此言差矣。"廉江直起身来，觍颜笑道，"秦国花了五十万钱，要从我这里买一条东进的路，反正韩国也无力抵抗，倒不如让我做个顺水人情。一来削弱韩国国力，将来两国交战时，不堪一击，也就不至于引发屠城灭国之祸；二来有金钱在手，将来也许能从秦王手中，买下大王及诸位大人的性命，也不枉我们君臣一场。"

他出卖自己的国家，丝毫不见羞愧。

不，不光是他，而是他们三人，每一个都理直气壮，受人指责时，倒好似自己受了天大的委屈。

姜明鬼放声大笑，道："所谓韩国三司，原来心心念念，只是要让我死在新郑，好用墨家来削弱韩国。我姜明鬼的一条性命，竟与韩国国运息息相关，实乃无上荣幸！"

"三人？"韩王冷笑道，"你怕是忘了第四位——我们的玉络夫人了。"

他转头望向身边的绿玉络，道："未知夫人，还有什么话说？"

绿玉络掩嘴而笑，一双眼骨碌碌地望望姜明鬼，望望韩王，未置可否。

他忽然又将矛头指向绿玉络，姜明鬼虽心有芥蒂，却仍按捺不住，道："韩王明鉴，当日在千钧台前，截杀我们的高手，只有三人！"

只有三人：青云楼怪儿由韩石恩委派，卫家的白伞青旗由颜西翁指使，百兽家的猛虎却是廉江雇佣——除此之外，并无第四个杀手现身。

"颜西翁和廉江，一个没了骨头，一个收了秦国的贿金。"韩王虽是回答姜明鬼的疑问，一双眼睛却死死地盯着绿玉络，"他们都想让寡人与小取城结仇，因此必须让姜明鬼死。但韩石恩，不过是个鼠肚鸡肠的小人而已，寡人不让姜明鬼死，他还真就不敢杀了他。所以刚才韩石恩说得清楚，他派了怪儿看守千钧台，只是看守，只是不令姜明鬼逃走而已。真正命令怪儿找机会杀掉姜明鬼的，另有其人。"

他此言一出，姜明鬼回顾韩石恩的话，登时也察觉不对，一颗心直沉了下去。

"启禀大王，那便是臣妾了。"绿玉络巧笑嫣然，道，"是臣妾私下找到那怪物，不，那怪儿，让他杀了我这弟弟。"

她直到这时，仍是在亲亲热热地叫着姜明鬼弟弟，但所言之事，却是以卑劣手段置姜明鬼于死地。姜明鬼目眦尽裂，喝道："我与你何冤何仇，你要这般害我！"

"我与弟弟无冤无仇，我与韩国也无冤无仇，我与大王更是夫妻情深，"绿玉络笑道，"可是我身负使命，要促使韩国灭亡，好引秦国出关。"

"这又是为什么？"姜明鬼惊道。

"韩国地处七国之中，既是六国抗秦的第一道屏障，也是秦国龟缩于函谷关的最佳壁垒。多年以来，六国合纵攻秦，每每无功而返，很重要的一个原因，便是韩国横亘于此，而令其他五国调度不开。"绿玉络肃容道,"因此,我国国君送我来韩,我所肩负的使命,便是魅惑大王、祸乱朝纲,以令韩国及早衰败、灭亡。姜明鬼一死,小取城必与韩国为敌;韩国一亡,秦国必定出关。如此一来,便如鼋龟上钩,被扯出函谷关的甲壳,三面受敌,不复天险之利;而其他五国眼见韩国的亡国之鉴,也必定会更加勠力同心,抗击秦国,免于倾覆之祸。"

这疯狂的计划,直令姜明鬼目瞪口呆。

绿玉络看他好笑,道:"若牺牲一国,便可救六国——我的好弟弟,这笔买卖,墨家做不做得过?"

韩王拍腿大笑,道:"燕王把你送来的时候,寡人真应该立即把你给杀了!"

绿玉络掩口笑道:"可是大王终究没有忍心下手呢。到了后来,即使对臣妾有所怀疑,却也已被酒、色、财、气四害环绕,积重难返,便是想要清除臣妾,却也不行了。"

"是啊,"廉江谄笑道,"大王雄才大略,可惜生于韩国,又风云际会,遇到我们四个自私、懦弱、贪婪、叛逆之人,以致壮志难伸。可是这么多年过去了,我们固然坏事做尽,令韩国不断衰败,可是彼此牵制之下,却也留下了大王一条命,更令韩国过了好几年太平日子。大王今日突然将我们聚齐,什么话都说了,什么脸都撕破了,可让我们将来如何面对大王?"

"是啊,本来保持现状就好,"颜西翁摇着酒坛残酒,叹道,"大王却强求真相,后果真的能承担得起吗?"

"只要大王杀了姜明鬼,"韩石恩森然道,"我们就当今晚什么事都没有发生。"

他们话里话外,都是要令韩王就范。姜明鬼听在耳中,怎不怒从心起,大笑道:"来啊,试试看谁能杀我?我正要为麦离报仇!"

"所以，现在你知道，寡人要放你走到底有多难。"韩王苦笑道，"寡人年轻时，自负才学，不知人心险恶，初时只见韩石恩勇猛、廉江博学，便将这一文一武视为左膀右臂，百般倚重，结果他们却一个嫉贤妒能，一个贪得无厌，寡人一时灰心，又给颜西翁、绿玉络乘虚而入，一以烈酒、一以美色，令寡人对他们多有偏爱，以至于一朝梦醒，才发现自己已为酒、色、财、气所包围，不仅一国之主的权力尽被架空，甚至随时都有性命危险，不得已，只得虚与委蛇，做一个他们希望的昏王。"

他的视线一一扫过这四人，目光中所流露出的怨毒，便是姜明鬼也不由打了个冷战。

——这明明有着雄才大略的君王，未被外敌击倒，却被四个自己最亲近、最信任的人背叛与裹挟，以致碌碌无为，该是何等的痛苦？

——而朝堂上的争斗，其残忍诡谲，果然远胜江湖！

"不过到了今日，寡人终于不必再跟你们演戏了。"韩王森然道。

那四人面面相觑，绿玉络笑道："大王遣散宫人，将我们急召而来，可是有了一口气对付我们四人的把握？"

"没有！"韩王断然道，"寡人只是再也没有仰人鼻息的必要了！"他放声大笑，笑声中满是悲愤与绝望，道，"之前无论多么屈辱，寡人都要装聋作哑，因为要留着寡人的有用之身，振兴韩国，以图后事。可是从今天起，再也没有这样的必要了！"

他挺身而起，尖声大叫："寡人已经完了，韩国已经完了！这天下也已经完了！完在寡人的手里，更完在你们的手里！"

"大王，您今日虽未喝酒，却已经醉了呢。"绿玉络笑道。

"姜明鬼！"韩王忽然转向姜明鬼，大叫道，"你不是要水丰城吗？你不是想让寡人停下修建水丰城的陵墓吗？寡人答应你！去

第十章 生死场

他的水丰城！去他的陵墓！寡人活着已经受够了，谁还在乎死后之事！"

他疯狂地咆哮，动作之大，直将珠冕打翻，衣带扯断，终于声嘶力竭，一跤摔倒在王台上，跌回绿玉络的膝上。

"大王！"绿玉络撒娇道，"你到底在说什么啊！"

"寡人去断秦王的龙脉了。"韩王躺在绿玉络的膝头，声音沙哑，却清清楚楚地道，"这些年来，寡人被你们监视软禁，只能沉溺于风水、阴阳之术，却也因此认识了风水家青峰叟、阴阳家古宋子等人。他们不断推演，终于算出天下王气，尽归于秦，而秦国一统天下的龙脉，以黄河为根基，正渐渐成型。"

青峰叟、古宋子等人，绿玉络四人自然是认识的。只是他们以为，阴阳、风水之术，不过是奇技淫巧的小道，而韩王与这些人交好，正说明他已消磨了志气——却想不到，这人竟然秘密进行着这样的钻研。

韩王心意之坚，城府之深，令绿玉络等人不由脸色大变。

"那龙脉深藏地下，我们即使知道，也无计可施。但是三年前，那龙脉突然上浮，而到半年前，更是越来越近地表不过数里，堪堪可以挖到。寡人不由欣喜若狂，而它最近地表的地方，便是水丰城！"

韩王躺在绿玉络的膝头，却向半空中伸出一只手，五指箕张，用力握紧。

"那是寡人最后的机会，只要能将那龙脉刨出、驯服，韩国国运便能一飞冲天；若是不能驯服，只要将它毁去，也必会延缓强秦吞并六国的时间，也给了韩国更多改变的机会。寡人不敢让你们知道真正意图，于是下令古宋子去水丰城为寡人修陵。名为修陵，实则挖掘龙脉！可笑姜明鬼和那水丰城的村妇，居然跑来阻止寡人，你们根本不知道，你们是要耽误寡人多大的事情！"

"那现在呢？"廉江听说秦国龙脉有险，秦、韩二国强弱异势，不由焦虑，"大王可得手了？"

"寡人若已得手，焉有你们的命在？"韩王恨声道，"古宋子今日飞鸽传书，三天前的夜里，他距那龙脉本已不过数尺之遥。可是突然间，那龙脉却急速下潜，一口气沉到了人力再也无法企及的地底深处。寡人最后一个反败为胜的机会，就这样没有了，你们说得没错，韩国已经完了……"

原来在他们不知道的地方，韩王竟已做出如此决绝的反攻。

虽然风水一说，难以令人尽信，但他那不顾一切的狂热，却不由令人相信他的计划。酒、色、财、气四人倒吸一口冷气，一瞬间，竟都有死里逃生之感。

蓦然间，姜明鬼却大笑起来。

"哈哈哈哈哈哈！"

他捧腹而笑，韩王孤注一掷的行动，功亏一篑的苦闷，于他而言竟似是极大的笑话一般。

"你笑什么！"韩王怒道。

"我笑……"姜明鬼擦了擦笑出的眼泪，道，"我笑的正是你们。"

三天前的那个夜晚，姜明鬼被秦雄救离千钧台，躲到新郑城西郊的一片乱葬冈中。

闪电雷声，暴雨倾盆，姜明鬼坐倒在一棵大树下。

他失魂落魄，筋疲力尽，手边扔着秦雄给他的食物，却根本拿不起来。秦雄在姜明鬼的对面站着，身上仍然穿着韩国士兵的衣服，身姿笔直，一双鹰眼被雨水冲刷，直如坟间的两点碧火。

而那箭法如神的黑甲武士，在外面寻了一块空地，正用腰间短刀挖开一个浅坑。

第十章 生死场

麦离，就躺在那浅坑边。

姜明鬼远远地望着麦离的身影，面上的表情，仿佛是在梦中。

"你为什么会在那里？"良久，他终于问道。

"我早就在那里。"秦雄却似早在等着他的问题，道，"你挟持韩王的第二天，我就到了新郑。你被压在千钧台下，我也一直在旁围观。到了夜间，准备救你，这才杀了一个士兵，抢了他的衣服，混入守军之中。"

"那你……为什么会在新郑？"姜明鬼又问道。

"因为这个！"秦雄反手一撕，撕开自己左肩上的衣服，露出那里兀自红肿的一处烫伤，道，"我总要和你讨个说法。"

闪电照亮天地，那皮开肉烂、扭曲狰狞的"鬼"字烙印，正是当初秦雄逃出小取城，姜明鬼在辞过楼外将他三擒三纵，而最终决定由自己承担他的罪恶之后，留下的标记。

"我不能就这么输给你，尤其是输给你那妇人之仁的兼爱之道。"秦雄道，"那会令自己失去雄心与锐气。三年来，我游历七国、遍访百家，历尽千辛万苦，终于破尽百家之道，而拨云见日，自证天道，最后时刻，岂可在你手上一败涂地？"

姜明鬼坐在那里，微微闭上眼睛，心中苦笑。

——原来辞过楼外的一场交锋，不仅是他被秦雄动摇，秦雄其实也被他所迷惑了。

"赵流其实是你故意杀死的，你还杀死了金家兄弟等人，并在百家阵中毁尸灭迹。"姜明鬼轻声道。

"没错！"秦雄傲然道，"那又怎么样？"

"我……"姜明鬼犹豫了一下，虽然这个问题他早已考虑过许多次，"我会为他们报仇。你骗了我，辜负了钜子，所作所为，大大违背了墨家宗旨。我之前错信了你，放你一条生路，但将来总有一天，我会亲手杀了你，为他们报仇，为小取城清理门户。"

秦雄放声大笑，笑声在雨声中惊起树上一片鸦雀。

远处那黑甲武士向这边望了一眼，将麦离搬入浅坑。姜明鬼身子一震，几乎忍不住要过去再见麦离最后一面，然而也只是一挣，又坐了回来。

——他去见她最后一面又有什么用？

——明明是他自己，害死了她。

"你杀不了我了，因为你已经输了。你没有输给我，但你输给了你自己。你还相信你的兼爱之道吗？你还相信你能'承'住这世间的一切苦难吗？看看那边，麦离已经死了！相信你的麦离已经死了！"

这话如同一柄钢刀，刺入姜明鬼的胸膛，直令他痛得说不出话。

——那黑甲武士，已向浅坑中推土。

——麦离，是真的就这样死了。

"百家争鸣，争的是一个'信'字。你只有相信自己的学说，你的学说才能称其为'道'，你的'道'才能赋予你无穷之'力'。之前你对我连战连胜，不在于你的'黑渊'，而在于你的天真。你对兼爱的信念之强，几乎令我怀疑自毁。因此我虽然离开了小取城，却仍然什么都做不了，只能紧跟着你、关注着你，寻找你兼爱之道的破绽。谁知你竟就这么输了，输得不堪一击。"

秦雄一手指天，一手指着姜明鬼，狞笑道："我现在已重获自由。并且因为你的缘故，我将再也不会怀疑我的'天道'。"

"你所谓的'天道'，又是什么？"

"超人者方可爱人。"秦雄傲然道，"唯有超越凡俗，视万民如蝼蚁，才能与天协力，庇护万民。"

他的每一句话，都如同一记鞭子，抽在姜明鬼的身上，令他颤

第十章 生死场　357

抖不已。

那黑甲武士掩埋好了麦离,又在雨水中洗净自己身上的泥污,快步来到树下,沉声道:"主人,新郑不宜久留,我们该走了。"

秦雄"嗯"了一声,将肩上衣物遮好,对姜明鬼道:"这个'鬼'字,我会留着,提醒我妇人之仁的可笑。你当初放我出小取城,我如今救你离千钧台,我们从此两不相欠,下次见面也许就是你死我活了。"

他意气风发,姜明鬼望着他,却心哀若死,视线滑过那黑甲武士,却突然觉得不对。

——之前一路激战逃亡,他不及细看,这时再见,才忽然惊觉,如此面熟。

姜明鬼清醒了一些,再一分辨,脱口而出道:"是……是你?"

——终南何有?有条有梅。颜如渥丹,其君也哉!

——终南何有?有纪有堂。佩玉将将,寿考不亡!

原来他正是当日姜明鬼与麦离相识时,在大取桥上不愿与人结盟、高歌而去的黑甲武士。

那黑甲武士淡淡地看他一眼,道:"大取桥上一别,久违了。"

他那时在大取桥上突然离开,这时却和秦雄在一起——而当时秦雄便在大取桥的对岸——他所唱的那首《秦风·终南》,与其说是感叹君主善变,报国无门,倒不如说是提醒旧识,勿忘初心。

"你……你是为秦雄来的?"姜明鬼心念电转。

"我正是到小取城求见主人的,恳请主人中止游学,与我回国,力挽狂澜。"

——他既已在大取桥头见到秦雄,又以《终南》表意,自然是不必再过桥去了。

这豪杰说话,如此卑微却又如此庄重,更显出秦雄的不凡。姜明鬼越听越是骇然，眼望秦雄，叫道："你……你到底是什么人？"

"我乃'秦雄'，秦国之雄。"秦雄听他察觉自己身份，不由昂然大笑，"秦王嬴政便是！寡人的'六合'长剑还留在小取城，你们替我保管好了！"

韩王金殿中，姜明鬼看着这处心积虑、却被造化捉弄的君王，不由生出荒诞之感。

"你这般糊涂，岂是酒、色、财、气的对手；民心尽失，你又怎能抵挡住秦军铁蹄？"他冷笑道。

"你说什么？"韩王一愣。

"哪有什么龙脉、气数，一切不过是阴阳、风水的牵强附会。"姜明鬼冷笑道，"你听信一家之言，就妄图毁灭水丰城，他们说什么，你都深信不疑，又焉能将韩国治好。秦国强大，在其六世以来的变法、精进，韩国弱小，却又被你们君臣上下的昏聩掣肘。便是杀了秦王，你能抹去秦、韩两国数百年的国力之差吗？你还觊觎以掘个龙脉作为反败为胜的手段，你与嬴政的差距，何异于云泥！"

他声色俱厉，前所未有。

"韩王！人心才是一国的龙脉，你毁去水丰城，杀死麦姑娘，已将自己的龙脉掘断了！"

韩王愣愣地看着他，然后转头怒视绿玉络，怒视韩石恩，怒视颜西翁，怒视廉江，气得猛甩袖子，一下一下地跺着脚，可是却什么也无法改变，什么也说不出来。

"姜明鬼，骂得好！"好一会儿，韩王才嘎声道，"你是不是想为那个叫什么麦离的女子报仇？"

"钜子为我取名'明鬼'，乃是出自《墨子》一书。"听韩王终于又将话题带回麦离身上，姜明鬼身子一震，沉声道，"墨子以

第十章 生死场　359

为，世上需要有'鬼'的存在，才能赏贤罚暴，令人不敢不兼爱。之前我努力尊重和信任在座之人，换来的却只是你们的算计与伤害。而现在麦姑娘已死，我正应当施展'厉鬼'的手段，来惩治你们这些不配被兼爱的人。"

他终于说出这番话来，将一些人划为"非人"，心中绝望无以复加，而更添愤怒。

"可是你的器盒已毁，你还能打吗？"

"器盒不过是'身外之承'，"姜明鬼一手提剑，一手重重拍了拍自己的额头，"墨家承字诀，更基本的本领，是'以身承之'。"

"那好极了！"韩王霍然起身，道，"你杀了这四个韩国国贼，寡人的性命，便是你的！"

姜明鬼站在平地上，掌中一把长剑。

在他的左侧三尺之处，是颜西翁，右侧五尺之处，是韩石恩，左侧七尺之处是廉江，右侧九尺之处，是绿玉络。

"姜明鬼，你该不会真信了这昏君的话吧？"颜西翁托着酒坛道。

姜明鬼举起长剑，深吸一口气。

他的体力虽已恢复，信心却再三遭到打击。兼爱之道模棱两可，这时能强提着一口气，再度入宫行刺，全靠麦离之死带来的仇恨支撑。他的剑尖逐一扫过四人，道："麦姑娘之死，你们脱不了干系！"

"自己的女人死了，是你没本事，别迁怒到别人的头上！"韩石恩怪叫道，"老子管你什么墨家、农家，老子不受你这个！"

他两眉倒竖，怒不可遏，直似受了天大的委屈。一面骂，他一面拔出佩剑，自五尺臣台一跃而下，一剑便向姜明鬼斩去。

——威怒家武技，自己越是生气，威力越是惊人。

强词夺理，一剑斩落，姜明鬼却似浑然不觉，平地肃立，只是将手中长剑一转，变成倒提之势，就这样仰面望着他，望那一剑如流星坠下。

韩石恩见他不闪不躲,知这一剑必中,心中大喜,不由又加了两分力。

可就在剑锋即将触及姜明鬼的一刹那,姜明鬼却突然动了!

——他向前走了一步!

那一步根本不足以令他走出韩石恩的剑势范围,却已令韩石恩那一剑落在姜明鬼身上的位置发生了变化:他原本要用剑身靠近剑尖的位置伤人,但姜明鬼一步迈出,最终却是以近剑锷处砍上姜明鬼的肩膀。

"砰"的一声,剑刃与肩膀撞击,传出一声闷响。长剑劈中姜明鬼,却如砍在一块坚木之上,又硬又钝,不仅未能裂肉断骨,更遭一股大力反弹,登时偏到一边。

韩石恩双足落地,长剑偏出,空门大露。

几乎与此同时,姜明鬼握剑的手臂向上一抬,一道剑光,扬起又落下!

——扬起时,在韩石恩的胸口上一划。

那一剑浅而粗,不好看却剧痛,韩石恩惨叫一声,向后一退,姜明鬼倒举长剑,剑尖向下,又自韩石恩颈后插落,"噗"的一声,已刺穿心腹。

——明鬼,明鬼。

——赏贤,罚暴。

韩石恩长声惨叫,右手握剑,还想挣扎,姜明鬼的左手却已伸出,抢先握住了他的右手手腕。

这般姿势,二人靠得极近,姜明鬼的脸充满韩石恩的视野。

那张虽然年轻,但满是痛苦、绝望、怀疑、悲伤、疲惫、不甘、暴戾……的脸。

第十章 生死场　361

那张悲痛欲绝,如同厉鬼的脸,而非虚张声势的凡人的脸!

一瞬间,韩石恩忽然失去了最后的斗志,以及生机。

韩石恩倒地而死!

先前时,姜明鬼身背器盒,兀自与韩石恩大战数十回合,方能靠机巧取胜。如今竟只一招,便了结了对方,只在右肩处,被剑身砸得衣裳裂开一线。

——那一剑没有砍掉他的手臂,竟只是砍裂了衣裳?

姜明鬼手上长剑嵌入韩石恩体内,被他的尸身夺走,这时面上青气一闪,索性若无其事,回头去找颜西翁。

但他才一回头,蓦地劲风扑面,"啪"的一声,一个酒坛砸在他额头上,碎成千片万片。猝不及防之下,姜明鬼已是双目剧痛,眼前一黑。

他目不能视,而三尺臣台上,颜西翁却已一跃而起。

那白发老翁势同疯虎,人在半空中,将两肩一抖,宽大的袍服飞罩姜明鬼的头顶,将姜明鬼的上半身整个包住。而颜西翁落下地来,便探步拉拳,狠狠地一拳打在姜明鬼的胸口上。

——他人虽老了,但酒已喝足了!

那一拳力气极大,登时将姜明鬼整个打得倒飞出去,撞上了对面的臣台。

颜西翁毫不留情,快步追来,趁着姜明鬼目不能视、双手被困,只抵着那臣台将姜明鬼堵住,一双铁拳左右开弓,暴风骤雨似的向他砸落。

只一眨眼工夫,姜明鬼已挨了十数拳。

忽然"刺啦"一声,却是颜西翁罩住姜明鬼的长袍蓦然裂开两道口子。裂口中,一双怪手蓦然探出。

那是一双干枯、遒劲的手。手指又细又长,如同铁叉,手腕皮包着骨头，青筋浮凸，如同树根。

——那长袍中只有姜明鬼，但那双手，又岂会是一个年轻人的手？

这双手迎面探来，一把便握住了颜西翁的双手。

颜西翁大骇，才要挣扎，只觉强风灌体，一只脚猛地自下而上，踢上他的胸膛，其力量之大，"喀啦"一声，已令他的胸骨尽碎，两臂脱臼。

颜西翁颓然倒下，那被他用外袍罩住的人，这才慢慢将那破裂的袍子取下。

外袍下的人，自然仍是姜明鬼。

只是这时看来，他却与以往有些不同——他的面色铁青，双目血红，身子似乎高大了许多，以至于手腕、脚腕都露了出来。而在他露出皮肉的地方，原本红润、青春的皮肉，全都干瘪、收缩，紧紧地包裹在他的骨头上。

——明鬼，明鬼！

——兴利，除害！

颜西翁倒在地上，口中酒水混着血水，汩汩而流，眼望姜明鬼，几乎真的以为自己看到了"鬼"！

这时，九尺王台上突然传来一声惨叫。

一个肥胖的身影，猛地自上摔下。廉江的脖子上插着一根粗大的银簪，在地上抽搐几下，眼见也是活不成了。

姜明鬼扔下颜西翁的破袍，向上望去。

只见绿玉络委坐王台之上，吓着了似的轻轻拍着自己的胸口，笑道："这无耻之徒，见弟弟勇猛，竟想要挟持我，来换他一命。"

韩王便站在离她不远处，冷哼道："他和你比阴沉，比狠辣，自然是比不过的。"

第十章 生死场　363

原来方才廉江眼见姜明鬼一招便杀了韩石恩，立觉不妙，于是竟逃到了王台上，拿了把短剑想要挟持绿玉绦，却被绿玉绦用一根银簪重伤，推了下去。

"我虽阴沉狠辣，可是细想起来，却还是及不上大王和弟弟的。"绿玉绦掩口笑道，"大王神不知鬼不觉地差点夺走秦国龙脉；弟弟除了'黑渊'器盒之外，竟还有这般令整个人都变了的本事。我的小聪明，在你们面前，又算得了什么呢？"

姜明鬼仰望着她，双眼赤红，脸色铁青，一言不发。

"我的好弟弟，难不成你真是妖怪吗？"

"这便是我墨家承字诀的'古木之力'。"姜明鬼沉默半晌，终于道，"通过调节呼吸，可以令身体坚如铁石。"

承字诀，身担天下，其正宗乃是"以身承之"，修炼"古木之力"，通过调节呼吸，控制筋肉骨骼，可以令人在短时间内刀枪不入，水火不侵；近年来姜明鬼在罗蚕的支持下，练出"身外之承"，以无穷无尽的器盒变化、机关技巧，令对手的一切攻击，都在近身之前便消弭无形。

小取城中，人人都知道姜明鬼的"黑渊"器盒厉害，却很少有人知道，他自幼在小取城长大，从小练得最好的，反倒是"以身承之""古木之力"，只是后来造字诀女弟子罗蚕崛起，不喜欢他终日鼻青脸肿，才制造器盒，帮他练了"身外之承"。

如今"黑渊"已毁，麦离已死，他所能依仗的，自然又变回了"古木之力"。

"这便是你自青云楼射入宫内，却仍若无其事的秘密吗？"韩王赞道。

姜明鬼先前现身之时，形如朽木，飞跃宫墙，砸穿殿顶，却不死不伤，原来就是用的这墨家神技护体。

"身如古木，便是天塌地陷，也可一肩担之。"姜明鬼道。

"撤了吧，撤了吧！"绿玉络央求道，"姐姐是一个手无缚鸡之力的女子，你不用什么'古木之力'，也杀得死我。"

姜明鬼稍一犹豫，深深呼吸，面上的青气果然以肉眼可见的速度淡去。紧接着，他那过分魁梧的身形也变回原样，手上、脸上的肌肤，恢复了白皙、弹性。

绿玉络说得没错，"古木之力"耗神巨大，酒、色、财、气中，真正需要用武力对付的是韩石恩、颜西翁，如今这二人已死，他便不需要用这门玄功了。

"我的弟弟，还是这样好看！"绿玉络笑吟吟地道，"廉江那蠢货，猪油蒙了心，竟想用我来挟持弟弟。可是他却忘了，大王的命令是要你杀掉我们四人；而我，几次三番坑害弟弟，只怕又是四人之中，弟弟最恨的人。"

姜明鬼站在那里哼了一声，看她言笑晏晏，一时却犹豫了。

"不过廉江这人虽然唯利是图，看人看事的眼光却还是毒的。难道挟持了我，真的能让弟弟放了他？我是弟弟最恨的人，可我又会不会是弟弟最爱的人呢？"绿玉络笑道。

"姜明鬼，"韩王喝道，"别再听这女人的妖媚之言，快杀了她！"

"我不爱你。"姜明鬼回想麦离的惨死，终于仰起头来，沉声道，"我爱世人，但我不爱任何人。我爱你和爱麦离一样多，我爱麦离和爱钜子一样多，我爱钜子和爱同门一样多，我爱同门和爱天下人一样多。我不会少爱一个人一分，也不会多爱一个人一分。那一天我输给你，只是一时恍惚。"

这是他必须要解决的问题，对绿玉络那一瞬间的动情，令他的兼爱之道从根基上出现了动摇，若不和她当面说清，只怕他此生都将困在此地。

"扑哧"一声，绿玉络却已笑得花枝乱颤。

"我的傻弟弟，你还是不知道你的心。你恨我不似恨韩石恩一样多，你恨我也不像恨颜西翁一样多，你恨我更不像恨廉江一样多——须知你本该恨我，但你谈到我的时候，还是在用'爱'这个字眼。"

姜明鬼一惊，不料被她抓住这样的文字漏洞，不由又羞又怒。

"能在你的兼爱之道中脱颖而出，成为你心目中独特的人，姐姐殊感荣幸。"绿玉络居高临下，忽然有些认真地看着他，"可是再怎么荣幸也没用啦，姐姐已是大土的人，而姐姐也已经毁了人王。如今什么都撕开了，什么都撕破了，大王是不会再让姐姐活着了。"

韩王冷哼一声，道："你知道就好！"

韩王无情，绿玉络微笑着看了他一眼，似嗔似怨，如诉如慕。

姜明鬼听二人对话，真真假假，虚虚实实，一颗心五味杂陈，却知道绿玉络狡计百出，唯有凝神戒备，丝毫不敢放松警惕。

绿玉络微微一笑，转过头来，拢了拢鬓边发丝，又对姜明鬼道："夫妇失和，却让弟弟看了笑话。姐姐一直在坑害你、刁难你，最后就帮你一回，替你报了你那麦姑娘的仇吧！"

然后，她笑了笑，仰天倒下，小腹上一柄短剑，不知何时已深没至柄。

姜明鬼大吃一惊，不及多想，已是不顾一切地跃上王台。

"你……你为什么这样做？"

只见绿玉络气息微弱，唇色惨白，唇边却不觉溢出殷红血迹。

"弟弟，"绿玉络微笑道，"你到底是爱姐姐多些呢，还是爱你那麦姑娘多些？"

姜明鬼僵硬地站在那里，死死握着拳头。

——这是何其无耻的一个女人，他们只见过两次，而她每一次都想置他于死地，但死到临头，她还在用"爱"来消遣他。

——可是，姜明鬼眼眶一热，却已流下泪来。

"傻弟弟……"绿玉络看他流泪，却笑得更加开心，"若是一个人，你只能爱她十分，那你便爱她十分；你能爱她百分，那你便爱她百分……那么对这两个人，你都爱了满分……这样是不是兼爱呢？"

她唇边流出的鲜血越来越多，声音也越来越微弱，但对姜明鬼来说，却不啻于炸雷一响。

——一瞬间，似有一种全新的兼爱境界，展现在他的面前。

"你怎么会明白这些？"姜明鬼猛地蹲下身，眼睛死死盯着她。

绿玉络见他似有所悟，不由微微一笑，笑容未歇，已是头一垂，再无生息。

麦离。绿玉络。

短短数日，竟有两个让姜明鬼爱恨交织的女人，先后死在他的面前。

——其中一个，是与他有过男女之事，却被他百般嫌弃的人；

——而另一个，则是与他有过一吻，却几乎置他于死地的人。

——爱，到底是什么？

——兼爱，到底如何做到？

姜明鬼头痛欲裂，一时间又悲又怕，几乎想要跳起来逃走，突然他脚下一晃，紧接着整座韩王的金殿，似乎都在动摇。

姜明鬼一惊，回头一看，却见韩王似笑非笑，似哭非哭，正坐在一旁。

"死了，他们都死了！"韩王嘶喊道，"这些祸国殃民的国贼，终于被寡人除去了！"他手中不知何时已托起一盏油灯，这时猛地往自己脚下一摔，"啪"的一声，油灯落地，爆开一团烈焰。

那火起得好猛！在韩王的脚下亮起一个火头，一瞬间便已分出两路，一左一右，如两道火蛇蹿出，转眼间便撞上殿墙，再一分，

第十章 生死场　367

又贴着墙角，分成四股，曲折盘旋，电光石火间，将整个大殿圈在了火中。

经过了精心布置的门窗，吹来恰到好处的大风，火借风势，拔地而起，下一瞬间，整个大殿便笼罩在烈焰之中。

"准备用来对付酒、色、财、气的机关，不料却用来了结你我。"

韩王放声大笑，状若疯癫，又大叫道："多谢你，姜明鬼！抱歉啦，姜明鬼！寡人还是不能死在你的手里！寡人是韩国国君，除了我自己，寡人不应该死在任何人的手里！"

——那，正是由风水家青峰叟暗中改造了一年之久，让他今夜得以和酒、色、财、气同归于尽的火焰陷阱！

韩国国君的金殿失火，足足烧了三个时辰；烟尘散去，更足足花了三月。但那废墟中传出的流言，却在三年后还有人传颂。

传说那一天夜里，韩王金殿突然失火，一瞬间天地皆为焦土、君臣无所遁形。正在金殿中与韩王商议国事的大司马、大司徒、大司空，及韩王爱妃玉络夫人走投无路，都不幸遇难。

唯有韩王，在关键时刻为一路过的墨家少年所救。

那少年青面赤瞳，天生神力，搬山填海，竟就在韩王面前只手托住了燃烧的金殿大梁，保得韩王不死。

那少年自烈焰中走出，烟为之分，火为之散。救火的宫中兵士，但见那少年身如古木，足踏废墟，头顶青天，竟如盘古，分开天地。

之后，韩王重金礼聘，想请那墨家少年辅佐自己，那少年却坚辞不就，拂衣而去。问他原因，原来是要云游天下，阅遍百家，以寻找墨家真正的兼爱之道。

后 记
给痛苦者的赞歌

写完《墨守之城》,我惊讶地发现,这又是一个关于"痛苦者"的故事。

说起来简直一声叹息,我似乎一直在写"痛苦者"们的传奇人生。我笔下的人物,即使干了什么了不得的大事,也往往仍经历着巨大的挫败和痛苦。《反骨仔》《头文字H》《墓法墓天》……每一个故事的主人公,都长时间处于巨大的自我怀疑和否定中,都面临着被世界误解和敌视的命运。而这一次,不出意外地,轮到姜明鬼。

和他的前辈们一样,这个苦苦求"爱"的少年,也将在我的故事里,持续地痛苦、愤怒、矛盾、挣扎……如果我能穿越到这本书里,我大概也会去拍拍他的肩膀,说:"辛苦了。"

辛苦你,代替我去寻找"侠"的意义;

辛苦你,帮我完成我未能完成的坚持。

写了很多年的武侠小说,和许多人向往的潇洒自由、快意恩仇不同,在我看来,"侠"的核心,其实是痛苦和怀疑。

刨除鲁迅先生所言的由"流氓变迁"而来的那种恃强凌弱的伪侠不提，真正意义上的侠，应当是指那些拥有超越常人的力量，以及高出常人道德标准的一群人。他们天生成为一种社会的异类，即拥有对他人生死予夺的能力，并有追求公平、理想化的社会关系的愿望。

惩恶扬善、除暴安良，用个体的暴力去实现世界的和谐，是他们独特的行为模式。但问题是，他们个体的力量，其实又不足以和整个世界对抗。

而他们对道德的极高的自我要求，又造成他们往往只是在单打独斗，不断地燃烧自我、牺牲自我，最终如同巨大的牤牛、孤独的猛犸，轰然倒下，淹没在现实的洪流中。

就像少年时意气风发的胡斐，终究在一次次的欺骗与失落后，隐身雪山。

就像武功大成的张无忌，最后也只能卸任明教教主之位，远走海外。

就像几乎算得上无耻的韦小宝，最终也免不了挂印而去，带着七个老婆，浪迹天涯。

一个侠者，他必然是强大的而又无能的，优秀而又失败的。

因为写《墨守之城》，阅读了一些墨家的资料，作为中国侠义精神的源头，墨家的许多思考，令我醍醐灌顶。而在此期间，最强烈的一个感受是：侠者的无能与失败，正是源于他们的短视。

与政治动物的雄才大略、忍字当头不同，"侠"的强烈的正义感，很多时候，不容许他权衡利弊，谋而后定。他们的热血，易燃易爆炸，路见不平拔刀相助，只是源于最本能的人类的同情心。在这种同情心的指引之下，他们无疑能够拯救一个人或几个人，但再多一点，便已渐渐吃力，更多一些，他们就要全线崩盘了。

因为，同情心不会容许他们为了什么更伟大的目标，而去利用或牺牲别人。他们因此无法使用深刻的权谋，也无法成为真正的领袖，就像陈家洛、张无忌、令狐冲、萧峰……他们根本无法承担将别人当成"工具"，去博弈和厮杀的心理压力。

一刀一剑，是他们最能掌握和相信的东西。

走马江湖，就是他们最能实现自己价值的方式。

短视的目光、狭小的格局、微薄的力量、幼稚的方式，但这一切都不妨碍他们义无反顾地将自己投入那一场又一场，注定无法全胜的战争中去。所以，我好爱他们的这种"短视"！

没有什么千秋万载，没有什么宇宙洪荒，没有什么运筹帷幄，没有什么逆天改命……只有四面楚歌的一怒拔剑，只有八面树敌的一鸣惊人。侠者看不到那么远，走不到那么高，但珍惜每一个人，平等地对待每一个人，为每一个微小的个体争取公平，这，正是作为"普通人"的侠者，而能做到的最实际的善良。

在当今这个时代，当越来越多人为实际利益所诱惑，去欣赏和崇拜那些快乐的、成功的，却冷酷的、不择手段的"强者"时，侠者那高贵的短视、单纯的无能和伟大的痛苦，更显得弥足珍贵。

因为单独的侠者虽然可能难以改变什么，但他们散播出去的"善良"与"正义"的种子，却一定会在更多的人心里开花。

便如墨家虽已消亡，但侠义精神，却早已内化在中国人的心中。

对我来说，每一次的长篇写作，其实都是一次艰难的新生，是我在另一个时空、另一种命运中的另一种冒险、另一种成长。

如果你在现实中见过我，你一定不会想到，那样喜欢让笔下人物和世界死磕的作者，其实是一个沉默、微笑，看来毫无棱角，随和到几乎没有意见的人。

是我把自己变成这样的。我拥有平凡而幸福的人生，而为了这样的人生，我妥协了很多，放弃了很多。那些无疑都很值得，但也并不妨碍，在某些时候，某些夜晚，我会因羞愧和悔恨而辗转难眠。

于是，在这样的夜里，李响、罗马、蔡紫冠、姜明鬼他们，走出来了。辛苦你们，代替我，去坚守那些珍贵的信仰。

很高兴，你们虽然伤痕累累，却从未输给自己。

2020/4/6

《战国争鸣记2：墨守之国》
即将出版，精彩预告

　　韩国被灭后，赵国变成了秦国的下一个目标。赵国因而派出使者，向墨家求助。为守一国，墨家钜子再次开放百家阵，唯有成功闯关者，方能助力赵国。而负责守关的弟子中，赫然就有三年前守护水丰城失败的姜明鬼。

　　三年来一直颓废不堪的姜明鬼，却因在众位闯关弟子眼中看到曾经的自己，而挡下了所有的闯关者。最终接下援助赵国的重担，与其余几位师兄弟一道奔赴诸国，宣扬合纵之策，共同抗秦。然而姜明鬼不曾想到的是，原本胜券在握的合纵之策却并没有想象中那般顺利……

　　扫描二维码，并回复"战国2"
　　抢先试读《战国争鸣记2：墨守之国》